Charlotte Jacobi

Die Patisserie am Münsterplatz – Schicksalsjahre

PIPER

Charlotte Jacobi

Die Patisserie am Münsterplatz

Schicksalsjahre

Roman

PIPER

Mehr über unsere Autoren und Bücher:
www.piper.de

Wenn Ihnen dieser Roman gefallen hat, schreiben Sie uns unter Nennung des Titels »Die Patisserie am Münsterplatz – Schicksalsjahre« an *empfehlungen@piper.de*, und wir empfehlen Ihnen gerne vergleichbare Bücher.

Von Charlotte Jacobi liegen im Piper Verlag vor:
Elbstrand-Saga:
Band 1: Die Villa am Elbstrand
Band 2: Sehnsucht nach der Villa am Elbstrand
Band 3: Sturm über der Villa am Elbstrand

Die Kuchenkönigin von Straßburg:
Band 1: Die Patisserie am Münsterplatz – Zeitenwandel
Band 2: Die Patisserie am Münsterplatz – Schicksalsjahre
Band 3: Die Patisserie am Münsterplatz – Neuanfang

Die Douglas-Schwestern

Unser Versprechen für mehr Nachhaltigkeit
Klimaneutrales Produkt
FSC®-zertifiziertes Papier
Hergestellt in Europa

FSC
www.fsc.org
MIX
Papier aus verantwortungsvollen Quellen
FSC® C083411

Originalausgabe
ISBN 978-3-492-31649-1
Juni 2021

Redaktion: Kerstin von Dobschütz
Satz: Eberl & Koesel Studio GmbH, Krugzell
Gesetzt aus der Adobe Garamond
Druck und Bindung: CPI books GmbH, Leck
Printed in the EU

ÜBERSICHT DER WICHTIGSTEN FIGUREN

In der Patisserie Tritschler

Ida Picard, geborene Tritschler (* 2. November 1874 in Stuttgart), Patisserieverkäuferin

Professeur Lucien Picard (* 9. September 1872 in Straßburg), Biologieprofessor, ihr Mann

Marcel Picard (* 19. Mai 1889 in Niederbronn-les-Bains), Adoptivsohn von Ida und Lucien Picard, Patissier

Odette Picard, geborene Roussel (* 20. April 1897 in Rouen), Marcels Frau, vormals Blumenverkäuferin

Anne Bernadette Picard (* 28. Februar 1915 in Straßburg), Tochter von Odette und Marcel

Paul Picard (* 21. Juni 1894 in Straßburg), Jurastudent, Sohn von Ida und Lucien Picard

Joséphine Picard (* 22. Februar 1899 in Straßburg), Tochter von Ida und Lucien Picard

Trystan Bouvier (* 3. Juli 1896 in Colmar), deutscher Soldat mit französischen Wurzeln, Bäckermeister, Joséphine Picards Schwarm

Elise Tritschler, geborene Nägele (* 11. Juli 1853 in Sindelfingen), Idas Mutter, Backwarenverkäuferin

Franz Tritschler (* 7. April 1850 in Stuttgart), pensionierter Großbäcker, Idas Vater

Xavier Castanet (* 12. August 1854 in Colmar), Hausdiener

In der Patisserie Goldschmidt

Jacques Picard (* 23. März 1848 in Weghäusel), Feinbäcker, Patriarch, Kriegsinvalide

Ruth Picard (* 1. August 1898 in Straßburg), seine Enkelin

Geraldine Rolland (* 11. September 1848 in Metz), Köchin

Nicolas Rolland (* 26. August 1897 in Metz), ihr Neffe, Hausdiener

Bertrand Strohmeier (* 11. September 1856), Bäckermeister der Patisserie Goldschmidt

Weitere Personen

Oskar Tritschler (* 23. Februar 1873 in Stuttgart), Idas Bruder, Rechtsanwalt

Claire Tritschler, geborene Goldschmidt, geschiedene Picard (* 29. Juni 1853 in Nantes), Jaques Picards Ex-Frau, Oskar Tritschlers Frau

Marie Picard (24. Januar 1850 in Weghäusel), Kunstmalerin, Jacques' Schwester

Bernadette Nanty, geborene Schwab, verwitwete Picard (* 1. September 1828 in Neuhof), Jacques' Mutter, Försterwitwe

Gustave Nanty (* 11. März 1827 in Neuhof), Landwirt, Bernadettes zweiter Ehemann

Antoinette Leroc, geborene Nanty (* 4. Juli 1845 in Weghäusel bei Straßburg), Gustaves Tochter, einstige Hausdame der Tritschlers

Gaston Leroc (* 14. Mai 1844 in Paris), Antoinettes Ehemann, Koch und Landwirt

Stéphane Weiss (* 8. Dezember 1894 in Paris), französischer Soldat, Literaturstudent, Ruth Picards Schwarm

Louise Weiss (* 25. Januar 1893 in Arras), Studienrätin für Geisteswissenschaften, Ex-Kriegskrankenschwester, Journalistin, Stéphanes Cousine väterlicherseits

Konrad Struve (* 11. September 1900 in Offenburg), deutscher Soldat, Student der Rechtswissenschaften

Dr. Claude Favreau (* 30. Mai 1889 in Sainte-Marie-aux-Mines), Lazarettarzt

Véronique Favreau (* 21. Juli 1899 in Sainte-Marie-aux-Mines), seine Schwester, Bedienung

Maximilien »Max« Fouché (* 12. Februar 1834 in Metz), pensionierter Hochschulbibliothekar

Detlef »Det« Clasbrummel (* 23. September 1896 in Straßburg), Theaterschauspieler

PROLOG

Juli 1914

Straßburg! Endlich! Die sechzehnjährige Ruth Picard stieg am Münsterplatz aus der Droschke, die sie vom Bahnhof hergebracht hatte. In der einen Hand hielt sie einen Koffer, in der anderen eine Schachtel voller Puits d'amour, kleine Blätterteigtörtchen mit Fruchtkonfitüre-Füllung, die im Deutschen »Liebesbrunnen« genannt wurden. Die modisch gekleidete junge Frau mit dem welligen dunklen Haar näherte sich der Patisserie ihrer Familie in der Krämergasse. Das Geschäft war nach ihren jüdischen Urgroßeltern benannt: Goldschmidt. Kurz bevor sie die Eingangstür erreichte, wurde sie von einem deutschen Soldaten angerempelt, die Schachtel mit den Puits d'amour fiel ihr aus der Hand, drei landeten auf dem Boden, zwei wurden vom Stiefel eines weiteren Soldaten zertreten. Ruth, die die Törtchen gestern zu Hause in Cognac selbst gebacken hatte, fluchte. »Merde!«

Die beiden Soldaten, die bereits achtlos weitergegangen waren, drehten sich erst jetzt um. »He! Hier spricht man deutsch!«, bellte der eine.

»Hier entschuldigt man sich, wenn man eine Dame anrempelt«, entgegnete Ruth trotzig und in perfektem Deutsch, während sie in die Knie ging, um ihre Schachtel mit den restlichen Törtchen aufzuheben.

Der Soldat wollte einen wütenden Schritt auf die junge Frau zugehen, doch der andere hielt ihn zurück. Mit einem etwas lüstern wirkenden Grinsen sagte er: »Na also, das Mamsellchen kann sie doch, die Sprache unseres Kaisers.«

Ruth würdigte die Soldaten keines Blicks mehr, sondern erhob sich und wandte sich erneut dem Eingang der Patisserie zu. Brummelnd trollten sich die beiden Männer in Richtung Münsterplatz.

Kopfschüttelnd griff Ruth nach ihrem Koffer. Ihr Vater, der seine temperamentvolle Tochter bestens kannte, hatte sie ermahnt, Konfrontationen mit den Deutschen in Straßburg aus dem Weg zu gehen. Sie seien derzeit sehr grob und gingen äußerst respektlos mit der Bevölkerung um. Doch Ruth hasste Unhöflichkeit und hatte deshalb ihren Mund nicht halten können, als der Soldat sie angerempelt hatte. Ihr Lebensmotto war: Das Universum schöner und gerechter machen! Den beiden Soldaten die Meinung zu sagen, das war gerecht, und dass sie nun außer Sichtweite waren, machte Straßburg schöner. Sie atmete tief durch und öffnete dann die Ladentür. Als das vertraute Bimmeln des Glöckchens darüber ertönte und sie Großvater Jacques hinter dem Verkaufstresen erblickte, traten ihr Freudentränen in die strahlend grünen Augen. Da ihre Mutter kurz nach Ruths Geburt gestorben war, hatte sie bisher allein mit dem Vater und der strengen Gouvernante Paulette Girod in Cognac gelebt. Die wenigen Ferien bei der Großfamilie in Straßburg waren stets ein Lichtblick gewesen, die schönsten Kindheitsmomente hatte sie dort erlebt. Ruths Cousine Joséphine und deren Adoptivbruder Marcel waren ihre besten Freunde, mit beiden stand sie in regelmäßigem Briefkontakt. Und nun hatte Ruths Vater René entschieden, dass sie wegen der derzeitigen Kriegsgefahr und seiner Verpflichtung bei der französischen Armee hierher zur

Familie ziehen sollte. Zumindest, bis sich die politischen Wogen wieder geglättet hatten.

»Ruth, meine kleine Ruth«, rief ihr Großvater, der inzwischen sechsundsechzig Jahre alt war, begeistert. Er kam hinter dem Tresen hervor und drückte seine grazile Enkelin mit seinem verbliebenen rechten Arm an sich; den linken hatte er 1870 beim Bombardement Straßburgs durch die Preußen eingebüßt.

»Dich hierherzuschicken war die beste Idee, die dein Vater je hatte«, freute sich Jacques Picard.

»Platz genug hast du ja«, lachte Ruth.

Der alte Patissier hatte das viergeschossige Haus in den letzten Jahren allein mit der Familienköchin und deren Neffen bewohnt. Seine betagte Mutter Bernadette lebte bei ihrem zweiten Mann und dessen Familie außerhalb Straßburgs auf dem Lande, seine Schwester Marie besaß inzwischen ein Atelier in Paris. Zwar wohnte die Familie von Jacques' erstgeborenem Sohn Lucien gleich um die Ecke am Münsterplatz über ihrer eigenen Feinbäckerei, aber eine Enkelin im Haus zu haben machte den bisweilen recht brummigen alten Herrn sichtlich glücklich.

»Was ist das eigentlich für eine geheimnisvolle Mission, auf die mein Sohn René da geht?«, fragte er sie nun. »Ich hätte nie gedacht, dass dein Vater sich mal freiwillig zum Militär meldet. Bin immer davon ausgegangen, der kandidiert irgendwann als Bürgermeister von Cognac.«

Ruth zuckte mit den Schultern. »So genau weiß ich auch nicht, was er in Paris für Aufgaben bekommt. Es hat etwas mit der Versorgung der Truppen im Kriegsfall zu tun.«

»Ich hätte ihn gern noch mal gesehen«, sagte Jacques bedauernd. »Geht es ihm gut?«

Sie zuckte die Achseln. »Papa hat sich nie beschwert. Auch

nicht darüber, dass er der Liebe wegen so weit wegziehen musste. Und auch nicht, dass er deshalb von der Patisserie in die Verwaltung gewechselt hat. Aber ich glaube, er vermisst Straßburg und das Backen öfter, als er zugibt – und dich auch.«

Jacques lächelte merklich gerührt. »Du tust ihm gut«, sagte er.

Sie nickte. Ihre Tante Ida hatte ihr erzählt, dass René vor ihrer Geburt ziemlich herrisch gewesen war. Das konnte sie sich nur schwer vorstellen: Sie hätte sich keinen aufmerksameren und liebevolleren Vater wünschen können.

Ruth war Renés einziger leiblicher Nachkomme, Marcel aus seiner ersten Ehe hatte sich als Kuckuckskind entpuppt und war dann von Renés älterem Bruder, Ruths Onkel Lucien, adoptiert worden. Ruth war es immer egal gewesen, dass Marcel kein leiblicher Cousin war, er hatte für alle von jeher trotzdem zur Familie gehört. Und seit einiger Zeit empfand sie sogar mehr für ihn. Bei ihrem Besuch zum fünfundsechzigsten Geburtstag des Großvaters im vorigen Jahr hatte sie sich ein wenig in den Sandkastenfreund verliebt. Wann immer sie seither an den gut aussehenden Feinbäcker dachte, breitete sich in ihrem Bauch ein angenehmes Kribbeln aus. Das war einer der Gründe, warum sie sich so sehr darüber freute, dass ihr Vater sie nach dem Attentat auf den Kronprinzen in Sarajevo und den nachfolgenden politischen Zerwürfnissen hierhergeschickt hatte. Kurz bevor er nach Paris aufgebrochen war, hatte René Picard seine Tochter beiseitegenommen und gesagt: »Ich bin so froh, dass ich dich habe, mein Mädchen. Wir alle sind es. Und ich bin stolz darauf, dass du so gut backen kannst. Ganz gleich, was kommt, du wirst den Namen unserer Patisserie hochhalten und dafür sorgen, dass die Menschen noch in hundert Jahren von unseren Leckereien naschen können.«

Sie hatte genickt und feierlich geschworen, dass sie genau das vorhabe. Doch seine Worte hatten so sehr nach Abschied geklungen, dass ihr mit einem Mal etwas mulmig zumute gewesen war. »Aber du wirst es doch selbst mitbekommen, Papa. Die sagen, wenn es wirklich Krieg gibt, ist der bis Weihnachten vorbei.«

»Wollen wir es hoffen«, hatte der Vater mit einem nachdenklichen Lächeln gemurmelt und sie noch einmal auf die Wange geküsst. Dann war er gegangen.

»Ich rufe gleich Nicolas, der soll dir den Koffer hochtragen«, kündigte der Großvater nun an. »Und seine Tante hat schon fleißig eingekauft. Sie kocht für dich, was immer du dir wünschst.«

»Wie schön, ich freue mich, Madame Rolland wiederzusehen«, sagte Ruth. Die schlanke, weißhaarige Familienköchin war für sie wie eine Großmutter.

»Eigentlich hätte sie vor gut einem halben Jahrzehnt in den wohlverdienten Ruhestand gehen sollen, doch sie besorgt mir immer noch den Haushalt. Treu wie eh und je. Wollte mich wohl nicht im Stich lassen«, meinte Jacques etwas verlegen.

Ruth verkniff sich ein Lächeln. Wahrscheinlich waren ihr Großvater und Geraldine Rolland, die ihren Mann bereits im Krieg 1870 verloren hatte, heimlich ineinander verliebt, wollten es sich aber nicht eingestehen.

»Grand-père, darf ich kurz drüben bei Onkel Luciens Familie vorbeischauen?«

Sie konnte es kaum erwarten, alle wiederzusehen. Vor allem Marcel, der sie per Brief gleich für ihren ersten Abend zu einem Spaziergang an der Ill eingeladen hatte. Und sie hatte bestimmte Hoffnungen bezüglich seiner Absichten bei diesem Treffen.

Der Alte lächelte. »Du darfst alles, solange du dich nicht in die Backstube schleichst und Zutaten für einen ungenießbaren Fantasieteig zusammenpanscht, wie du das im Alter von fünf Jahren getan hast.«

Ruth sah ihren Großvater an und lachte. »Versprochen.«

*

Ida Picard war ganz aus dem Häuschen. Heute würde Ruth ankommen, ihre geliebte Nichte! Obwohl Ida in der Patisserie ihrer Eltern eigentlich für den Verkauf zuständig war, liebte die neununddreißigjährige gebürtige Stuttgarterin es, selbst in der Backstube zu stehen und eigene Kreationen auszuprobieren. Zur Feier der Ankunft ihrer Nichte hatte Ida deren Lieblingstörtchen gebacken: Puits d'amour.

Ihre Begeisterung für das Backen hatte sich auch auf ihren Adoptivsohn Marcel übertragen. Der heute Fünfundzwanzigjährige war Bäckermeister geworden und sollte eines Tages die Patisserie übernehmen. Und Idas Nichte Ruth hatte sich bei ihren Besuchen in Straßburg ebenfalls von der Liebe zur Backkunst anstecken lassen. Schon als Kind hatte sie leidenschaftlich gern mit ihrer Tante Ida oder ihrem besten Freund Marcel in der Backstube gestanden. Und noch eine Leidenschaft teilten Ruth und Marcel: Sie interessierten sich auch für die Geschichte und die Geschicht*en* des Backens. Beide stöberten mit Leidenschaft in jedem Buch über Backen oder Kochen, das sie in die Finger bekommen konnten. In den Ferien, die Ruth hier bei ihnen verbracht hatte, war die Nichte ihres Mannes für Ida fast wie eine zweite Tochter geworden.

Sie holte die Puits d'amour gerade aus dem Backofen, als ihre Mutter Elise hereinkam. Im Gegensatz zu Ida mit ihren braunen Locken war die grazile Einundsechzigjährige blond. Ein Blond, durch das sich erste graue Strähnen zogen, doch die Patissiersgattin strotzte immer noch vor Tatkraft. »Die duften ja verführerisch, Liebes«, freute sie sich. »Unsere kleine Ruth wird begeistert sein.«

»Hm, da bekommt man direkt Hunger«, ertönte nun eine weitere Frauenstimme aus Richtung der Tür. Idas Tochter Joséphine betrat mit ihrer Schultasche die Backstube. Die Sechzehnjährige war mit den blonden Haaren und den blauen Augen das jüngere Ebenbild ihrer Oma Elise und hatte auch deren großes Herz und mitfühlendes Wesen geerbt. Sie besuchte fleißig die Oberschule – um irgendwann Ärztin zu werden und möglichst viele Menschenleben zu retten. Ihr Interesse für die Wissenschaft hatte sie von ihrem Vater geerbt, einem studierten Biologen, der sich oft auf Expeditionen in aller Welt befand und an der hiesigen Universität lehrte.

»Ich möchte ja wetten, dass uns Ruth selbst Puits d'amour als Mitbringsel gebacken hat«, vermutete Joséphine beim Anblick der Blätterteigtörtchen und grinste.

Ihre Mutter sah sie erschrocken an. Die beiden Mädchen waren einander trotz der räumlichen Distanz sehr nah, es stand also zu befürchten, dass Joséphine recht hatte. Die erriet die Gedanken ihrer Mutter und legte den Arm um sie. »Macht doch nichts, Maman. Freuen wird sie sich trotzdem. Und man kann ja nie genug Puits d'amour haben.«

»Stimmt, Paul wird wie immer alle Reste vertilgen«, meinte Ida. »Wo ist der überhaupt? Ich habe ihn heute noch gar nicht gesehen.«

»Ich schau gleich mal nach ihm«, schlug Joséphine vor und machte sich auf den Weg ins Treppenhaus.

Sie fand ihren Bruder in dessen Zimmer vor. Der Zwanzigjährige saß vor dem Spiegel und fluchte über sein widerspenstiges blondes Haar, das er vergeblich zu kämmen versuchte. »Verflixt und zugenäht.«

»Komm, Paulchen, ich helfe dir«, sagte Joséphine und

nahm ihm den Kamm aus der Hand. Als sie ihn zu frisieren begann, entspannte sich augenblicklich der Gesichtsausdruck des hageren und zerbrechlich wirkenden jungen Mannes. »Lieb von dir, dass du deine Vorlesung schwänzt, um Ruth zu begrüßen.«

Paul wollte Jurist werden wie sein Onkel, daher studierte er an der hiesigen Universität Rechtswissenschaften. »Ich werde auch noch rasch zum Markt gehen und ihr ein paar Blumen kaufen.«

Dass Paul so etwas für ein Mädchen tat, hatte Joséphine noch nie zuvor erlebt. Er verbrachte seine Freizeit mit seinen Freunden, die sie nicht mochte und von denen die meisten einer deutschtümelnden Studentenverbindung angehörten. Wie ihr Vater Lucien verabscheute Joséphine Nationalismus. Aber ihr Bruder war ein begeisterter Anhänger des Kaisers, und im Gegensatz zu ihr und dem gemeinsamen Adoptivbruder Marcel lehnte er alles Französische ab. Dabei wurden im Hause Tritschler beide Sprachen gesprochen – und obendrein Elsässisch.

Joséphine sorgte sich ein wenig um ihren Bruder Paul, denn er schien sich bei Ruths letztem Besuch in seine Cousine verliebt zu haben. Doch da würde er auf Granit beißen, Joséphine wusste aus vielen Gesprächen und Briefen, dass Ruth für jemand anders schwärmte. Sie wollte ihren Bruder darauf hinweisen, damit er nicht verletzt wurde. Und sie würde es dezent tun, sodass er sein Gesicht vor ihr nicht verlieren musste.

»Unser großer Bruder Marcel freut sich ja auch schon sehr auf Ruth«, begann sie betont beiläufig.

»Ja, aber er kann sie natürlich nicht die ganze Zeit in Beschlag nehmen und mit ihr in der Backstube spielen«, entgegnete Paul leicht abfällig. »Sie ist jetzt schließlich kein Kind mehr. Das hat man ja bei Opa Jacques' Geburtstagsfeier letztes Jahr deutlich gesehen.«

»Ja, das ist Marcel aber auch nicht entgangen. Er möchte ihr sogar eine Reise nach Paris schenken«, insistierte Joséphine. »Und ich glaube, Ruth hat ebenfalls bemerkt, was für ein hübscher junger Mann unser Bruder geworden ist.«

»Ruth und unser adoptiertes französisches Zuckerbäckerchen?« Paul lachte abfällig. »Wohl kaum.«

Er betrachtete zufrieden sein Spiegelbild, erhob sich und küsste seine Schwester auf die Wange. »Danke, Finchen. Ich weiß nicht, warum du unbedingt studieren willst. Du hättest das Zeug, beim Friseur nebenan anzufangen.«

Beschwingt verließ er sein Zimmer, und Joséphine sah ihm besorgt nach. Der Arme, er würde verletzt werden!

*

Marcel Picard hatte Schmetterlinge im Bauch, während er über den Markt eilte, um Blumen für seine Cousine zu besorgen. Endlich würde er Ruth wiedersehen! Die Worte in ihren Briefen und Postkarten waren seit Großvaters Geburtstagsfeier letztes Jahr immer zärtlicher geworden. Er konnte es kaum erwarten, ihr bei ihrem Rendezvous heute Abend seine gewachsene Zuneigung endlich auch von Angesicht zu Angesicht zu zeigen. Und er wollte sie zu einer lang ersehnten Reise nach Paris einladen. Seit ihren Kindertagen hatten sie davon geträumt, die Patisserien in der Metropole zu besuchen. Nun endlich hatte er dafür genug zusammengespart.

Als der Fünfundzwanzigjährige am Blumenstand angekommen war, blickte er hilflos auf die Blütenflut. Im Gegensatz zu seinem botanisch versierten Adoptivvater hatte er wenig Ahnung von Gewächsen, außer sie eigneten sich zum Backen oder Kochen. Doch zum Glück hatte er schon öfter mit Odette Roussel, dem hübschen Blumenmädchen auf dem Markt, geplaudert. Die Siebzehnjährige würde ihm bestimmt bei der Zusammenstellung eines schönen Straußes helfen.

Als die blonde Schönheit den dunkelhaarigen jungen Mann in der Menge ausmachte, lächelte sie erfreut.

»Guten Morgen, Monsieur Picard«, sagte sie in ihrer Muttersprache Französisch, obwohl deren Gebrauch derzeit immer verpönter wurde. Aber es war stets so etwas wie ihr gemeinsamer Geheimcode gewesen, in dem Stimmengewirr aus Deutsch und Elsässisch, das auf dem Markt herrschte. Und so antwortete auch er in der Sprache seines Vaters: »Heute benötige ich Ihre Beratung. Ich brauche einen besonders schönen Strauß.«

»Ist er wieder für Ihre Großmutter?«, vermutete die hübsche Verkäuferin.

»Nein, ähm, diesmal ist er für … eine liebe Freundin.« Verdammt, warum errötete er denn jetzt? Es war ihm äußerst unangenehm, dass ihr charmantes Lächeln nun erstarb. War sie enttäuscht?

»Sie wissen nicht, welche Blumen diese Frau mag?«, erkundigte sich Odette etwas kühler.

Er schüttelte hilflos den Kopf. »Wir reden immer eher übers Backen. Sie ist mir sehr ähnlich.«

Die Floristin schaffte ein Lächeln. »Dann werde ich ein Bouquet zusammenstellen, das zu *Ihnen* passt.«

Als sie fertig war, präsentierte sie ihm einen Strauß, der wunderschön war – eine Liebeserklärung aus Blüten. »Merci«, sagte Marcel mit belegter Stimme. Er hatte es völlig verdrängt, schließlich war er ja in Ruth verliebt, aber Odette war der Grund, warum er immer so gute Laune hatte, wenn er auf den Markt ging. Und sie schien noch weitaus mehr Gefühle für ihn zu hegen, doch nun hatte er sie wohl verletzt. Da klopfte ihm jemand grob auf die Schulter, und er drehte sich erschrocken um. »Paul«, erkannte er gereizt seinen feixenden Adoptivbruder.

»Was willst du denn mit den Blumen? Hat mal wieder jemand in deinem Franzosenclan Geburtstag?«

Ohne eine Antwort abzuwarten, wandte er sich auf Deutsch an Odette. »Ich will auch 'nen Blumenstrauß, Fräuleinchen. Aber was Schöneres als das Gestrüpp von meinem Bruder hier«, trat er unwissentlich bei der Verkäuferin ins Fettnäpfchen. »Ich brauch einen, der den Madames die Tränen in die Augen treibt, gerne so richtig schön groß.«

Wenig später gingen die beiden ungleichen Brüder mit ihren Blumensträußen vom Markt in Richtung der elterlichen Patisserie, Marcel verstimmt, Paul breit grinsend. »Hast du gesehen, wie die Kleine dir nachgesehen hat? Ich sag dir, du solltest zuschlagen. Ich würde die Blumen-Mamsell jedenfalls nicht von der Bettkante stoßen. Wobei – es kommt ja immer drauf an, in welche Richtung man sie stößt.«

Er lachte über seinen eigenen Witz, Marcel verzog genervt das Gesicht.

*

Als Ruth mit ihrer Schachtel mit den übrig gebliebenen Puits d'amour die Patisserie ihres Großvaters verließ, traf sie auf Nicolas, den Neffen von Madame Rolland, der seiner Tante im picardschen Haushalt unter die Arme griff und auch sonst alle anfallenden Aufgaben für die Familie erledigte. Der gut aussehende Achtzehnjährige, der zumeist eine Schiebermütze über seinem hellblonden Wuschelhaar trug, stammte aus recht ärmlichen Verhältnissen. Er war daher sehr dankbar für seine Anstellung – und äußerst fleißig. Ruths Cousine, der einfühlsamen Joséphine, hatte er anvertraut, dass er sehr darunter leide, »wie Oscar Wilde« zu sein, das hieß, er sah heimlich eher jungen Männern nach als jungen Frauen. Und Joséphine hatte es wiederum Ruth anvertraut. Aber die beiden würden dieses Geheimnis niemand anderem erzählen und beide für den freundlichen Nicolas einstehen, das hatten die Cousinen einander geschworen.

Er strahlte, als er Ruth erblickte. »Mademoiselle Ruth, wie schön, dass Sie hier sind. Wir haben uns alle so auf Sie gefreut.«

»Und ich mich auf euch«, erwiderte sie. »Dass mein Vater nach Paris musste, ist ein Geschenk des Himmels. Wissen Sie noch, dass meine Cousine, mein Cousin und ich auch mal nach Paris wollten? Und unser Versprechen steht: Dann nehmen wir Sie mit.«

Er lächelte schüchtern. »Das wäre kolossal.«

»Ich könnte mir vorstellen, dass Sie ganz wunderbar in die schönste Metropole der Welt passen«, meinte Ruth und reichte ihm lächelnd einen Puits d'amour aus der Schachtel.

Sie näherte sich verschwörerisch seinem Ohr. »Ich weiß, mein Großvater backt die auch. Aber unter uns, meine sind besser.«

Marcel erstarrte, als sein Blick in die Krämergasse fiel. Vor der Patisserie Goldschmidt stand Ruth, seine Ruth, ganz nah bei einem jungen Mann. Hatten sie sich etwa gerade geküsst? Das war doch Nicolas Rolland, der Neffe von Großvaters Köchin!

»Was macht Ruth denn da mit dem jungen Rolland?«, fragte Marcel, dessen Magen sich vor Eifersucht zusammenzog.

»Ach, wusstest du das nicht? Die beiden sind doch schon ewig heimlich verlobt. Die Turteltäubchen schreiben sich fast täglich«, behauptete Paul betont beiläufig. »Aber verrat sie nicht, es ist noch ein Geheimnis. Sie wollen es erst offiziell machen, wenn er geerbt hat. Da steht wohl demnächst etwas an.«

Marcel sah seinem jüngeren Bruder skeptisch ins Gesicht. Wie konnte es sein, dass er selbst von der angeblichen Liaison seiner Cousine nie etwas bemerkt hatte? »Woher weißt du denn davon?«

Paul senkte die Stimme. »Ich habe sie bei Großvaters Geburtstag unfreiwillig belauscht. Nicht mal Ruths engste Freundin Joséphine ahnt etwas davon. Also halt du bitte auch deine Klappe! Nicht dass die beiden noch Schwierigkeiten bekommen.«

Marcel war am Boden zerstört, zu allem Übel hatte Ruth sie inzwischen auch noch entdeckt und winkte ihnen begeistert zu.

Ruths Herz schlug vor Freude schneller, als sie die beiden so unterschiedlichen Brüder auf sich zukommen sah. Der eine ein unempathischer Nationalist mit einem riesigen, teuer, aber auch beliebig aussehenden Ungeheuer von Blumenstrauß in der Hand, der andere ein sensibler Meisterbäcker mit einer geschmackvollen floralen Liebeserklärung. Doch je näher Marcel kam, desto mehr bemerkte sie, dass sein kühler Gesichtsausdruck, in dem auch eine Spur Schmerz lag, in krassem Gegensatz zu dem Strauß in seinen Händen stand. Und das beunruhigte sie zutiefst. Paul überschüttete sie mit überschwänglichen Begrüßungsworten und drückte sie so unangenehm eng an sich, dass sein protziger Blumenbusch gequetscht wurde. Ruth schenkte ihm kaum Beachtung, sie hatte nur einen Gedanken: Was war mit Marcel los? Und es wurde immer schlimmer. Auf ihre freudige Begrüßung reagierte er steif und einsilbig. Als sie ihn schließlich eingeschüchtert fragte, ob sie heute Abend, wie in seinem letzten Brief erbeten, an der Ill spazieren gehen wollten, sagte er nur kühl: »Ich habe leider schon eine andere Verabredung.«

Tapfer kämpfte Ruth den Kloß in ihrem Hals und die aufsteigenden Tränen nieder, da kommentierte Paul verschwörerisch: »Das schöne Blumenmädchen Odette vom Markt hat sich in unseren Marcel verliebt.«

Die beiden Sträuße in Ruths Händen fühlten sich mit einem Mal bleischwer an, schienen ihre Handflächen zu verätzen. Sie wurde von unfassbarem Schmerz und Panik erfasst. Lieber Gott, lass mich jetzt nicht vor den beiden das Heulen anfangen, flehte sie stumm.

Zu ihrer Erleichterung kam in diesem Moment ihr Großvater aus der Patisserie gestürzt, und die beiden Brüder hörten endlich auf, sie anzustarren.

»Mobilmachung«, keuchte der alte Picard. »Der Krieg ist da!«

Ruth fielen die Blumen aus den Händen, und endlich hatte sie ein Alibi für ihre Tränen.

TEIL 1

1918

1

Nervös beobachtete Ruth, wie ihr Großvater, der inzwischen siebzigjährige Patriarch Jacques Picard, mit einem zufriedenen Seufzer die alte Wanduhr im Wohnzimmer eine Stunde zurückstellte. »Nach achtundvierzig Jahren haben wir nun endlich wieder französische Zeit«, verkündete er, und sein Blick fiel durch das Fenster hinunter auf die Krämergasse. Er konnte sich ein Grinsen nicht verkneifen, als er die beiden deutschen Soldaten erblickte, die durch den Schneeregen eilten. »Bald sind sie endgültig fort, die Boches«, hörte seine Enkelin ihn sagen.

Es war Donnerstag, der 21. November 1918, und vor zehn Tagen war der über vier Jahre andauernde Große Krieg zu Ende gegangen. Deutschland hatte bedingungslos kapituliert, überall gab es Unruhen und Plünderungen, die Könige und regierenden Fürsten hatten, ebenso wie der Kaiser, abgedankt, Prinz Max von Baden war Reichskanzler geworden. Auf den Rathäusern, auch auf dem von Straßburg, hatten die roten Fahnen der Soldatenräte geweht.

Inzwischen war in Rethondes, im Wald von Compiegne, das Waffenstillstandsabkommen unterzeichnet worden, und auch der letzte deutsche Soldat würde nun bald aus Straßburg abziehen.

»Wie die geprügelten Hunde schleichen sie davon. Fünfzehn Tage haben die Alliierten ihnen gegeben – wenn sie dann nicht weg sind, werden sie zu Kriegsgefangenen gemacht!«, sagte Jacques Picard triumphierend, während er sich zu seinen beiden Enkelinnen und seiner Schwiegertochter umdrehte. Ruth sah besorgt, wie Ida auf Jacques' Worte hin wütend das Gesicht verzog. Ihre wunderschöne, dunkel gelockte Tante Ida war für sie wie eine Mutter. Seit Anfang des Monats war sie vierundvierzig Jahre alt, was man ihr jedoch nicht ansah. Da sie wegen der schwierigen Lage Idas Wiegenfest nicht hatten feiern können, hatte Ruth ihren Großvater überredet, die Tante und deren Tochter, die gleich um die Ecke am Münsterplatz wohnten, für heute zu einem nachträglichen Geburtstagsessen einladen zu dürfen – auch wenn alle Franzosen gehalten waren, Kontakte zu Deutschen auf das Nötigste zu beschränken. Zum ersten Mal hatte die zwanzigjährige Ruth selbst gekocht und war entsprechend nervös. Sie war sogar zu ihrer Urgroßmutter aufs Land gefahren, um ein Hühnchen für das Mahl zu besorgen. Hoffentlich würde ihr Großvater weitere Beleidigungen gegen deutsche Soldaten unterlassen! Schließlich hatten sowohl sein eigener Sohn Lucien, Tante Idas Mann, als auch deren Adoptivsohn Marcel in der Kaiserlichen Armee gedient und waren noch nicht heimgekehrt. Und auch Paul hatte gewiss keine Beleidigungen verdient: Er war zwar bereits wieder zu Hause, hatte aber seinen Einsatz für die Deutschen mit dem Verlust eines Beins teuer bezahlt.

Ächzend ließ sich der Alte auf den Stuhl sinken, auf dem seit Jahrzehnten immer nur er saß, und breitete umständlich die Serviette auf den Knien aus.

Sodann winkte er ungeduldig Nicolas herbei, den jungen Neffen der Familienköchin Geraldine Rolland, der schüchtern und etwas ungeschickt das von Ruth mühevoll zubereitete Hühnerfleisch mit Kartoffeln und Steckrüben auflegte.

»Wird Zeit, dass wir mal wieder etwas Anständiges auf den Teller bekommen«, schimpfte Jacques nach den ersten Bissen. »Aber auch das wird jetzt besser werden, wenn Straßburg endlich wieder französisch ist.«

Ruth fühlte augenblicklich einen heftigen Stich in der Magengegend. Immer musste er alles schlechtmachen! Erst jetzt schien ihm aufzufallen, dass keine der drei Frauen am Tisch auch nur ein Wort gesagt hatte. »Hat es euch die Sprache verschlagen?«, brummte er.

Seine neunzehnjährige Enkeltochter Joséphine wechselte daraufhin einen betretenen Blick mit ihrer Mutter Ida. »Ach, Grand-père, wenn alles Deutsche nun plötzlich so schlecht ist«, sagte sie herausfordernd, »dann müssten Mutter und ich ja auch schlecht sein, denn sie ist Deutsche, und ich auch – immerhin zur Hälfte.«

»Wir kennen Straßburg nur als deutsche Stadt«, gab Ida zu bedenken. »Und du musst zugeben, dass das Zusammenleben bisher ganz wunderbar funktioniert hat.«

»Wunderbar nennst du das?« Jacques erhob sich wieder, die Handfläche seiner gesunden Hand schwer auf die Tischplatte gedrückt, von seinem Stuhl. »*Wunderbar?* In den letzten vier Jahren wurden wir Franzosen von den Deutschen behandelt wie Dreck. Nicht einmal bedanken durfte ich mich in meiner Heimatsprache. Und wenn ich Gelee wollte, musste ich Dicksaft sagen. *Dicksaft!* Wo gibt es denn so was?«

Ruth hatte zwar Angst, der Streit könne ausarten, musste sich aber auch eingestehen, dass ihr Großvater recht hatte: Die Zeit unter der deutschen Militärregierung war in der Tat alles andere als schön gewesen. Doch dafür konnten ihre beste Freundin und deren Mutter ja nichts!

»Aber davor war es doch sehr harmo…«, setzte Ida an einzuwenden, da fiel Jacques ihr ins Wort: »Davor, davor, davor! Jetzt ist, was zählt.«

Er wandte sich mit strenger Miene an Ruth. »Gleich nach dem Essen machst du dich daran, französische Flaggen zu nähen. Ab morgen, wenn unsere Soldaten kommen, ist unsere Stadt wieder blau-weiß-rot, alle Elsässer sind aufgefordert, mitzuhelfen. Und gerade du schuldest es deinem seligen Vater, der für unser Frankreich sein Leben geopfert hat.«

Seit sein jüngerer Sohn René 1915 in der Schlacht bei Ville-sur-Tourbe gefallen war, hatte Jacques sich völlig in sich zurückgezogen und kaum gesprochen. Und nun wünschte sich Ida, ihr Schwiegervater hätte sein Schweigen nicht gebrochen. Sie merkte, wie sich die grünen Augen ihrer armen Nichte mit Tränen füllten. Auch Ida selbst musste schwer schlucken und fühlte sich wieder an ihre Anfangsjahre in Straßburg erinnert. Damals war der alte Picard ihr und ihrer Familie mit unverhohlenem Hass entgegengetreten. Beinahe wäre die Liebe zwischen seinem erstgeborenen Sohn Lucien und ihr an den Intrigen seiner Eltern zerbrochen. Jacques' Hass hatte sich erst gelegt, als er herausfand, dass er sein Leben gleich in doppelter Weise den Tritschlers zu verdanken hatte: Erst hatte Franz ihn im Deutsch-Französischen Krieg gerettet, und dann hatte Ida ihn aus der Ill gezogen. Fortan war alles gut gewesen – bis bei Beginn des Großen Krieges die deutsche Militärregierung in Straßburg das Regiment übernommen hatte. Und ein Stück weit konnte Ida auch verstehen, dass Jacques den Deutschen diese Zeit übel nahm. Sie war ja selbst empört gewesen, wie rüde und respektlos sich die Besatzungsmitglieder den Elsässern gegenüber aufgeführt hatten. Die Franzosen unter ihnen waren verfolgt und teilweise sogar festgesetzt worden, ihre Muttersprache wurde verboten.

Doch nun war all das vorbei. Und Straßburg erstmals seit fast einem halben Jahrhundert wieder französisch.

»Jacques«, sagte sie leise, während sie aus dem Augenwinkel beobachtete, dass Joséphine und Ruth sich stumme Blicke zuwarfen. Keine von beiden hatte bisher einen Bissen hinuntergebracht, und das, obwohl der Hunger doch schon lange ihr stetiger Begleiter war. »Jacques! Wer, wenn nicht unsere Familie ist ein gutes Beispiel dafür, dass Liebe stärker ist als Nationen? Mein Vater hat dich 1870 nach der Belagerung gerettet, ohne zu fragen, ob du Deutscher bist oder Franzose.«

»Oh, bitte!«, fuhr Jacques gereizt auf. »Ich kann es nicht mehr hören. Ja, dein Vater hat mir das Leben gerettet, und dafür bin ich ihm auch unendlich dankbar. Aber soll ich deshalb bis zum Totenbett vor ihm auf den Knien rutschen?«

»Natürlich nicht!«, rief Ida empört. »Niemand verlangt, dass du auf den Knien rutschst. Inzwischen seid ihr doch längst Freunde auf Augenhöhe – und das ist auch gut so!«

Jacques legte in einer sehr langsamen Bewegung sein silbernes Messer, das die Kriegstage mit den zahlreichen Plünderungen und Tauschgeschäften überstanden hatte, neben dem Teller ab und sah Ida ruhig, aber abweisend an. »Du irrst dich, mein Kind«, sagte er. »Dein Vater und ich waren noch nie Freunde und können es auch nie sein. Deutsche und Franzosen sind niemals Freunde.«

»Aber …«, meldete sich nun bestürzt Joséphine zu Wort, »aber ich bin doch Deutsche. Und damit ist deine Familie zur Hälfte deutsch.«

»Jawohl«, sagte Jacques kalt. »Eine Schmach. Eine unerträgliche Schmach.«

»Also …«, setzte Ida empört an, doch ihre Tochter kam ihr, vor Wut bebend, zuvor. »Was fällt dir ein, uns so zu beleidigen? Mein großer Bruder ist deutscher Soldat, und mein Vater ebenfalls – dein eigener Sohn! Wünschst du denen auch die Verhaftung?«

»Mir gefällt dein Ton nicht, junges Fräulein«, bellte der Patriarch zurück. »Wenn euch nicht passt, was ich sage, könnt ihr gern nach Hause gehen. Weit habt ihr es schließlich nicht, dein Großvater Franz musste mir eure Patisserie damals ja direkt vor die Nase setzen. Von mir aus braucht ihr auch nie mehr wiederzukommen. Das hier ist jetzt wieder ein französisches Haus.«

Ruth, die bisher verzweifelt schweigend dabeigesessen hatte, sprang auf und sagte mit brüchiger Stimme: »Das kannst du nicht machen, Grand-père.«

Jacques beachtete sie gar nicht.

Joséphine starrte ihn fassungslos an. »Aber ich bin deine Enkeltochter, Großvater. Die Tochter deines Sohnes Lucien.«

Als der Alte den Kopf hob, glaubte Ida zunächst, so etwas wie Bedauern in seinem Blick zu erkennen. »Ja«, knurrte er dann und fügte zu ihrem Entsetzen hinzu: »Ja, das lässt sich leider nicht ändern.«

Ida atmete scharf ein, legte ihr Besteck auf den Teller zurück – auch sie hatte keinen Bissen gegessen –, schob ihren Stuhl zurück und erhob sich. »Komm, Joséphine.« Sie legte ihrer zutiefst getroffenen Tochter die Hand auf die Schulter. »Wir sind hier wohl wirklich nicht mehr erwünscht.«

Joséphine fiel es schwer aufzustehen, ihre Beine zitterten. Doch sofort war ihre verlässliche Freundin Ruth neben ihr, um sie zu stützen und ihrem gemeinsamen Großvater empört entgegenzurufen: »Wenn sie geht, gehe ich auch! Die eine gibt es nicht ohne die andere.«

»Du bist Französin. Du hast mit denen da«, Jacques zeigte mit dem Kinn abfällig auf Joséphine und ihre Mutter, »du hast mit denen da nichts zu schaffen.«

»O doch!«, rief Ruth empört. »Mit *denen da* habe ich sogar jede Menge zu schaffen. Joséphine ist mehr als meine Cousine, sie ist meine beste Freundin. Ihr verdanke ich die schönsten Ferien hier in Straßburg. Und Tante Ida war auch immer für mich da, vor allem, als Vater gefallen ist. Du warst ja eiskalt.«

»Ruth«, mahnte Ida leise. »Nicht.«

»Aber es ist doch wahr«, beharrte die junge Frau und folgte dann den anderen hinaus. Unten an der Haustür brach Ruth in Tränen aus. »Wie kann er nur so gemein zu euch sein?«, schluchzte sie. »Ich will nicht mehr mit dem alten Griesgram unter einem Dach leben.«

»Ach, Liebes«, seufzte Ida und nahm ihre Nichte in die Arme. »Im Grunde ist er einsam. Seine Frau hat ihn für einen Deutschen verlassen, seine Schwester ist nach Paris gezogen. Und Renés Tod hat ihn wohl doch mehr mitgenommen, als er nach außen hin zeigen wollte. Da kam vielleicht der Hass aus dem ersten Krieg wieder mit hoch. Die Deutschen haben ja 1870 auch seinen besten Freund getötet.«

»Dann meinst du, ich soll bei ihm bleiben?«, schniefte Ruth.

»Du kennst ihn doch«, sagte Ida sanft. »Manchmal ist er aufbrausend, und hinterher tut es ihm leid. Wenn du es tatsächlich nicht mehr aushältst bei ihm, sind wir ja gleich um die Ecke. Und du weißt, dass du dort willkommen bist – jederzeit!«

»Danke.« Ruth war nun wieder etwas ruhiger. »Wahrscheinlich hast du recht, und er ist wirklich einsam. Dann mache ich ihm eben die Freude und nähe Fahnen.«

»Du darfst dich schon auch selbst ein bisschen freuen«, sagte Ida lächelnd. »Ganz Straßburg ist in Feierlaune, endlich ist Frieden. Morgen werden die Franzosen erwartet, alle schmücken die Stadt. Sei dabei! Du bist Französin. Vielleicht freut sich dein Papa irgendwo mit euch.«

»Aber …«

»Nein, du verrätst uns damit nicht«, versicherte Ida, die Ruths Gedanken erraten hatte.

»Unter einer Bedingung.« Ruth sah Joséphine erneut flehend an, die daraufhin innehielt.

»Welche denn?«, fragte die zögernd. Sie hatte sich, tief verletzt, bisher vollkommen aus dem Gespräch zwischen ihrer Mutter und ihrer Cousine herausgehalten.

»Dass du morgen zur Siegesfeier mitkommst.«

»Aber ich …«, wehrte Joséphine ab.

»Bitte«, beharrte Ruth. »Du bist schließlich genauso Französin wie Deutsche.«

Joséphine wollte schon ablehnen, fing dann aber einen bittenden Blick ihrer Mutter auf. »Also gut«, sagte sie. »Ich begleite dich. Bis morgen.«

»Vergiss nicht, deine Maske aufzusetzen«, mahnte Joséphine ihre Mutter. Als erfahrene Kriegskrankenschwester wusste sie: Jetzt, da so viele Soldaten in der Stadt waren, war die Gefahr, sich an dieser Lungenpest, wie die derzeit grassierende Spanische Grippe auch genannt wurde, anzustecken, besonders groß.

Ida seufzte und zuckte dann mit den Schultern. »Es hilft ja nichts«, sagte sie, zog ihre Stoffmaske aus der Tasche und bedeckte Mund und Nase.

Vor der Patisserie Tritschler trafen Joséphine und Ida auf Odette Picard. Das einstige Blumenmädchen war inzwischen glücklich mit Marcel verheiratet. Die Einundzwanzigjährige strahlte eine unbändige Energie aus, jeder in ihrer Nähe fühlte sich sofort wohl. »Wieso seid ihr denn schon zurück?«, fragte sie verwundert.

»Opa hat uns rausgeworfen, bevor wir Ruths Essen kosten konnten«, berichtete Joséphine.

»Wie bitte?«, rief Odette empört und stemmte die Hände in die Hüften. »Was ist denn in den gefahren?«

»Mit mir kann man sich ja nicht mehr sehen lassen«, brach es zynisch aus Ida heraus. »Ich bin ja eine Deutsche.«

»Und ich eine halbe«, fügte Joséphine hinzu.

»So ein Unsinn«, urteilte Odette resolut und schob ihre Schwiegermutter sowie ihre Schwägerin ins Haus. »Ich lasse mich sehr gerne mit euch sehen. Ist er selbst schuld, der alte Brummbär. Machen wir es uns heute Abend eben vor unserem eigenen Kamin besonders gemütlich.«

Joséphine lächelte in sich hinein. Anfangs war sie zwar ebenso schockiert gewesen wie die arme Ruth, als Marcel verkündet hatte, eine andere zu heiraten. Doch sobald sie Odette näher kennengelernt hatte, war ihr klar gewesen: Marcel hatte einfach ein unglaubliches Glück gehabt mit dieser Frau. Auch Joséphine fühlte sich durch deren Zuspruch sofort besser.

Kaum hatten sie die Tür zur Wohnung im ersten Stock geöffnet, flog ein kleines, blondes Mädchen mit wippenden Zöpfen auf sie zu, das seiner Mutter Odette wie aus dem Gesicht geschnitten war. »Omi, Omi, das ging ja schnell«, rief die Kleine begeistert.

»Ja, das ging schnell«, wiederholte Joséphine sarkastisch. »Manchmal ist der Uropa Jacques ein ganz Schneller.«

Odette strich ihrer Tochter lächelnd über den Kopf. Dann sagte sie: »Anne, lauf doch rasch in die Küche und bitte Monsieur Castanet, etwas von dem Kriegskuchen aufzuschneiden.«

Ida bemerkte einmal mehr, dass sich in den letzten Jahren aus Sorge um ihren Mann ein trauriger Zug um Odettes Mund eingegraben hatte. Und auch sie selbst wurde immer öfter von Albträumen mit Erinnerungsfetzen jenes Tages geplagt, als ihr Adoptivsohn im Alter von vier Jahren beinahe in der Ill ertrunken war. Heute war die Sorge um Marcel leider von längerer Dauer und ließ sich bisweilen einfach nicht mehr verdrängen.

*

Der junge Mann sah den dampfenden und verführerisch duftenden Teller mit Suppe, den man ihm gereicht hatte, ungläubig an wie einen Schatz. Der Neuankömmling war gewiss erst vor Kurzem wehrtauglich geworden. In seinem ausgemergelten Gesicht erahnte man noch Spuren seiner Kindheit. Einer Kindheit, deren Hoffnungen und Zukunftsträume der Große Krieg ganz offensichtlich nachhaltig beschädigt hatte. Als der achtundzwanzigjährige Marcel Picard ihm einen Löffel gab, begann der Jüngere gierig zu essen.

»Nicht zu schnell!«, mahnte Marcel. »Sonst bekommst du Dünnpfiff. Und wenn du dein Essen nicht anständig verdaust, hast du bald wieder Hunger.«

»Danke«, schmatzte der andere. »Das ist so lecker. Wo haben Sie das bloß her?«

»Ich habe gelernt, dass man auch aus Resten etwas zaubern kann«, offenbarte Marcel. Normalerweise war er im Laufe der Gefangenschaft eher wortkarg geworden. Aber er hatte heute tagsüber beobachtet, wie einige »Kameraden« – oder besser: Mitgefangene – dem schmächtigen Jungen dessen ohnehin karge Ration abgeknöpft hatten. Marcel wusste aus eigener leidiger Erfahrung, dass sich in den Lagern oft jeder selbst der Nächste war. Jeder gegen jeden, allein. Es dauerte lang, bis sich hier ein rücksichtsvoller Umgang oder gar Freundschaften bildeten – wenn überhaupt. Obwohl man wie Vieh aneinandergepfercht wurde, konnte das Kriegsgefangenenlager der einsamste Ort der Welt sein. Deshalb hatte Marcel den Jungen zu dieser nächtlichen Stunde in sein Reich geholt: die winzige und schlecht ausgestattete Feldküche. Und dort wollte er ihm nicht nur heimlich Suppe schenken, sondern auch etwas anderes, nach dem der Neuankömmling gewiss genauso hungerte: ein vertrauensvolles, langes Gespräch.

»Sogar die Wachoffiziere bewundern es, wenn jemand ein wenig guten Geschmack in diese grässliche Lagerwelt reinbringen kann. Als ich hier so neu war wie du, da hatte ich mich aufgegeben. Der Krieg ging ja über vier Jahre, alle Seiten sind zermürbt. Deshalb werden die Franzosen uns deutschen Gefangenen gegenüber immer bösartiger und grausamer.«

»Das stimmt«, bestätigte der junge Mann. »Dabei haben auch die sich in den Berner Verhandlungen zu menschlicherer Behandlung verpflichtet. Und dann gilt natürlich immer noch die Haager Landkriegsordnung von 1907: In den Lagern behalten die Gefangenen ihren Status und Rang als Offiziere oder einfache Soldaten, alle sollen mit Menschlichkeit behandelt werden und in Bezug auf Nahrung und Unterkunft den eigenen Truppen gleichgestellt sein. Aber in so einem Lager … Da wird dann in der Realität eben doch oft auf solche völkerrechtlichen Bestimmungen gepfiffen. Gerade jetzt nach so langer Zeit und bei den eingeschränkten Ressourcen.«

»Woher weißt du denn das alles?«, wunderte sich Marcel.

»Ich will mal Politiker werden, lese, was ich in die Finger kriegen kann. Bevor die mich eingezogen haben, wollte ich Rechtswissenschaften studieren.«

»Donnerwetter!«

»Otto von Bismarck hat ja mal gesagt: Je weniger die Leute wissen, wie Würste und Gesetze gemacht werden, desto besser schlafen sie! Aber sowohl die Juristerei als auch das politische Interesse liegen bei mir in der Familie. Mein Urgroßonkel war Rechtsanwalt und hat vor siebzig Jahren in Offenburg die badische Revolution mit ausgelöst«, erzählte der Junge nun ein wenig stolz und leckte den letzten Rest Suppe vom Teller. »Ich glaube, in Zukunft sollten die europäischen Länder zusammenarbeiten. Wir sehen ja gerade, wohin der Nationalismus und das Herrendenken geführt haben.«

»Ja, nur wer viel weiß, kann konstruktive Ideen für die Zukunft finden«, meinte Marcel. »Es ist wichtig, sich an diesem Ort nicht aufzugeben. Ich behalte mir meine Würde, helfe anderen weiterhin, solange es geht, das habe ich mir geschworen. Zu Hause in Straßburg war ich Feinbäcker, und jetzt habe ich mir auch hier so eine Nische geschaffen, wo es den Leuten schmeckt.«

»Mit Erfolg«, bestätigte der Junge anerkennend. »Ich habe seit bestimmt zwei Jahren nichts so Leckeres mehr gegessen.«

»Freut mich«, sagte der solchermaßen Gelobte und streckte die Hand aus. »Ich bin übrigens Marcel Picard.«

»Konrad Struve aus Offenburg«, stellte sich der Jüngere vor und drückte mit erstaunlicher Kraft die Hand des Feldkochs.

»Was ist denn hier los?«, bellte plötzlich eine Stimme auf Französisch.

Marcel und der jüngere Gefangene fuhren erschrocken herum und sahen sich einem streng dreinblickenden Lageroffizier mit rotem Schnauzbart gegenüber. Marcel bemerkte, dass Konrad Struve neben ihm zu zittern begann. Offenbar wusste er, dass auf Nahrungsunterschlagung der Tod stand. Der Offizier zog seine Pistole.

2

Ruth!« Jacques Picard konnte ein erleichtertes Lächeln nicht verbergen, als er seine Enkelin in der Tür bemerkte. »Komm her, mein Mädchen, sieh dir das an.« Er winkte sie zu sich und zeigte voller Stolz auf ein zusammengerolltes Banner in den klassischen französischen Farben. Blau-Weiß-Rot. »Bisschen staubig, die alte Dame, aber das bekommen wir schon hin. Bis morgen erstrahlst du in neuem Glanz, mein Schätzchen«, freute er sich.

»Wo hast du die denn so schnell her?«, wollte Ruth wissen. Ihr Tonfall war kühler als sonst, sie wollte ihrem Großvater schon noch zeigen, wie übel sie ihm sein Verhalten nahm, doch Jacques bemerkte es entweder nicht oder ignorierte es geflissentlich.

»Ja, da staunst du, was?«, freute sich der Alte. »Versteckt hab ich sie. All die Jahre über. Unter meinem Kleiderschrank. Ich wusste, dass sie eines Tages wieder zum Einsatz kommen würde, das gute Mädchen.«

Ruth dachte an die Worte ihrer Tante Ida und seufzte gottergeben. »Dann mache ich die dir mal schön sauber«, bot sie an.

Erstmals seit Langem zeigte er sich gut gelaunt. »Unsere gute Madame Rolland hat in der Bibliothek schon mit den anderen Fahnen begonnen. Dann hängen wir die drei Prachtstücke aus den beiden Wohnzimmerfenstern. Die Patisserie Goldschmidt und das Haus Picard werden die heimkehrenden Soldaten morgen gebührend willkommen heißen. Das wird ein Fest!«, freute er sich. Dann wurde er plötzlich ganz nachdenklich. »Wenn das dein Vater noch erlebt hätte!«

Nach diesen Worten erhob er sich ächzend – das Gliederreißen machte Jacques immer mehr zu schaffen – und wankte zur Tür.

»Wo willst du denn hin?«, rief Ruth ihm nach.

»Na, wohin wohl«, knurrte der Alte. »In meine Backstube natürlich. Wenn die Helden morgen heimkehren, dann müssen sie doch ordentlich versorgt werden. Sie sollen schmecken, dass das Elsass wieder französisch ist!«

»Ich kann keinen Unterschied zwischen deutschem und elsässischem Kougelhopf erkennen«, sagte Ruth zu leise, als dass er sie hätte hören können. Das sollte er auch gar nicht. Laut bot sie an: »Ich könnte dir doch helfen! Beim Backen, meine ich.«

»Du? In der Backstube?« Der Großvater lachte auf. »Wie denn das?«

Sie schluckte. Er tat gerade, als sei sie noch das kleine Mädchen, das vor dem Krieg, als es noch ausreichend Zutaten gab, immer zu ihm nach unten geschlichen war, um hier eine Sultanine und dort ein wenig Zucker zu ergattern.

Aber nun war sie kein kleines Mädchen mehr, sondern über zwanzig Jahre alt – und hatte den großen Traum, diejenige zu sein, die das Unternehmen in die Zukunft führen würde. Das war sie allein schon ihrem Vater schuldig. Manchmal hatte Ruth in den qualvollen zweieinhalb Jahren, die seither vergangen waren, gedacht, er habe seinen Tod kommen sehen und deshalb im Juli 1914 seine eindringlichen Worte an sie gerichtet.

Aber nicht nur weil ihr Vater es sich gewünscht hatte, sondern auch ganz generell würde Ruth nur zu gern in der Backstube stehen, um die typischen elsässischen Leckereien zuzubereiten: Macarons, Kougelhopf, Elsässer Apfelkuchen mit Rahmguss, Bredele, Flammkuchen sowie allerlei Tartes. Doch an Jacques' breitem Rücken führte kein Weg vorbei.

Da er nicht erlaubte, dass sie arbeitete, besuchte Ruth häufig Vorträge und Weiterbildungskurse. Außerdem half sie in einer Armenküche aus, um sich das Gefühl zu geben, etwas Sinnvolles zum Allgemeinwohl beizutragen.

»Hilf du lieber Madame Rolland!«, schlug ihr Großvater vor.

Seufzend gab sie nach, zumindest für den Moment.

*

Die Sekunden schienen dahinzufließen wie Ewigkeiten, während der Lageroffizier mit dem karottenroten Schnauzbart seine Pistole auf die Gefangenen Struve und Picard gerichtet hielt. Dann imitierte er mit den Lippen das Geräusch eines Schusses und begann zu kichern. Er ließ die Waffe sinken, kam näher und klopfte Marcel auf die Schulter.

»Na, Junge, kannst du mir noch was zaubern?«, fragte er auf Französisch. »Ich habe irrsinnig Kohldampf.«

»Es gibt noch meine Ration vom Abendessen, die kannst du haben«, bot der kriegsgefangene Feldkoch an und kramte aus seiner Hosentasche ein in Butterbrotpapier gewickeltes Stückchen hervor.

»Ein schnödes Margarinebrot?«, fragte der Offizier enttäuscht.

Marcel drückte es ihm mit einem Grinsen in die Hand. »Du kennst mich, ich habe einen Aufstrich dafür hergestellt, um es aufzuwerten.«

Der Offizier packte das Brot aus, probierte, nickte anerkennend und schloss dann die Augen. »Schmeckt großartig. Ist das Schmalz?«

»Wo sollte ich den hier herbekommen? Es ist aus Apfelschalen, gerösteten Zwiebeln, Salz und Käserinden«, gab Marcel zu.

»Du bist ein Genie, Picard«, befand der Offizier. »Was macht denn der Kleine hier?«

Er deutete auf Konrad, der kein Französisch zu verstehen schien und dem die Todesangst noch immer ins Gesicht geschrieben stand.

»Er ist neu hier, und ich habe ihm gerade die Lagerregeln erklärt«, behauptete Marcel. »Dass man ihn mit Pistolen erschreckt, davor habe ich ihn allerdings nicht gewarnt.«

Erneut lachte der Schnauzbärtige. »Dann bring ihm Humor bei. Dürfte bei den Boches allerdings eine Weile dauern.«

Er salutierte ironisch und verließ die schäbige Lagerküche.

Konrad atmete erleichtert aus. »Was hat er gesagt?«

»Ach, er ist ein gutmütiger Spaßvogel. Er liebt mein Essen und hat mir verraten, dass der Krieg vorbei und für Deutschland schon verloren ist«, berichtete Marcel. »Mit etwas Glück überleben wir also, bis die das Lager hier dichtmachen.«

»Du sprichst die Sprache perfekt und hast einen französischen Namen«, wunderte sich Konrad. »Wie kommt es dann, dass du überhaupt hier Gefangener bist?«

»Ich bin aus Straßburg, französische Wurzeln. Nur meine Adoptivmutter und ihre Familie sind Deutsche«, referierte Marcel. »Aber als Straßburger haben wir alle zum deutschen Reichsland Elsaß-Lothringen gehört, und wir Männer mussten natürlich auch gegen die früheren Landsleute in den Krieg ziehen.«

»In Friedenszeiten war ich schon mal in Straßburg«, erzählte Konrad. »Meine Lieblingstante lebt in Mariakirch. Auf dem Weg dahin haben wir auch deine Stadt besucht.«

»Ah, Sainte-Marie-aux-Mines«, nannte Marcel den französischen Namen Mariakirchs. »Ich war noch nie dort, aber meine leiblichen Eltern kamen daher.«

»Und seit wann bist du hier im Lager?«, fragte Konrad.

»Mich haben sie schon letztes Jahr im August einkassiert«, antwortete der Lagerkoch. »Erst mal haben sie uns wochenlang im Etappengebiet festgehalten. Wir mussten unter freiem Himmel schlafen, ohne geeignete Kleidung. Irgendwann ging es dann ins völlig überfüllte Sichtungslager Fort do'Asinieres bei Dijon. Zu der Zeit waren wir sowieso schon ausgehungert und krank, und dort wurde es noch schlimmer. Auf drei Mann kam ein Strohsack. Es gab so wenig zu essen, wir haben uns gierig auf schimmelige Speisereste, Rübenschalen und rohe Feldfrüchte gestürzt. Das Wachpersonal hat uns beschimpft und geschlagen. Als ich hierherkam, war das fast eine Erlösung. Zumindest für mich. Ich bin in der Küche natürlich nicht der Knochenarbeit ausgesetzt wie die Kameraden. Es passierten da viele Unfälle, die Männer leiden an Unterernährung, Krankheiten und völliger Erschöpfung. Seit ich hier bin, gab es mindestens einmal im Monat einen toten Gefangenen.«

»Wie hast du es denn in den Küchendienst geschafft?«, fragte Konrad.

»Durch Erfahrung. Ich hatte mich von vorneherein freiwillig für eine Feldküche gemeldet. So ist es mir erspart geblieben, auf jemanden schießen zu müssen.«

»Mir leider nicht«, entgegnete Konrad und sank wieder betrübt in sich zusammen.

Marcel sah den Erfolg seiner Mission, den Neuankömmling aufzumuntern, dahinschwinden und wechselte deshalb rasch das Thema: »Wartet zu Hause ein Mädchen auf dich?«

Konrad schüttelte den Kopf. »Nein, die Damenwelt und ich, das wird wohl nichts mehr.«

»Ach, die Richtige kommt schon noch«, versuchte Marcel Zuversicht zu vermitteln. »Ich habe auch eine unglückliche Liebe hinter mir. War vor dem Krieg heftig verknallt in meine Cousine Ruth aus Cognac. Ein zauberhaftes Mädchen. Mit jedem ihrer Besuche bei uns wurde klarer, wir gehören zusammen. Am Tag der Mobilmachung wollte ich um ihre Hand anhalten – aber dann erfuhr ich, dass Ruth schon seit Längerem heimlich in jemand anderen verliebt war. Den plante sie angeblich auch zu heiraten, sobald er geerbt hat. Ich war zwar enttäuscht, dass sie mich so hinters Licht geführt hat, und verstand auch nicht, warum. Aber was soll ich sagen, nur einen Tag später hat mir ein wunderschönes Blumenmädchen ihre Liebe gestanden. Odette. Wir haben sofort geheiratet, und jetzt wird unsere kleine Tochter Anne im Februar schon vier.«

»Schöne Geschichte«, kommentierte Konrad lächelnd. »Hast du deine Cousine denn mal direkt gefragt, warum sie dir Hoffnungen gemacht hat – aber ihre Liebschaft mit dem anderen verheimlicht?«

»Nein«, gab Marcel zu. »Dazu war ich zu stolz. Sie kam auch als einziges Familienmitglied nicht zu meiner Hochzeit mit Odette – trotz Einladung.«

Marcel beschloss, Ruth tatsächlich nach dem Grund zu fragen – wenn er es überhaupt jemals wieder nach Hause schaffen würde.

*

Als Ruth sie in der Bibliothek aufsuchte, war Geraldine Rolland damit beschäftigt, weitere Fahnen und allerlei französischen Schmuck herzustellen. Wie gewohnt lächelte die Köchin Picards Enkelin herzlich zu.

»Ich helfe Ihnen«, bot Ruth an. »Ist doch sicher anstrengend.«

»Danke, das ist es, aber was tut man nicht alles fürs Vaterland«, entgegnete die Ältere.

Vaterland, dachte Ruth. Frankreich war ihr Vaterland. Und es war Joséphines Vaterland. Gab es eigentlich auch ein Mutterland? Dann hatte ihre Cousine ein französisches Vater- und ein deutsches Mutterland.

»Leider haben wir nicht genug Stoff, befürchte ich«, seufzte die Köchin. »Ich werde Ihren Großvater wohl enttäuschen müssen, aus der dritten Fahne wird nichts.«

Ruth überlegte nur kurz, bis ihr etwas einfiel. »Nun, dann werde ich mal etwas für mein Vaterland tun, indem ich die Kiste mit meiner Aussteuer durchsuche.«

»Oh«, kam es erstaunt von der Köchin. »Aber das sind doch ganz besondere Stoffe! Sie haben monatelang daran gestickt!«

Ruth nickte. Mit Grausen erinnerte sie sich daran, wie die strenge Gouvernante in Cognac sie dazu angehalten hatte, Hohlsäume zu nähen und die Tischläufer mit Lochstickerei zu verzieren.

»Schon, aber es ist ja ohnehin kein Mann zum Heiraten in Sicht, also werde ich die Aussteuer auf absehbare Zeit wohl kaum brauchen.«

»Das kann man nie wissen«, äußerte Geraldine Rolland. »Vielleicht schickt Ihnen der liebe Gott gleich morgen den Richtigen.«

Doch von Ruth kam daraufhin nur ein abfälliges Schnaufen. Sie hatte dem Thema Männer abgeschworen, seit einen Tag nach Kriegsausbruch – für sie völlig unvorbereitet – die Nachricht der Verlobung ihres Schwarms Marcel mit einer Blumenverkäuferin durchgesickert war. Viel zu weh hatte das damals getan! Der Hochzeitsfeier war sie mit der Ausrede einer Erkrankung ferngeblieben und hatte stattdessen allein in ihrem Bett geweint. »Ach, ich glaube, der liebe Gott hat gerade anderes zu tun, als sich um mein Gefühlsleben zu kümmern.« Was Ruth viel mehr Sorgen bereitete als das Fehlen des großen Unbekannten, war der Verbleib ihres Onkels Lucien. Und selbst wenn er sie sehr verletzt hatte und sie bis zu seiner Einberufung Anfang 1917 sehr distanziert miteinander umgegangen waren: Sie hatte auch Angst um ihren Cousin Marcel. Der Krieg war vorüber, und noch immer gab es kein Lebenszeichen von den beiden. Und wie mussten erst Tante Ida und Marcels Frau leiden? Sosehr Ruth sich auch bemüht hatte, Odette zu hassen – es war ihr einfach nicht gelungen. Die wunderschöne Blondine wurde von allen geliebt, die Welt lag ihr zu Füßen, Marcel betete sie an. Aus gutem Grund: Odette war gutmütig, großzügig und herzlich – und hatte es nicht verdient, seit über einem Jahr um ihren Mann bangen zu müssen.

Ruth ging in ihr Zimmer im zweiten Stock hinauf, um die Kiste mit ihrer Aussteuer zu durchsuchen. Vorsichtig klappte sie sie auf und strich mit den Händen über die glatte, kühle Oberfläche. Was für Träume sie in diese weißen Tücher gestickt hatte, um der Langeweile zu entkommen, die durch die eintönige, immer gleiche Bewegung entstand, wenn sie die silberne Nadel in den Stoff hineinsteckte und wieder herauszog. Sie hatte sich vorgestellt, dass Marcel ihr seine Liebe gestehen und ihr schließlich einen Antrag machen würde. Nur Joséphine hatte sie von diesen Traumbildern erzählt. Und jetzt sollten diese Hirngespinste als stoffgewordenes Denkmal von der Hauswand herunterflattern – für das französische Vaterland, das auch ihr Mutterland war! Vielleicht würden sie ja ihren Onkel aus dem Krieg zurückbringen, dachte Ruth hoffnungsvoll. Und Marcel! Sie fragte sich einmal mehr, warum sie so lange nichts von den Männern gehört hatten. Dafür konnte es mehrere Gründe geben. Vielleicht waren sie einfach noch nicht aus der Armee entlassen. Oder die beiden waren in einem Gefangenenlager der Franzosen gelandet. An die schlimmste aller Möglichkeiten mochte sie gar nicht denken. Sie hätte es nicht ertragen.

Ruth nahm die schweren Stoffe aus der Kiste und ging ins Treppenhaus, um zu Madame Rolland in die Bibliothek zurückzukehren. Auf dem Weg nach unten stieg ihr der verführerische Duft von frischem Kougelhopf aus der Backstube in die Nase. Sie seufzte. Statt ihre Aussteuer in eine Trikolore-Flagge zu verwandeln, hätte sie viel lieber neben dem Großvater – oder noch besser: allein – in der Backstube gestanden. Wie schade, dass Joséphine nicht bei ihr war. Mit ihr zusammen hätte das Herstellen der Fahne sicherlich sogar Spaß gemacht. Zum Glück hatte sie der Freundin noch das Versprechen abgerungen, sie am nächsten Tag zu den Siegesfeierlichkeiten zu begleiten.

Als sie in der Bibliothek ankam, hatte Madame Rolland den inzwischen zehnten Wimpel genäht und sah ihr erfreut entgegen. Sie begutachtete den Stoff und meinte anerkennend: »Ihr Großvater wird für Ihr Opfer sehr dankbar sein.«

3

In der Wohnstube über der Patisserie Tritschler war es gewohnt harmonisch und behaglich. Der Hausdiener der Tritschlers, der sechsundsechzigjährige Monsieur Castanet, ein dürrer Mann mit kahlem Kopf, hatte im Kamin ein Feuer entfacht, das für wohlige Wärme sorgte. Ida saß in einem Ohrensessel und blätterte in der Tageszeitung, zu ihren Füßen lagen schnurrend Kätzchen Luna und Katerchen Mars, Nachfahren ihres Katers Astro, den sie einst hinter der astronomischen Uhr des Straßburger Münsters gefunden hatte. Im Sitzmöbel ihr gegenüber hatte es sich Idas Schwiegertochter Odette bequem gemacht, die an einem Schal strickte. Am Fenster saß Joséphine und las in einem medizinischen Fachbuch. Ida sah ihre Tochter über den Rand der Zeitung prüfend an. Sie kannte sie gut genug, um zu wissen, wie gekränkt Joséphine von den Worten ihres Großvaters war. Ida hatte sich schon immer hervorragend in andere Menschen hineinversetzen können. Das half ihr auch täglich beim Umgang mit Kunden in der Patisserie. Sie wusste, dass Joséphine einen ausgeprägten Gerechtigkeitssinn hatte und unlogisches Verhalten nicht schätzte. Eben wegen der großen Sensibilität ihrer Tochter hatte sich Ida auch sehr um sie gesorgt, als sie als Krankenschwester ins Lazarett gegangen war. Weder war das

Schicksal immer gerecht zu Kranken und Verletzten, noch war die Arbeit dort etwas für zartbesaitete Menschen. Aber es hatte sich gezeigt, dass Joséphine mit dem Leid anderer Menschen gut zurechtkam und sie dank ihres mitfühlenden Wesens zu trösten vermochte, ohne selbst daran zugrunde zu gehen. Kein Wunder also, dass ihr alle Patienten voller Dankbarkeit, ja, bisweilen Liebe begegneten.

»Ärgerst du dich immer noch über Jacques, Finchen?«, fragte Ida nun. »Du wirkst so nachdenklich.«

Doch ihre Tochter schüttelte den Kopf. »Leider ist er nicht der Einzige, der plötzlich alles Deutsche loswerden will. Heute Morgen habe ich im Lazarett erfahren, dass die deutschen Schwestern im jüdischen Krankenhaus die Stadt umgehend verlassen müssen. Ich habe morgen früh frei, dann möchte ich Julie gern besuchen, um mich zu verabschieden.«

»Das ist die Schwester, die du im Krieg kennengelernt hast, nicht wahr?«, erinnerte sich Odette, die ihrer Schwägerin schon mehrfach gestanden hatte, wie sehr sie diese für ihre Arbeit bewunderte. Sie selbst war kaum in der Lage, den Anblick von Blut zu ertragen, das hatte sie offen zugegeben. Die Geschichten von Joséphines Erlebnissen interessierten sie dennoch brennend.

»Ja, ich habe Oberin Julie Glaser vor zwei Jahren zum ersten Mal getroffen, eine unglaublich beeindruckende Frau. Damals gab es schwere Gefechte in den Vogesen. Man hat die Schwestern des jüdischen Krankenhauses hinzugezogen, bei den Verwundetentransporten mitzuhelfen.«

»Das waren sicher schlimme Bilder«, mutmaßte Odette und klang ebenso fasziniert wie eingeschüchtert.

Joséphine erinnerte sich noch genau daran. »Es war wahnsinnig heiß damals. Wir sind mit mehreren Autos auf den Verbandsplatz Hohwald bei Saarburg gefahren: der Stabsarzt, ein Chirurg, ein Apotheker, das Sanitätspersonal und die Schwestern. Und dann gab es noch Fahrzeuge mit Verbandsmaterial und Instrumenten. Was wir in Hohwald vorgefunden haben, war schrecklich. Im Leid sind sie alle gleich, Deutsche wie Franzosen.«

Ida nickte ernst. »Ich dachte eigentlich, die Lektion hätte Jacques schon vor einem Vierteljahrhundert gelernt«, sagte sie in Erinnerung an den unerfreulichen Besuch bei ihrem Schwiegervater.

»Viele sind uns einfach unter den Händen weggestorben«, fuhr ihre Tochter mit der Erzählung fort. »Das Hilfslazarett wurde in einem Gasthaus eingerichtet, aber der Wirt hat anfangs jede Hilfe verweigert. Wollte keine Seife und kein Wasser herausgeben. Dadurch haben wir wertvolle Zeit verloren. So lernte ich gleich an meinem ersten Arbeitstag, dass man im Blick eines Menschen sehen kann, ob er durchkommen wird – oder ob er stirbt.«

Dann sagte sie leise: »An diesem Tag habe ich auch Trystan kennengelernt.«

Ida und Odette wechselten einen verwunderten Blick. »Trystan?«, fragte Ida.

Ein fast unmerkliches Lächeln huschte über Joséphines Gesicht. »Trystan Bouvier. Das war ein schwer verletzter Soldat, gerade mal zwanzig Jahre alt – und sehr hübsch«, fügte sie hinzu. »Ich sehe ihn noch genau vor mir, wie er auf dem OP-Tisch lag. Seine grünen Augen haben in seinem vor Dreck und Blut ganz dunklen Gesicht wie Smaragde geleuchtet.«

»Und … was geschah weiter mit ihm?«, fragte Ida vorsichtig.

»Er wurde dann wie viele andere Verwundete in einem Leiterwagen zur Bahnstation gebracht. Von da aus ging es mit dem bereitstehenden Güterzug nach Straßburg. Und Trystan hatte Glück: Für morgens um fünf war nämlich der Wiederanmarsch der Franzosen gemeldet, deshalb konnten wir nicht alle Verletzten sofort mitnehmen. Die Mutter Oberin und die Schwestern haben sich erst drei Tage später noch mal auf den Weg nach Hohwald gemacht. Sie haben dann weitere zweihundert Schwerverletzte mitgebracht.«

»Aber du bist in Straßburg geblieben und hast Trystan gepflegt?«, hakte Odette nach.

Joséphine nickte. »Ihn und rund fünfhundert weitere Verwundete. Das Festungslazarett war hier im Lyzeum untergebracht.«

Die Erinnerung an jene Tage hatte sich ihr ins Gedächtnis gebrannt: die Gluthitze, der Gestank, unter anderem nach Blut, Schweiß und Desinfektionsmitteln, das Wimmern, die Schreie. Sie war wegen der ständigen Herausforderungen und des Schlafmangels in einem tranceartigen Zustand gewesen, arbeitete konzentriert und fieberhaft, verband, half bei Operationen. Und als sie damit fertig war, fühlte es sich längst nicht mehr an wie ihr erster Arbeitstag. Vielmehr kam es ihr vor, als hätte sie schon seit Jahren nichts anderes getan.

Sooft sie nur irgend konnte, war Joséphine in jener Zeit an Trystans Bett vorbeigegangen. Wieder und immer wieder hatte er ihr smaragdene Blicke gesandt, die Hand nach ihr ausgestreckt. Doch es war so wenig Zeit gewesen für einzelne Patienten. »Da war die Hölle los. Es gab zu wenig Schwestern und vor allem zu wenig Ärzte. Obwohl ich immer nur in den wenigen Pausen mit Trystan sprechen konnte, war da etwas ganz Besonderes zwischen uns. Er ist gelernter Bäckermeister, ein verrückter Zufall, oder?«

Ida und Odette wechselten erneut einen gerührten Blick. Joséphine trug ihr Herz sonst wahrlich nicht auf der Zunge. Dass sie ihnen von Trystan, in den sie offenbar bis über beide

Ohren verliebt war, erzählt hatte, war ein großer Vertrauensbeweis – und ein Zeichen dafür, wie emotional aufgewühlt Joséphine war, die inzwischen wieder aus dem Fenster sah und ihren Träumen nachhing.

Er sehne sich so sehr danach, mit seinen Händen die herrlichsten Köstlichkeiten zu formen, statt zu töten, hatte ihr Trystan seinerzeit erzählt. Eines Tages wolle er zu Joséphine kommen und ihr in der Patisserie helfen. Hirngespinste, aber sie hatten sich beide nur zu gern in diese Träume geflüchtet.

»Er war im Lazarett schnell sehr beliebt, denn sobald er einigermaßen auf dem Damm war, hat er in der Küche geholfen und dort manche Leckerei gezaubert.«

»Und wie geht es ihm heute?«, fragte Odette vorsichtig.

»Das weiß ich nicht«, erwiderte Joséphine resigniert. »Als er genesen war und weiterziehen musste, habe ich ihm noch meine Adresse gegeben. Das war vor über zwei Jahren, seitdem habe ich nichts mehr von ihm gehört.«

War er tot? Hatte er sie vergessen? Die Gedanken an Trystan kehrten noch immer täglich zu ihr zurück.

»Du Arme«, brachte Odette mitleidsvoll hervor. »Da jammere ich dir ständig die Ohren voll, wie sehr ich mich um Marcel und meinen Schwiegervater sorge – dabei leidest du selbst auch die ganze Zeit.«

Die drei Frauen schwiegen einen Augenblick lang betreten, nur das Knistern des Kaminfeuers, das Schnurren der Kätzchen und der leise Regen draußen in der Winternacht waren zu hören. Und doch lagen auch drei Namen spürbar in der Luft: Trystan, Lucien und Marcel …

*

Marcel war verärgert. Entgegen der Aussage des Lagerkommandanten war die dringend benötigte neue Lieferung von

Nahrungsvorräten wieder nicht angekommen. Er war daher gezwungen, den Offizieren Fisch mit Steckrüben zu servieren und den Gefangenen ein dünnes Süppchen aus den Resten und den Rübenschalen zu kochen.

Gerade machte er sich daran, das Kochen für das Lagerpersonal vorzubereiten, da betrat ein großer, massiger Mann mit schütterem Haar den Raum. Der Gefangene trug den Spitznamen »Beilchen-Mayer«, und dahinter steckte eine kuriose Geschichte. Verwundert stellte Marcel fest, dass sich Mayer einen anderen Gefangenen über die Schulter geworfen hatte. Dieser war übel zugerichtet worden, sein Gesicht war so blutverschmiert und derart blau und grün geschwollen, dass es einen Augenblick dauerte, bis Marcel zu seinem Entsetzen den jungen Struve wiedererkannte.

»Konrad!«, rief er mitleidsvoll.

Der stöhnte jedoch nur vor Schmerz.

»Können wir ihn irgendwo hier verstecken?«, keuchte Beilchen-Mayer.

Marcel nickte und führte ihn in den so gut wie leeren Vorratsraum.

Gemeinsam mit Mayer legte er Konrad dort auf ein paar leere Strohsäcke.

»Was ist mit ihm passiert?«, wollte Marcel wissen.

»Ein paar Männer hatten wohl vor, ihn totzuschlagen«, meinte Mayer. »In der Latrine, ich kam zufällig dahin«, verriet der Hüne. »Hoffe, ich bin noch rechtzeitig dazwischengegangen.«

Marcel musterte den wimmernden und halb bewusstlosen Konrad mitfühlend. »Aber warum haben die das getan?«

»Jemand hat angeblich durch einen Holzspalt gesehen, dass der Junge bei dir gestern Nacht eine gute Suppe erbettelt hat. Dafür wollten sie ihm wohl den Garaus machen.«

Marcel ging zum Waschbecken und hielt ein Handtuch unter den Wasserstrahl. »Und wieso hast du ihn nicht ins Lazarett gebracht?«

»Weil da einer von den Schlägern arbeitet«, erklärte Beilchen-Mayer. »Dort kann er den Jungen ja noch schneller und völlig ohne Spuren oder Zeugen ins Jenseits befördern!«

Marcel nickte betreten und begann, Struves Gesicht vom Blut zu säubern – mit größtmöglicher Vorsicht, doch der Patient keuchte dennoch schmerzgeplagt.

»Ich hole Verbandszeug und Desinfektionsmittel«, schlug Beilchen-Mayer vor.

»Danke, Mayer«, sagte Marcel, als der Mann die Küche verließ.

Beilchen-Mayer war einer der gutmütigsten Kerle in diesem Lager. Umso verwunderlicher war der Vorfall, bei dem er seinen Spitznamen erhalten hatte. Kurz vor Marcels Einlieferung im August 1917 hatte es bei den Waldarbeiten, zu dem die Gefangenen herangezogen worden waren, einen besonders sadistischen Aufseher namens Nuhr gegeben. Dieser besaß angeblich eine Peitsche und quälte die internierten Deutschen aus reiner Willkür. Einem habe er grundlos so lange ins Gesicht gepeitscht, bis dieser erblindete. Die Gerüchte im Lager besagten, dass Martin Mayer früher keiner Fliege etwas zuleide tun konnte. Aber als der Aufseher einen besonders jungen und schmächtigen Gefangenen ohne jeden Anlass mit einem Scheit halb totgeschlagen habe, sei er durchgedreht und habe dem brutalen Nuhr mit seinem Beil von hinten einfach den Kopf abgeschlagen. Da viele Aufseher den Sadisten auch nicht gemocht hatten, war der Geköpfte im Wald verscharrt und sein Tod verschwiegen worden.

Mitleidsvoll und mit schlechtem Gewissen sah Marcel auf den schwer misshandelten Struve.

»Verzeih mir, ich war so naiv«, sagte der Lagerkoch mit stockender Stimme. Sein Plan, hier allen trotz der Umstände helfen zu können – er hatte sich als Illusion erwiesen. Hätte er Konrad gestern hungrig schlafen lassen, würde der heute nicht in Lebensgefahr schweben.

*

In fliegender Hast überquerte Joséphine Picard am Morgen des 22. November 1918 den Hagenauer Platz und steuerte auf das prachtvolle, dreiflügelige Gebäude zu: die Clinique Adassa, wie das Israelitische Krankenhaus hieß. Sie wusste von Oberin Julie, dass es bei seiner Gründung 1878 zunächst am Kuppelhof, der heutigen Rue de Couples, untergebracht gewesen, dann acht Jahre später aber wegen ständiger Überbelegung in diesen prachtvollen und geräumigen Neubau umgezogen war. Schon vor 1914 hatten hier viele Schwestern unter Oberin Julie Glaser ihren Dienst getan und waren auch während des Krieges geblieben, um Verletzten aller Nationen zu helfen. Sie hatten ein Lazarett übernommen – jenes, in dem auch Joséphine zuerst tätig gewesen war. Darin wurden hauptsächlich Gefangene aus Frankreich, Russland, Italien, Rumänien, England und Amerika behandelt. Joséphine fand es großartig, dass alle Verwundeten, gleich welcher Nation, Hilfe bekamen. Sie hatte gespürt, dass sie hier genau am richtigen Platz war. Da sie bilingual aufgewachsen war, konnte sie auch französische Verwundete in deren Muttersprache trösten und hatte daher eine besondere Verantwortung für sie gefühlt. Vor einem halben Jahr war sie dann in ein anderes Lazarett versetzt worden, wo man sich hauptsächlich um die Opfer der überall grassierenden Lungenpest kümmerte.

Als sie das Israelitische Krankenhaus betrat, bemerkte sie die veränderte Stimmung sofort. Die Gänge, die sonst voller

Verwundeter waren, lagen heute leer und verlassen da. Nach langem Suchen fand sie schließlich die Mutter Oberin in der Kleiderkammer vor aufgerissenen Schranktüren. Normalerweise war hier alles mit Bettwäsche und Krankenkleidung gefüllt, jetzt herrschte bis auf wenige Einzelstücke und einige achtlos zu Boden geworfene Hemdchen gähnende Leere.

»Mutter Oberin«, sagte Joséphine beklommen. »Was ist geschehen?«

»Ach, mein liebes Kind«, entgegnete die Schwester mit feuchten Augen und ungewohnt schwacher Stimme. »Das meiste ist geplündert. Von elsässischen Verwundeten. Für die deutschen Verletzten sollte wohl nichts übrig bleiben. Nun ist der Hass auch in der Pflege angekommen.«

Joséphine schluckte und sah betreten zu Boden. Die Frau, die auf sie einst so groß und resolut gewirkt hatte, war auf einmal ganz schmal und zerbrechlich, als sie sagte: »Seit klar ist, dass die Franzosen bald kommen werden, haben besorgte Angehörige ihre Kranken schnell nach Hause geholt. Und dann hat unser Dr. Bloch gefragt, ob wir Schwestern nicht auch zu unserem Mutterhaus in Frankfurt gehen wollen. Aber wir wurden hier doch immer noch gebraucht.« Ihre Stimme stockte. »Man hat uns auf diesen Posten gestellt, und den werden wir nicht verlassen, haben wir gesagt.«

Joséphine nickte. Nichts anderes hatte sie von den Schwestern erwartet.

»Aber nun werden wir wohl doch gehen müssen. In der fürchterlichen Zeit der Revolution zeigte sich der ungeheure Hass gegen alles Deutsche«, fuhr die Mutter Oberin fort. »Wir durften uns nicht mehr auf der Straße blicken lassen, wir waren verfemt. Dabei haben wir doch all die Jahre in einem solch guten Miteinander verbracht. Gerade von den Elsässern haben wir früher so warme Worte empfangen. Sei nur froh, dass du inzwischen das Lazarett gewechselt hast und das nicht miterleben musstest. Bei deinen deutschen Wurzeln wäre es dir schlecht ergangen.«

»Und wo sind die restlichen Verwundeten jetzt?«, erkundigte sich Joséphine.

»Die haben wir schon in der Nacht auf den 16. November nach Baden geschafft«, antwortete Julie Glaser, während sie das letzte Hemd vom Boden aufhob und in den Korb zur Schmutzwäsche legte. »Viereinhalb Jahre haben wir versucht, unser Bestes zu geben. Aber heute Nacht werde auch ich Straßburg verlassen. Als Vertriebene.«

Sie schloss die Schranktüren.

Joséphine schluckte. Es fiel ihr schwer, die Tränen zurückzuhalten. »Ich bin so froh, dass ich Sie noch angetroffen habe, Schwester Julie«, sagte sie und hoffte, ihre Stimme werde nicht versagen. »Ich wollte mich noch bei Ihnen bedanken. Was ich bei Ihnen gelernt habe, werde ich nutzen, um weiteren Menschen zu helfen, das verspreche ich. Es war mir eine Ehre, Sie kennenzulernen«, erklärte sie und fügte hinzu: »Ich werde Sie nie vergessen.«

»Vielen Dank, liebe Joséphine. Bevor ich es vergesse: Ich habe auch noch ein Abschiedsgeschenk für dich. Ich hätte es dir per Post geschickt, wenn ich dich nicht mehr gesehen hätte.« Julie kramte einen mehrfach gefalteten Zettel hervor. »Du warst doch auf der Suche nach dem netten Bäckermeister, den wir vor zwei Jahren gepflegt haben: Trystan Bouvier.«

Joséphines Puls begann augenblicklich zu rasen. »Ja?«

»Eine Kollegin hat mir gesagt, es gibt im Krankenhaus von Metz einen jungen Soldaten, der sein Gedächtnis verloren hat. Er lag lange Zeit in tiefer Bewusstlosigkeit. Aber das Besondere ist, er ist dunkelhaarig, hat grüne Augen, und er erinnert sich daran, dass er früher einmal Bäcker war! Ich habe bereits mit der Krankenhausleitung telefoniert. Du darfst jederzeit vorbeikommen. Man erhofft sich eine Identifikation durch dich.«

4

Joséphine Picard traf gleichzeitig mit einem Lastwagen voller Trikolore-Fahnen vor dem Krankenhaus der Garnisonsstadt Metz ein. Wie verabredet, meldete sie sich am Empfang und wurde dann von einer dürren Krankenschwester mit erstaunlich großen Händen zu einem Krankenzimmer im ersten Stock geführt. Die Pflegerin riss die Tür auf, ohne anzuklopfen. In dem Raum befanden sich zwei Betten, doch nur eines war belegt. An der benutzten Lagerstatt stand ein dunkelhaariger Mann im Morgenmantel und sah aus dem Fenster. Als er sich aufgeschreckt umdrehte, hielt Joséphine den Atem an. Ja, der Mann, der vor ihr stand, war jung, dunkelhaarig, grünäugig und hübsch – aber sie hatte ihn noch nie gesehen: Zu ihrer tiefen Enttäuschung handelte es sich nicht um Trystan.

»Guten Tag, Mademoiselle«, sagte er vorsichtig. »Müsste ich Sie kennen?«

Joséphine schüttelte den Kopf und stellte sich vor. »Entschuldigen Sie bitte die Störung. Man brachte mich hierher in der Hoffnung, Sie seien ein Soldat namens Trystan Bouvier. Ich sollte Sie identifizieren.«

»Aber ich bin es nicht?«, fragte er unsicher.

Sie schüttelte den Kopf.

»Ich nenne mich Jean, einfach, um irgendeinen Namen zu haben.«

»Dann leiden Sie unter totaler Amnesie?«

Er nickte und deutete auf einen Stuhl. »Setzen Sie sich doch! Wissen Sie, für mich beginnt mein Leben vor zwei Wochen hier im Krankenhaus. Ich bin verletzt und in Unterwäsche am Rand eines Schützengrabens gefunden worden. Da ich sowohl Deutsch als auch Französisch akzentfrei und fließend spreche, weiß man nicht mal, auf welcher Seite ich gekämpft habe. Ich erinnere mich nur daran, einmal eine Bäckermütze getragen zu haben.«

Joséphine, die Mitleid mit dem Mann hatte, versuchte Zuversicht zu vermitteln. »Noch ist Chaos, aber das wird sich zunehmend lichten. Dann wird man überprüfen können, wer vermisst wird. Ich bin mir sicher, Sie werden noch erfahren, wer Sie sind.«

»Davor habe ich Angst«, gab er zu. »Was, wenn dann Menschen kommen und verlangen, dass ich sie liebe – ich sie aber nicht erkenne und keine Gefühle für sie habe?«

»Vielleicht erinnern Sie sich bis dahin auch wieder«, meinte Joséphine. »Bei uns im Lazarett kam nach dem ersten Schock bei allen Verletzten die Erinnerung mit Wucht zurück.«

»Dieser Trystan, den Sie identifizieren sollten«, sagte der Patient, »lieben Sie ihn?«

»Ja«, entgegnete Joséphine. »Aber es gibt kein Lebenszeichen von ihm. Ich habe seine Mutter angeschrieben, sie hat mir zwar tatsächlich geantwortet, jedoch auch nichts von ihm gehört.«

»Das tut mir leid für Sie beide«, sagte der Namenlose. »Aber ich kann Ihnen dieselben tröstenden Worte sagen wie Sie mir: Das Chaos wird sich lichten, und es wird mehr Wissen geben um den Verbleib der Verschollenen.«

Nachdem Joséphine und der junge Mann sich verabschiedet und Glück bei ihrer jeweiligen Suche gewünscht hatten, verließ sie das Krankenhaus. An der Fassade wurde gerade die erste der angelieferten Trikolore-Fahnen angebracht. Das Bild des verletzten Soldaten im Unterhemd, der aufwachte und vergessen hatte, auf welcher Seite er kämpfte, beschäftigte sie noch. Auch sie selbst fühlte sich staatenlos und wusste nicht, für wen sie Partei ergreifen sollte. Sie bereute es mehr und mehr, Ruth für morgen zugesagt zu haben, den Einmarsch der französischen Truppen zu feiern. Schließlich konnte einer unter ihnen sein, der auf ihre Brüder oder ihren Vater geschossen hatte.

*

Es war eiskalt, doch Ruth Picard bemerkte es gar nicht. Aufgeregt stand sie neben ihrer Cousine Joséphine am Straßenrand im Zentrum Straßburgs, das nun nicht mehr schwarzweiß-rot, sondern blau-weiß-rot geschmückt war. Ruth strahlte über das ganze Gesicht. Tante Ida hatte recht: Man durfte sich freuen. Endlich Frieden! Wie aufregend das alles war! Die Luft um sie herum schien zu vibrieren. Großzügig verteilte sie die selbst gefertigten Kokarden, Papierwimpel und Girlanden, die sie mit Madame Rolland hergestellt hatte. In dem Korb befanden sich auch frisch gebackene Merveilles ihres Großvaters, doch die waren für die Soldaten. Sie wunderte sich, dass sie gar nicht müde war, obwohl sie doch die halbe Nacht geschuftet hatten, um das Haus zu schmücken und die zwei neuen Fahnen sowie die ihres Großvaters aus dem 1870er-Krieg in Position zu bringen. Es hatte sich herausgestellt, dass das gute Stück etwas mottenzerfressen gewesen war und geflickt werden musste. Kaum zwei Stunden Schlaf waren ihr vergönnt gewesen, denn sie hatte sich ja auch noch zurechtmachen müssen.

Während ihre Cousine sich mit eleganter Alltagskleidung begnügte, hatte sie selbst sich von ihrem Großvater zur Elsässer Tracht überreden lassen. Die traditionelle Haube und der schwarze Bolero aus Samt hatte er ihr geschenkt, als sie vor vier Jahren zu ihm gezogen war. »Damit du weißt, dass du hierher zu uns gehörst.«

Am Morgen hatte Ruth sich vor dem Spiegel gedreht und befunden, dass ihr die Tracht noch passte und sogar recht hübsch aussah.

»Süß. Dem Anlass entsprechend!«, war Joséphines Urteil gewesen.

Auch viele andere junge Frauen um sie herum trugen heute Tracht.

Nach zwölf Tagen hatte sich der Arbeiterrat aufgelöst, die Soldatenräte gab es nicht mehr, und die so heiß ersehnte französische Armee marschierte ein. Wie schmuck die Soldaten in ihren Uniformen aussahen! Vor allem die Generäle auf ihren Rotfüchsen mit ihren gewachsten Schnurrbärten und den auf Hochglanz polierten Lederstiefeln, über und über behängt mit Medaillen, die von Ruhm und Ehre kündeten. Selbstsicher und stolz wirkten die Soldaten, ob sie nun zu Fuß waren oder hoch zu Ross.

Da bemerkte Ruth, dass ihr einer der Männer mit einem herzlichen Lächeln zuwinkte. Sie wedelte mit einem Merveille aus ihrem Wimpel- und Gebäckkorb, und er nickte begeistert. Rasch eilte sie zu ihm und überreichte ihm den Krapfen. »Grüße aus der Patisserie Goldschmidt«, sagte sie auf Französisch, und der hochgewachsene Soldat bedankte sich mit einem schmachtenden Blick aus seinen großen, dunklen Augen.

Fröhlich kehrte Ruth an die Seite ihrer Cousine zurück.

Joséphine hingegen wirkte eher nachdenklich. Wie viele der nun siegreichen französischen Krieger wohl Zeit in einem

Lazarett verbracht hatten? Wie viele ihrer Kameraden es nicht geschafft hatten? Ihr fiel auf, dass diese siegesbewussten Männer vor ihnen das genaue Gegenteil der müde und geschlagen aussehenden deutschen Offiziere in ihren abgerissenen Uniformen waren, die vor ein paar Tagen abgezogen waren.

»Vive la France!«, riefen die Frauen um sie herum, und es klang etwas wackelig, weil sie alle nur wenig oder gar kein Französisch sprachen.

Ruth jubelte mit und warf ihrem weitermarschierenden Soldaten zum Abschied Kusshände zu.

»Ich bin so froh, dass wir wieder zu Frankreich gehören«, raunte sie ihrer Cousine ins Ohr. »Und danke, dass du mitgekommen bist.«

»Du weißt ja nicht einmal, wie es ist, zu Frankreich zu gehören. Du kennst kein französisches Straßburg«, sagte Joséphine leise, doch selbst wenn sie lauter gesprochen hätte, Ruth wäre in dem lautstarken Siegestaumel kaum in der Lage gewesen, sie zu verstehen.

Vom neuen Straßburg hatte Joséphine ja bereits einen hässlichen Vorgeschmack bekommen. Sie war immer noch schockiert darüber, wie die Franzosen mit den Schwestern aus Frankfurt umgegangen waren, die all ihre Kraft und ihre Liebe in den Dienst dieser Stadt gestellt hatten.

Ruth griff indes nach einem der vielen Blätter, die herumgereicht wurden. Auf ihnen stand der Text der Marseillaise, den die meisten nicht kannten, weil man die französische Nationalhymne seit fast einem halben Jahrhundert nicht mehr in dieser Stadt gesungen hatte. Aber über all das, fand Ruth, täuschten die Fähnchen, Trommeln und Girlanden wunderbar hinweg, und die Soldaten beherrschten die Lieder *Madelon* und *Sambre-et-Meuse*, die sie sodann anstimmten, ganz hervorragend.

Joséphine gelang es allerdings weiterhin nicht, sich von dem Überschwang mitreißen zu lassen. Als die Marseillaise dann schließlich angestimmt wurde, sang sie nicht mit, im Gegenteil, sie konnte nur mit Mühe den Drang niederkämpfen fortzulaufen. Es war ihr alles zu plötzlich, zu eng, zu voll. Große Menschenansammlungen waren ihr schon immer nicht geheuer gewesen, aber seit sie so viele Patienten pflegte, die unter der Spanischen Grippe litten, war ihr das Gewimmel noch unangenehmer. Die Oberschwester predigte wieder und wieder, wie wichtig es sei, auf Hygiene zu achten und möglichst großen Abstand zu den Kranken zu halten, um sich nicht anzustecken. Wer konnte wissen, wie viele von all diesen jubelnden Menschen die Spanische Grippe in sich trugen? Niemand hier hatte eine Maske auf, und Joséphine wusste doch, dass das durchaus wichtig war. Aber es wurde ja auch nicht darüber gesprochen, geschweige denn geschrieben.

Schließlich hielt sie es nicht mehr aus. Sie verabschiedete sich von ihrer verdutzten und auch etwas enttäuschten Cousine und drängelte sich durch die Menschenmasse in Richtung Münsterplatz.

Joséphine eilte durch die Straßen, Soldatenzügen und Passanten ausweichend. Eine halbe Stunde später fand sie sich vor der Patisserie Goldschmidt wieder, deren Fassade mit drei riesigen französischen Flaggen geschmückt war. Es traf sie wie ein Keulenschlag. Wie selbstverständlich war sie dort ihr Leben lang sowohl in den Verkaufs- als auch den Privaträumen ein und aus gegangen. Es war ja der Familienwohnsitz ihres Vaters und ihres Grand-père. Doch durch das von ihm ausgesprochene Hausverbot war sie hier nicht mehr willkommen. Der Riss, der durch die ganze Stadt ging – er hatte auch ihre Familie geteilt.

Steigere dich da nicht wieder hinein, befahl sie sich. Du weißt, dass dir dein eigentliches Zuhause niemand nehmen kann. Über der Patisserie Tritschler sind deine Mutter, die immer für dich da ist, deine lieben Großeltern, denen es niemals einfallen würde, so zu handeln wie Jacques Picard, dort sind die wunderbare Odette und ihr kleines Töchterchen Anne. Und bald wird dort auch Papa wieder sein – und bestimmt Marcel. Sie werden aus dem Krieg heimkehren wie zuvor Paul und Oskar. Es wird gut werden. In der Patisserie Tritschler ist das Glück zu Hause.

Doch als sie Minuten später die Tür zum – heute wegen der Feierlichkeiten geschlossenen – Café öffnete, sah sie dort ihren Bruder Paul sitzen, der überhaupt nicht glücklich wirkte. Odette war mit Fensterputzen beschäftigt, und an der Verkaufstheke brütete Joséphines Onkel, der sechsundvierzigjährige Anwalt Oskar Tritschler, über den Kassenbüchern. Beide Männer waren wegen ihrer Kriegsverletzungen bereits im Frühjahr nach Straßburg zurückgekehrt. Aber während Oskar sich lediglich von einem glatten Durchschuss an der Schulter erholen musste, hatte sein vierundzwanzigjähriger Neffe bei Saint-Simon sein Bein verloren, was ihn, vermutlich in Kombination mit den traumatischen Erfahrungen an der Front, zu einem verbitterten und streitsüchtigen Menschen gemacht hatte.

»Was ist denn mit euch los?«, fragte Joséphine.

Ihr Onkel deutete durch das Schaufenster nach draußen, von wo immer noch die Klänge der Marseillaise zu hören waren.

»Dein Bruder hasst dieses Lied«, offenbarte Oskar seiner Nichte. »Es hat ihm gehörig die Laune verdorben.«

Paul sah wütend von einem Flugblatt auf, das vor ihm auf dem Tisch lag. »Ja, ich hasse es. Wisst ihr überhaupt, was die da trällern? Ein Studienfreund hat mir das mal übersetzt, die singen davon, mit dem Blut ihrer Feinde ihre Äcker zu tränken. Mit *unserem* Blut! Widerliches Pack ist das!«

»Bismarck auf seiner Kanone schlägt seine Matrone. Poincaré hat es geseh'n, da war's um den Dicken gescheh'n«, versuchte sich Oskar an einem Scherz, um seinen Neffen aufzuheitern, doch nur Joséphine und Odette schmunzelten. Daraufhin wollte er Paul offenbar mit einer kleinen Lehrstunde ablenken: »Wusstet ihr schon, dass die Marseillaise eigentlich Strasbourgaise heißen müsste? 1792 wurde sie nämlich hier in Straßburg von Rouget de Lisle komponiert und demnach auch in unserer Stadt zum ersten Mal gesungen.«

Doch sosehr sich Oskar auch bemühte: Sein Neffe blieb miserabel gelaunt. Verärgert schlug er mit der flachen Hand auf das Flugblatt. »Das hier habe ich gerade draußen von unserer Hauswand abgerissen.«

Joséphine nahm es in die Hand und las:

»Bürger der Stadt Straßburg! Der denkwürdigste Tag unserer Geschichte ist da. Heute kehren wir heim in unser französisches Vaterland. Wir sind vom Joch befreit, das uns seit jenem unglückseligen Tage drückt, als unser geliebtes Land gegen seinen Willen von der französischen Heimat abgetrennt wurde. Vier schreckliche Kriegsjahre liegen hinter uns, vier Jahre, in denen unser Land furchtbar gelitten hat, einem rücksichts- und erbarmungslosen Militarismus ausgeliefert. Die freie und glückliche Stadt Straßburg grüßt die tapferen französischen und alliierten Truppen. Unser schönster Traum ist Wirklichkeit geworden. Wir sind Franzosen und wollen es bleiben. Es lebe das Land der Freiheit, Gleichheit und Brüderlichkeit. Es lebe Frankreich!«

»Frankreich, pah!« Paul hob die Hände in die Luft. »Jetzt soll man auf einmal französisch werden? Wo ich am eigenen Leib erfahren habe, was das für Bestien sind.«

»Nun mach mal halblang, Paulchen«, wandte Oskar mit ruhiger Stimme ein. »Bist doch selbst zur Hälfte Franzose.«

»Wag es ja nicht, mich noch einmal so zu nennen!«, rief Paul und schlug mit zornesrotem Gesicht so heftig auf den Tisch, dass seine Tasse umkippte und ihm heißer Kaffee in den Schoß schwappte. »Au, verdammt«, fluchte er und sprang auf.

Joséphine stieß ein lautes Kichern aus, wodurch sich die Wut ihres Bruders gegen sie richtete.

»Was gibt es denn da zu kichern?«, fragte er drohend.

»Nichts, ich ...«, sagte Joséphine hilflos.

Die Idee, dass ein dünnes Hemd wie ihr schmächtiger Bruder sich mit dem viel muskulöseren Oskar anlegen wollte, entbehrte nicht einer gewissen unfreiwilligen Komik – ebenso wenig wie die Kaffeeflut in Pauls Schoß.

»Ihr seid doch alle nicht ganz bei Trost«, schnaubte der und verließ das Café. In der Tür wäre er beinahe mit seiner Großmutter Elise zusammengestoßen, die sich am Rahmen abstützte. Ihr Gesicht war kreidebleich, ihr Blick apathisch. Joséphine eilte zu ihr – gerade noch rechtzeitig, um die Großmutter aufzufangen, als deren Beine unter ihr nachgaben.

»Oma, was ist mit dir?«, fragte die Enkelin besorgt.

Mit zitternder Stimme brachte Elise heraus: »Franz hat mir gerade erzählt, dass die Elsässer jetzt in Kategorien eingeteilt werden.«

Inzwischen war auch Odette bei ihnen und half, Elise an einen Tisch zu setzen. »Was für Kategorien denn?«, hakte Joséphine nach.

»Elsässer, die vor 1871 unter französischer Herrschaft geboren sind oder auf deren Eltern das zutrifft, bekommen die Karte A«, begann Elise mit stockender Stimme zu berichten. »Kinder gemischter Ehen mit einem deutschen Elternteil erhalten die Karte B, Personen aus den Gebieten der Alliierten die Karte C und Reichsdeutsche die Karte D.«

Joséphine versuchte, ihre Großmutter zu beruhigen. »Das ist ein wenig albern, aber nun auch nicht so furchtbar«, sagte sie.

»Doch«, entgegnete Elise und griff nach der Hand ihrer Enkeltochter. Sie sah ihren Sohn Oskar an.

»Dein Vater, du und ich gehören zur Kategorie D.«

Dann wandte sie den Kopf und strich über Joséphines Wange. »Und deine Mutter auch, mein Liebes.«

»Ja, und?«, fragte Joséphine verständnislos.

Elise war kaum in der Lage zu sprechen. »Personen der Gruppe D werden ausgewiesen. Wir müssen gehen, unser Zuhause verlassen.«

»Was?« Entsetzt sah Joséphine erst ihre Großmutter, dann ihren Onkel an, in der Hoffnung, er würde widersprechen. Doch Oskar senkte stumm den Blick.

»Du wusstest davon?«, fragte sie tonlos.

Er nickte nur.

»Warum hast du nichts gesagt?«, warf sie ihm vor.

»Ich habe es auch erst heute erfahren«, verteidigte er sich.

»Und was ist mit den anderen Kategorien?«, fragte Joséphine verständnislos. »Muss ich auch gehen, weil ich eine deutsche Mutter habe?«

Oskar schüttelte den Kopf. »Nein. Du darfst bleiben. Du stehst sogar ziemlich gut da, du gehörst der Kategorie B an. Am allerbesten aber hast du es als gebürtige Französin, Odette. Das bringt dir auch ganz praktische Vorteile.«

»Inwiefern?«, hakte sie nach.

»Nun, je höherrangig die Karte, desto vorteilhafter der persönliche Wechselkurs zwischen Franc und Reichsmark – und desto größer die Menge der Lebensmittel, die man zugeteilt kriegt.«

»Ich werde sowieso alles mit euch teilen«, kündigte Odette an, und alle wussten, dass die gutmütige Frau es ehrlich meinte.

»Das ist doch unser Zuhause«, sagte Elise apathisch. »Wo sollen wir denn hin?«

Nach dem Tod seines Vaters hatte Franz Tritschler die Konditoreien in Stuttgart an seinen einstigen Lehrling Kurt Teufel überschrieben.

»Wir gehen nirgendwo hin«, ertönte in dem Moment eine Stimme von der Tür zum Treppenhaus. Joséphine wandte sich um und sah dort ihre Mutter stehen. Ida strahlte Entschlossenheit aus. »Das ist absurd, das kann nicht sein«, echauffierte sie sich. »Die Deutschen haben die Franzosen 1871 ja auch nicht vertrieben. Ich bin mit einem Mann der Gruppe A verheiratet. Mein Adoptivsohn, ebenfalls Gruppe A, wird noch vermisst, und ich habe zwei Kinder der Gruppe B. Warum sollte ich gehen müssen?«

»Wenn Paul sich weiterhin so benimmt, wird das die Situation nicht unbedingt befrieden«, wendete Oskar vorsichtig ein.

»Wieso, was war denn mit ihm?«, fragte Ida, die mit der Entwicklung ihres Sohnes ganz und gar nicht glücklich war.

Als Oskar sie auf den neuesten Stand gebracht hatte, schüttelte sie nur seufzend den Kopf. »Was geschieht bloß mit uns?«, klagte sie. »Was sind das nur für Zeiten!«

»Wo ist eigentlich Vater?«, wandte sie sich dann an Elise und erfuhr, dass Franz Tritschler sich auf den Weg zu seinem Freund Paul Siebler-Ferry vom Schwowalada, einem alteingesessenen Haushaltswarengeschäft am Gutenbergplatz, gemacht habe. Kaum hatte sie davon berichtet, war Elise wieder die Alte. Ein Ruck ging durch ihren Körper, und sie erklärte, während sie energisch aufstand: »Nun habe ich mich aber genug selbst bemitleidet. Meine Freundin May Siebler-Ferry trifft es noch viel härter als mich. Denen droht auch die Ausweisung, aber sie müssen außerdem noch den Verlust ihres Sohnes Clinton verarbeiten. Stellt euch vor, sie sind bis an die Front gefahren, um seinen Leichnam heimzuholen.«

5

Nach dem Einzug der französischen Soldaten wollte sich Ruth schnurstracks zur Patisserie Tritschler begeben. Sie hatte ein schlechtes Gewissen. Dass Joséphine die Parade so überstürzt verlassen hatte, machte deutlich, wie schlecht es ihr gehen musste. Und Ruth war es bis dahin völlig entgangen. Dabei hatten sie einander sonst seit Kindertagen alles anvertraut. Joséphine kannte die ganze Geschichte von Ruths hoffnungsloser Liebe zu deren großem Bruder Marcel – »Wie schön wäre es, wenn wir eines Tages Schwägerinnen wären«, hatten sie sich vor dem Krieg oft kichernd ausgemalt – und Ruth wusste von Joséphines Verwundetem mit den smaragdenen Augen, auf den sie nun so sehnsüchtig wartete. Aber heute war Ruth wie trunken gewesen von der Stimmung in den Straßen, dabei hatte sie ganz vergessen, dass Joséphine mit ihrer deutschen Mutter eher einen Grund für Angst und Unsicherheit haben musste als für Freude.

Bevor sie die Cousine aufsuchte, wollte Ruth jedoch ihre Tracht loswerden. Die hätte Joséphine den Riss, der nun auch durch ihre Familie ging, nur noch deutlicher gemacht.

Als sie sich dem Münsterplatz näherte, bemerkte sie, dass vor der Patisserie ihres Großvaters ausgerechnet ihr kriegsversehrter Cousin Paul saß. Sie war ihm nach seiner Rückkehr erst einmal begegnet, laut Joséphine hasste er seit dem Verlust seines rechten Beins alles Französische. Paul erwog angeblich sogar, seinen Nachnamen von Picard in Tritschler ändern zu lassen, und wollte seinen französischen Großvater nicht mehr sehen. Daher war es wirklich verblüffend, dass er nun vor Jacques' Patisserie in der kühlen Novemberluft saß.

»Ja, guten Tag, Paul«, sagte sie. »Was machst du denn hier?«

»Ich warte auf dich«, erwiderte er und sah schmachtend zu ihr auf. Ruth hatte gehofft, dass seine Gefühle für sie in der langen Zeit seines Fronteinsatzes verschwunden waren, denn für sie konnte er nie mehr sein als ein Cousin mit vollkommen anderer Weltanschauung als ihre eigene. Und spätestens jetzt, da er alles Französische ablehnte, müssten sich seine Gefühle für sie doch eigentlich erledigt haben?

Umso überraschter war sie, als er auf ihre Frage, was sie für ihn tun könne, mit einer Bitte um die Ecke kam, die, wie sie fand, so gar nicht zu ihm, seiner Sturheit und seiner Gesinnung passte.

»Nun ist es ja verboten, Deutsch zu sprechen«, erläuterte er. »Ob ich es will oder nicht, ich muss mich in dieser Stadt jetzt mit Französisch zurechtfinden. Aber ich kann kaum ein Wort mehr. Ich habe bisher nie Wert darauf gelegt, die Mundart meines väterlichen Familienteils zu verwenden. Hab einfach in der Sprache gesprochen, die sonst alle verwendet haben – und das war Deutsch oder eben dessen elsässischer Dialekt.«

»Ja, unserem alten Bäckermeister Herrn Strohmeier geht es ganz ähnlich. Er hat auch das meiste verlernt«, erzählte Ruth und versuchte, Pauls offensichtliche Bitte, ihm Französisch beizubringen, abzubiegen, bevor er sie ausgesprochen hatte. »In den Zeitungen bieten sie Hilfen an, zum Beispiel bei Behördengängen«, lenkte sie von ihrer Person ab. »Haben ja jetzt die meisten das gleiche Problem wie ihr. Mein Großvater hat Strohmeier auch ein Französischlexikon geschenkt, vielleicht kann ich das ja für dich leihen.«

»Ich glaube, persönlicher Französischunterricht wäre mir am liebsten«, ließ Paul sie nicht entkommen. »Damit ich gleich die Aussprache wieder lerne. Wärst du so lieb und würdest es mir beibringen?«

Nun war es also heraus – wie befürchtet! Ruths Gedanken rasten. Einerseits war ihr die Vorstellung äußerst unangenehm, viel Zeit mit jemandem zu verbringen, dessen Gefühle sie nicht erwiderte, denen sie mit jedem Treffen aber immer neue Nahrung geben würde. Andererseits würde der Unterricht ja im Hause ihres deutschen Familienteils stattfinden, und sie hätte vor ihrem Großvater die perfekte Ausrede, möglichst oft bei Joséphine, Ida und den anderen zu sein. Schließlich ging es darum, Jacques' geliebte Muttersprache zu vermitteln.

Daher sagte sie: »Ich stelle mich natürlich gern zur Verfügung.«

Zum ersten Mal seit seiner Rückkehr sah Ruth ihren Cousin bis über beide Ohren strahlen. Doch da kam ein Mann auf sie zu, und im nächsten Augenblick war Paul für sie völlig vergessen. Es handelte sich um den schönen dunkelhaarigen Soldaten, dem sie vorhin bei der Parade den Merveille geschenkt hatte! Er erkannte sie ebenfalls sofort wieder und lächelte sie hocherfreut an. »Mademoiselle, wie schön«, sagte er auf Französisch.

»Oh, was für ein hübscher Zufall«, antwortete sie ihrerseits in seiner Sprache und bekam nur am Rande mit, wie die gute Laune ihres Cousins dahinschwand.

»Das war kein Zufall, wenn ich ehrlich bin«, gestand der Soldat. »Sie hatten ja gesagt, dass der leckere Merveille aus der

Patisserie Goldschmidt stammt. Und da habe ich mich ganz frech auf die Suche gemacht. Es freut mich außerordentlich, Sie wiederzusehen, Mademoiselle …«

»Ruth Picard«, entgegnete sie lächelnd und reichte ihm die Hand.

»Stéphane Weiss«, sagte er und küsste ihr galant die Rechte. »Ich wollte Sie um ein Rendezvous bitten.«

*

Im Gegensatz zu Jacques Picard ließen Tante Ida und ihr Vater Franz die junge Ruth ohne Zögern die Backstube benutzen. Und so konnte sie sich dort an diesem für sie so aufregenden Tag um neun Uhr früh ans Werk machen. Stéphane hatte nämlich etwas schüchtern angemerkt, wie bedauerlich es doch sei, dass er wegen des derzeitigen Mangels keinen von den berühmten Straßburger Kougelhopfs habe kosten können. Heute würde er einen bekommen! Mit Liebe gebacken. Von ihr höchstpersönlich.

Ihr Großvater verkannte sie völlig, wenn er behauptete, sie könne nicht backen. Das lag ihr nämlich im Blut. Seit sie denken konnte, war für sie klar, dass sie Feinbäckerin werden und einmal die Patisserie Goldschmidt übernehmen wollte. Als die Lebensmittel während des Krieges knapp geworden waren und auch zu wenig Mehl zur Verfügung stand, war ein Kuchenbackverbot erlassen worden. Seither war ihre Sehnsucht danach, die Leckereien trotzdem herzustellen, nur noch größer geworden. Diese süßen Genüsse machten das Universum definitiv schöner! Ihr Großvater hatte sich schon wenige Wochen nach Kriegsausbruch darüber beschwert, dass die Mehlpreise infolge des Kriegszustands explodiert waren. Im ersten Kriegsherbst war dann eine Verordnung über Höchstpreise erlassen worden, in der auch noch eine Menge andere Punkte geregelt waren. Jacques hatte sich ziemlich über diese »Einmischerei«, wie er es nannte, geärgert. Sein Weizenbrot durfte fortan nur noch zehn Prozent Roggenanteil haben, wenn mehr als fünf Prozent Kartoffeln im Roggenbrot waren, musste er das Brot mit einem K kennzeichnen. »Dann kauft es keiner mehr«, hatte er finster prophezeit. Doch er hatte sich getäuscht. Die Leute prügelten sich regelrecht um jeden Kanten Brot – ob mit Kartoffeln oder ohne. Und dann kam eben auch das Kuchenbackverbot. Nur Kuchen aus Kartoffelmehl, Kartoffelpuder oder Maismehl waren noch erlaubt.

Ruth hatte sich geschworen: Irgendwann würde es in der Patisserie Goldschmidt nicht mehr nur Brot und Kuchen aus Kartoffeln geben, sondern all die Spezialitäten, für die das Elsass im Allgemeinen und Straßburg im Besonderen berühmt waren. Verschiedene Tartes, Macarons und natürlich Kougelhopf in allen Varianten, vielleicht sogar wieder mit Rosinen. Heute würde sie damit beginnen. Sie würde für die Liebe backen. Wenn das kein gutes Omen war!

Und für nachmittags hatte Joséphine versprochen, ihr mit den Haaren und der Garderobe zu helfen. Ihre Cousine hatte heute Nachtwache im Lazarett und konnte sich daher tagsüber Zeit für Ruths Äußeres nehmen. Viel stand ihnen nicht zur Verfügung. Vier Kriegsjahre hatten ihnen auch in dieser Hinsicht Entbehrungen abverlangt. Doch immerhin besaß Ruth ein abgelegtes Kleid ihrer modebewussten Großmutter Claire, die es selbst im Krieg geschafft hatte, stets wie aus dem Ei gepellt auszusehen. Vielleicht konnten Joséphine und sie etwas daraus zaubern.

*

»Danke, Dr. Favreau«, sagte Marcel und führte den vollbärtigen Arzt, der kaum älter war als er selbst, zum Küchentisch.

Im Gegensatz zu dessen älterem Kollegen hier im Lager, Dr. Buisson, war der junge Claude Favreau ein Menschenfreund und machte keinen Unterschied zwischen der Behandlung von Lagerpersonal und Kriegsgefangenen. Er hatte Konrad Struve ohne Zögern untersucht und verbunden, und er würde nicht verraten, dass der Chef der Lagerküche einen verletzten Kameraden im leeren Vorratsraum versteckte.

»Nichts zu danken«, sagte der Mediziner und setzte sich an den Tisch, wo ihm Marcel bereits das Mittagessen hingestellt hatte, das nachher auch die Lageroffiziere bekommen würden.

»Ich habe zu danken. Der Fisch sieht verführerisch aus«, freute sich der Arzt. »Sie bereiten alles immer so herrlich zu.«

»Und Sie meinen, morgen ist Konrad wieder arbeitsfähig?«, vergewisserte sich Marcel. »Das wäre wichtig, bevor die Aufseher seine Abwesenheit bemerken.«

»Ja, zwar unter Schmerzen, aber es wird gehen«, bestätigte Dr. Favreau. »Länger sollten Sie ihn hier auch keinesfalls verstecken. Sie bringen sich damit selbst in Lebensgefahr.« Dann senkte er die Stimme. »Struves Arbeitskraft wird eine Weile reduziert sein. Und die Kameraden haben ihn eh auf dem Kieker. Wer anderen mehr Arbeit macht, ist außerdem beim Wachpersonal recht unbeliebt. Wenn es Struve nicht schnell besser geht, wird er sowohl von den Kameraden als auch den Aufsehern als unnötiger Esser betrachtet. Kranke oder Verletzte sterben hier leider oft. Ich sage Ihnen das nur, damit Sie auf das Schlimmste vorbereitet sind.«

»Kann es nicht sein, dass das Lager bald aufgelöst wird und man uns nach Hause schickt?«, fragte Marcel beklommen. »Der Krieg ist doch sowieso vorbei.«

Favreau schüttelte den Kopf. »Damit würde ich lieber nicht rechnen. Es gibt derzeit zu wenig Männer in Frankreich – und zu viel zu tun. Zwangsarbeiter werden dringend benötigt.«

Marcel nickte betrübt. »Ich schau mal nach Struve«, kündigte er an. »Lassen Sie es sich schmecken, Doktor.«

Mit diesen Worten begab er sich in die Vorratskammer, wo Konrad auf Strohsäcken lag. Sein Gesicht war noch grün, blau und schwarz und das linke Auge völlig zugeschwollen, doch er lächelte tapfer. »Danke, dass du mir den Arzt besorgt hast«, flüsterte der junge Mann. »Claude Favreau ist sehr nett. Stell dir vor, er fährt zweimal die Woche nach Mariakirch hinauf, ins dortige Lazarett. Es heißt ja, der Lagerkommandant hier unterdrückt unsere Post. Aber Doktor Favreau hat versprochen, beim nächsten Mal einen Brief für meine Tante mitzunehmen.«

»Das ist schön«, sagte Marcel und hoffte, dass sein Lächeln nicht allzu freudlos geriet.

Nach dem, was der Lagerarzt ihm über den Umgang mit Lagerinsassen mit verminderter Arbeitsfähigkeit berichtet hatte, befürchtete Marcel, dass man Struve ab morgen das Leben noch mehr zur Hölle machen würde. Vielleicht war der Brief, den Konrad an seine Tante schreiben wollte, sein letzter.

In diesem Moment wurden sie von einem lauten Poltern aufgeschreckt. Marcel ging rasch aus dem Vorratsraum in die Küche – und erstarrte vor Schreck: Dr. Favreau lag röchelnd am Boden, sein Stuhl war umgekippt. Der junge Lagerarzt war bereits blau angelaufen. Er erstickte!

*

»Jetzt mal ganz ruhig durchatmen«, wandte sich Joséphine an ihre Cousine, der sie beim Hübschmachen geholfen hatte. »Du siehst bezaubernd aus.«

Nervös stand Ruth vor dem Spiegel in Joséphines Zimmer. Ja, Großmutter Claires Kleid war wirklich mehr als passabel, vor allem, nachdem Joséphine es auf Kniehöhe mit prächtigen Volants besetzt hatte. Aber ihre schöne Garderobe half Ruth nur wenig gegen ihre Aufregung. »Mein letztes Rendezvous war vor über vier Jahren mit Marcel. Und das wurde aus heiterem Himmel abgesagt. Am nächsten Tag hat er sich mit einer anderen verlobt.«

»Liebes, du darfst aufgeregt sein«, räumte Joséphine ein und küsste Ruth auf die Wange. »Aber so etwas passiert dir nicht noch einmal.«

Ruth versuchte ein zuversichtliches Lächeln. Endlich. Endlich schlug ihr Herz für einen anderen als für den unerreichbaren Marcel. Diesmal *durfte* einfach nichts schiefgehen.

War es wirklich Zufall, dass sie Stéphane bei der Parade kennengelernt hatte, fragte sich Ruth, während sie in den Spiegel blickte, oder war es Schicksal? Natürlich war es Schicksal, entgegnete ihr das Spiegelbild begeistert zurück.

»Gut, dann mache ich mich mal auf den Weg«, sagte sie beherzt und küsste ihre Cousine zum Abschied. »Danke, Finchen.«

Kaum war Ruth gegangen, klopfte es. »Na, was hast du vergessen?«, rief sie lächelnd, eilte zur Tür, um sie aufzureißen – und sah sich der kleinen, vollkommen verängstigten Anne gegenüber. »Tante Joséphine«, stieß sie hervor. »Du kannst doch Menschen gesund machen, gell?«

»Manchmal gelingt es mir, aber nicht immer«, bestätigte Joséphine. »Warum fragst du?«

»Du musst die Maman gesund machen. Bitte. Du musst es mir versprechen«, flehte das Mädchen, Panik im Blick.

»Was hat die Maman denn?«, fragte Joséphine alarmiert, während sie nach ihrer Gesichtsmaske griff. Sie hatte eine furchtbare Vermutung, die sich im nächsten Moment bestätigte.

»Der Maman tut der Kopf ganz schlimm weh«, sagte das Mädchen. »Beim Frühstück hat sie noch gelacht, aber jetzt weint sie.«

Joséphine atmete scharf aus. Plötzliche starke Kopfschmerzen waren typisch für die Spanische Grippe. Gestern war Odette noch das blühende Leben gewesen.

»Pass auf«, sagte sie. »Ich gehe lieber alleine zu deiner Maman hinein, damit du dich nicht ansteckst.«

»Aber …«, wandte Ännchen ein.

»Und du darfst so lange an meinen Kleiderschrank gehen und dir meine Sachen ansehen. Willst du?«

»Au ja«, sagte die Kleine, aber es klang nicht ganz so euphorisch wie sonst.

Eigentlich liebte Anne es, die Kleider und den Schmuck zu betrachten, die im Schrank ihrer Tante hingen. Joséphine bewahrte dort nämlich auch jene Stücke auf, die sie lange vor dem Krieg getragen hatte und die ihr nun zu klein und Anne noch zu groß waren. Aber eines fernen Tages würden sie dem Mädchen passen.

Kurz darauf klopfte Joséphine leise an die Tür ihrer Schwägerin. Das »Herein« der sonst ausgesprochen quirligen und lebhaften Frau kam so schwach, dass Joséphine es beinahe überhört hätte.

Die Luft im Zimmer war derart stickig, dass sie erst einmal das Fenster aufriss. Dann wandte sie sich der auf dem Bett Liegenden zu. Sie hatte erwartet, was sie jetzt sah, dennoch erschrak sie entsetzlich. Odette, die Joséphine nie anders erlebt hatte als zufrieden und mit rosigen Wangen – wenn Marcels Abwesenheit ihr auch ein klein wenig von ihrem Glanz genommen hatte –, war wächsern bleich und vom Tode gezeichnet.

Joséphine atmete scharf ein und setzte sich dann ans Bett ihrer Schwägerin. »Meine Liebe, die Kleine sagt, du hast Kopfschmerzen?«, sagte sie besorgt.

Odette sah sie aus hohlen Augen an und nickte. »Es tut so weh«, keuchte sie.

Joséphine runzelte die Stirn. Im Krankenhaus gaben sie dagegen Morphium, aber das hatte sie hier nicht zur Verfügung. »Ich hole dir gleich was bei der Apotheke«, machte sie der Kranken Mut. »Hast du sonst noch Symptome? Tut dein Hals weh, deine Gelenke?«

Sie leierte diese Fragen routiniert herunter, sie waren leidiger Alltag geworden. Aber sie hier in ihrem Zuhause und an die liebe Odette zu richten, das war etwas ganz anderes; und auch das Wissen, wie diese teuflische Krankheit enden konnte, traf sie in diesem Fall besonders hart.

In diesem Moment erfasste Odette ein Hustenreiz, und ihr ganzer zerbrechlicher Körper wurde nur so geschüttelt. Joséphine musste sich sehr zusammenreißen, um nicht laut aufzuschluchzen. Wenn sie sonst an Krankenbetten saß, konnte sie ihre große Sensibilität abschütteln und in Mitgefühl umwandeln, das den Kranken half, sie selbst aber nicht belastete. Wie anders war das, wenn ein Familienmitglied erkrankt war! Sie liebte Odette wie die Schwester, die sie sich immer gewünscht hatte.

»Chérie«, sagte sie und legte der Schwerkranken eine Hand auf die Stirn. »Du musst ins Krankenhaus.«

Doch Odette schüttelte nur den Kopf. »Zu schwer«, hauchte sie. »Das schaffe ich nicht.« Plötzlich erfasste ein schreckliches Zittern ihren Körper. Schüttelfrost. Besorgt nahm Joséphine ihre Hand und maß den Puls. Was sie befürchtet hatte, bestätigte sich: Odettes Herz schlug viel zu schnell.

»Joséphine«, flüsterte Odette.

»Ja?« Sie sah die fiebernde Schwägerin aufmerksam an.

»Versprich mir, dass du dich um Anne kümmerst. Dass *ihr alle* euch um Anne kümmert. Wenn Marcel nicht zurückkehrt, dann hat sie niemanden mehr.«

»Unsinn«, wehrte Joséphine ab. »Sie hat doch dich.«

Odette griff nach ihrer Hand, und es schien sie die letzte Kraft zu kosten.

»Finchen«, sagte sie eindringlich und erlitt kurz darauf abermals einen entsetzlichen Hustenanfall. »Das ist jetzt nicht der Moment für Worthülsen«, fuhr sie fort, als sie wieder Luft bekam. »Wir wissen beide, dass es ernst ist. Du hilfst mir nicht, wenn du das bestreitest.«

Joséphine senkte beschämt den Blick. Sie musste sich eingestehen, dass ihre Schwägerin recht hatte. Und dass sie mehr aus Eigenschutz handelte, weil sie es nicht wahrhaben wollte, als um die andere zu schonen.

Sie atmete tief ein und sah Odette in die fiebrigen Augen.

»Ich verspreche es«, sagte sie mit stockender Stimme.

6

Marcel war sofort klar, dass sich bei Dr. Favreau eine recht große Fischgräte quergestellt haben musste. Er flößte dem sich in Panik am Boden windenden Mann einen Löffel Speiseöl ein. »Schlucken Sie bitte noch mehr davon!«, wies er den hustenden Lazarettarzt an. »Es macht die Gräte weicher, dann rutscht sie besser. Ich besorge noch weitere Hilfsmittel!«

Hektisch sprang er wieder auf, schnappte sich ein Stück trockenes Brot, tunkte es ins noch warme Kochwasser in einem der Töpfe auf dem Herd und rollte es zu einer Kugel. »Schlucken, ohne zu kauen!«, wies er ihn an.

Wie von Marcel erhofft, löste sich die eingeölte Gräte daraufhin endlich.

»Sie ist runter«, keuchte Dr. Favreau erleichtert. »Danke.«

»Nichts zu danken, das war ja mein Fisch, der Sie beinahe umgebracht hätte«, winkte Marcel ab, der selbst noch ganz zittrig war.

»Picard, ich habe eine Idee«, sagte der vollbärtige Arzt nun mit gesenkter Stimme. »Wie wäre es, wenn ich behaupte, der junge Struve leide an der Spanischen Grippe? Dann könnte ich den Lagerleiter überzeugen, dass er mich ihn mitnehmen lässt. Da ich diese Lungenpest schon hatte und überstanden habe, bin ich immun, das weiß er. In Sainte-Marie-aux-Mines oben gibt es eine Abteilung für die Grippe. In Wirklichkeit würde ich ihn dann dort bei seiner Tante herauslassen. Die wird ihn bestimmt gern aufpäppeln. Und irgendwann könnte er sich dann zur Grenze durchschlagen.«

Marcel sah den Arzt gerührt an. »Das würden Sie für ihn tun?«

Doch Claude Favreau war noch nicht fertig mit seinen Vorschlägen: »Theoretisch könnte er Sie ja auch angesteckt haben. Der Lagerleiter lässt seinen geschätzten Chef de Cuisine bestimmt ungern gehen. Aber wenn Sie ebenfalls krank wären, dann könnten Sie das ganze Lager infizieren. Insofern würde er sicher doch zustimmen, wenn ich Sie mit fortschaffe.«

Marcel war wie elektrisiert. Von Sainte-Marie-aux-Mines waren es nur siebzig Kilometer bis nach Straßburg. Vielleicht würde er durch die Idee des gutmütigen Arztes bald seine kleine Anne wiedersehen. Und endlich seine geliebte Odette in die Arme schließen und küssen!

*

Es war eisig kalt, als Ruth die Brücke, die über die Ill führte, erreichte. Obwohl sie ihren grauen und ziemlich abgetragenen Mantel fest um sich gezogen hatte, fröstelte sie. Ein wenig bedauerte sie, dass man ihr schönes Kleid unter dem Mantel gar nicht sehen konnte. Doch wie sie an Stéphanes entzücktem Blick erkannte, schien der sie auch ohne sichtbare Volants schön genug zu finden. Ihre Wangen waren von der Kälte gerötet, ein paar ihrer hellbraunen Locken hatten sich aus der Hochsteckfrisur gelöst und umschmeichelten ihr Gesicht, ihre grünen Augen leuchteten.

Stéphane, der mit schönen Worten umzugehen wusste, sagte, ihr Anblick sei »eine Flut von Sonnenschein an diesem kalten Novemberabend«.

»Hier.« Verlegen streckte sie ihm den Kuchen entgegen, den sie in Papier eingeschlagen hatte. »Weil Sie doch nichts abbekommen haben.«

Erstaunt sah er sie an. Hastig öffnete er das Papier mit Fingern, die leicht zitterten. Vor Kälte oder weil er ebenso aufgeregt war wie sie? Als er das Backwerk enthüllt hatte, breitete sich ein verblüfftes, glückliches Lächeln auf seinem Gesicht aus.

»Danke!« Er biss hungrig hinein. Noch ein Bissen. Und ein dritter. »Sie müssen schon entschuldigen«, sagte er kauend. »Aber wenn Sie wüssten, wie lange ich mich nach einem guten Stück Kuchen gesehnt habe, draußen an der Front.«

Sie nickte und beobachtete ihn voller Zuneigung beim Kauen. Schließlich leckte er sich sogar die Finger ab.

»Wo haben Sie den denn her? So etwas Köstliches habe ich noch nie zuvor gegessen. Aus Ihrer Patisserie?«

»Selbst gemacht«, erwiderte sie stolz.

Seine Augen wurden groß. »Den haben Sie gemacht? Aber dann sind Sie eine Königin. Die Kuchenkönigin von Straßburg.«

Sie errötete wegen des Kompliments und lenkte rasch von sich ab: »Das Backen hat in meiner Familie Tradition. Aber jetzt mit dem Krieg und seinen Folgen können wir natürlich meistens nicht das herstellen, was wir gern herstellen würden.«

Er nickte. »Es kommen auch wieder andere Zeiten«, meinte er zuversichtlich. »Aber etwas Besseres als das hier«, er deutete auf die paar Krümel, die auf dem fettigen Papier in seiner Hand übrig geblieben waren, »etwas Besseres als das hier könnten Sie gar nicht backen.«

Sie standen ganz dicht nebeneinander und blickten auf den Fluss, in dem sich die Lichter der Straßenlaternen und Fenster spiegelten. Sie konnte die Wärme seines Armes durch ihren Ärmel spüren. »Ich habe diese Leichtigkeit und Freude, die Straßburg ausstrahlt, in den dunklen vier Jahren vermisst«, sagte sie leise.

»Ja«, erwiderte er. »Es ist gut, dass dieser Krieg endlich vorbei ist.«

Dann wischte er sich ein paar letzte Kuchenkrümel von den Fingern und steckte das Papier in seine Jackentasche.

»Wissen Sie, wer Katharina Schratt ist?«, fragte er unvermittelt.

Sie schüttelte den Kopf. »Nein.«

»Das war die Geliebte des österreichischen Kaisers. Sisis Ehemann. Er kam jeden Tag zum Frühstück zu der Mätresse. Und sie backte ihm allmorgendlich einen Gugelhupf.«

»Aber was hat denn die Kaiserin dazu gesagt, dass er eine Geliebte hatte – und auch noch mit ihr frühstückte?«, fragte Ruth neugierig. Ein angenehmes Prickeln breitete sich in ihr aus. Es war sicher kein Zufall, dass Stéphane von dem Kuchen, den sie für ihn gebacken hatte, auf Liebesdinge zu sprechen kam. Und nur zu gern wollte sie bei diesem Thema verweilen.

»Sie fand das gut«, entgegnete er grinsend. »Sie hat es sogar so gewollt.«

»Sie hat es gewollt?«, wiederholte sie erstaunt. »Also wenn ich einen Mann lieben würde«, sie errötete nach einem kurzen Blick in seine Augen, »wenn ich einen Mann lieben würde, dann würde ich nicht wollen, dass er mit einer anderen frühstückt.« Plötzlich drängte sich wieder Marcels Bild vor ihr inneres Auge – und die Erinnerung daran, wie sehr sie gelitten hatte, als sie seinerzeit die Nachricht von seiner Verlobung mit einer anderen erhalten hatte.

»Sisi hat ihren Mann ja auch nicht geliebt«, entgegnete Stéphane. »Oder vielleicht hat sie das schon, aber vor allem ging ihr Franz Joseph auf die Nerven. Sie wollte ihre Freiheit, den Zwängen des Hofs entfliehen, reisen. Ihr Mann war ihr da nur im Weg. Deshalb hat sie seine Beziehung mit Katharina Schratt befürwortet.«

Ruth nickte erkennend. »Und ist der Geliebten der Gugelhupf auch mal misslungen?«, fragte sie und stellte sich die Miene des Kaisers vor, wenn seine Mätresse ihm zum Frühstück einen verbrannten oder zerkrümelten Kuchen servierte.

Er schüttelte lachend den Kopf. »Nicht dass ich wüsste. Und selbst wenn, hätte sie vorgesorgt. Sie ließ sich jeden Morgen von einer Konditorei einen Gugelhupf liefern, falls ihrer mal missglücken sollte.«

Ruth lächelte. Vorsorgen für alle Fälle. Das musste sie sich merken.

»Wo haben Sie denn diese Anekdote aufgeschnappt?«, erkundigte sie sich.

»Nun, bevor man mich in die Uniform steckte, habe ich mich den Weihen der hohen Literatur gewidmet«, erklärte er etwas geschwollen. »An der hiesigen Universität. Und ich freue mich schon darauf, mein Studium wiederaufnehmen zu dürfen – dann eben auf Französisch.«

»Hier in Straßburg?« Sie sah ihn hoffnungsvoll an.

»Ja, natürlich hier in Straßburg. Hier ist nicht nur das Gebäck am besten.«

Sie lachte glücklich.

*

Joséphine hatte gerade ein kühles Tuch auf die glühende Stirn ihrer Schwägerin gelegt, als von draußen Lärm ertönte. »Ich bin gleich wieder da«, sagte sie und drückte Odettes Hand, obgleich diese sie ohnehin nicht hören konnte: Sie war eingeschlafen.

Sie öffnete die Tür zum Flur und eilte hinab ins Wohnzimmer, das im Gegensatz zu dem nach hinten ausgerichteten Schlafzimmer ihrer Schwägerin zum Münsterplatz hin gelegen war.

Im Wohnzimmer brannte kein Licht, und Joséphine sah, dass ihre Großeltern, Ida und Paul wie gebannt durch den Vorhangschlitz auf die Straße hinabsahen. Beunruhigt trat Joséphine zu ihnen und schrak zurück, denn im gleichen Moment begann eine Gruppe junger Elsässer, die sich vor dem Haus zusammengerottet hatte, zu brüllen: »Vive la France, merde la Prusse, schmissa di Schwowa zum Ländel nuss!«

Sie blickte zu ihrem Großvater Franz hinüber und sah zu ihrem Entsetzen, dass eine Träne über die faltige Wange des alten Mannes lief. Selbst in schlimmsten Kriegszeiten hatte sie die Großeltern nie weinen sehen. Und nun gleich den zweiten Tag in Folge!

Zaghaft legte sie ihre Hand auf seinen sonst so starken Rücken, der mit einem Mal ungemein verletzlich wirkte.

Er fuhr zusammen, sah sie an und zuckte dann beinahe entschuldigend mit den Achseln, als wolle er sie um Verzeihung bitten, dass er, der sie doch immer beschützt hatte, ihr diesen Moment nicht hatte ersparen können.

Franz Tritschler war in Straßburg ein angesehener und sehr beliebter Bürger gewesen, einer, der mit selbstbewusst erhobenem Haupt durch die Straßen ging. Den jeder kannte und jeder grüßte, der zum Stadtbild gehörte. Und jetzt traute er sich gar nicht mehr aus dem Haus. Er, der immer so integriert gewesen war, war nun samt seiner Familie ein »feindlicher Bürger« geworden. Auch Elise hatte das Gebäude nach ihrem Besuch bei ihrer Freundin May nicht mehr verlassen und sich in der Wohnung über der Bäckerei verschanzt. Jetzt starrte sie mit leerem Blick auf die Straße hinaus, wo der immer größer werdende Mob nun begann, gegen die Hauswand zu treten. Sie rissen die Fensterläden herunter und zertrümmerten sie mit weit ausholenden Bewegungen auf dem Kopfsteinpflaster.

»Das reicht«, schrie Paul. »Was bilden die sich eigentlich ein? Da seht ihr es, wie recht ich hatte. Die Franzosen sind ein Lumpenpack! Allesamt!« Er humpelte in Richtung Treppe. Doch seine Mutter, die bisher jede Reaktion auf die Geschehnisse unten auf der Straße hatte vermissen lassen, packte ihn am Arm.

»Du bleibst hier!«, bestimmte Ida. »Was willst du denn gegen den tobenden Mob ausrichten, verletzt, wie du bist?«

Angewidert schüttelte Paul ihre Hand ab. »Du glaubst wohl, der Krüppel ist zu nichts mehr nutze!«

»Du bleibst!«, donnerte in diesem Moment Patriarch Franz, und Paul zog sich eingeschüchtert in eine Ecke zurück. Lucien war noch nicht aus dem Krieg heimgekehrt und auch früher oft auf Expeditionen unterwegs gewesen. Daher war sein deutscher Großvater für Paul bereits in der Kindheit zur Respekt einflößenden Vaterfigur geworden.

»Ich gehe selbst runter«, kündigte der Achtundsechzigjährige an.

»Franz, nein!«, rief Elise panisch.

Schon an der Tür zum Treppenhaus angelangt, kehrte der alte Bäckermeister noch einmal um. Sein Blick war voller Liebe, als er zu Elise zurückging, ihr Gesicht zwischen seine beiden großen Hände nahm, sie sanft auf die Stirn küsste und ganz ruhig wiederholte: »Ich gehe. Und du brauchst keine Angst um mich zu haben, mein Schatz.«

In diesem Moment klirrte es von unten. Der Mob hatte offenbar eine Schaufensterscheibe eingeschlagen und sich Zutritt zur Patisserie verschafft.

Hocherhobenen Hauptes schritt Franz die Treppe hinab.

Joséphine folgte ihm, die Proteste ihrer Mutter und ihrer Großmutter überhörend. Flüchtig dachte sie an Odette und an Anne. Sie hoffte, dass sich der Zustand ihrer Schwägerin nicht weiter verschlechtern würde und dass die kleine Anne immer noch mit ihren Kleidern beschäftigt war und nichts von dem Aufruhr mitbekam oder sich in das Zimmer ihrer Mutter schlich. Sie würde so schnell wie möglich nach ihnen sehen. Doch jetzt brauchte ihr Großvater sie. Sie musste ihm beistehen.

Unten baute Franz sich vor den Eindringlingen auf, die inzwischen tatsächlich in die Backstube und damit ins Herz des Unternehmens, ja, in *Franz'* Herz vorgedrungen waren und, als sie den Patriarchen erblickten, ihr zerstörerisches Treiben unterbrachen und beinahe schuldbewusst aufblickten.

Joséphine sah in die Gesichter. Sie kannte sie alle. Gute Nachbarn, denen man Tag für Tag auf der Straße begegnete und um die man sich sorgte, wenn sie länger fernblieben. Sie erkannte auch zwei von Pauls Klassenkameraden, denen ihr Großvater an Geburtstagen stets einen Kougelhopf spendiert hatte. Sie bemerkte, dass Franz ebenfalls alle der Übeltäter zuordnen konnte. Selbstverständlich konnte er das. Ruhig und selbstbewusst stand er da und sah einem nach dem anderen ins Gesicht. Joséphine bewunderte seinen Mut, doch sie glaubte, auch Angst bei ihm wahrzunehmen.

Da nahm ihr Großvater einen der jungen Männer besonders ins Visier. Joséphine erkannte in ihm den ehemaligen Lehrling des Großvaters, der ihr immer ein wenig schöne Augen gemacht, den sie aber nie gemocht hatte. Bisher hatte sie ihn noch nicht bemerkt, weil er sich halb hinter dem Schrank verbarg, in dem die kostbaren Zutaten aufbewahrt wurden. Offenbar wäre es ihm lieber gewesen, nicht entdeckt zu werden. Doch er hatte die Rechnung ohne Franz Tritschler gemacht.

»Schamm di, Emmanuel!«, rief er ihm auf Elsässisch zu. »Was esch d'r i'gfalla, hosch bei mir g'glernt on benemmsch' di wia a Lüsbua!«

Emmanuel lief hochrot an und verschwand zur Gänze hinter dem Schrank.

»Was werft ihr mir eigentlich vor?«, fragte Franz ruhig. »Ich bin ja nicht mal in den Krieg gezogen. Zu Hause geblieben bin ich und habe Brot gebacken. Für euch alle.«

»Aber im letzten Krieg, da haben Sie gekämpft«, hielt ein feister Rothaariger dagegen. Er war der Einzige, der sich etwas zu sagen traute, vermutlich, weil er kein Kunde der Bäckerei war. »Und außerdem haben Sie im Krieg Kommissbrot für die deutschen Soldaten gebacken.«

Doch Franz hieß ihn mit einer herrischen Geste schweigen. »Ihr alle habt für die Deutschen gekämpft. Also habe ich auch für Euch Kommissbrot gebacken.«

Dann wendete er sich an die anderen. »Und ihr«, sagte er drohend. »Jeden von euch kenne ich. Jeder von euch hat Kuchen zum Geburtstag bekommen.«

Betretenes Schweigen. »Kommt, wir gehen«, sagte dann der ehemalige Lehrling, der sich immer unwohler zu fühlen schien. »Er war wirklich einer von den Guten.«

Franz trat einen Schritt zur Seite, um die Tür freizugeben, und einer nach dem anderen trat beschämt den Rückzug an. Während sie den alten Mann passierten, wagte keiner, den Blick zu heben und ihm in die Augen zu sehen.

Als sie fort waren, sahen sich Großvater und Enkelin stumm an. »Dann will ich mal aufräumen«, kündigte Franz schließlich an und ging in seine Backstube, um den Schaden zu beheben, den die jungen Elsässer angerichtet hatten.

»Ich helfe dir.« Joséphine bückte sich nach einem Exemplar des *Elsässischen Kuriers,* das der Mob verloren hatte, absichtlich oder unabsichtlich, und las auf der Titelseite:

An die elsässischen Leser!

Erinnert Euch an die Unterdrückung und die Tyrannei während 47 Jahren. Erinnert Euch an die Kriegsperiode 1914–1918!

Lasst Euch nicht irreführen durch trügerische Vorspiegelung!

Kaufet nur in durchaus elsässischen Geschäften!

Joséphine ließ die Zeitung beklommen sinken. Sie befürchtete, dass dieser Überfall erst der Anfang gewesen war.

7

Ruth und Stéphane schlenderten am Ufer der Ill entlang. Irgendwann griff er zaghaft nach ihrer Hand, und sie ließ ihn gewähren. Sie wagten es zunächst weder, einander anzusehen, noch etwas zu sagen.

Die Wege und Straßen, durch die sie spazierten, waren Ruth vertraut und in Stéphanes Gegenwart gleichzeitig so zauberhaft neu. Doch seine Anwesenheit war nicht der einzige Grund für das Gefühl der Fremdheit, das sich ihrer bemächtigte. Es lag auch daran, dass urvertraute Straßen nun andere Namen trugen. Noch während der Regierung der Revolutionäre war beschlossen worden, dass die Straßen in der Neustadt, die nach Vertretern der Hohenzollern-Dynastie benannt worden waren, künftig anders heißen müssten.

Der Kaiser-Platz wurde daraufhin zum Place de la République, die Kaiser-Wilhelm-Straße und die Kaiser-Friedrich-Straße in Avenue de la Paix umbenannt.

Als sie diese durchquerten, brach Ruth endlich das verschüchterte Schweigen: »Ich glaube, da werde ich mich nie dran gewöhnen.«

Stéphane sah sie fragend an.

»Dass jetzt alle Straßen umbenannt werden«, präzisierte sie und fügte rasch hinzu: »Versteh mich nicht falsch, ich finde es ja gut, dass die Straßen nun wieder französische Namen haben.«

Da schellte plötzlich dicht neben ihnen eine Fahrradklingel, der Fahrer raste so knapp an ihnen vorbei, dass Ruth heftig erschrak.

»He, lauft gefälligst am Rand, ihr Trottel!«, rief ihnen der sich umdrehende junge Radler auf Deutsch zu.

»Und du pass auf, wo du hinfährst, du Hornochse!«, brüllte Stéphane zu Ruths Überraschung in derselben Sprache – völlig akzentfrei!

»Warum sprechen Sie denn so gut Deutsch?«, wunderte sie sich.

»Mein Vater Christian und sein Bruder Paul Louis stammen aus dem Elsass, wir haben aber auch Vorfahren aus Frankfurt«, erklärte er. »Meine Familie fand es immer wichtig, dass alle Nachkommen die deutsche Sprache auch beherrschen. Und deshalb kann ich Idioten wie diesem Radler so wunderbar hinterherfluchen.«

Ruth musste lachen, und nun war das Eis gebrochen. Sie gingen wieder Hand in Hand, nicht mehr schweigend und durchaus wagend, einander anzusehen, einander anzulächeln.

»Warum war es Ihren Eltern denn so wichtig, dass Sie Deutsch lernen?«, fragte Ruth neugierig.

»Aus Respekt vor unseren Ahnen«, antwortete Stéphane. »Sie werden in der Familie regelrecht verehrt. Mein Ururgroßvater war ein sehr erfolgreicher Kaufmann, der den Grundstock für unser heutiges Vermögen gelegt hat. Ich freue mich schon, wenn du meine ganze Sippschaft kennenlernst. Vor allem meine Cousine Louise dürfte dir gefallen. Die ist gerade mal fünfundzwanzig und schon Studienrätin, hat ein Krankenhaus in der Bretagne gegründet und will jetzt auch noch eine eigene Zeitung herausgeben.«

»Donnerwetter«, entgegnete Ruth etwas eingeschüchtert.

»Allerdings ist sie wegen meiner Tante Jeanne Halbjüdin. Na ja, ein Schatten fällt auf jedes Glück«, erwiderte Stéphane ironisch.

Ruth verzog empört das Gesicht. Der zunehmende Antisemitismus war für sie eine unfassbare Schande!

»Wieso Schatten?«, fragte sie verstimmt.

»Na ja, die Mörder Christi und so. Meine Familie ist protestantisch und recht gläubig, weißt du«, versuchte er sich zu rechtfertigen.

»Na und? Jesus war doch selbst Jude«, entgegnete sie. »Meine Großmutter väterlicherseits war früher auch Jüdin. Sie wurde vor ihrer Hochzeit mit Grand-père evangelisch, aber ihr Vater, also mein Urgroßvater, der hat es noch richtig praktiziert. Er ist erst kurz vor dem Krieg gestorben, deshalb konnte ich noch manches Chanukka-Fest mit ihm feiern. Er war ein beeindruckender und gutmütiger Mann. Ihm haben wir die Patisserie zu verdanken.«

»Ah, deshalb heißt sie auch Goldschmidt und nicht Picard wie Sie«, wurde Stéphane nun klar, dem Ruths Empörung über seine abfällige Bemerkung nicht entgangen war.

»Genau«, bestätigte Ruth. »Mein Großvater hat sich nach der Scheidung von Claire Goldschmidt überlegt, ob er den Laden umbenennen soll, aber der Name ist ja schon so lange gut etabliert.«

»Das kann ich mir bei Ihrem leckeren Sortiment bestens vorstellen«, versuchte er ihr zu schmeicheln, offenbar bemüht, die Stimmung wieder zu verbessern.

Unter einer Gaslaterne, die einen einsamen Lichtkegel auf die dunkle Straße warf, ließ Stéphane ihre Hand schließlich los und zog ein Blatt aus der Tasche. Ruth dachte zunächst, es handle sich um das Papier, in das sie den Kuchen eingewickelt hatte, doch es war aus Bütten, und jemand hatte etwas darauf geschrieben.

»Dieses Gedicht wollte ich Ihnen vorlesen. Ich finde, der Autor hat darin wunderbar die Stimmung wiedergegeben, die in diesen Tagen über Straßburg liegt«, sagte Stéphane. Seine Stimme klang rau, als er nun rezitierte: »*Es müssten der Sprache der Liebe die wärmsten, die stürmischsten Wörter entliehen werden, es müssten die Wörter der Leidenschaft gewagt werden, denn wir sind Zeuge geworden, wie sich ein Volk und eine Armee in die Arme geschlossen und sich in einem Aufschrei den Kuss der geistigen Heirat gegeben haben. Wie schön sind die Küsse! Die Frauen schleudern sie unter dem Einsatz ihres ganzen Körpers von sich. Zitternd entreißen sie die Finger ihrem Mund, bogengleich spannen sie ihre Arme, um sie den Soldaten zuzuwerfen.*«

Ruth hatte den Verfasser des Gedichts augenblicklich erkannt: Paul Géraldy. Sie liebte Géraldy, seinen Gedichtband *Du und Ich* hatte sie nur so verschlungen. Stéphane und sie – das musste wirklich Schicksal sein!

Bedeutungsvoll nahm er ihren Blick gefangen. »Wie du mir Küsse zugeworfen hast«, schwärmte er und zog sie in seine Arme, woraufhin sich ihre Lippen fanden. Endlich!

*

Als sie hörten, dass der Mob sich verzogen hatte, kamen Elise, Ida und Paul in den Laden herunter. Verunsichert, zögernd und voller Angst davor, was sie erwarten und in welchem Zustand sie die Patisserie – und vor allem: Franz und Joséphine – vorfinden würden.

Angesichts der Zerstörung, die Großvater und Enkelin bereits im Begriff waren zu beseitigen, begann Elise zu weinen und wurde sogleich von Ida in die Arme genommen.

Auch sie war den Tränen nah, riss sich aber zusammen, um

ihrer Mutter Halt und Zuversicht zu geben. Elise Tritschler war ihr Leben lang für andere da gewesen, nun war sie es, die Trost brauchte.

Da hörten sie einen leisen Ruf von der Treppe her. Es klang wie ein verwundetes Tier.

Joséphine fuhr herum und sah sich einer kleinen, schmalen Gestalt gegenüber. Anne. Das Mädchen war weiß wie die Wand.

»Joséphine«, hauchte sie, »Joséphine, die Maman kriegt keine Luft.«

Odette, dachte die Krankenschwester entsetzt, ging es etwa bereits zu Ende mit ihr? Das durfte einfach nicht sein!

*

Bald sehe ich Odette wieder und meine süße kleine Anne, dachte Marcel voller Vorfreude, als das Militärfahrzeug die Stadtgrenze von Sainte-Marie-aux-Mines passierte. Dr. Claude Favreau, der den Lastwagen lenkte, war mit seiner Idee erfolgreich gewesen. Konrad und Marcel hatten fleißig gehustet, und dem Lagerarzt war die Genehmigung erteilt worden, sie mitzunehmen.

»So, wir sind da«, verkündete Favreau, als er das Fahrzeug zum Stehen brachte. »Rue de la Liberté, passender geht es doch gar nicht.«

»Ja, hier wohnt meine Tante Cecile«, erkannte Konrad begeistert.

»Auf Wiedersehen, ihr zwei«, meinte der Arzt, der beiden die Hand schüttelte. »Ich werde Ihre Koch- und Backkunst vermissen, mein lieber Picard.«

»Dann kommen Sie in ein paar Monaten in Straßburg mal in der Patisserie Tritschler am Münsterplatz vorbei«, bot Marcel mit belegter Stimme an. »Wenn es endlich wieder Zutaten gibt, werden wir an die gute alte Zeit anknüpfen.«

»Ich wünsche es Ihnen, dann viel Glück und alles Gute.«

Nachdem sie sich nochmals überschwänglich bei Dr. Favreau bedankt hatten, verließen Marcel und Konrad das Fahrzeug und gingen auf das Mietshaus zu, in dem Struves Tante wohnte.

»Und es ist wirklich in Ordnung, dass ich mitkomme?«, vergewisserte sich Marcel zum wiederholten Male.

»Absolut«, versprach ihm Konrad. »Tante Cecile vergöttert dich jetzt schon – du hast mich ja doppelt gerettet.«

Cecile Struve entpuppte sich als herzensgute Frau mit leuchtend roten Haaren. Und wie Struve es vorhergesagt hatte, war sie außer sich vor Glück und Bewunderung für Marcel, der ihren Konrad heil nach Hause gebracht hatte.

»Ich mache gleich einen Kartoffelkuchen für euch, Jungs«, kündigte sie an, nachdem sie ihren Neffen unter glücklichen Schluchzern an sich gedrückt hatte. »Sicher nicht so gut wie Ihrer, Monsieur Picard, aber mit ordentlich Zucker drin.«

Marcel lief das Wasser im Mund zusammen. Ordentlich Zucker in diesen Zeiten – das war schon was!

Sie zeigte ihm sein Zimmer, eine kleine, aber gemütliche Bügelkammer mit Gästebett und mit geblümter Wäsche bezogenen Daunen; ein Kohleofen sorgte dafür, dass die Novemberkälte draußen blieb. Ja, hier konnte man es aushalten, dachte er glücklich.

*

Immer diese Kälte. Ruth war es leid. Sie hatte genug gefroren in den letzten vier Jahren! Sie wollte nun endlich einen Ort haben, an dem es warm und gemütlich war – und an dem sie sich mit Stéphane treffen konnte, ohne ständig zu bibbern! Aber in seiner Kaserne und auch zu Hause bei ihr war ein Treffen natürlich unmöglich. Großvater Jacques verließ das

Haus ja so gut wie nie. Tag für Tag verzog er sich knurrend in seine Backstube, um aus den kläglichen Zutaten etwas einigermaßen Ansehnliches herzustellen, machte mit seinem einen Arm die Arbeit, die sie ihm so gerne abgenommen hätte. Angestellte gab es bis auf Meister Strohmeier, die Köchin und ihren Neffen nicht mehr. Die jüngeren Männer waren in den Krieg gezogen und nicht ersetzt worden, die Frauen entlassen, weil es für sie im Café nichts mehr zu tun gab und außerdem kein Geld mehr da war, um sie zu bezahlen.

Ruth seufzte. Nein, ihren Schwarm nach Hause einzuladen wäre unmöglich gewesen. Und so fieberhaft sie auch überlegt hatte, es war ihr kein anderer Ort eingefallen, an dem sie sich hätten treffen können – bis heute! Heute Abend hatte sie eine Überraschung für ihren Stéphane. Deshalb eilte sie voller Vorfreude zu ihrer Brücke, an der es zwar ohne Frage romantisch, aber auch eisig kalt war. Er war schon da und sah ihr mit einem herzlichen Lächeln entgegen.

»Schau mal, ich habe was für dich.« In der Hand hielt er eine Zeitung, und als sie bei ihm angekommen war und ihn zur Begrüßung zärtlich auf den Mund geküsst hatte, deutete er auf eine Anzeige des Straßburger Verlagshauses Singer in der Rue de la Mésange: *Schnell! Französisch lernen! Le Petit Français. Neue Ausgabe. Grammatik. Verben (regelmäßige und unregelmäßige). Conversation. Gebräuchliche Redewendungen zu Hause, bei Behörden, im Handel, beim Militär etc. … fr. 2.50 porto 45 cts.*

»Könnten wir doch deinem Cousin Paul kaufen.«

»Das fände er sicher sehr aufregend«, sagte sie mit leisem Spott. »Er wollte doch einen ganz persönlichen Kurs.«

Um von vornherein böse Überraschungen zu vermeiden, hatte Ruth ihren Stéphane um absolute Offenheit gebeten; und sie war selbst mit gutem Beispiel vorangegangen, indem sie ihm sämtliche Familiengeheimnisse erzählt hatte. Selbst das wohl skandalöseste: dass Oskar, ihr sechsundvierzigjähriger Onkel mütterlicherseits, ausgerechnet die fast zwanzig Jahre ältere Ex-Frau von Jacques Picard geheiratet hatte, ihrem Großvater väterlicherseits. Und eben auch, dass ihr Cousin Paul Französischunterricht von ihr wollte, sie aber ein anderes Interesse dahinter vermutete. Zumal er nie einen Zweifel daran gelassen hatte, wie sehr er alles Französische hasste.

»Auch den persönlichen Kurs kannst du ihm übrigens bieten«, meinte Stéphane triumphierend, »ich habe nämlich in Erfahrung gebracht, dass die Leitung des französischen Militärpersonals kostenlose Französischkurse anbietet. Mit Lehrer, ganz persönlich – nur eben nicht mit dir.«

Sie küsste Stéphane dankbar. Wie glücklich sie mit ihm sein konnte! Sie vertraute ihm ein Problem an, und er suchte gleich eine Lösung! Und im Gegenzug hatte er ihr ebenfalls bereits zahlreiche Geheimnisse offenbart. Sogar militärische: Er hatte ihr von einem waschechten General erzählt, den er während seines Dienstes kennengelernt hatte – ein gewisser General Messimy. Der habe mit der berühmten Tänzerin Mata Hari eine Affäre gehabt – zeitgleich mit dem Kriegsminister und dem Kronprinzen. Ruth hatte gelesen, dass die Dame voriges Jahr wegen Spionage hingerichtet worden war. Wen er so alles kannte! Was für einen mondänen und hilfsbereiten Mann hatte sie sich da ausgesucht!

»Nun, du rettest mich vor meinem Cousin, und ich habe im Gegenzug auch eine Überraschung für dich«, sagte sie verschwörerisch. »Wenn du willst, kannst du Paul selbst deine Ratschläge fürs Erlernen des Französischen geben.«

»Wieso?«

»Ich habe Tante Ida und meiner Cousine Joséphine von dir erzählt, und sie haben angeboten, dass ich dich einmal auf eine Tasse Tee mitbringen soll. Sie wollen dich gern kennenlernen. Und so müssen wir endlich mal nicht frieren.«

»Oh, das ist ja lieb«, freute sich Stéphane. »Ich bin schon richtig gespannt auf alle.«

»Was ist denn hier passiert?«, rief Ruth, als sie keine fünfzehn Minuten später bei der Patisserie ankamen. Entsetzt starrte sie auf die zerbrochenen Schaufenster und die zertrümmerten Fensterläden, um gleich darauf in den Laden zu stürzen und die Treppe zur Wohnung der Tritschlers hinaufzueilen.

Ida öffnete ihnen mit verweintem, kreidebleichem Gesicht.

»Aber was ist denn nur geschehen?«, rief sie.

»Ach, Ruth, liebe kleine Ruth«, brachte Ida mit versagender Stimme hervor. »Odette ist von uns gegangen.«

Nein! Ruth schrie innerlich auf. Das durfte nicht sein! Nicht Odette, die zu allen immer nur gut gewesen war. Es war ihr doch gerade wieder besser gegangen! War sie schuld an ihrem Tod? Wie oft hatte sie die einstige Blumenverkäuferin verflucht, ja, in den ersten Wochen, nachdem sie erfahren hatte, dass Marcels Liebe Odette und nicht mehr ihr galt, hatte sie der anderen tatsächlich einmal insgeheim den Tod gewünscht. Und nun war er tatsächlich eingetreten. Das hatte sie nicht gewollt. Der arme Marcel! Was sollte nur aus ihm werden, wenn er zurückkam? Was aus der kleinen Anne? Nun hatte sie keine Mutter mehr, genau wie Ruth selbst. »War es ein Unfall?«, fragte sie noch. »All die Scherben …« Dann gaben ihre Knie nach, und Stéphane fing sie auf.

8

Bei der Familie Tritschler schien die Zeit seit Odettes Tod stillzustehen. Jeder vermisste diese fröhliche, warmherzige Frau. Es war, als sei dieses Haus eine einzige offene Wunde, als winde sich jeder, der darin wohnte, vor Schmerzen und versuche verzweifelt zu überleben, dachte Ida. Eigentlich hatte sie doch gehofft, es würde besser werden, wenn der Krieg endlich vorbei wäre. Wie viel Leid mussten sie noch ertragen? Zu der Sorge um ihre Eltern, der Furcht vor weiteren Repressalien und der Trauer um Odettes Tod kam die Angst um Lucien und Marcel, die immer noch nicht aus dem Krieg heimgekehrt waren. Und wenn Marcel endlich käme – dann nur, um zu erfahren, dass seine so innig geliebte Odette nicht mehr war. Und wie würde Anne reagieren, wenn Marcel zurückkehrte? Würde das die kleine Seele retten können? Sie kannte ihren Vater doch kaum, die meiste Zeit ihres kurzen Lebens war er im Krieg gewesen. Das Mädchen war vom Tod seiner Mutter derart tief getroffen, dass keiner der ebenfalls trauernden Erwachsenen sich zu helfen wusste. Sie hatte sich über Odette geworfen – was auch angesichts der Ansteckungsgefahr sehr gefährlich gewesen war – und gefleht: »Maman, bitte mach die Augen wieder auf. Bitte, bitte mach die Augen wieder auf, du darfst nicht mehr schlafen. Wenn du aufwachst, bin ich auch ganz brav und mach nie wieder Unfug. Ich verspreche es dir, Maman, aber bitte mach doch deine Augen wieder auf.«

Ida und Joséphine war es schließlich mit vereinter Kraft gelungen, das Kind von seiner Mutter wegzuziehen. Ida war mit ihr ins Schlafzimmer gewankt, das sie sich eigentlich mit Lucien teilte, und hatte sie auf dem großen Bett fest umschlungen gehalten. Joséphine hatte dem kleinen Mädchen ein Beruhigungsmittel gegeben, und tatsächlich hatte Anne daraufhin bis zum nächsten Morgen geschlafen. Dann jedoch kehrte die Trauer mit voller Wucht zurück. Das Kind schrie, schlug um sich und ließ sich erst beruhigen, als Ida leise zu ihr sagte: »Mein Liebes, es gibt noch etwas, das du für deine Maman tun kannst.« Sofort hatte Anne innegehalten und sie mit großen Augen angesehen. »Was denn?«

»Deine Maman ist jetzt ein Engel, und sie ist immer, immer bei dir. Sie ist bei dir, wenn du lachst, sie ist bei dir, wenn du traurig bist. Sie ist immer um dich wie ein ganz weiches Kleid, das dich umhüllt und beschützt, verstehst du?«

Anne musste noch ein paarmal schluchzen, sah ihre Großmutter aber an, Hoffnung im Blick. Hoffnung darauf, dass Ida ihr eine Lösung aufzeigen würde, wie sie aus diesem unendlichen, quälenden, alles vernichtenden Schmerz herauskommen könnte.

»Deine Maman sieht also alles, was du tust. Wenn du ein guter Mensch bist, freut sie sich. Sie freut sich auch, wenn du lachst und fröhlich bist. Sie versteht, dass du traurig bist, und ist für dich da, aber sie möchte, dass du wieder Dinge tust, die dir Spaß machen. Dann freut sie sich und ist ganz stolz.«

Anne sah sie ernst, fast ehrfürchtig an. »Wirklich?«

»Menschen, die man ganz doll lieb hat, kann man nicht verlieren, Kleines. Die Liebe ist nämlich stärker als der Tod.«

Anne nickte ernst, dann zitterte sogar ein kleines, dünnes Lächeln über ihr Gesicht. »Meinst du«, fragte sie, »meinst du, Maman würde wollen, dass ich ihr einen Kuchen backe?«

»Oh, Liebes, das würde sie ganz bestimmt wollen«, rief Ida erleichtert, und es kostete sie größte Anstrengung, die Tränen zurückzuhalten. »Sie hat sich sehr darüber gefreut, dass du das Backen liebst. Und sie hat immer davon geträumt, dass du einmal gemeinsam mit deinem Papa in der Backstube stehen und vielleicht später sogar einmal die Herrin des Geschäfts sein wirst.«

»Dann werde ich das auch«, sagte Anne feierlich. »Wenn mein Papa kommt. Der backt mit mir. Und wenn ich groß bin, gehört alles mir, und viele Leute kommen dann, und die kaufen bei mir. Dann ist die Maman im Himmel stolz.«

*

Endlich, nach all den endlosen Monaten, war es so weit. *Heute* würde Marcel seine kleine Tochter und seine geliebte Odette wiedersehen. Überraschend hatte sich Dr. Favreau nochmals gemeldet. Er hatte einen Bauer in der Nähe von Sainte-Marie-aux-Mines ausfindig gemacht, der um elf Uhr eine große Lieferung Kelteräpfel und Rüben nach Straßburg fahren würde. Vor der Abfahrt wollte sich Marcel noch das Kinderheim ansehen, in dem seine leibliche Mutter Natalie und René Picards erste Frau aufgewachsen waren.

Konrad hatte angeboten, ihn zu begleiten, und da standen sie nun. Sie beobachteten, wie eine Nonne schimpfend ein Kind aus dem von Schneeregen ganz schlammigen Garten holte. Sie zog den Jungen dabei grob am Ohr. Marcel zuckte zusammen; der Drang, dem wimmernden Kleinen zu Hilfe zu eilen, war groß, doch Konrad hielt ihn am Arm fest.

»Du solltest nichts riskieren«, raunte er ihm zu und deutete mit dem Kinn auf einen hageren, grauhaarigen Hausmeister mit misstrauischen Augen, der vor dem Heim das Laub wegfegte. Er sah herüber, fragte sich vielleicht schon, warum die beiden jungen Männer hier herumstanden.

»Nicht so kurz vorm Ziel. Du wirst die Zustände dort nicht an einem Vormittag ändern«, fuhr Konrad eindringlich fort. »Und wir haben beide noch keine gültigen Papiere.«

Während die Nonne mit dem Knaben im Gebäude verschwand, nickte Marcel nachdenklich. »Ob einem die Kindheit in so einem Haus den Charakter zerstört?«, mutmaßte er.

»Deine leibliche Mutter hat dich an René Picards erste Frau verkauft?«, erinnerte sich Konrad an eine der nächtlichen Erzählungen des Kameraden.

»Ja, sie selbst ist auch hier aufgewachsen. Als sie ihr Kind verloren hat, bekam sie Panik, dass René Picard sich eine neue Frau sucht, um den Stammhalter zu zeugen«, bestätigte Marcel. »Da hat sie allen die Fehlgeburt verheimlicht und stattdessen Natalies neugeborenes Kind als das ihre ausgegeben. Das hat die sich einiges kosten lassen. Und als meine leibliche Mutter vor fünfundzwanzig Jahren dann noch mehr Geld von meiner Ziehmutter wollte, kam alles ans Tageslicht. Die Ehe ging in die Brüche, und René wollte von mir Kuckuckskind nichts mehr wissen.«

»Das war sicher schlimm«, mutmaßte Konrad voller Mitleid für seinen Kameraden.

»Na ja, der Rest der Familie hat zu mir gehalten«, erzählte Marcel. »Und Renés Bruder Lucien und seine Verlobte Ida haben mich dann adoptiert. Bessere Eltern hätte ich mir nicht wünschen können.«

»Und deine leibliche Mutter ist im selben Jahr gestorben?«

»Ja, mein leiblicher Vater hat sie zu einer weiteren Erpressung überredet. In einem Hotel in Straßburg haben sie sich darüber gestritten, er hat sie gestoßen – und sie fiel mit dem Kopf gegen eine Nachttischkante.«

»Dann hatte diese Natalie ja wirklich eine traurige Geschichte«, stellte Konrad betroffen fest.

»Ja, aber irgendwie hat dieser Ort nichts mit mir zu tun«, sagte Marcel nun erleichtert. »Ich bin Marcel Picard, Sohn von Lucien und Ida Picard, Ende der Geschichte.«

»Nicht ganz«, verbesserte Konrad lächelnd. »Du bist auch Ehemann von Odette Picard, Vater von Anne Picard.«

Marcel nickte glücklich. »Ja, bin ich. Und heute Abend sehe ich sie wieder.«

»Komm, wir gehen zu Tante Cecile«, schlug Konrad vor. »Falls dieser Bauer früher auftaucht.«

*

Ida Picard war mit ihrer Kraft am Ende. Sie konnte einfach nicht mehr. Sie trauerte um ihre Schwiegertochter, weinte mit ihrer Enkelin, sorgte sich um ihre Eltern und um die eigene Zukunft. Nachdem sie mit Anne den versprochenen Kuchen für Odette gebacken hatte, war es der Kleinen etwas besser gegangen, und Joséphine hatte sie mit auf einen Spaziergang genommen. Anne müsse raus an die frische Luft, hatte sie gesagt, und Ida war ganz ihrer Meinung gewesen. Deshalb war sie nun erstmals seit Odettes Tod ganz allein. Es gab niemanden, um den sie sich kümmern musste, wenn man davon absah, dass es ihren Eltern rund um die Uhr gutgetan hätte, ihre Liebe und ihre Fürsorge zu spüren. Franz tat zwar so, als könne ihm all das nichts anhaben, und erzählte immer wieder, wie problemlos es ihm gelungen war, die Übeltäter in die Flucht zu schlagen, doch Ida konnte er nichts vormachen. Ihr Vater war zutiefst verletzt, und er hatte Angst. Ihre Mutter, die sonst so gerne hinter der Theke gestanden und die Kunden bedient hatte, traute sich nicht mehr aus dem Haus. Dennoch: Im Moment waren die beiden beschäftigt und brauchten sie nicht. Und diese Gelegenheit würde Ida nutzen. Um zu dem Menschen zu gehen, der ihr in dieser Situation am besten würde helfen können. Den sie einst gerettet und von der Straße geholt hatte und der seitdem bedingungslos für sie da gewesen war: der alte Bibliothekar Maximilien Fouché, genannt Max.

Doch je näher sie der Wohnung kam, desto unruhiger wurde sie. Was, wenn auch er ihr Ablehnung entgegenbringen würde, weil sie eine Deutsche war? Was, wenn auch er genug von allen Deutschen hatte?

Mit vor Angst klopfendem Herzen klingelte sie an seiner Wohnungstür in der Neustadt.

»Ach, Ida, wie schön«, sagte der Vierundachtzigjährige, als er die Tür geöffnet hatte, hocherfreut. Er zerstreute binnen Sekunden all ihre quälenden Sorgen, und sie warf sich sogleich in seine weit ausgebreiteten Arme.

Er zog sie in die Wohnstube: »Magst du eine Tasse Tee?«

»Gern. Es ist heute ja wirklich fürchterlich kalt und grau.«

Wenig später saßen sie einander im gemütlichen Wohnzimmer gegenüber, beide hatten eine dampfende Tasse Tee vor sich stehen. Die Wohnung war so eingerichtet, wie man das von einem ehemaligen Universitätsbibliothekar erwartete: deckenhohe Regale voller literarischer Schätze, die Max unendlich viel bedeuteten. Er hatte Ida einmal erzählt, er habe zu jedem seiner Bücher eine persönliche Beziehung, wisse, wo er es erstanden oder wer es ihm geschenkt und wann er es gelesen hatte. Diese innige Liebe zu Büchern führte sie darauf zurück, dass der Franzose sehr am Verlust der wertvollen alten Handschriften und Druckwerke bei der Zerstörung der Universitätsbibliothek im 1870er-Krieg gelitten hatte.

Er musterte sie aufmerksam. »Dir geht es nicht gut.« Es war eine Feststellung, keine Frage. »Das nimmt euch alle sicher mit, dass die eure Patisserie überfallen haben. Es tut weh, die Schäden zu sehen. Dabei hattet ihr damals nach dem großen Feuer alles so schön wiederaufgebaut.«

Ida nickte. »Ja«, sagte sie ernst. »Ja, das tut weh. Aber inzwischen ist selbst das nur noch zweitrangig. Odette ist gestorben.«

»Nein«, keuchte der alte Bibliothekar schockiert. »Die schöne, lebenslustige Blumen-Odette … Unser armer kleiner Marcel. Wenn er zurückkommt … Ihr habt noch keine Nachricht von ihm?«

Ida schüttelte den Kopf. »Und von Lucien auch nicht. Es geht meiner ganzen Familie unfassbar schlecht. Und ich kann ihnen nicht helfen. Sie sind so zermürbt wegen des Hasses, der uns gerade überall entgegenschlägt. Die Stadt ist auf einmal ganz anders geworden, ganz fremd. So schlimm ist es«, sie sah ihn unsicher an, »so schlimm ist es, dass ich sogar ein bisschen Angst vor der Begegnung mit dir hatte. Du hättest ja jedes Recht, auf mich wütend zu sein. Die Deutschen waren während des Krieges so gemein zu euch.«

»Ja, einige waren gemein, aber du noch nie, mein Engel. Du hast mich mit deinem Lucien aus der Gosse geholt, buchstäblich«, sagte er eindringlich. »Das werde ich euch nie vergessen, und wenn sich die Grenze noch hundertmal verschiebt.«

Sie griff nach seiner Hand und drückte sie dankbar.

»Aber du hast recht, Mädchen, es sind seltsame und schwierige Zeiten«, fuhr Max fort. »Gestern zum Beispiel musste mein alter Freund Wolfgang Busch gehen. Nach all den Jahren. Es ist eine Schande.«

»Wolfgang Busch?«, rief Ida erschrocken. Der altgediente Küster des Straßburger Münsters war verjagt worden?

Max nickte traurig. »Ja, nach fast fünf Jahrzehnten hier geht er zurück nach Berlin. Ich soll dich und Lucien schön grüßen. Er hätte sich gern von euch verabschiedet.«

Sie schluckte. »Wie ist das passiert?«

»Es ging ganz schnell«, sagte er. »Erinnerst du dich noch an diesen Étienne Loubet?«

»Oskars Studienkollege, natürlich. Er wollte damals verhindern, dass Wolfgang Busch am Sedantag vom Münster die Glocken läutet.«

»Genau«, bekräftigte Max und schwelgte ebenfalls in Erinnerungen. »Er und seine Kumpane haben einen Karren Mist vor Buschs Tür gestellt, damit der nicht hinauskam und uns mit einem Revolver bedroht. Dein Bruder hat dann aber bemerkt, dass es sich bei der Waffe nur um eine Attrappe aus der Theatergruppe der Universität handelte. Die Glocken läuteten also doch, und Étienne erlitt eine bittere Niederlage. Und nun rate mal …«

Idas Augen verengten sich. »Étienne hat Wolfgang Busch denunziert?«, kombinierte sie.

Max nickte traurig. »Das war leider ziemlich einfach. Er ist inzwischen in einer führenden Position. Er hat behauptet, Wolfgang sei ein glühender Deutschnationalist. Dass er Étienne und seine Kumpane misshandelt und eingesperrt habe, um auch ja zum Gedenken an den Sieg gegen Frankreich die Münsterglocken läuten zu können.«

Ida schauderte. Es war zu erwarten, dass sich Étienne Loubets Hass dann auch gegen ihren Bruder Oskar richten würde.

Die tragischen Ereignisse der letzten Tage hatten die Gefahr einer Ausweisung in den Hintergrund rücken lassen, aber nun traf der Gedanke daran sie wieder mit voller Wucht. Sie würden gehen müssen. Alle. Was sollte nur mit der kleinen Anne werden, wenn sie nun die nächsten Bezugspersonen verlieren würde? Was wäre mit Lucien, wenn er aus dem Krieg heimkäme und sie nicht vorfände, was mit den Kindern?

»Was geschieht da nur, Max?«, fragte sie angstvoll.

»Nun«, sagte er bedächtig. »Ich für meinen Teil habe in den fast fünf Jahrzehnten unter deutscher Herrschaft ein gutes Leben geführt. Das haben wir alle. Wir waren weder Deutsche noch Franzosen, wir waren alle Elsässer und stolz drauf.«

Ida nickte. Genauso war es gewesen.

»Doch dann kam der Krieg. In den vier Jahren deutscher Militärdiktatur war das Leben alles andere als einfach, da hast du schon recht.«

Wieder nickte Ida. Die Deutschen hatten den Franzosen das Leben in den letzten vier Jahren wahrlich zur Hölle gemacht, und sie hatte sich oft genug für ihre Landsmänner geschämt. Vor allem die deutschen Beamten hatten sich der französischstämmigen Bevölkerung gegenüber extrem arrogant und respektlos verhalten, es hatte Ausweisungen, Durchsuchungen, Internierungen und Repressionen gegeben. Konnte man ihnen verdenken, dass sie nun Gleiches mit Gleichem vergolten?

»Durch den Krieg und die Militärregierung waren die Fronten auf einmal wieder da. Die Unterteilung in Deutsche und Franzosen. Den Elsässer als solchen – gab es den noch? Das hat natürlich den Hass der alteingesessenen Familien auf die Boches geschürt und alte Wunden wieder aufgerissen, die im 1870er-Krieg entstanden sind«, sagte Max und berichtete Ida nun erstmals, dass auch er in den vergangenen vier Jahren von den Deutschen verfolgt worden war. »Man hat mich der Spionage verdächtigt.« Er klang fast ein wenig stolz, dass man ihm so etwas zutraute.

Obwohl die Situation an Tragik nicht zu überbieten war, musste Ida kichern. Max, den lieben, guten, treuen Max, der in seiner Bücherwelt lebte und nun wirklich keiner Fliege etwas zuleide tat, Spionage vorzuwerfen, war wirklich mehr als lächerlich.

»Aber wie soll es nun weitergehen?«

Max hob die Schultern. »Das wissen wir nicht. Und solange wir das nicht wissen können, gibt es nichts Sinnvolleres, als eine Tasse Tee zu trinken.«

*

Marcel hatte das Gefühl, dass ihn seine Füße gar nicht schnell genug tragen konnten. Er wollte heim, nur heim, zu Odette, seiner geliebten Frau, seinem Sonnenschein, seiner Welt. Und zur süßen Anne. Endlich sollte ihre kleine Familie wieder vereint sein. Er konnte es kaum erwarten, sie in seine Arme zu schließen.

Bei der Verabschiedung von Konrad hatten sie sich geschworen, einander wiederzusehen. Der Landwirt, der ihn mitgenommen hatte, war recht wortkarg gewesen und hatte ihn am Stadtrand von Straßburg abgesetzt. Doch das störte Marcel nicht. Nach der langen Zeit kam es auf eine halbe Stunde nun auch nicht mehr an.

Doch sein Marsch wurde auf dem Kaiserplatz, der nun Place de la République hieß, jäh unterbrochen. Hier war kein Durchkommen, und Marcel beobachtete erstaunt, dass mehrere Männer mit Feuereifer und mithilfe einer schweren Eisenkette dabei waren, das Reiterstandbild von seinem Sockel zu reißen. Marcel, der in den letzten Wochen und Monaten Zeuge unendlichen menschlichen Leids geworden war, konnte nicht anders, als den armen Kaiser zu bedauern, dem sie nun auch noch den Kopf abrissen, um ihn dann triumphierend zum Place Kléber zu schleppen, wo er in einer symbolischen Geste dem französischen General zu Füßen gelegt wurde.

Marcel schüttelte den Kopf und lenkte seine Schritte dann umso eiliger in Richtung des Münsterplatzes, in Richtung seines Zuhauses. Er konnte Odettes Lächeln schon vor sich sehen, erahnen, wie sie sich in seinen Armen anfühlte, warm und vertraut. Er spürte ihre Lippen, die er so lange hatte entbehren müssen, und bemerkte, wie Erregung in ihm aufstieg. Gleich wäre es so weit. Und dann würden kein Krieg und keine Revolution sie mehr trennen. Dann wäre er bei ihnen. Zu Hause. Für immer.

*

Dass der letzte gemeinsame Abendspaziergang mit der entsetzlichen Nachricht von Odettes Tod geendet hatte, verstärkte Ruths Wunsch, mit Stéphane zusammenzukommen, zusätzlich. Das Leben war viel zu kurz, um wertvolle Zeit zu verschwenden. Sie waren völlig hingerissen voneinander, und sie teilten das Faible für Backwaren aller Art. Er würde sie, da war sie sich sicher, bestimmt in ihrem Traum unterstützen, irgendwann die Patisserie zu übernehmen. Und heute würde sie ihm diese sogar zeigen können.

»Der Vater unseres Hausdieners Nicolas ist aus dem Krieg zurückgekehrt, allerdings schwer verletzt«, erzählte sie ihrem Schwarm, als sie sich an der Brücke trafen. »Es ist nicht sicher, ob er überleben wird. Mein Großvater hat sich bereit erklärt, Nicolas zu seiner Familie zu fahren. Nicolas' Tante ist unsere Köchin, sie wird die beiden begleiten. Das ist wohl ziemlich weit, Grand-père meinte, er wird dort über Nacht bleiben. Wir haben also das ganze Haus für uns.«

»Was für Aussichten«, strahlte Stéphane und küsste sie, dass ihr schwindelig wurde.

Während sie Hand in Hand durch die Kälte gingen, sagte er: »Eigentlich ist es doch eine Schande, dass du mir eure

Patisserie bei Nacht und Nebel zeigen musst. Und dass er dir das Backen verbietet – bei deinem Talent.«

»Tja, das ist nun mal seine Meinung. Frauen haben in der Backstube nichts verloren. Und schon gar nicht kann eine Frau jemals die Familienbäckerei in eine neue Zukunft führen.«

»Was für ein Unsinn!«, erboste sich Stéphane, und es klang regelrecht empört. »Goethe zum Beispiel wäre nie geboren worden, wenn seine Großmutter, Anna Margaretha Textor, ihn nicht mit warmem Wein abgerieben hätte.«

Ruth sah ihn verdutzt an.

»Bei seiner Geburt gab der kleine Johann Wolfgang kein Lebenszeichen von sich. Die Hebamme wollte ihn schon für tot erklären, da kam die Großmutter mit ihrem warmen Wein, und der Säugling war auf einmal sehr lebendig.«

Ruth musste lachen. »Das ist ohne Frage eine sehr schöne Geschichte. Aber ich glaube nicht, dass ich meinen Großvater damit überzeugen kann. Er würde mir in der Folge vermutlich eher empfehlen, Hebamme zu werden.«

»Ich war ja noch nicht fertig«, fuhr Stéphane fort. »Seine Mutter Catharina Elisabeth Goethe hat den Kleinen mit allerlei Leckereien verwöhnt, besonders liebte er Frankfurter Brenten aus Marzipanteig. Als Goethe im Alter von sechzehn Jahren nach Leipzig ging, um dort Rechtswissenschaften zu studieren, musste ihm seine Mutter die Brenten immer nachschicken. Er hat die Zuckerbäckerei geliebt.« Stéphane zitierte: *»Die Menschheit, merke ich, mag noch so sehr zu ihrem höchsten Ziele vorschreiten, die Zuckerbäcker rücken immer nach, indem sich Geist und Herz immerfort reinigt, wird, wie ich fürchte, der Magen immer weiter seiner Verderbnis entgegengeführt.«*

Ruth lauschte wie verzaubert. Sie war überzeugt davon, in Stéphane ihren Seelenverwandten gefunden zu haben.

»Ich würde diese Brenten ja zu gern einmal für dich backen«, sagte sie. »Aber das wird wohl noch eine ganze Weile dauern.«

»Wieso?«, fragte er.

»Na, weil man in diesen Tagen nicht an Mandeln kommt«, erläuterte Ruth. »Wir haben ja nun so lange keine Waren aus südlichen Ländern einführen können wegen des Krieges. Und das wird sich so schnell wohl auch nicht ändern.«

Er lächelte geheimnisvoll. »Nicht gleich aufgeben, schönes Fräulein. Ich habe dir noch gar nicht unsere Kaserne gezeigt, nicht wahr?«

Sie schüttelte den Kopf. Wie kam er denn jetzt darauf?

»Dann machen wir da jetzt noch einen Abstecher hin«, kündigte er an. »Komm mit. Ich kann dich zwar nicht mit hineinnehmen, aber du kannst sie von außen anschauen. Und dort gibt es auch eine Überraschung für dich.«

*

Als Ida Maximiliens Wohnung nach einer Stunde wieder verließ, fühlte sie sich tatsächlich ein wenig besser. Es begann sanft zu nieseln, doch das störte sie nicht. Ida atmete tief durch, da bemerkte sie eine Gestalt, die durch den leichten Regen auf die Patisserie Tritschler zuging. Sie kam ihr zutiefst vertraut vor. Konnte das sein? Erst jetzt fiel ihr auf, dass sie inzwischen rannte. Der Mann mit dem verwuschelten braunen Haar drehte sich um. O Gott! Ausgemergelt sah er aus, sein Körper drahtiger als früher. Und doch war er unendlich vertraut und unendlich ersehnt.

»Marcel!«, schrie sie und rannte ihrem ältesten Sohn mit ausgebreiteten Armen entgegen.

»Maman!«

Und dann standen sie dort, eng umschlungen, weinend.

Bei Marcel, so wusste Ida, waren es Tränen der Wiedersehensfreude. Doch sie trauerte bereits mit ihm, ihre Tränen rührten auch von dem Schmerz darüber, ihrem geliebten Sohn gleich so schrecklich wehtun zu müssen. Obwohl sie doch ihr Leben seit einem Vierteljahrhundert seinem Schutz gewidmet hatte. Als sie ihn nach einer gefühlten Ewigkeit aus ihrer Umklammerung entließ, wusste sie: Sie konnte, durfte es nicht länger vor sich herschieben. Unendlich traurig sah sie ihm in die Augen. »Marcel, ich muss dir etwas sagen. Es ist etwas Schreckliches passiert.«

Ihr Sohn erstarrte. Er wusste sofort, dass es um den Tod eines Familienmitglieds ging.

»Papa?«, brachte er wie in Trance hervor.

Doch Ida schüttelte den Kopf. »Odette. Sie ist an der Spanischen Grippe gestorben.«

Er sagte nichts, konnte nichts sagen. Die Worte seiner Adoptivmutter hatten nichts mit ihm zu tun. Jemand war gestorben. Das war schlimm, ja. Aber viele starben zurzeit.

»Komm, Liebling«, sagte Ida und nahm ihn beim Arm. Sie führte ihn irgendwo hin, rief am Treppenaufgang: »Papa, Mama, Joséphine, Paul! Marcel ist zurück.«

Joséphine kam als Erste die Treppe heruntergerannt und fiel ihrem apathisch wirkenden Bruder in die Arme. Mit einem Blick fragte sie ihre Mutter, ob Marcel es schon wisse. Ida nickte, und Joséphine flüsterte: »Ach, Marcel, es tut mir so leid.«

War das einer dieser Wiedersehensträume, und er würde wieder im Lager erwachen? Da waren jetzt auch noch Elise und Franz, seine Großeltern. »Schätzle, Schätzle«, hörte er die Oma sagen und irgendwas von Kriegskuchen.

Wo war Odette? Tot. Spanische Grippe. Das war ansteckend. War sein Kind in Gefahr? »Anne!«

»Sie schläft schon«, kam es von Joséphine. »Das tut ihr gut. Sie braucht im Moment viel Schlaf.«

»Wie …«, er räusperte sich. »Hat sie sehr gelitten?«

Ida und Joséphine wechselte einen raschen Blick. Eine sah die Erleichterung in den Augen der anderen, Erleichterung darüber, dass Marcel nun doch sprach, Fragen stellte, dass seine Erstarrung langsam von ihm zu weichen schien.

Gleichzeitig hatten sie geradezu panische Angst vor dem, was vielleicht noch kommen würde. Sie wussten, wie sehr er Odette geliebt hatte. Ihnen war klar, dass er unter Schock stand und deshalb kaum eine Regung zeigte.

»Nein«, sagte Joséphine ruhig. »Sie hat nicht sehr gelitten. Zwei Tage bevor sie krank wurde, hat sie Oma noch getröstet.«

Ida sandte ihr einen warnenden Blick. Nicht noch mehr schlechte Nachrichten, sagte sie ihrer Tochter damit, ohne es laut auszusprechen. Er muss erst mal mit dem Tod seiner Frau fertigwerden.

Marcel hatte jedoch im Krieg ein feines Gespür für verschwiegene schlimme Nachrichten entwickelt. »Warum musstest du denn getröstet werden?«, fragte er Elise. Aber auch die hatte den Blick, den Ida ihrer Tochter gesandt hatte, sehr wohl bemerkt.

»Ach, nichts Schlimmes«, sagte sie wegwerfend. »Mir war an diesem Tag nur der Kriegskuchen verbrannt, und ich habe mir schreckliche Vorwürfe gemacht wegen der Verschwendung der Zutaten.«

»Odette musste wirklich nicht leiden«, versicherte Joséphine. »Ich war die meiste Zeit über bei ihr.«

Dass Marcels Frau allein gestorben war, weil sie selbst ausgerechnet zu diesem Zeitpunkt unten die Scherben zusammengekehrt hatte, verschwieg sie ebenso wie die Tatsache, dass die kleine Anne ihre Mutter tot aufgefunden hatte.

Marcel nickte. »Ich möchte jetzt bitte etwas für mich sein.« Dann wankte er in sein und Odettes Schlafzimmer. Fiel auf den Stuhl vor ihrem Bett. Kniete neben dem Bett nieder. Vergrub sein Gesicht in ihrem Kissen.

Das Schlimmste war, dass er nicht weinen konnte. Die Tränen wären vielleicht heilsam gewesen. Hätten ihn von dem unglaublichen Schmerz befreit, der durch seinen Körper raste, von innen gegen seine Schläfen hämmerte, ihn durchbohrte und zerstörte. Heftig rang er nach Luft, es war ihm, als müsse er ersticken, während er hier in seinem Zimmer kniete und auf das Bett starrte. Das Bett, in dem Odette und er so viele zärtliche und leidenschaftliche Stunden miteinander verbracht hatten. Das Bett, in dem Anne gezeugt und geboren worden war. Das Bett, in dem Odette gestorben war. Dieser verdammte Krieg! Diese verdammte Seuche! Dieses verdammte Leben! Da fiel sein Blick auf das Hochzeitsfoto auf Odettes Nachttisch. Er im schmucken Anzug, sie in einem Traum aus Weiß. Wie glücklich sie lächelte! Da hatte das Leben noch vor ihnen gelegen, leuchtend und verheißungsvoll. Und nun war es vorbei. So schnell. Für immer. Und dann, endlich, kamen die erlösenden Tränen.

9

Ruth ging nervös und frierend vor der Kaserne in der Margarethengasse auf und ab. Als sie hier angekommen waren, hatte Stéphane plötzlich gesagt: »Warte bitte auf mich«, und dann war er im Inneren verschwunden. Das war nun bereits fast zwanzig Minuten her, und sie befürchtete, er käme gar nicht mehr zurück. Sie war verärgert darüber, dass sie den Umweg hierher gemacht hatten und er jetzt noch mehr wertvolle Zeit verschwendete. Schließlich konnten sie dank der Abwesenheit des Großvaters zum ersten Mal unbeobachtet und im Warmen miteinander allein sein. Dann tauchte er aber doch wieder auf und hielt ihr stolz ein Säckchen entgegen.

»Ein Geschenk für dich, Schatz«, erklärte er.

Ruth sah vorsichtig hinein und stieß vor Verblüffung scharf die Luft aus. Der kleine Sack war prall gefüllt mit Haselnüssen, Walnüssen, Rosinen – und jeder Menge Mandeln.

»Wo hast du denn das her?«, fragte sie ihn fassungslos.

»Ein Kamerad hat eine Tante in Sizilien. Die hat ihm das Studentenfutter geschickt, er hat erst heute Nachmittag damit geprahlt«, berichtete Stéphane.

»Und warum hat er es dir jetzt gegeben?«, fragte Ruth misstrauisch.

»Na ja, ein jeder und ein jedes hat seinen Preis«, erwiderte Stéphane grinsend.

»Hast du viel dafür bezahlen müssen?«, fragte sie besorgt.

»Ist doch egal, dein verblüfftes Gesicht ist es allemal wert«, sagte er. »Nun musst du nur noch die anderen Nüsse und die Rosinen aussortieren.«

»Auch die sind wertvoll für mich«, betonte sie. »Die Rosinen lege ich in Himbeergeist ein und verwende sie für Kougelhopf.«

Da kam ihr eine Idee, und plötzlich war sie voller Tatendrang. »Weißt du, was?«, sagte sie aufgeregt. »Ich könnte die Brenten ja jetzt sofort backen.«

Nun war es an ihm, sie verblüfft anzuschauen.

*

Nachdem Marcel gegangen war, saßen sie noch eine ganze Weile beieinander, stumm und bedrückt. Keiner wusste, was er sagen sollte, doch das Beisammensein tat ihnen gut.

»Soll ich einmal nach ihm sehen?«, fragte Joséphine schließlich, aber Ida schüttelte nur den Kopf. »Ich glaube, wir müssen ihn jetzt einfach ein bisschen in Ruhe lassen«, sagte sie leise. »Ich werde nachher zu ihm gehen.«

In diesem Moment waren unten aus der Backstube Geräusche zu hören. Die drei Frauen sahen sich erschrocken an. Waren etwa erneut Eindringlinge gekommen?

Doch Franz winkte beruhigend ab. »Keine Sorge. Das ist nur Paul.«

»Paul?«, fragte Joséphine erstaunt. Ihr Bruder spielte in ihrem Leben in letzter Zeit kaum eine Rolle. Seit er aus dem Krieg zurückgekehrt war und sich in einen missmutigen, ewig nörgelnden Mann verwandelt hatte, ging sie ihm möglichst aus dem Weg, und auch er schien kein Interesse an ihr zu haben. Sie musste sich eingestehen, dass sie eigentlich gar nicht wusste, was ihr Bruder den ganzen Tag tat. Zur Universität konnte er ja nicht, da diese von den Franzosen geschlossen worden war.

Franz nickte. »Er möchte mir helfen, alles zu reparieren und von vorne anzufangen.«

»Aber …«, setzte Joséphine an und biss sich auf die Lippen. Besser nicht darüber reden.

»Ich weiß schon, was du sagen willst«, war ihr Großvater überzeugt und griff nach der Hand seiner Gattin. »Du willst sagen, dass sie uns ja ohnehin ausweisen werden und dass es deshalb keinen Sinn macht, die Patisserie wieder aufzumachen. Aber da täuschst du dich, mein liebes Kind. Ich lebe länger hier als all jene, die meine Bäckerei zerstört haben. Und das haben sie ja am Ende auch eingesehen. Waren dann ziemlich kleinlaut und sind gegangen. Du warst ja dabei. Ich und meine Patisserie gehören zu Straßburg. Und das wird auch so bleiben.«

Elise lachte auf seine Worte hin sanft, Ida und Joséphine wechselten erneut einen besorgten Blick. Ganz so einfach, wie Franz sich das vorstellte, würde es nicht werden.

*

»Und du bist sicher, dass dein Großvater nicht doch früher zurückkommt?«, flüsterte Stéphane, als Ruth ihm kichernd die Seitentür geöffnet hatte. Sie nickte, zog ihn nach drinnen und ging durch die Tür, die in den Cafébereich und die Backstube führte.

»Die Luft ist rein«, bestätigte sie.

»Na dann.« Er zog sie zu einem innigen Kuss in seine Arme, den sie leidenschaftlich erwiderte. Als Stéphane jedoch begann, seine Hände über ihren Körper wandern zu lassen, stieß sie ihn zurück. Das ging ihr dann doch etwas zu schnell.

»Mein Lieber, wir sind zum Backen hier«, rief sie Stéphane sanft ins Gedächtnis zurück.

»Das ist mir klar, aber es ist das erste Mal, dass ich mit dir in einem geschlossenen Raum allein sein darf«, nuschelte er verlegen.

»Was sich auch ganz und gar nicht schickt. Wir müssen uns schon benehmen.«

Stéphane nickte resigniert. »Du hast ja recht«, sagte er etwas geknickt und ließ sich auf dem großen Holztisch nieder, der an der Wand der Backstube stand. Er nahm eine der Mandeln in die Hand, die Ruth aus dem Säckchen geschüttelt hatte, sah sie eindringlich an und sagte:

»Mandeln erstlich, rat ich dir
Nimm drei Pfunde, besser vier
Im Verhältnis nach Belieben
Diese werden nun gestoßen
Und mit ordinärem Rosen-
Wasser feinstens abgerieben.
Je aufs Pfund Mandeln akkurat
Drei Vierling Zucker ohne Gnad.
Denselben in den Mörsel bring,
Hierauf ihn durch ein Haarsieb schwing!
Von deinen irdenen Gefäßen
Sollst du mir dann ein Ding erlesen,
Was man sonst eine Kachel nennt,
Doch sei sie neu zu diesem End!«

Sie sah ihn neugierig an. »Wieder ein Gedicht von Goethe?«

Er schüttelte den Kopf. »Mörike. Aber wie bist du denn eigentlich an das Rosenwasser für die Brenten gekommen? Bist du sicher, dass es in Ordnung ist, wenn du es verwendest?«

Sie nickte. »Glaub mir, nichts davon ist so wertvoll wie

deine Mandeln. Und Rosenwasser hat mein Großvater nun wirklich im Überfluss. Seine Mutter wohnt auf dem Land, die macht es selbst. Mit den leckeren Frankfurter Brenten kann ich Großvater bestimmt überzeugen.«

»Wovon?«, fragte Stéphane grinsend. »Dass der Mann, der es schafft, nach einem jahrelangen Krieg Mandeln zu besorgen, ein toller Kerl ist?«

»Du bist unmöglich«, lachte sie. »Ich meinte, durch die Frankfurter Brenten wird Großvater endlich einsehen, dass es vielleicht doch nicht so schlecht ist, mich ihm helfen zu lassen.«

»Na dann«, sagte Stéphane und fragte: »Hast du die denn schon mal gebacken?«

Sie schüttelte den Kopf. »Aber in Großvaters altem Buch gibt es ein Rezept.« Sie deutete auf den vergilbten Band mit den Fettflecken.

Er nickte. »Kann ich dir helfen?«

»Zunächst müssen wir das Marzipan herstellen«, sagte sie. »Du könntest die Mandeln in kochendes Wasser legen. Dann werden die Schalen lose, und wir können sie abziehen. Anschließend müssen wir sie gründlich trocknen und dann mahlen.«

Während sie noch die Mandeln von den Nüssen und Rosinen trennte, trat er dicht hinter sie, legte seine Hand auf die ihre und küsste ihren Nacken. Sie erschauderte wohlig. »Wollen wir das nicht lieber zusammen machen?«, fragte er dicht an ihrem Ohr.

Sie schloss die Augen. Genoss seine Nähe. Dennoch trat sie einen Schritt zur Seite. »Wir werden noch viel Zeit haben, um gemeinsam Mandeln zu schälen«, sagte sie leise.

Sie arbeiteten eine Weile in stiller Eintracht nebeneinander her. Als die Mandeln geschält und gemahlen waren, verknetete sie die Masse mit dem Eiweiß, dem Zucker und dem selbst hergestellten Rosenwasser.

Stéphane sah fasziniert zu, wie sich unter ihren Händen langsam ein glatter, cremefarbener Teig formte. »Darf ich mal probieren?«

Sie schnitt ein kleines Stück ab und steckte es ihm in den Mund. Er schloss genießerisch die Augen und kaute. »Himmlisch«, befand er. »Mehr.« Er griff nach dem Messer, um sich ein weiteres Stück abzuschneiden, doch sie klopfte ihm spielerisch auf die Finger. »Untersteh dich.«

Sie streute Zucker auf die Platte, rollte den Teig darauf aus, schnitt ihn in fingerdicke Streifen.

»So«, sagte sie. »Geschafft.«

»Müssen die Brenten denn nicht in den Ofen?«, wunderte sich Stéphane.

Sie schüttelte den Kopf. »Noch nicht. Erst sollen sie eine ganze Weile trocknen. Das Ergebnis bekommst du erst morgen.«

»Och«, machte er enttäuscht. »Und das, obwohl ich doch so schlecht warten kann.«

»Das hab ich schon gemerkt«, entgegnete Ruth lächelnd.

*

Joséphine war zu Marcel gegangen, und Ida machte sich zögernd auf den Weg nach unten, um nach ihrem anderen Sohn zu sehen. Das Bild, das sich ihr bot, rührte sie. Paul saß im Cafébereich auf dem Boden, was wegen seines fehlenden Beines ziemlich unbequem sein musste, und reparierte den zersplitterten Rahmen des Kuchenbüfetts.

»Ah, Mutter.« Er sah kurz auf. »Ich habe auch schon dem Glaser Bescheid gesagt. Er ist ein Freund von mir und hilft uns, und bald ist hier alles wieder wie neu.«

Sie setzte sich vorsichtig neben ihn. »Marcel ist zurück«, sagte sie.

Paul versuchte aufzuspringen, was ihm aufgrund seines fehlenden Beines aber misslang. Taumelnd sank er auf den Boden zurück. »Wie hat er es aufgefasst?«, stöhnte er.

Ida zuckte die Schultern. »Er war regelrecht apathisch. Jetzt ist er in ihrem Zimmer. Joséphine ist bei ihm.«

Paul nickte. »Dann erspare ich ihm meinen Anblick wohl besser. Er weiß ja noch nichts von meiner Verletzung. Und außerdem bin ich ein solcher Griesgram und tauge sicher nicht dazu, einen Trauernden aufzuheitern. So, wie ich zu gar nichts mehr tauge.«

Sie sah ihn überrascht an. Nie wäre sie darauf gekommen, dass ihr Sohn sein eigenes Verhalten wahrnahm und sogar verurteilte.

»Das stimmt doch gar nicht – dass du zu nichts mehr taugst«, sagte sie. Doch er schenkte ihr nur einen finsteren Blick. »Hör auf, Mutter«, sagte er mürrisch. »Du weißt es so gut wie ich. Der Krieg hat aus mir einen verbitterten Krüppel gemacht. Mein Leben ist vorbei, bevor es überhaupt angefangen hat.«

Auf einmal spürte sie Wut in sich aufsteigen. Es war ohne Frage hart für einen jungen Mann, nur noch ein Bein zu haben. Doch da oben saß ihr anderer Sohn und hatte gerade seine Frau verloren. Lucien war noch nicht aus dem Krieg zurück, sein Schicksal ungewiss. Und außerdem hatte ihre Tochter Joséphine von so vielen Männern im Lazarett erzählt, die viel Schlimmeres erlebt hatten. Sie öffnete schon den Mund, um ihm das zu sagen, schloss ihn dann aber wieder. Es hatte keinen Sinn. Im Gegenteil. Sie konnte froh sein, dass Paul sich ihr erstmals nach seiner Rückkehr von der Front geöffnet und ihr einen Blick in sein Innerstes gewährt hatte. Wenn sie ihn nun dafür angriff, würde er sich sofort wieder zurückziehen und sie ihn nicht mehr erreichen.

»Dein Leben fängt gerade erst an«, sagte sie daher sanft. »Und ich finde es wunderbar, dass du Großvater helfen willst, sein Café wiederaufzubauen.«

Paul sah fragend auf. »Das klingt nach einem Aber?«

Wieder überlegte Ida. Sollte sie ihn mit der Realität konfrontieren? Dass der Großvater als gebürtiger Deutscher vielleicht würde gehen müssen? Ebenso wie die Großmutter und möglicherweise sogar sie selbst? Sie entschloss sich dafür, denn eine erneute Enttäuschung, nachdem er alles wieder aufgebaut hätte, wäre für Paul sicherlich noch schlimmer.

»Du weißt doch aber, dass sie viele Reichsdeutsche ausweisen?«, fragte sie vorsichtig.

»Wir werden nicht gehen«, sagte Paul trotzig. »Wir lassen uns von hier nicht vertreiben.«

»Du musst ja sowieso nicht gehen, du bist zur Hälfte Franzose«, erinnerte seine Mutter ihn.

Paul holte aus, schlug mit voller Wucht die Faust auf den Boden und brüllte: »Untersteh dich, mich Franzose zu nennen. Ich bin kein Franzose. Die Franzmänner sind unsere Feinde. Gegen die haben wir im Krieg gekämpft. Haben mir ein Bein weggeschossen.«

»Dein eigener Vater ist Franzose!«, erinnerte ihn Ida empört. »Ebenso wie dein Adoptivbruder, der gerade oben in seinem Zimmer sitzt und sich die Augen ausweint. Sie beide haben ebenfalls gegen die Franzosen gekämpft.«

Paul starrte vor sich hin. »Ich hasse dieses Pack.«

»Dann«, sagte Ida ruhig, »bedeutet das, dass du auch deinen Vater hasst. Dass du deinen Adoptivbruder hasst. Und dass du dich selbst hasst. Denn, ob es dir nun gefällt oder nicht: Du bist zur Hälfte Franzose.«

Er sah sie an, und in seinem Blick sah sie eine solche Zerrissenheit, dass ihr angst und bange wurde.

»Keine Sorge, Mutter«, sagte er bitter. »Ich hasse mich auch.«

»Aber so war das doch nicht gemeint«, rief Ida bestürzt. »Es ist schrecklich, wenn du dich hasst. Und gerade wenn du bleiben möchtest, wirst du dir das Leben nur schwer machen, wenn du diesen Hass nicht überwinden kannst. Denn hier bist du von Franzosen umgeben.«

Sie sah sich um. »Ich finde es großartig, dass du die Tradition unserer Familie hochhalten und nicht aufgeben willst. Aber auch du wirst dich mit den neuen Gegebenheiten abfinden müssen, wenn wir wieder öffnen.«

Misstrauisch blickte er sie an. »Wie meinst du das?«

»Nun ja, zum Beispiel werden wir unsere Kunden nicht auf Deutsch bedienen können. Und unser Geschäft wird auch nicht mehr Patisserie Tritschler heißen. Sie wird Picard heißen müssen, und wenn sie fortbestehen soll, dann nur wegen des französischen Anteils der Familie.«

Sie betonte den letzten Teil ihres Satzes. »Sieh es doch so, Paul«, sagte sie sanft. »Die Tatsache, dass ein Teil unserer Familie französisch ist, kann uns retten. Uns alle.«

Kalt sah er sie an. »Nein, Mutter«, sagte er. »Niemals mache ich mit dem Feind gemeinsame Sache. Die Franzosen sind schuld, dass ich mein Bein verloren habe. Es ist Krieg. Für immer.«

Entsetzt erwiderte Ida seinen Blick. Die Geschichte wiederholte sich. Es war, als höre sie ihren Schwiegervater sprechen, der im 1870er-Krieg zwar nicht sein Bein, aber seinen Arm verloren hatte, und dessen Hass auf die Deutschen, die nun die neuen Herren in Straßburg waren, abgrundtief war.

Und jetzt sprach ihr Sohn, der Enkel dieses Mannes, die gleichen Worte, zwei Generationen später. Welche Ironie des Schicksals!

10

Am nächsten Morgen sollte Marcel also endlich seine Tochter wiedersehen. Zwar hatte er das schlafende Mädchen spätnachts noch besucht, hatte an ihrem Bett gestanden und ihr zärtlich die Wange gestreichelt, aber die Kleine war nicht aufgewacht, und Ida war froh darüber gewesen. Es hätte Anne vermutlich durcheinandergebracht, wenn sie mitten in der Nacht aufgewacht wäre und im Dunkeln einen ihr fremden Mann am Bett gesehen hätte. Auch Marcel hatte so die Gelegenheit gehabt, sich etwas zu fangen.

Heute war ihr Ältester zwar natürlich immer noch wie gelähmt vor Trauer, aber er freute sich auch auf das Wiedersehen und war fest entschlossen, dem Mädchen Halt und Trost zu geben.

Ida nahm das Kind aus seinem Bettchen. »Ich habe eine Überraschung für dich, kleine Anne«, sagte sie liebevoll.

Neugierig sah ihre Enkeltochter sie an.

»Dein Papa ist wieder zurück. Und ich bin sicher, dass der Maman-Engel ihn geschickt hat, damit er auf dich aufpasst.«

Die Augen des Mädchens wurden groß. »Wirklich?«, flüsterte sie aufgeregt. »Papa ist wieder da?«

»Ja. Und er kann es gar nicht erwarten zu sehen, wie groß du geworden bist.« Sie gab Anne einen Kuss auf die Wange.

»Aber du bleibst bei mir?«, fragte die Kleine, plötzlich angstvoll, und klammerte sich an ihre Hand. Ida wurde klar, dass Anne ihren Vater ja kaum kannte. Er hatte als Franzose, der für die deutsche Armee kämpfen musste, keinen Heimaturlaub bekommen – damit er keinen Geheimnisverrat begehen oder sich der Spionage schuldig machen könnte.

»Natürlich bleibe ich bei dir«, versicherte Ida.

Sie half der Kleinen beim Anziehen und flocht ihr die Haare zu zwei Zöpfen. Dann gingen sie ins Wohnzimmer. Hoffentlich ging das gut!

Marcel stand vor dem Fenster, Joséphine saß am Esstisch. Annes kleine Hand klammerte sich fester an die ihrer Großmutter.

Doch da löste sich der Mann am Fenster und trat langsam auf sie zu. Einen Schritt, noch einen. Und noch einen. Dann blieb er stehen. Ging in die Hocke und streckte seine Hand nach seiner Tochter aus. »Anne«, sagte er. »Kleine Anne. Ich habe dich ziemlich vermisst, weißt du?«

Zu Idas Entsetzen begann das Mädchen zu weinen und stürzte voller Angst in ihre Arme. »Das ist nicht der Papa, ich will weg, ich will weg.«

So bitterlich schrie Anne, dass Ida keine andere Möglichkeit sah, als das Kind wieder hinauszutragen. Marcel wurde ganz weiß vor Schmerz und Enttäuschung. Er raufte sich verzweifelt die Haare und floh dann ins Schlafzimmer.

Joséphine hatte schon oft von ihren Patienten gehört, dass Kinder deren Väter nach längerer Kriegsabwesenheit nicht mehr erkannten. Das war für alle Beteiligten stets furchtbar schmerzhaft.

Joséphine sprang auf, um ihrem großen Bruder zu folgen. Sie musste es ihm erzählen, er sollte erfahren, dass er mit diesem Kummer nicht allein war. Als sie, ohne anzuklopfen, sein

Schlafzimmer betrat, erschrak sie: Marcel schleuderte mit einem aggressiven Wischer das Hochzeitsfoto von Odettes Nachttisch. Wie durch ein Wunder ging das Glas nicht kaputt.

Dann setzte er sich auf das Bett und vergrub das Gesicht in den Händen. Seine Schwester hob das Bild auf. Wie oft hatte Anne es angeschaut ... Da fiel es Joséphine wie Schuppen von den Augen. Ohne ein weiteres Wort sprang sie auf und eilte mit dem Bild aus dem Schlafzimmer und hinüber in die Kinderstube.

Dort tröstete Ida die immer noch schluchzende Kleine.

»Sag mal, Anne, der Papa sieht nicht aus wie der Mann vorhin, nicht wahr?«, fragte Joséphine ihre Nichte behutsam. Diese nickte schniefend. »Der echte Papa sieht aus wie hier auf dem Foto mit Maman, stimmt's?«

Anne nickte eifrig und zeigte auf das Bild. »Das ist Papa.«

»Der Papa hat so einen Anzug mit Fliege an, nicht wahr?«, vergewisserte sich ihre junge Tante.

Erneut stimmte das Kind zu.

»Das menschliche Gedächtnis arbeitet sehr häufig mit Fotografien als Erinnerungsstütze«, erläuterte Joséphine nun ihrer fragend dreinblickenden Mutter. »Anne kann Marcel gar nicht erkennen – weil er nicht aussieht wie auf dem Bild hier.«

Ida sah ihre Tochter stolz an. Wie viel sie gelernt hatte, und wie klug sie war! Diese Erklärung erschien ihr vollkommen schlüssig.

»Ich habe auch schon eine Idee«, verkündete Joséphine voller Tatendrang.

Wenig später frisierte Joséphine vor ihrem Spiegel ihren älteren Bruder, der sich auf ihr Drängen hin bereits Anzug und Fliege angezogen hatte. Als sie versucht hatten, sein Aussehen von der Hochzeitsfotografie wiederherzustellen, fielen die Unterschiede beinahe schmerzhaft auf: Sein ausgemergeltes Gesicht, die dunklen Ränder unter den einst so leuchtenden Augen, die neu hinzugekommenen Linien. Man nannte sie Lachfalten, aber bei Marcel kamen sie nicht vom Lachen.

Ganz vorsichtig betrat er kurz darauf mit seiner Schwester die Kinderstube. Joséphine kam mit dem Hochzeitsfoto zu ihnen. Sie hielt es so, dass Anne gut darauf schauen konnte.

Zumindest wirkte die Kleine jetzt eher neugierig als ängstlich, als ihr Blick zwischen ihrem Vater auf der Fotografie und dem Mann im Türrahmen hin- und herging. Ida und Joséphine hielten vor Spannung den Atem an, Marcel schaffte es, einigermaßen das Lächeln seines Hochzeitstages zu imitieren.

»Ja, so sieht der Papa aus«, flüsterte sie schließlich.

»Du hast mir gefehlt«, wiederholte Marcel die zuvor gesagten Worte leise, ging erneut in die Knie und streckte wieder seine Hand aus.

Anne nickte. »Ich weiß. Maman hat den Brief vorgelesen und die Karte. Du vermisst mich«, sagte sie ernst.

»Stimmt. Das habe ich geschrieben. Ich habe nämlich die ganze Zeit über an dich gedacht. Und an Maman.«

Ida sah, dass der unterdrückte Drang zu weinen seine Schultern zucken ließ. Bitte, bleib jetzt stark, rief sie ihm stumm zu, und Marcel schien den lautlosen Ruf gehört zu haben, Sekunden später hatte er sich wieder gefangen.

»Und weil die Maman jetzt weg ist, müssen wir beide umso mehr zusammenhalten, nicht wahr? Maman hätte das auch so gewollt.«

Da löste Anne ihre Hand aus der ihrer Großmutter und ging auf ihren Vater zu. Dann hob sie ihre kleine Kinderhand und strich ihm sacht über die nunmehr rasierte Wange. Einmal, ein zweites Mal, ein drittes Mal.

»Aber das stimmt doch gar nicht«, sagte sie ernst.

»Was?«, fragte Marcel, und ihm war deutlich anzumerken, dass er wieder mit den Tränen kämpfte. »Was stimmt nicht?«

»Dass sie weg ist. Die Oma hat gesagt, Maman ist jetzt ein Engel und passt auf uns auf. Immer.«

Nun war es um Marcels Fassung geschehen. Aufschluchzend zog er seine Tochter in die Arme. »Ja, mein lieber kleiner Schatz«, sagte er. »Ja, da hast du recht. Die Maman ist jetzt ein Engel. Und sie ist immer bei uns.«

*

Ruth platzte fast vor Stolz. Die Frankfurter Brenten waren ihr hervorragend gelungen. Sie hatten ihre Form behalten, hell und verlockend lagen sie auf dem Teller, auf dem Ruth sie angerichtet hatte, und sie hatte auch schon einen der Kekse probiert: Er schmeckte einfach köstlich nach Mandeln, zart und zugleich intensiv zerging er regelrecht auf der Zunge. Einige der Plätzchen packte sie in Butterbrotpapier ein, um sie Stéphane am Abend zu ihrem schon lieb gewordenen Treffen auf der Brücke mitzubringen. Den Rest würde sie ihrem Großvater nach dem Mittagessen servieren.

»Wie geht es Madame Rollands Neffen?«, erkundigte sie sich zunächst, als sie sich am Esstisch gegenübersaßen.

»Schlecht«, entgegnete er wortkarg. »Sie ist vorerst dortgeblieben. Will bei seiner Pflege helfen.«

Nicolas servierte mit müden Augen und etwas ängstlichem Blick das Essen. Sicher sorgte er sich um seinen verletzten Vater, aber er hatte wohl auch Angst vorm Urteil seines Arbeitgebers – schließlich hatte heute erstmals er anstelle seiner Tante Geraldine kochen müssen.

Jacques Picard schaufelte die Suppe mit grimmiger Miene schlurfend in sich hinein, beschwerte sich aber immerhin nicht. Allerdings sagte er den ganzen Rest der Mahlzeit über auch kein Wort. Schließlich, sein Teller war leer gegessen, räusperte sich Ruth aufgeregt.

»Ich habe noch eine Überraschung für dich, Großvater«, sagte sie.

Der Alte blickte misstrauisch auf, doch Ruth meinte, auch so etwas wie Freude in seinem Blick lesen zu können. Wie lang schon hatte sich niemand mehr die Mühe gemacht, ihn überraschen zu wollen!

Sie erhob sich und ging zum Wohnzimmerschrank, in dem sie die Brenten, mit einem weißen Leinentuch abgedeckt, verborgen hatte. Vorsichtig holte sie den Teller heraus. Der Alte schnupperte.

»Das riecht nach Marzipan.« Es klang misstrauisch.

Sie nickte, trug den Teller zu ihrem Großvater und zog das Leinentuch zur Seite. »Ist es auch«, sagte sie stolz. »Frankfurter Brenten.«

Jacques war sichtlich verblüfft. »Wo hast du die her?«, keuchte er und klang alles andere als erfreut.

Ruth schluckte. »Ich … ich habe sie selbst gebacken.«

»Wo?« Es klang wie ein Peitschenhieb.

»In … in unserer Backstube«, stammelte Ruth.

Das fahle Weiß im Gesicht des Patriarchen wechselte zu einem tiefen Dunkelrot. Mit einer Geste, die ihr schon vertraut war und die höchstes Unheil verhieß, erhob er sich halb von seinem Stuhl, während er die Handfläche auf die Tischplatte drückte. »Das ist *meine* Backstube. Nicht unsere«, keuchte er. »Ich habe dir ausdrücklich untersagt, dort zu backen. Und dann auch noch Frankfurter Brenten. Urdeutsches Gebäck!« Er fegte die so mühevoll hergestellten Plätzchen mit einer groben Handbewegung vom Tisch. Der Teller zerschellte, die Kekse zerbrachen krümelnd auf dem Boden.

Ruth schrie auf, fing sich aber gleich darauf wieder.

»Aber du hast doch mal erzählt, wie sehr du sie liebst«, sagte sie, um Beherrschung bemüht, während sie sich bückte, um die Brenten und die Scherben vom Boden aufzuklauben.

»Das war aber vor diesem gottverdammten Krieg!«, bellte er.

Plötzlich kniete Hausdiener Nicolas neben Ruth und half ihr. Sie warf ihm einen dankbaren Blick zu.

»Was hast du überhaupt statt Mandeln verwendet?«, knurrte der Großvater, dessen Blick nun doch auf einem der Brenten hängen geblieben war.

»Es sind echte Mandeln drin. Ich habe sie durch einen Freund besorgen können. Ich wollte dir eben eine Freude machen«, sagte Ruth und spürte entsetzt, dass Tränen in ihre Augen schossen. »Ich wollte dir zeigen, dass ich auch backen kann.«

Wenn es eines gab, was das Herz des alten Brummbärs Jacques erweichen konnte, waren es Tränen von Frauen, vor allem von solchen, die ihm nahestanden. Und nun, da seine Enkeltochter die Einzige war, die ihm noch geblieben war – alle anderen hatte er verjagt oder an den Krieg verloren, sogar seine geliebte Madame Rolland war ja nun fortgeblieben –, entfalteten sie eine doppelte und dreifache Wirkung auf den alten Mann.

»Komm her«, sagte Jacques und winkte sie zu sich. Er klopfte zwar nicht gerade, wie er es früher getan hatte, als sie noch ein Kind gewesen war, auf seinen Schoß, aber immerhin auf den Stuhl, der dicht neben ihm stand. »Wenn du die Kekse nun schon einmal gebacken und deine kostbaren Mandeln verbraucht hast, dann sollten wir das Gebäck nicht verkommen lassen. Lass deinen alten Grand-père doch mal probieren.«

Ruth stand auf, holte einen neuen Teller aus dem Büfett und legte die Brenten sorgsam darauf, wobei sie streng darauf achtete, dass sich keine feinen Porzellanscherben auf dem Gebäck befanden.

Dann trug sie ihn mit einem zaghaften Lächeln zu ihrem Großvater.

Der griff sich den ersten, biss hinein – und hielt dann überrascht im Kauen inne. Er nahm noch einen Bissen, kaute weiter und sah sie dann erstaunt an.

Ruth erwiderte seinen Blick ängstlich. War es so furchtbar? Sie hatte doch probiert und es gar nicht so schlecht gefunden!

Jacques schluckte, und dann fing er an zu strahlen: »Das ist außergewöhnlich. Wirklich außergewöhnlich. Du hast Talent.«

*

Anne und Marcel verbrachten viel Zeit miteinander und spendeten sich gegenseitig Trost. Stunde um Stunde waren sie in der Backstube zugange. »Ich habe das Backen vermisst«, sagte Marcel. »Schon als kleiner Junge, in deinem Alter, habe ich es geliebt, mit Ida in der Backstube zu stehen. Sie hat oft mit mir gebacken, um mich zu trösten.«

»Warum musstest du denn getröstet werden?«, fragte die Kleine. »Du hattest doch immer eine Maman.«

Marcel zögerte. Eigentlich war das der richtige Moment, Anne seine Geschichte zu erzählen, doch ein wenig sorgte er sich: Das Mädchen hatte gerade erst seine Mutter verloren. Wie würde Anne darauf reagieren, wenn er ihr offenbarte, dass Ida gar nicht ihre leibliche Großmutter war? Andererseits konnte es ihr vielleicht helfen, wenn sie erführe, dass man auch zu nicht verwandten Menschen eine enge Bindung aufbauen konnte. Und dass man auch glücklich werden konnte, wenn man nicht bei oder mit seiner leiblichen Mutter aufwuchs. Sein Bauchgefühl sagte ihm, dass es richtig wäre, Anne gerade jetzt davon zu berichten, und sein Bauchgefühl trog ihn selten.

»Ich hatte nicht immer eine so liebe Maman«, sagte er, während er den Teig knetete.

Anne, die gerade im Begriff gewesen war, Äpfel für die geplante Tarte zu waschen, hielt in der Bewegung inne. »War Oma Ida nicht immer lieb?«

»Natürlich war Oma Ida immer lieb, die Liebste überhaupt«, sagte er. »Aber ich hatte vor der Oma Ida schon eine – oder besser gesagt zwei – andere Mamans.«

Sie sah ihn mit großen Augen an.

»Du hattest zwei andere Mamans?«

Er nickte. »Meine erste Maman hat mich weggegeben. Ich kannte sie gar nicht. Und meine zweite Maman wollte mich eigentlich gar nicht. Dann kam Oma Ida, und sie hatte mich von Anfang an lieb wie ein eigenes Kind.«

»Du hattest zwei Mamans, die dich nicht wollten?«, vergewisserte sich Anne, und ihre Stimme war voller Mitleid.

Er nickte. »Ja. Aber Ida und Lucien haben mich dann adoptiert.«

»Was ist das – adoptiert?«, versuchte Anne das für sie fremde Wort auszusprechen.

Marcel schmunzelte. »Adoptieren ist so was wie heiraten. Mann und Frau heiraten sich, weil sie sich lieb haben. Und wenn ein Mann und eine Frau ein Kind so lieb haben, als sei es ihr eigenes, dann können sie es adoptieren, vorausgesetzt, das Kind hat keine eigenen Eltern mehr oder sie sind mit der Adoption einverstanden.«

Anne nickte. »Das verstehe ich. Die spielen dann Vater, Mutter, Kind. Weil's schön ist.«

Marcel nickte. Ja, schön war das mit seinen Adoptiveltern.

Dann fragte sie: »Und warum warst du dann traurig, wenn du doch bei Oma Ida warst?«

»Das war, bevor ich zu Oma Ida kam«, präzisierte Marcel. »Da habe ich noch bei meiner anderen Maman gewohnt und war oft allein.«

»Hat sie denn nie mit dir gespielt?«, fragte Anne.

»Nein, nie«, sagte Marcel, und auch nach all den Jahren klang noch eine gewisse Traurigkeit und Einsamkeit aus seinen Worten.

Die kleine Anne merkte es, kam zu ihm herüber und schmiegte sich an ihn. »Und hat sie mit dir gekuschelt?«, fragte sie.

»Nein, auch nicht«, antwortete er wahrheitsgemäß.

»Dann warst du ja ein richtig armer kleiner Junge«, stellte sie mitleidsvoll fest. »Die Maman hat immer mit mir gekuschelt.«

Er lächelte wehmütig und strich ihr über die blonden Haare, die Joséphine am Morgen kunstvoll zu einem Zopf gebunden und mit einer blauen Schleife versehen hatte. Ja, das konnte er sich vorstellen, dass seine Odette dem kleinen Mädchen ganz viel Liebe gegeben hatte.

»Dann kuscheln wir beide auch ganz viel«, schlug er vor. »Und weißt du, was? Wenn wir kuscheln, dann kuschelt der Maman-Engel immer mit.«

11

Ruth war ganz aus dem Häuschen, als sie am Abend bei der Brücke ankam. Schon von Weitem hielt sie Stéphane, der wie immer vor ihr da war, das Päckchen mit den Keksen entgegen und küsste ihn zur Begrüßung, anders als sonst, nur hastig auf die Lippen. »Hier! Probier!«

Diesmal durfte er das Papier nicht selbst öffnen. Mit flinken Fingern wickelte sie es aus und stopfte ihm einen Keks in den Mund.

»Du hast es aber eilig«, stellte er mit vollen Backen fest. Und während sie wie gebannt in sein Gesicht starrte, auf dem sich gleich das Urteil über ihre Backkünste abzeichnen würde, sah sie dort die gleiche Reaktion wie am Mittag bei ihrem Großvater. Erstaunen. Und dann: höchsten Genuss.

»Liebling, das ist … das ist«, er suchte nach Worten. »Das ist außergewöhnlich. Ich wette, Goethe hat nie so gute Brenten gegessen. Er würde vor Neid erblassen.«

Sie musste lachen. »Du Schmeichler.«

»Nein, ich schmeichle nicht. Ich meine es ganz ernst. Das habe ich ja schon gesagt, als ich deinen Kougelhopf gegessen habe. Du hast wirklich ein ganz außergewöhnliches Talent. Und das sage ich nicht, weil ich dich liebe und weil ich dir einen Gefallen tun will, sondern weil es so ist. Meine Kuchenkönigin von Straßburg«, sagte er zärtlich. »Nun muss nur noch dein Großvater von deinen Künsten überzeugt werden.«

»Das ist er schon.« Sie berichtete ihm von dem Verlauf des Mittagessens. Er lauschte erst bestürzt, dann erheitert.

»Na, dann war der Wucherpreis für die Mandeln ja keine Fehlinvestition«, feixte er. »So versteht er jedenfalls, dass er mir die Brenten verdankt und ich in jeder Hinsicht eine gute Partie bin.«

Mit einem Mal schmeckte die Brente, die Ruth sich gerade in den Mund geschoben hatte, bitter. Auch wenn sie sich über seine Worte mit der guten Partie eigentlich hätte freuen können – denn immerhin bekundete er dadurch ernsthaftes Interesse –, empfand sie das Gesagte als irgendwie plump, angeberisch und anmaßend und ärgerte sich darüber.

Über Marcel hatte sie sich nie geärgert, dachte Ruth, um den Gedanken dann entschlossen zurückzudrängen. Marcel war Vergangenheit, Stéphane Zukunft. Eine Zukunft, in der sie vielleicht doch noch Besitzerin der Patisserie werden würde. Nach der Reaktion des Großvaters am heutigen Mittag lag ihr großer Traum möglicherweise gar nicht mehr in allzu weiter Ferne.

Eine Stunde später war Ruth wieder zu Hause. Am oberen Treppenabsatz traf sie auf Hausdiener Nicolas, der nach der Begrüßung schüchtern und zögerlich ein Anliegen vorbrachte. »Würden Sie mich noch einmal beim Einkaufen beraten?«, bat er. »Ich möchte mir neue Schuhe kaufen. Meine alten sind schon ziemlich hinüber.« Er hob die Hosenbeine so hoch, dass Ruth seine Schuhe näher betrachten konnte. Sie bekam augenblicklich Mitleid mit dem jungen Mann: Das Leder war über der hinteren Sohle löchrig, gewiss bekam er in diesen

Tretern nasse Füße. Ruth dachte daran, wie Joséphine und sie Nicolas im Herbst 1916 spontan angeboten hatten, sie zu einem Stadtbummel zu begleiten. Man hatte ihm deutlich angemerkt, wie stolz und glücklich er gewesen war, dass sie sich nicht scheuten, sich an seiner Seite zu zeigen.

Schüchtern lächelnd sagte Nicolas nun: »Ich habe lange gespart, jetzt reicht es endlich für neue. Und Sie haben immer so einen guten Geschmack.«

Gewiss hätte Ruths Großvater etwas dagegen gehabt, dass sie mit seinem Diener Schuhe für ihn einkaufen ging, doch das war ihr gleich. Der Junge musste um das Leben seines Vaters bangen und in nächster Zeit ohne seine geliebte Tante Geraldine auskommen. Er hatte Trost verdient, und damit basta! »Natürlich begleite ich Sie, Ihr Vertrauen freut mich sehr«, sagte sie, beschloss jedoch, ihn ein wenig auszutricksen. Sie wusste, dass er niemals Geld von ihr annehmen würde, aber ihr war klar, dass seine Ersparnisse vermutlich nicht für wirklich gute Schuhe reichen würden. »Wie viel haben Sie denn zusammengespart?«

»Zwanzig Mark«, entgegnete der gut aussehende Hausdiener stolz.

Sehr gut! Diese Information hatte sie gebraucht. »Besser ist, wir gehen getrennt hier los«, schlug sie vor. »Nicht dass uns mein Großvater noch auf die Schliche kommt. Wie wäre es, wenn wir uns morgen dann direkt bei Schuster Bardot treffen? Sagen wir um elf Uhr?«

»Das wäre kolossal«, erwiderte er.

»Wunderbar!« Sie würde eine halbe Stunde vor Nicolas bei Monsieur Bardot aufschlagen, um ihn in ihren Plan einzuweihen. Sollte ein Schuh, den sie und Nicolas aussuchten, teurer als zwanzig Mark sein, so würden sie dies dem jungen Diener verschweigen – und Ruth dem Schuster die fehlende Summe klammheimlich erstatten. So konnte Nicolas seinen Stolz wahren und trotzdem den Schuh bekommen, den er sich wirklich wünschte.

»Ach so, das hier lag heute im Briefkasten«, fiel ihm in dem Moment ein, und er holte aus seiner Jackentasche einen kleinen Umschlag mit ihrem Namen darauf. Sofort erkannte sie die Handschrift ihrer Cousine. Hastig riss Ruth das Kuvert auf und holte ein kleines Stück Papier heraus.

Meine Liebe,
Marcel ist aus der Gefangenschaft zurückgekehrt,
er ist unverletzt. Bald mehr Einzelheiten.
Küsschen von Deiner
Joséphine

Er lebte! Ruth wurde von einer Welle von Glücksgefühlen erfasst. Dann musste sie jedoch sofort daran denken, dass er ja nun von Odettes Tod erfahren würde. Hoffentlich würde er nicht daran zerbrechen!

*

Anne war schon ins Bettchen gebracht worden, und die Erwachsenen saßen im Wohnzimmer beisammen, jeder mit einer Handarbeit, einem Schreiben oder einem Buch, als Marcel sich plötzlich räusperte.

»Was haltet ihr davon, wenn wir uns ein wenig auf Hamsterfahrten begeben und versuchen, an Zutaten für die Patisserie zu kommen? Der Krieg ist vorbei, und wir sollten mehr als nur das Nötigste verkaufen«, schlug er vor.

»Du meinst Puits d'amour statt Kartoffelbrot?«, fragte seine Mutter Ida.

»Ja, der gebeutelten Bevölkerung das süße Leben wieder

schenken«, meinte Marcel. »Sie hungern danach. Und im Lager habe ich gemerkt, dass man ein wenig tricksen kann, um auch in schlechten Zeiten Schmackhaftes zu zaubern.«

»Ach, Junge, es wäre traumhaft, die Straßburger wieder zu verwöhnen«, mischte sich Elise traurig ins Gespräch. »Aber sie wollen uns hier ja nicht mehr.«

Inzwischen hatten sie Marcel von der drohenden Ausweisung erzählt.

Franz tätschelte beruhigend ihre Hand. »Meine Liebe«, sagte er. »Das betrifft uns doch nicht. Wir sind schon so lange hier, uns wird niemand vertreiben. Du musst wirklich aufhören, dich immerzu darum zu sorgen. Also, mein Junge«, er sah Marcel an. »Ich halte das für eine gute Idee.«

»Aber selbst wenn wir alle wider Erwarten bleiben dürfen – kaufen die Leute dann noch bei Deutschen?«, fragte Ida, den Optimismus ihres Vaters ignorierend.

»Mit Marcel an der Spitze ist das ja kein Problem«, sagte Franz. »Er ist durch und durch Franzose.«

Ida, die die Meinung ihres Sohnes Paul zu diesem Thema kannte, warf ihm einen vorsichtigen Blick zu. Und in der Tat starrte der griesgrämig vor sich hin. Hoffentlich macht er nicht gleich eine Szene, dachte sie.

»Man müsste überlegen, ob man die Patisserie nicht umbenennt«, sagte Marcel ausgerechnet in diesem Moment. »Wenn ich das Geschäft führe, könnten wir sogar ein Schild anbringen: Maison française. Das hat Jacques bei sich auch aufgehängt.«

O nein, dachte Ida, die spürte, wie Paul sich an ihrer Seite anspannte. Sie wartete auf die Explosion, die kurz darauf auch tatsächlich erfolgte.

Er sprang auf und balancierte auf seiner Holzprothese. »Niemals!«, rief er. »Niemals werde ich das zulassen!«

Erbost starrte er seinen Bruder an. »Das ist Verrat«, stieß er hervor. »Die Franzosen sind Feinde!«

»Hör zu.« Marcel stand auf, durchschritt den Raum, zog seinen Bruder wieder auf das Sofa und setzte sich neben ihn. »Unsere Situation ist absurd. Ich kann so gut nachempfinden, wie es dir geht. Schließlich habe ich vier Jahre lang Männer versorgt, die gegen meine eigenen Landsleute kämpfen.«

Paul sah ihn an, abwehrend zwar, aber seinen Aussagen zugleich gierig lauschend. Hoffnungsvoll. Würde ihn endlich jemand verstehen?

»Ich bin daran fast zerbrochen«, sagte Marcel leise. »Und ich kann mir vorstellen, dass es auch dich zerreißen muss. Du hast es ja sogar noch schwerer als ich, weil du zur Hälfte Deutscher und zur Hälfte Franzose bist. Wie sollst du da auch noch Orientierung haben oder wissen, wohin du gehörst?«

Es war mucksmäuschenstill im Wohnzimmer. Gebannt lauschten Ida und ihre Eltern dem Gespräch zwischen den Brüdern.

Bestürzt, aber auch zugleich erleichtert erkannte Ida, dass in den Augen ihres jüngeren Sohnes Tränen schimmerten. Instinktiv waren Kätzchen Luna und Katerchen Mars auf seine Beine geklettert. Und wieder bewahrheitete sich, was Ida einst vom alten Küster gehört hatte: »Niemand, der eine schnurrende Katze auf dem Schoß hat, kann lange zornig bleiben.«

»Krieg ist schrecklich, Paul«, fuhr Marcel fort. »Und Hass zwischen den Nationen ist es auch. Lass uns nicht erlauben, dass dieser Hass unsere Familie spaltet. Dass er *dich* spaltet, der du zur Hälfte Deutscher und zur Hälfte Franzose bist.«

»Aber die Franzosen sind Bestien«, presste Paul heraus. »Du kannst dir nicht vorstellen, was sie alles getan haben.«

»Doch«, widersprach Marcel. »Ich kann es mir vorstellen. Ich habe gesehen, was die mit meinen Kameraden gemacht haben. Obwohl die zum Teil wie ich ja auch ursprünglich Franzosen waren. Aber ich kann dir sagen: Die Deutschen haben auf der anderen Seite genauso viel Leid verursacht.«

Paul erwiderte nichts.

Nun mischte sich Ida ins Gespräch.

»Den Hass zwischen unseren Völkern zu überwinden, ist eine ganz wichtige und entscheidende Aufgabe«, sagte sie. »Wenn wir das nicht auch in der Vergangenheit geschafft hätten, würden wir hier nicht so beieinandersitzen. Ich wäre nicht eure Mutter.«

Paul nickte langsam. Er wusste, dass sein Großvater seiner Mutter anfangs mit großer Ablehnung entgegengetreten war.

»Aber Jacques ist ein gutes Beispiel«, sagte er zerknirscht. »Die arme Ruth kocht für alle, und er wirft euch raus.«

»Die Deutschen haben ihm 1870 den besten Freund und den Arm weggeschossen. Und dann seinen Sohn René. Er hat es nicht geschafft, seinen Hass zu überwinden, Paul. Für eine Weile ist es ihm zwischendurch gelungen, aber nun ist er wieder ausgebrochen. Das Ergebnis: Er ist ein verbitterter alter und einsamer Mann«, sagte Ida. »Während wir hier alle gemütlich beisammensitzen. Deutsche. Franzosen. Halb-Franzosen. Halb-Deutsche. Oder einfach: Straßburger! Wir sind eine Familie. Und Familie ist stärker als die Nation.«

»Es kommt mir bloß so falsch vor, dass wir Deutschen uns jetzt klein machen sollen«, sagte Paul. »Warum darf unsere Patisserie nicht mehr heißen, wie sie immer hieß? Warum muss Maison française an der Haustür stehen? Wir müssen uns doch nicht schämen für das, was wir sind.«

»Nein«, sagte Ida. »Nein, wir müssen uns nicht schämen. Aber an dem Spruch: ›Der Klügere gibt nach‹ ist schon etwas dran. Warum sollen wir dieses Schild nicht aufhängen, warum die Patisserie nicht umbenennen, wenn wir doch die

Möglichkeit dazu haben und es uns ein viel friedvolleres Leben ermöglicht? Es ist nur ein Name und ein Schild. Wir aber bleiben die gleichen.«

»Und Opa und Oma können dann bleiben – und du auch?«, fragte Paul, und es klang ängstlich.

»Es könnte sein«, sagte Ida zögernd, denn es fiel ihr schwer, ihrem Sohn eine Hoffnung zu geben, die bald zerplatzen würde. Aber vielleicht war sie ja auch zu ängstlich. Ihr Vater zumindest schien nicht den geringsten Zweifel daran zu hegen, dass sie bleiben durften.

»In Ordnung«, sagte Paul, atmete tief durch, und zum ersten Mal, seit er aus dem Krieg zurückgekehrt war, sah Ida ihn lächeln. »Familie geht über Nationalität. Vielleicht schaffen es ja der deutsche und der französische Paul in mir eines Tages, sich zu versöhnen. Und bis dahin packe ich mit an und helfe mit, dass die Patisserie ein Traum wird.«

Er machte eine Pause und ergänzte dann: »Dass die Patisserie *Picard* ein Traum wird. Denn das sind wir ja auch, die Picards.«

»Ja«, sagte Marcel und lächelte seinen Bruder an. »Das sind wir ja auch. Die Picards.«

*

»Ein Hut, ein Stock, ein Regenschirm. Und: vorwärts, rückwärts, seitwärts, halt.«

Marcel und Anne hatten mächtig Spaß, als sie zusammen an der Ill entlangspazierten. Zwar trauerten sie immer noch sehr um Odette, wie sollte es nach so kurzer Zeit auch anders sein, doch ihre Bindung war ausgesprochen eng, und sie taten einander gut. Jeden Tag, bei Wind und Wetter, gingen sie spazieren, denn wie pflegte Ida doch immer zu sagen: Es gibt kein schlechtes Wetter, nur schlechte Kleidung.

»Uuuundd: vorwärts, rückwärts, seitwärts, halt«, rief die Kleine begeistert und klatschte in die Hände, als Marcel sich in seinen eigenen Füßen verhedderte.

Er musste lachen. Da entdeckte er in etwa fünf Metern Entfernung einen Mann um die sechzig, der langsam in ihre Richtung kam und sie zu mustern schien.

»Pst«, sagte Marcel verschwörerisch zu seiner Tochter. »Wir dürfen doch kein Deutsch sprechen, das ist ja verboten.«

Anne nickte ernst. »Gut«, flüsterte sie. »Dann Französisch – bis der Mann weg ist. Wie heißt das denn auf Französisch?«

»Une casquette …«, begann Marcel.

Zum Glück hatte Anne, anders als die meisten anderen Elsässer, keine Probleme damit, französisch zu sprechen. Odette hatte Wert darauf gelegt, dass die Kleine die Sprache beherrschte, die ihre eigene Muttersprache gewesen war.

Inzwischen hatte der hagere Alte sie erreicht und zog freundlich lächelnd seinen Hut. »Guten Morgen«, sagte er auf Französisch, setzte sich auf die nächstgelegene Bank und beobachtete die beiden. Dann wandte er sich an Anne, die seinen Blick ohne Scheu erwiderte: »Entschuldige, dass ich dich so angucke.«

»Warum guckst du mich denn so an?«, fragte Anne.

»Weil … genau, wie du da jetzt mit deinem Papa spielst, hat früher hier mein Sohn gespielt.«

»Und jetzt spielt er hier nicht mehr?«, wollte die Kleine wissen.

Der Alte schüttelte ernst den Kopf, und etwas in seinem Blick kam Marcel unheimlich bekannt vor. Doch er konnte es nicht genau ausmachen.

»Nein«, sagte der Mann stockend, »Nein, mein Sohn ist nicht mehr … in meinem Leben.«

Marcel wurde sogleich von Mitleid gepackt. Dieser verdammte Krieg!

»Ist dein Sohn ein Engel?«, mutmaßte Anne.

In diesem Augenblick machte Marcel einer entgegenkommenden Dame Platz und erstarrte dann. »Ruth?«

Sie zuckte zusammen und hob den Blick. Tatsächlich war sie derart in Gedanken versunken gewesen, dass sie ihn bisher nicht bemerkt hatte.

»Marcel!« Alle Farbe war aus ihrem Gesicht gewichen.

Von Joséphine hatte sie zwar erfahren, dass deren großer Bruder aus der Kriegsgefangenschaft zurückgekehrt war, aber nun so einfach vor ihm zu stehen war ein Schock.

Stumm starrten sie sich an, und Ruth bemerkte irritiert, dass ihr Bauch kribbelte, wie er es bei Stéphane noch nie getan hatte.

»Was für eine Überraschung«, stieß sie hervor. »Hallo, Anne.«

Erleichtert, durch das Kind eine Gelegenheit bekommen zu haben, sich aus der Situation zu lösen, sah Ruth die Kleine an.

»Erkennst du mich denn noch? Ist schon eine ganze Weile her, dass wir uns begegnet sind.«

»Ja, du bist die Ruth, der Onkel Paul lernt bei dir Französisch.«

Marcel grinste. »Dass sie das auf sich nimmt, zeigt, was für ein guter Mensch sie ist.«

»Warum kann der Onkel Paul kein Französisch?«, fragte Anne.

»Nur ganz wenige Leute in Straßburg sprechen das«, meinte Ruth. »Die meisten Menschen hier können besser Deutsch.«

Anne blickte plötzlich skeptisch drein. »Aber wenn die

doch alle gar kein Französisch können, warum soll man es dann sprechen?«, wollte sie wissen und sah dabei Ruth an.

»Das ist eine gute Frage«, sagte die ernst. »Die Erwachsenen machen manchmal komische Dinge.«

Anne nickte. Das fand sie auch.

Ruth zog eine Kastanie aus der Manteltasche. Die Herbstfrucht glänzte dunkel und fühlte sich angenehm in ihrer Hand an. Kastanien waren für Ruth, ebenso wie der Duft von Quitten, schon immer der Inbegriff des Herbstes gewesen.

»Möchtest du die haben?«, fragte sie und hielt sie der Kleinen hin.

»Eine Kastanie«, rief Anne und nahm sie ihr begeistert aus der Hand.

»Das ist aber ungewöhnlich«, fand Marcel. »Um diese Jahreszeit gibt es doch eigentlich keine mehr.«

»Stimmt«, lachte Ruth. »Aber als ich gerade eben unter einem Kastanienbaum langging, fiel sie mir, plopp, vor die Füße.«

»Dann wollte sie zu dir!«, Marcel lächelte.

»Oder zu Anne.«

»Meine Maman hat mit mir auch immer Kastanien gesammelt«, teilte die Kleine mit. »Meine Maman ist jetzt aber ein Engel.«

»Oh«, machte Ruth überfordert. »Das … ja, das habe ich gehört. Es tut mir so leid. Für euch beide.«

Sie sah erst Anne, dann Marcel an und kam sich dabei ungemein falsch und verlogen vor. Wie oft hatte sie sich Odette weit fortgewünscht!

Marcel nickte.

Alle drei schwiegen. Auf einmal lag eine komische Stimmung über der Begegnung. Marcel blickte kurz in Richtung der Bank, doch der dürre Alte, der seinen Sohn verloren hatte, war verschwunden.

Wieder rettete Ruth der Inhalt ihrer Jackentasche. Zwei Brenten hatte sie noch aufbewahrt. »Magst du Marzipan?«, fragte sie die Kleine.

»Was ist Marzipan?«

»Stimmt, das kannst du ja gar nicht wissen!«, wurde Ruth klar. »Das letzte Mal, als es Marzipan gab, warst du noch zu klein, um dich jetzt noch daran zu erinnern. Und ich glaube, damals durftest du es noch gar nicht essen. Du warst ja noch ein Säugling.«

Sie zog die Brenten hervor und reichte eine davon Anne und die andere Marcel.

Der machte große Augen. »Frankfurter Brenten«, staunte er. »Wo hast du die denn her?«

»Selbst gebacken. Nun probiert schon endlich«, forderte Ruth sie auf.

Marcel grinste. Seine stets etwas ungeduldige Cousine hatte sich nicht verändert, und das fand er erfrischend. Wenigstens etwas, auf das man sich verlassen konnte.

Er biss von dem Keks ab, und seine Reaktion fiel ähnlich aus wie zuvor bei Ruths Großvater und Stéphane. Marcel war rundweg begeistert.

»Sie sind fantastisch«, schwärmte er.

Anne war derselben Meinung. »Hast du noch mehr?«, bettelte sie.

»Leider nein!«, bedauerte Ruth.

»Kannst du mit mir welche backen?«

»Eigentlich schon«, sagte Ruth, »aber ich habe mit deinem Urgroßvater ziemlichen Ärger bekommen, weil ich die hier gemacht habe.«

»Dann back sie doch bei uns«, schlug die Kleine vor. »Wir haben auch eine Backstube.«

»Das würde ich gern«, versicherte Ruth und fand immer

größeren Gefallen an dem aufgeschlossenen Mädchen. »Und in der Tat war Großvater auch nicht begeistert davon, dass ich bei ihm gebacken habe. Das erlaubt er mir jetzt aber schon, weil er gesehen hat, dass ich es kann. Doch mir fehlt etwas anderes, damit ich die Plätzchen noch mal backen kann.«

»Was denn?«, wollte die Kleine wissen.

»Die Mandeln«, sagten Marcel und Ruth wie aus einem Mund, sahen sich an und lachten. So war es schon früher gewesen. So oft hatten sie den gleichen Gedanken ausgesprochen.

»Was sind Mandeln?«

»Mandeln sind so etwas wie Nüsse«, erklärte Ruth. »Aber es gibt sie zurzeit nicht, weil sie aus Italien und Spanien kommen. Und die Mandeln braucht man, um das Marzipan zu machen.«

»Aber wenn es keine Mandeln gibt, woher hattest du sie dann?«, fragte die Kleine.

»Die habe ich geschenkt bekommen von jemandem, der sie für viel Geld einem Kameraden abgekauft hat. Der Verkäufer kommt aus einem der Länder, in denen die teuren Mandeln wachsen.«

»Warum sind die teuer?«

Ruth überlegte kurz. »Weißt du, warum Gold so wertvoll ist?«

Die Kleine schüttelte den Kopf.

»Weil es so wenig davon gibt«, begründete die Patissierstochter. »Und je weniger es von etwas gibt, desto kostbarer ist es.«

»Und weil es hier so wenig Mandeln gibt, sind sie so wertvoll wie Gold?«, kombinierte Anne.

»Ja genau, zumindest fast«, sagte Ruth. »Und ich habe das einfach für meine Kekse verwendet.«

Anne nickte und rieb sich dann den Bauch. »Dann hab ich ja jetzt was ziemlich Teures da drin«, überlegte sie. »Dann geh ich nicht mehr aufs Klo.«

Ruth und Marcel mussten gleichzeitig lachen.

Da bemerkte Ruth erschrocken, dass sie völlig die Zeit vergessen hatte, und sah auf die Armbanduhr, die Großmutter Claire ihr zu ihrem letzten Geburtstag vor dem Krieg geschenkt hatte und die sie hütete wie einen Augapfel. »Ich muss los!«.

»Dann einen schönen Tag noch«, wünschte Marcel.

Ruth wusste nicht, warum, aber es war ihr wichtig, dass Marcel nicht dachte, sie hätte ein Rendezvous mit einem Verehrer, daher klärte sie ihn auf: »Ich habe Großvaters Hausdiener Nicolas versprochen, ihn beim Schuhkauf zu beraten. Bis hoffentlich bald, Anne«, rief sie im Gehen, und die Kleine erwiderte ihr Winken.

Sie hatte nicht mehr mitbekommen, wie sich Marcels Gesichtsausdruck bei der Erwähnung von Nicolas' Namen verdunkelt hatte.

»Die Ruth ist lieb«, sagte Anne.

»Ja, die Ruth ist lieb«, wiederholte Marcel verstimmt und zwang sich, ihr nicht länger hinterherzuschauen. Die Ruth ist lieb und du in Trauer, schalt er sich innerlich. Und die Ruth geht jetzt Schuhe kaufen mit Nicolas Rolland, wahrscheinlich für seinen Hochzeitsanzug.

Als er mit Anne in die Wohnung der Tritschlers zurückkehrte und gerade die Küche betreten wollte, keuchte seine Mutter Ida vom Küchentisch aus: »Kommt nicht rein!«

Erschrocken erstarrte Marcel in der Bewegung, die Türklinke noch in der Hand. »Was ist denn los?«

Da bemerkte er schockiert, dass Ida vollkommen nass

geschwitzt war und ihre Augen fiebrig glänzten. »Mein Kopf tut so entsetzlich weh«, brachte sie nur mit Mühe hervor. »Bring die Kleine außer Reichweite.«

Marcel war fassungslos. Jetzt auch noch seine Mutter? Hörte das denn nie auf?

»Hol Joséphine bitte«, hauchte Ida kaum hörbar. »Sie soll ihre Maske aufsetzen.«

12

Andere glücklich zu machen macht das Universum sehr viel besser, dachte Ruth, als sie nach erfolgreich getätigtem Schuhkauf neben Nicolas zur Patisserie Goldschmidt zurückkehrte. Der Hausdiener ihres Großvaters konnte den Blick gar nicht von den schönen Lederschuhen wenden, die sie ihm empfohlen hatte. Insgeheim hatte sie Herrn Bardot wie geplant heimlich die fehlende Summe von fünfzehn Mark zugesteckt.

Da fiel sein Blick von den Schuhen durch die Krämergasse zum Gutenbergplatz hinab – und er öffnete fassungslos den Mund.

»Da … da … Monsieur Picard …«

Großvater? Hatte der junge Rolland Angst, der Alte könne auf das Geheimnis ihres gemeinsamen Einkaufsbummels kommen?

Als sie seinem Blick jedoch folgte und den drahtigen Mann Mitte vierzig auf sie zukommen sah, gab sie einen kurzen Schrei von sich.

»Onkel Lucien!«, rief sie, und nur wenige Sekunden später lag sie dem Bruder ihres verstorbenen Vaters glücklich in den Armen.

»Wo warst du nur?«, schniefte sie.

»Im Gefängnis«, berichtete Lucien müde.

»Hast du jemanden umgebracht?«, fragte Ruth leise.

»Nein, zu viele Äpfel gegessen«, erklärte ihr Onkel lächelnd. »Aber das erzähle ich genauer, wenn wir alle beieinander sind.«

Dann wandte er sich an den Diener. »Grüß dich, Nicolas.«

Dieser nahm die ausgestreckte Hand und schüttelte sie begeistert.

»Schön, dass Sie wieder da sind, Monsieur.«

Daraufhin schweifte Luciens Blick zur Patisserie, wo unter dem altvertrauten Schriftzug und dem neuen, kleineren Schild mit der Aufschrift »Maison française« ein Mann aus dem Laden trat: Jacques Picard! Er starrte ungläubig auf seinen Sohn. »Junge!«

»Vater!«

Minutenlang hielten Vater und Sohn sich umschlungen. »Endlich bist du zurückgekehrt, mein Sohn«, sagte Jacques glücklich. »Nun bist du in Sicherheit. Bitte, du musst mir alles berichten. Wie ist es dir ergangen?«

»Später, Vater«, sagte Lucien sanft. »Du hast sicher Verständnis, dass ich erst einmal meine Ida sehen will. Und Joséphine. Und was ist mit meinen Söhnen?«

»Sie sind zurück«, antwortete Ruth für ihren Großvater. Dass Paul dabei sein Bein verloren hatte, traute sie sich noch nicht zu sagen.

Lucien seufzte erleichtert. »Ich war so in Sorge um die beiden.« Dann fragte er wieder: »Wie geht es Ida und meinen Lieben?«

»Weiß ich nicht«, knurrte Jacques. »Wir hatten länger keinen Kontakt mehr.«

Verwundert und auch beunruhigt sah Lucien seinen Vater an. »Weshalb nicht?«

Der Alte wand sich. »Nun, es hat eben nicht mehr so gepasst.«

»Wie meinst du das, es hat nicht mehr so gepasst?«, fragte Lucien alarmiert.

Nicolas schien einen Streit zu wittern und sah Ruth fragend an. Sie nickte und erlaubte ihm mit einer Geste, ins Haus zu gehen. Sie selbst wollte sich jedoch kein Wort entgehen lassen.

»Ida ist ja immerhin eine Deutsche«, setzte Jacques seine Argumentation fort. »Vielleicht wird sie ausgewiesen. Da fand ich es besser, wir machen gleich klar, auf welcher Seite wir stehen.«

»Du hast den Kontakt abgebrochen?«, vergewisserte sich Lucien empört.

Am liebsten hätte Ruth ihrem Onkel haarklein von dem Rauswurf erzählt, doch vorerst wollte sie Zuschauerin bleiben.

Jacques schien sich um eine Antwort zu drücken. »Na ja …«

»Und Joséphine? Deine Enkeltochter? Hast du sie etwa auch aus deinem Leben ausgeschlossen?«

»Sie haben ohnehin keine Zeit mehr, sich auch noch um einen alten Mann wie mich zu kümmern«, verteidigte sich der Patriarch. »Jetzt, da Odette tot ist, werden Ida und Joséphine drüben gebraucht.«

»Odette ist *tot?*«, wiederholte er fassungslos.

Ruth sah an der Reaktion ihres Onkels, dass er seine Schwiegertochter ebenso geliebt hatte wie der Rest der Familie auch. »Die Spanische Grippe«, erklärte sie.

Lucien wischte sich die Augen und fragte seinen Vater vorwurfsvoll: »Und das sagst du mir so nebenbei? Wie geht es ihnen? Wie haben sie darauf reagiert?«

»Ich weiß es nicht«, brummte Jacques und klang sogar verlegen. »Wir haben doch keinen Kontakt mehr.«

»Alle waren natürlich sehr traurig«, antwortete Ruth für ihren Großvater. »Ich habe vorhin Marcel und Anne beim Spielen getroffen, sie scheinen sich wacker zu schlagen. Die Kleine ist sehr tapfer.«

»Danke, Ruth«, sagte Lucien mit belegter Stimme und wandte sich dann wieder an seinen Vater. »Hast du Marcel wenigstens dein Beileid ausgedrückt? Er ist doch dein Enkel!«

Jacques' Gesichtsausdruck verhärtete sich trotzig. »Streng genommen ist Marcel eben nicht mein Enkel.«

»Wie schade«, fauchte Lucien, der nun offenbar endgültig genug hatte. »Dabei würde er dir als reinblütiger Franzose sicher gut in den Kram passen.«

Doch Jacques verstand den Sarkasmus nicht. »Ich finde es ja auch bedauerlich, dass es so gekommen ist. Aber die Dinge sind nun einmal, wie sie sind. Und wenn ich mich drüben blicken lasse und mich nicht distanziere, dann schlagen sie mir womöglich auch die Schaufensterscheiben ein wie dem alten Tritschler.«

»Sie haben Franz die Scheiben eingeschlagen?«, fragte Lucien entsetzt.

Sein Großvater nickte. »Vielleicht verstehst du jetzt, warum ich Abstand halten will«, sagte er hoffnungsvoll. »Die Verbindung mit Deutschen war ja schon immer ein Makel, für den ich mich geschämt habe. Das rächt sich jetzt.«

»Du bezeichnest meine Ehe mit Ida als Makel? Und deine Enkel? Sind die auch ein Makel?«

Nun erst schien Jacques zu bemerken, wie seine Worte bei seinem Sohn angekommen waren, doch der hatte sich schon zum Gehen gewandt.

»Ich habe hier nichts mehr verloren«, sagte er und schulterte den Sack, den er bei sich getragen hatte. »Ich gehe jetzt zu dem Teil der Familie, den du als Makel empfindest. Magst du mich begleiten, Ruth?«

Die ignorierte Jacques' Blick und nickte. Marcels Freude, seinen Vater wiederzusehen, wollte sie zu gern miterleben.

Als sie bereits in Richtung Münsterplatz losgegangen waren, drehte Lucien sich noch einmal zu seinem Vater um.

»Ida und ich sind seit fast einem Vierteljahrhundert verheiratet«, sagte er traurig. »Unsere Kinder sind deine Enkel, gemeinsame Enkel mit deinem Freund Franz Tritschler, dem sie die Scheiben eingeschlagen haben und den du im Stich lässt. Soll es wieder so werden wie ganz am Anfang, als Ida und ich uns kennengelernt haben? Da hätten Mutter und du mit eurem Hass und eurer Selbstsucht beinahe mehrere Leben zerstört.«

Ruth sah etwas in den Augen ihres Großvaters aufflackern, doch es erlosch sofort wieder.

Lucien ging noch mal ein Stück zurück, trat ganz dicht an seinen Vater heran und sah ihm in die Augen. »Dein Sohn René, mein Bruder, ist diesem sinnlosen Krieg zum Opfer gefallen. Willst du wirklich unsere Familien wieder zum Schlachtfeld machen? Du weißt doch, wohin das beim letzten Mal geführt hat.«

Doch Jacques machte nur eine abwehrende Handbewegung. »Die Deutschen haben deinen Bruder ermordet, ganz richtig. Sie sind und bleiben unsere Feinde, das ändert auch keine Heirat«, beharrte er. »Aber das regelt sich bald von selbst, wenn der Tritschler wieder dort ist, wo er hergekommen ist.«

»Die Deutschen haben die Franzosen doch auch nicht vertrieben, als sie die Herren von Straßburg waren«, rief Lucien.

»Ach«, schrie der Alte nun. »Du hast es ja nicht erlebt, wie es in den letzten vier Jahren unter deutscher Besatzung war! Getriezt haben sie uns, wo es nur ging.«

So erbost, als sei Lucien ganz allein dafür verantwortlich, starrte er seinen Sohn an.

»Das war sicherlich nicht richtig«, stimmte Lucien ihm zu. »Aber glaub mir, die Franzosen sind mit uns deutschen Kriegsgefangenen auch nicht gerade zimperlich umgegangen. Sie haben mich und zwei Kameraden vor einem Kriegsgericht zu einem Jahr Gefängnis verurteilt. Und weißt du, weshalb? Weil wir beim Verladen von Kelteräpfeln aus Hunger ein paar davon gegessen haben. Deshalb konnte ich mich auch nach Ende des Krieges nicht melden. Keine Seite hat sich mit Ruhm bekleckert. Davor aber haben wir mit den Deutschen jahrzehntelang friedlich und freundschaftlich zusammengelebt, ja, mehr noch, dank des deutschen Kanzlers haben wir ein obligatorisches Sozialversicherungssystem bekommen, und das Elsass hatte im Reichsland immer eine große Autonomie. Seit 1911 hatten wir Abgeordnete im Reichstag …«

»Napoleon und sein Code civil … «

»Lass Napoleon aus dem Spiel!«, rief Lucien wütend und fuhr fort: »Das Elsass hat unter deutscher Hand einen enormen Aufschwung erlebt. Und das weißt du auch.«

Doch der Alte blieb stur. »Was bildest du dir ein? Wir Franzosen hätten es besser gemacht!«

»Dann ist also alles Deutsche schlecht?«, fragte er mit einem warnenden Unterton, den Jacques jedoch nicht wahrzunehmen schien. »Ja«, sagte er unbeirrt. »Umso besser, dass wir wieder französisch sind.«

Lucien sah ihn noch einmal an, bittere, tiefe Enttäuschung im Gesicht. Dann schüttelte er traurig den Kopf und machte sich mit seiner Nichte Ruth auf den Weg zu den Tritschlers.

Vor dem Haus stand zu ihrer Beunruhigung ein wartender Krankenwagen. Die Tür zur Patisserie versperrte der alte Hausdiener der Tritschlers, Monsieur Castanet. Sein Gesicht hellte sich nur kurz auf, als er Lucien begrüßte. Dann betonte er sofort: »Im Augenblick darf leider niemand das Haus betreten.«

»Wieso denn das nicht?«, fragte Ruth erschrocken.

Ehe Castanet antworten konnte, trat Joséphine aus dem Haus, die eine Schutzmaske trug. Sie starrte ihren Vater fassungslos an, dann umarmte sie ihn mit Tränen in den Augen.

Nun trugen zwei Krankenpfleger mit Maske eine Liege heraus. Darauf lag: Ida! Lucien wollte entsetzt zu seiner Frau stürzen, doch Joséphine hielt ihn zurück. »Nicht zu nah ran, Papa!«, bat sie ihn eindringlich. »Sie hat wahrscheinlich die Spanische Grippe. Wir lassen sie in das Speziallazarett bringen.«

»Ida!«, rief Lucien mit verzweifeltem Gesichtsausdruck, und diesmal sah seine Frau müde auf. Ihre Augen vergrößerten sich ungläubig und füllten sich augenblicklich mit Tränen.

»Du bist zurück!«, keuchte sie.

»Mein Schatz«, sagte Lucien gequält. »Ich liebe dich. Du musst wieder gesund werden. Versprich mir das.«

Sie nickte schwach, dann wurde sie in den Krankenwagen geschoben.

»Ich fahre mit ihr, Papa«, verkündete Joséphine. »Ruth, kannst du meiner Großmutter beim Desinfizieren des Hauses helfen? Sie hat auch eine Maske für dich. Wir waren bei Odettes Erkrankung zu unvorsichtig, wir hätten schon damals mehr Maßnahmen ergreifen müssen. Anne darf sich auf keinen Fall anstecken.«

»Natürlich«, sagte Ruth hastig und sah dann, Seite an Seite

mit ihrem Onkel Lucien, dem davonfahrenden Krankenwagen nach.

Instinktiv griff sie nach seiner Hand und drückte sie. Der arme Lucien hatte sich seine Rückkehr gewiss anders vorgestellt.

Drei Stunden später war die gesamte Wohnung gründlich gereinigt worden und die Wäsche abgekocht. Lucien hatte inzwischen alle begrüßt und auch von dem amputierten Bein seines Sohnes Paul erfahren. Es schmerzte ihn vermutlich mehr, als wenn er sein eigenes Bein verloren hätte. Wie gerne hätte er seinem Kleinen dieses schreckliche Leid erspart. Aber immerhin: Paul war am Leben und in Sicherheit. Nur das zählte.

Schließlich berief Lucien eine Familienversammlung in der Bibliothek ein. »Franz hat mir schon verraten, dass ihr mit unserer Ida vor ihrer Erkrankung beschlossen habt, die Patisserie wieder zu altem Glanz zu führen. Ihr wisst, ich bin Biologe und habe vom Backen keine Ahnung«, begann er mit einem sanften Lächeln, »aber ihr dafür umso mehr. Haltet zusammen, und ihr macht hieraus wieder ein Paradies des süßen Geschmacks. Ida wird zurückkommen«, sagte er feierlich und überzeugt. »Denn es wird ihr gehen wie mir in der Gefangenschaft: Die Situation ist schrecklich, aber der Gedanke an eure Liebe und der brennende Wunsch, euch wiederzusehen – das lässt einen alles durchstehen. Und weil ich mir so sicher bin, dass sie zu uns zurückkehren wird, lasst uns gemeinsam eine Patisserie erschaffen, die sie stolz und glücklich macht!«

*

Joséphine war vor Erschöpfung schon ganz schwindelig, ihre Augen brannten. Alles in ihr schrie nach Schlaf, gleichzeitig war sie aber äußerst unruhig. Die Arbeit im Lazarett war ohnehin zermürbend und anstrengend, nun aber auch noch die eigene Mutter fiebernd und hustend zwischen den übrigen Kranken zu sehen, ging der jungen Krankenschwester noch mehr an die Substanz. Sie weigerte sich, den Gedanken zuzulassen, dass Ida, ihre starke und unbesiegbare Mutter, der Lungenpest erliegen könnte. Aber die Spanische Grippe war mörderisch, das hatte sich nicht nur bei Odette gezeigt: Erst vor zwei Stunden war ihr ein kleines Mädchen unter den Händen weggestorben. Wieder einmal dachte Joséphine auf dem Nachhauseweg darüber nach, dass sie so gerne Medizin studieren würde, um den Menschen besser helfen zu können. Vielleicht hätte sie Odette das Leben retten können, wenn sie noch besser ausgebildet wäre – und könnte jetzt ihrer Mutter helfen.

Dass sie Odette in deren letzten Stunden alleingelassen hatte, verzieh sie sich noch immer nicht. Deshalb hatte sie das Lazarett auch nicht verlassen wollen: Was, wenn ihre Mutter starb, während sie nicht in der Nähe war? Das hätte sie nicht ertragen. Aber nach über vierzehn Stunden Arbeit hatte der Arzt Joséphine schließlich nach Hause geschickt, weil sie viel zu erschöpft aussah und ihr immer wieder die Augen zufielen. Der Zustand ihrer Mutter sei »ernst, aber stabil«, hatte der Lazarettarzt sie zu beruhigen versucht.

Als sie auf die Patisserie am Münsterplatz zuging, kamen Marcel und ihr Vater Lucien mit Anne auf dem Arm heraus. Sie gingen zum Lieferwagen der Tritschlers. Es war so schön, die Männer wieder zusammen zu sehen, die eher wie Brüder oder beste Freunde wirkten als wie Vater und Sohn.

»Joséphine«, rief Lucien, als er sie erblickte, und eilte ihr entgegen. »Wie geht es deiner Mutter?«

Sie nickte nur müde und sprach den dreien dann Mut zu,

wohl wissend, dass sie die Situation beschönigte: »Maman ist stark. Sie wird das schaffen.«

»Wir gehen zur Ururoma«, verkündete die Kleine ihrer Tante.

»Ja, wir wollen bei den Lerocs in Weghäusel ein bisschen betteln gehen«, gestand ihr Lucien. »Möchtest du uns begleiten?«

Joséphine schüttelte den Kopf. »Das schaffe ich nicht. Wenn ich jetzt nicht schlafe, kippe ich um. Grüß mir die Lerocs und Uroma Bernadette ganz lieb.«

Sie winkte dem Lieferwagen noch nach und ging rückwärts langsam in Richtung Eingangstüre, als sie plötzlich gegen jemanden prallte.

Sie fuhr herum und sah in die starrenden Augen eines hageren, grauhaarigen Mannes, der einen etwas abgenutzten Anzug trug.

»Oh, Entschuldigung«, sagte er, und sein Lächeln kam ihr seltsam bekannt vor.

»Meine Schuld«, entgegnete sie.

Der Fremde entfernte sich über den Münsterplatz, und Joséphine sah ihm grübelnd nach. An wen erinnerte er sie nur?

13

»Da vorne ist Ururomas Haus«, rief Anne. Aus dem Fenster des Lieferwagens sah sie das alte Forsthaus aus dem Herbstnebel auftauchen und war ganz aufgeregt. Marcel, der seine Tochter auf dem Schoß hatte, musste lächeln. Genauso hatte auch er sich als Kind immer gefreut, wenn es zu Urgroßmutter Bernadette aufs Land gegangen war. Der Familienwohnsitz selbst sah aus wie eh und je, nur der Weg dorthin hatte sich drastisch verändert. In der Zeit des deutschen Kaisers war vieles abgeholzt worden, Neubauten waren entstanden, das urbane Straßburg griff allenthalben mit gierigen Fingern nach dem Idyll. Bis zum Kriegsbeginn hatte ein wahrer Bebauungswahn grassiert, doch dem hatten Bernadette und ihr zweiter Ehemann, Bauer Gustave Nanty, erfolgreich getrotzt. Er hatte seinen maroden Bauernhof verkauft, die Stallungen sowie einige Viehweiden und Felder Bernadette zugeschrieben und war mit seiner Tochter und dem Schwiegersohn ins Forsthaus gezogen. Bernadettes geliebter großer Garten war erhalten geblieben, und sie hatten vorsorglich sogar ein Stückchen des benachbarten Nachtwalds gekauft, um diesen vor weiterer Abholzung zu retten.

Nun erblickte Marcel erfreut seine Urgroßmutter im Garten. Mit ihren unglaublichen neunzig Jahren bestellte sie diesen noch immer selbst. Im Moment war sie dabei, ihn winterfest zu machen, im Frühjahr würde hier jedoch wieder ein berauschend buntes Blumenmeer erblühen. Bernadettes Tochter Marie war von der hiesigen Landschaft zu vielen schönen Gemälden inspiriert worden. Früher hatte sich im Forsthaus auch ihr Atelier befunden, doch als der Kriegsausbruch drohte, war Marie in die Wohnung ihrer Schwägerin Claire nach Paris gezogen. »Ich will die Kunstszene der Metropole erleben, bevor es der Krieg vielleicht für immer verhindert.«

Ja, der verfluchte Krieg. Wie sehr hatte sich Marcel während seiner Gefangenschaft nach dem Forsthaus Weghäusel, diesem Stück heiler Welt, diesem Ort seiner schönsten Kindheitserinnerungen, gesehnt! Ihm ging das Herz auf, als Bernadette sich nun aufrichtete, umdrehte und ihnen voller Freude zuwinkte.

Anne sprang als Erste aus dem Automobil und rannte auf ihre weißhaarige Ururgroßmutter zu, die das Kind herzlich an sich drückte.

Dann stiegen auch Marcel und Lucien aus dem Fahrzeug. Mit erstaunlich schnellen Schritten eilte die Greisin auf Urenkel und Enkel zu, um diese nach vier sorgenvollen Kriegsjahren endlich wieder in die Arme zu schließen.

»Es war zu lang«, befand sie mit feuchten Augen. »Es war viel zu lang.«

Anne rannte fasziniert zu den Hühnern hinüber, die neugierig an den Drahtzaun kamen, in der Hoffnung, die Kleine bringe ihnen Futter.

Marcel atmete indes tief den Herbstgeruch ein, es duftete nach Feuchtigkeit und Äpfeln, aus den Stallungen war ein Muhen zu hören. Manche Dinge blieben zum Glück immer gleich.

»Es scheint, als sei die Zeit stehen geblieben«, stellte Marcel in der gemütlichen Wohnstube fest und nahm von Antoinette Leroc, der vierundsiebzigjährigen einstigen Hausdame der Tritschlers, dankbar eine Tasse Tee entgegen. »Hier ist alles so friedlich wie eh und je.«

»Hier ist ja auch Weghäusel«, ließ sich Bernadette mit schelmischem Grinsen von ihrem Schaukelstuhl aus vernehmen.

»Bist du deshalb so jung geblieben, Grand-mère?«, lachte ihr Enkel Lucien.

Bernadette, die mit einer Stickerei auf ihrem Schoß beschäftigt war, winkte ab. »Ach, i wo, du brauchst einer alten Frau doch nicht zu schmeicheln. Ich habe ein biblisches Alter, wie du sehr wohl weißt, Junge.«

»Du hast ein biblisches Alter, in der Tat«, bestätigte Lucien. »Und du hast zwei Kriege erlebt. Genau deshalb ist es ja so verblüffend, was du noch alles selbst schaffst. Nicht einmal eine Brille trägst du – und deine Finger sind noch beweglich genug, eine feine und komplizierte Stickerei anzufertigen.«

»Die wird schön, nicht?« Die Alte hob ihre Arbeit hoch, um sie zu präsentieren und damit von ihrer eigenen Person abzulenken.

»Wunderschön«, bestätigte Lucien und bewunderte das florale Muster.

»Wenn das fertig ist, werde ich es euch für eure Patisserie schenken – für den Fall, dass ihr sie eines Tages wiedereröffnet.«

Sie zwinkerte ihrem Enkel zu, und der sah verblüfft zu seinem Sohn.

»Das ist, ehrlich gesagt, mit ein Grund, warum wir hier sind – neben der Sehnsucht nach euch«, gab Marcel zu. »Wir wollen in der Tat wieder aufmachen.«

Sein Vater ergänzte: »Mit Marcel als reinem Franzosen an der Spitze dürfte das kein Problem sein.«

»Aber das ist ja großartig«, rief Antoinette Leroc und klatschte in die Hände.

Die alte Bernadette nickte zustimmend. »Ich bin so stolz auf euch. Dass ihr den Mut dazu gefunden habt! Gerade jetzt!«

»Danke«, sagte Marcel. »Und deshalb wollten wir euch nämlich um etwas bitten.«

In diesem Moment flog die Tür auf, und Anne stürmte herein, ein winzig kleines Kätzchen auf dem Arm. »Schau mal, Papa«, rief sie begeistert. »Monsieur Leroc hat es mir gegeben.«

Unwillkürlich musste Marcel lächeln. Wie sehr erinnerte ihn diese Szene an seine eigene Kindheit und Katerchen Astro, das seine Mutter Ida einst vom Küster des Münsters geschenkt bekommen hatte. Wolfgang Busch. Der laut Ida nun ausgewiesen worden war.

»Ich hatte früher auch ein kleines Katerchen hier, das hieß Astro.«

»Und wo ist der jetzt?«, fragte die Kleine und streichelte das Kätzchen auf ihrem Arm.

»Er lebt schon lange nicht mehr«, erklärte Bernadette. »Aber dieses Kätzchen ist sein Urahne. Genau wie die beiden bei euch zu Hause.«

»Du lebst doch auch noch, obwohl du meine Ururgroßmutter bist. Warum lebt Astro dann nicht mehr?«, wollte Anne wissen.

»Weil ein Katzenjahr wie sieben Menschenjahre ist. In Katzenjahren gerechnet wäre ich schon sechshundertdreißig Jahre alt«, kicherte Bernadette.

»So alt«, staunte Anne, und die anderen lachten.

»Monsieur Leroc hat gesagt, ich darf ihm mal zuschauen, wenn er Kühe melkt«, berichtete Anne dann. »Er ist ein richtig guter Bauer und kann das.«

»Monsieur Leroc ist eigentlich gelernter Koch. Er hat früher bei uns in Straßburg im Tritschler-Haus gearbeitet«, erklärte Lucien seiner Enkeltochter. »Ebenso wie die liebe Antoinette hier. Sie war sogar mal das Kindermädchen von Oma Ida und Großonkel Oskar.«

»Und warum ist Monsieur Leroc jetzt nicht mehr bei uns in Straßburg?«, fragte Anne. »Er ist sehr nett.«

»Ja, das ist er«, bestätigte Marcel. »Aber unsere Antoinette fand ihn auch nett. So nett, dass sie ihn geheiratet hat und mit ihm hierher zu ihrem Vater aufs Land gezogen ist.«

»Und ich fand Antoinettes Vater so nett, dass ich *ihn* geheiratet habe«, ergänzte die alte Bernadette grinsend und fügte augenzwinkernd hinzu: »Ein Mann mit Kühen, Hühnern und Kornfeldern ist in knappen Zeiten eine gute Partie.«

»Ja, der Papa und der Opa sagen, ihr könnt uns helfen, weil ihr das alles habt«, verriet Anne.

Marcel nickte ein wenig verlegen. »Tja, ich hab es ja bereits angedeutet. Wir haben Probleme damit, ausreichend Zutaten für die Eröffnung zu bekommen.«

»Schon verstanden«, lachte Antoinette. »Ihr wollt was von unseren Eiern abhaben. Und von den Rosen für Rosenwasser. Und unsere Rosinen, Äpfel, Birnen …«

»Ertappt«, lachte Marcel.

»Von Herzen gerne«, bestätigte Antoinette. »Wir haben ohnehin so viele Äpfel und Birnen, dass wir gar nicht wissen, wohin damit.«

»Und Milch und Korn? Wir wollen den Kunden ja was bieten.«

»Ihr habt uns so oft geholfen««, sagte Antoinette feierlich,

»da ist es uns eine Ehre, unsere ehemaligen Dienstherren zu unterstützen.«

Und Bernadette ergänzte: »Familie hält zusammen.«

»Ich nehme an, ihr braucht die Ware sofort?«, fragte Antoinette.

Marcel nickte. »Zumindest zeitnah.«

»Dann lass uns nach dem Essen doch gleich mal schauen, was wir Schönes für euch finden«, schlug die einstige Hausdame vor.

»Nach dem Essen?«, hakte Lucien nach.

»Na, ich lasse euch doch nicht gehen, ohne euch endlich mal wieder was zu kochen«, ertönte da von der Tür her die Stimme des vierundsiebzigjährigen Gaston Leroc, der mit seinem greisen Schwiegervater Gustave die Stube betreten hatte. »Es gibt Choucroute garnie.«

Bei dem Gedanken an das typisch elsässische Fleischgericht mit Sauerkraut lief Marcel das Wasser im Mund zusammen. »Was habe ich Ihre Kochkünste vermisst, Monsieur Leroc. Einige von Ihren Tricks konnte ich als Feldkoch im Gefangenenlager anwenden. Ich habe damit viele Kameraden und Aufseher glücklich gemacht. Das verdanke ich nur Ihnen.«

»Zu viel der Ehre«, winkte der einstige Familienkoch der Tritschlers verlegen ab. »Aber es freut mich, dass die Rezepte ein bisschen Freude in die dunklen Zeiten gebracht haben.«

Marcel nickte. »Genau diese Freude möchten wir alle gemeinsam mit der Patisserie fortsetzen.«

»Ja, ihr haltet zusammen«, freute sich Antoinette Leroc. »Das sind meine Tritschlers und Picards! Lassen sich nicht unterkriegen.«

»Ja«, sagte Lucien leise. »Die Tritschlers und Picards lassen sich nicht unterkriegen.«

Großmutter Bernadette erriet seine Gedanken und sagte

im Brustton der Überzeugung: »Die Ida überlebt diese Lungenpest! Beim nächsten Besuch ist sie wieder mit dabei, das weiß ich ganz genau.«

*

Als Ruth von einer ihrer freiwilligen Arbeitsschichten in der Armenküche nach Hause kam, sah sie durch die Scheibe ihren Großvater einsam an einem Tisch im einstigen Cafébereich sitzen und trübsinnig auf die Tischplatte starren.

Besorgt ging sie ins Ladengeschäft. Der Alte blickte nicht einmal auf, als sie hereinkam.

»Grand-père?«, fragte sie besorgt und setzte sich zu ihm. »Was ist denn geschehen?«

»Ich war so barsch zu Lucien«, sagte der Patriarch traurig. »Habe ihn vertrieben. So, wie ich alle vertrieben habe. Einen nach dem anderen. Selbst Geraldi … Madame Rolland ist gegangen.«

Da hast du wohl recht, dachte Ruth, aber sie sprach es nicht aus, sondern sagte tröstend: »Aber das stimmt doch gar nicht.«

»Du bist noch da«, bestätigte er. »Obwohl ich gestern dein wunderbares Gebäck hinuntergeworfen habe. Das tut mir leid.«

Ruth nickte. »Tut es dir inzwischen auch ein bisschen leid, dass du Ida und Joséphine rausgeworfen hast?«

Jacques starrte weiter auf die Tischplatte und zuckte mit den Schultern. Das zuzugeben wäre wohl zu viel gewesen, dachte Ruth.

Nachdenklich betrachtete sie den Staub auf der Tischplatte.

Mit dem Finger malte sie Spuren in den Staub und erkannte gleich darauf erschrocken, dass ein M daraus geworden war. Ungeduldig wischte sie mit der Hand darüber und zeichnete entschieden ein dickes, fettes S daneben.

Ihre Zukunft hieß Stéphane. Und sie fand hier in dieser Backstube, in diesem Café statt. Ihr Großvater war einsam, und er brauchte sie mehr denn je.

Sie atmete tief durch.

»Grand-père«, sagte sie und legte ihre Hand auf die seine, »Marcel will seiner Familie helfen, die Patisserie Tritschler wieder zu eröffnen.«

Der Alte fuhr auf. »Was? Aber das sind doch Deutsche. Bei denen kauft doch keiner.«

Ruth schüttelte den Kopf. »Marcel nicht. Der könnte französischer nicht sein. Er übernimmt das Geschäft.«

In dem eben noch so betrübten alten Mann war der Kampfgeist wiedererwacht.

»Der alte Tritschler gibt den Wettstreit wohl nie auf«, knurrte er. »Ständig muss er mir eins auswischen.«

»Ich glaube nicht, dass sie das machen, um dir eins auszuwischen«, sagte Ruth und konnte sich ein Schmunzeln nicht verkneifen. Ihr Großvater war nach wie vor der festen Überzeugung, dass sich das Denken und Handeln aller um ihn drehte, den großen Patriarchen.

Dann beschloss sie, die Gelegenheit beim Schopf zu packen. Die Flucht nach vorne.

»Aber was die können, können wir schon lange«, sagte sie entschlossen. »Wir können unser Café doch ebenfalls wieder schön machen. Und leckere Backwaren anbieten. So langsam bekommt man auch immer mehr Zutaten.«

Mit einer traurigen Geste fegte ihr Großvater alle ihre Träume fort. »Wie sollen wir das denn schaffen?«, fragte er. »Sie sind alle da drüben«, er deutete zum Café der Tritschlers. »Alle sind sie gegangen.«

Nein, du hast sie vertrieben, dachte Ruth.

»Ich kann das nicht alleine schaffen«, jammerte der Alte. »Schließlich haben mir die Deutschen im vorletzten Krieg den Arm weggeschossen.«

»Du hast mich«, sagte Ruth leise.

Er sah sie nachdenklich an, schien wirklich zu überlegen.

Sag Ja, bat Ruth ihn stumm. Sag bitte, bitte Ja.

Doch er schüttelte den Kopf.

»Nein«, sagte er. »Nein, du bist keine ausgebildete Patisseurin.«

»Aber ich kann es lernen«, flehte Ruth, die sich ihrem Traum, die Patisserie zu übernehmen, so nah gefühlt hatte, seit er sie für ihre Bäckereikünste gelobt hatte. Und nun sah sie ihn jäh in weite Ferne rücken.

»Du hast selbst gesagt, dass ich Talent habe. Und nebenbei kann ich hier alles auf Vordermann bringen.«

Wieder schüttelte er den Kopf und sah sie beinahe mitleidig an. »Ein paar Kekse zu backen macht einen noch nicht zum Patissier.«

Also gut, dachte sie und spielte ihren letzten – und größten – Trumpf aus: »Übrigens brauchst du nicht zu glauben, dass die Leute nicht mehr drüben kaufen, weil sie der deutsche Name abschreckt.«

»Wieso? Die Patisserie heißt doch Tritschler.«

»Nein.« So etwas wie Triumph lag in ihren Worten, als sie ihn korrigierte: »Nicht mehr. Sie nennen sich künftig Picard.«

Nun richtete sich der Alte in der schon so vertrauten Geste, die äußerste Wut bedeutete, auf: die unversehrte Hand auf die Tischplatte gedrückt, erhob er sich halb vom Stuhl. Da der wackelige Cafétisch mit seinem einzelnen Bein in der Mitte aber lang nicht so stabil war wie der schwere ovale Eichentisch in der guten Stube, kippelte das Möbelstück beunruhigend, und sie stützte sich rasch auf die Platte, um ihr die entsprechende Stabilität zu verleihen. Nicht auszudenken, der Tisch wäre samt Jacques umgefallen!

»Picard – das ist mein Name«, knurrte er.

»Und der Name Marcels«, ergänzte Ruth.

»Der ihn zu Unrecht trägt. Er ist ja nicht mal ein Picard!« Dann sah er seine Enkeltochter entschlossen an. »Denen zeigen wir's«, sagte er grimmig. »Wir eröffnen das Café wieder. Und wir benennen uns ebenfalls um. Patisserie Picard – das sind wir.«

Ruth erschrak. Das hatte sie nicht gewollt. Sie hatte ihm doch nur davon erzählt, um ihrem Traum einer eigenen Patisserie näher zu kommen und an ihrer eigenen Zukunft zu bauen – einer Zukunft, unabhängig von Marcel. »Aber dann gibt es die Patisserie Picard ja zweimal in Straßburg. Ist das nicht verwirrend?«, versuchte sie ihren Fehler wieder auszubügeln.

Doch der Alte zuckte nur die Achseln. »Dann müssen wir eben mit Qualität überzeugen. Und das wird uns auch gelingen.«

14

In Ruth tobte das schlechte Gewissen. Sie kam sich vor wie eine Verräterin, weil sie mit ihrem Großvater so offen über die Pläne der Tritschlers gesprochen hatte. Und war ihr Plan, selbst eine Patisserie zu eröffnen, nicht ohnehin verwerflich, gerade jetzt, da sie doch alle für Tante Idas Genesung beteten? Andererseits hatte es die Konkurrenz innerhalb der Familie schon immer gegeben, und solange sie denken konnte, hatte niemand ein Problem damit gehabt. Vielleicht war es also gar nicht so schlimm?

Sie beschloss, hinüberzugehen und von ihren Plänen zu berichten. Und auch ganz offen von ihren Skrupeln zu erzählen. Vermutlich würden ihr alle mit Verständnis begegnen, und dann konnte man sich wieder dem Wesentlichen widmen: der Sorge um Ida.

Als Ruth auf die Patisserie Tritschler zuging, musste sie trotz ihrer inneren Anspannung unwillkürlich lächeln. Marcel, Paul und ihre Großeltern hatten ganze Arbeit geleistet, um den Schaden, den der Mob angerichtet hatte, zu beheben: Die Glasscheiben waren repariert, die Fensterläden hingen wieder in ihren Angeln, nur das Schild fehlte noch, aber nicht, weil keine Einigkeit über den Namen herrschte, sondern weil die Familie beschlossen hatte, es erst dann als Signal an der

Fassade anzubringen, wenn in der Patisserie alles fertig war und nur noch die Kunden fehlten.

Bis auf Ida, die wohl immer noch im Lazarett ums Überleben kämpfte, war die gesamte erweiterte Familie Tritschler anwesend, und alle begrüßten Ruth hocherfreut. Einzig Marcel wirkte plötzlich wieder seltsam distanziert. So ganz anders als bei ihrem angenehmen Aufeinandertreffen mit Anne am Fluss. Wahrscheinlich überkam ihn einfach manchmal wieder die Trauer um Odette, mutmaßte Ruth. Und dazu gesellte sich nun die Sorge um die kranke Adoptivmutter. Das war ja mehr als verständlich. Sie beschloss aber, mit ihrem Geständnis doch noch zu warten, bis Marcels Stimmung etwas besser war.

»Wie schön das alles aussieht!«, rief sie also stattdessen, klatschte begeistert in die Hände und drehte sich einmal um ihre eigene Achse. »Ihr seid erstaunlich schnell und effektiv gewesen. Wenn Tante Ida zurückkommt, wird sie so stolz auf euch sein.«

»Wir sind auch sehr zufrieden«, erwiderte Lucien, während Paul diensteifrig herbeieilte und ihr einen Stuhl hinschob. »Setz dich doch«, sagte er und strahlte seine Cousine verzückt an. »Wie schön, dass du da bist! Wir sehen uns ja kaum noch.«

Ruth verdrehte innerlich die Augen. Paul hatte sich vehement dagegen gewehrt, von französischen Militärs unterrichtet zu werden, was sie sich hätte denken können. Umgekehrt fand sie eine Ausrede nach der anderen, um ihre Französischstunden ausfallen zu lassen.

»Wann machen wir denn mit unserem Unterricht weiter?«, fragte er nun.

Ruth dachte nach. Sie könnte einen Termin mit ihm ausmachen und dafür sorgen, dass sie dabei nicht allein waren.

Oder kurzfristig mit einer Ausrede absagen. Stattdessen entschied sie sich für die Wahrheit.

»Paul, hör mir zu!«, rief sie ungewollt so laut, dass er vor Schreck zusammenzuckte. »Ich habe zu viel zu tun, um dich zu unterrichten. Ich muss dich bitten, einen Kurs zu besuchen oder mit dem Buch zu lernen. Ich stehe nicht mehr zur Verfügung.«

Plötzlich schwand die hündische Zuneigung in seinem Gesicht und machte Hass Platz. »Du bist wirklich Französin durch und durch.«

Und mit diesen zornigen Worten verließ er den Raum.

Zu seinem Erstaunen freute sich Marcel ein wenig über den Zwist seines Bruders mit Ruth – dieser Französischunterricht der beiden hatte ihn von jeher gestört. Der Grund dafür war ihm selbst nicht ganz klar. Eigentlich könnte es ihm ja egal sein, denn sie war offenbar nach wie vor mit diesem Hausdiener liiert – was ihn ebenfalls nicht stören sollte. Warum saß der Gedanke daran dann wie ein Stachel im Fleisch? Warum konnte er ihr ihr Glück nicht gönnen, zumal er das seine doch mit Odette gefunden, wenn auch inzwischen wieder verloren hatte? Vielleicht lag es daran, dass er das Gefühl hatte, weder der Hausdiener noch Paul seien gut genug für sie? Dass sie etwas Besseres verdient habe?

Dass sie so begeistert hinsichtlich des Umbaus war, machte ihn glücklich. Und ihr Lob war verdient: Nachdem sie einmal beschlossen hatten, dass es in Idas Sinne weitergehen sollte, waren sie alle wie besessen gewesen. Er selbst, sein Bruder und Franz hatten gesägt und gehämmert, was das Zeug hielt. Auch Pauls Freund, der Glaser, war gekommen. Der junge Deutsch-Franzose, der offenbar im Gegensatz zu Paul selbst gar keine Probleme hatte, seine Identität zwischen Deutschland und

Frankreich zu finden, und auch keinerlei Ressentiments zu verspüren schien, hatte für seine Arbeit nichts verlangt außer dem Versprechen, auf Lebenszeit täglich ein Stück Kuchen zu bekommen, wenn die Patisserie erst wieder geöffnet habe. Vor der Schließung sei er nämlich der größte Liebhaber der tritschlerschen Backkunst gewesen.

Elise hatte aus alten Vorhängen Tischdecken und neue Kissenbezüge genäht. Von Künstlerin Marie, Luciens Tante, waren aus Paris neue Gemälde für das Ausschmücken der Räumlichkeiten bei der Wiedereröffnung geschickt worden. Selbst Joséphine hatte gestern an ihrem freien Tag mitgeholfen.

»Das Café hatte ohnehin eine Renovierung nötig«, befand Großmutter Elise.

»Es ist alles viel schöner als vorher«, stimmte Ruth zu.

»Ich habe das Gefühl, dass sich aus unserer kaputten und zerbrochenen Welt allmählich wieder so etwas wie Normalität und Alltag herausbildet«, sagte Ruth und strich der Großtante über den Arm.

»Ja«, erwiderte diese. »Ich glaube langsam auch, dass nun alles gut werden kann.«

»Da bin ich mir sogar ganz sicher«, sagte eine Stimme hinter ihnen.

Lucien fuhr herum. »Ida!« Fassungslos starrte er seine Frau an. »Was … wie … wie bist du hereingekommen?«

»Durch die Tür«, sagte sie mit ihrer altvertrauten sanften Ironie, die ihm so gefehlt hatte. Endlich durfte er sie in seine Arme schließen. »Du bist zurück! Du bist wirklich da. Bist du wieder ganz gesund?«

»Absolut«, versprach Ida. »Der Lazarettarzt meinte, ich sei sehr robust – und nicht mehr ansteckend.«

Lucien war seit Jahren nicht mehr so glücklich gewesen. »Oh, ma chère, ich kann es gar nicht glauben.«

Er wollte sie gar nicht mehr loslassen, und erst Minuten später bekamen Joséphine und Elise die Gelegenheit, Ida in die Arme zu schließen. »Willkommen zu Hause«, sagte ihre Mutter leise. Selbst Paul ließ Ida eine – wenn auch sehr zurückhaltende – Umarmung zuteilwerden.

In diesem Moment kam auch Franz Tritschler, durch die Aufregung im Café aufmerksam geworden, aus der Backstube.

»Du bist da«, stellte er beim Anblick seiner Tochter fest, und wie immer bei ihm wurde ohne unnötige Worte klar, was er fühlte. Sein faltiges Gesicht war ein offenes Buch für Ida. Sie war so glücklich wie er und warf sich in seine väterliche Umarmung.

Nachdem die Genesene auch ihre Nichte Ruth und ihren Sohn Marcel begrüßt hatte, sah sie sich in der Patisserie um, um das Gemeinschaftswerk zu betrachten und alle ausgiebig zu loben. Meine Familie, dachte sie stolz. Während ich um mein Leben gekämpft habe, haben sie das zusammen geschafft. Sie haben sich nicht unterkriegen lassen. Sie haben den Hass besiegt.

»Excusez-moi«, rief da eine Stimme aus Richtung des Eingangs. Dort stand ein etwas dicklicher Anzugträger, Ende dreißig mit Schnauzbart, den keiner von ihnen kannte. »Mein Name ist Tolbert, Jean-Baptiste Tolbert. Entschuldigen Sie die Störung. Dürfte ich den Besitzer dieses Gebäudes sprechen?«

»Das bin ich«, entgegnete Franz. »Sie wünschen?«

»Das würde ich gern unter vier Augen besprechen, wenn möglich«, bat der rundliche Fremde.

»Kommen Sie mit in mein Büro«, knurrte Franz und ging dem Mann voraus in sein Arbeitszimmer, das neben der Backstube lag.

Die Zurückgebliebenen sahen den beiden erstaunt nach, schenkten dem Vorfall aber keine weitere Beachtung. Dafür war die Wiedersehensfreude viel zu groß. Ida wandte sich an ihre Familie. »Wann wollen wir eröffnen?«

»Am Samstag«, antwortete Marcel.

»Da sind sie schon wieder«, sagte Marcel verblüfft und deutete auf seinen Großvater, der den dicken Herrn durch den Seiteneingang auf die Straße hinausführte und die Tür hinter ihm schloss.

»Das ging ja schnell«, kommentierte Ida, als Franz kurz darauf ins Café kam. »Was wollte er denn?«

»Den Laden kaufen«, erwiderte ihr Vater. »Ich habe natürlich abgesagt. Aber dann hat er mir seine Karte in die Hand gedrückt und gebeten, ich solle mich melden, wenn wir doch noch ausgewiesen werden. ›Dann gehen Sie nicht mit leeren Händen nach Deutschland zurück‹, hat er gesagt.«

Lucien, Ida und ihr Adoptivsohn Marcel sahen sich bestürzt an. Das klang verdächtig nach einer Drohung.

*

Am nächsten Tag sollte es nun endlich so weit sein: Sie würden wiedereröffnen! Das Schild »Patisserie Picard« prangte bereits über dem Schaufenster. Das vom Mob zerstörte Schild »Patisserie Tritschler« hatten sie restauriert, es zierte nun die Wand in der Backstube, die Ida ohnehin immer etwas kahl gefunden hatte.

Dort standen nun Marcel und Franz einträchtig nebeneinander und bereiteten alles für den nächsten Morgen vor: Teige, die über Nacht gehen mussten, wurden mit Hingabe geknetet und dann, von Leinentüchern bedeckt, zum Ruhen fortgestellt, Formen wurden geschrubbt und geputzt, dass sie nur so blitzten und blinkten, und die Zutaten bereitgestellt.

Die beiden Bäckermeister wollten am heutigen Abend sehr zeitig zu Bett gehen und morgen schon früher als sonst, um zwei Uhr nachts, in der Backstube stehen.

»Ich bin etwas aus der Übung nach vier Jahren an der Front«, gestand Marcel, und Franz ergänzte: »Ich doch auch. Kenne mich jetzt zwar bestens mit Kartoffelmehl aus und wie man Weizenmehl streckt und Kommissbrot backt – aber Backen nicht nur zum Sattwerden, sondern zum Genuss, das ist doch sehr lange her. Wenigstens haben wir inzwischen einen modernen Dampfbackofen, das erleichtert doch vieles.«

»Ich hoffe, dass unsere Kunden nicht enttäuscht sein werden«, sagte Elise indes draußen im Café zu ihrer Tochter.

Ida sah sie erstaunt an. »Warum sollten sie? Es ist doch sogar noch schöner als früher.«

»Ich meine, wegen des Gebäcks«, erklärte Elise. »Morgen zur Eröffnung wird es Brot geben, Quiche und außerdem Kougelhopf und Tartes. Das war's.«

Ida nickte. Sie wusste genau, was ihre Mutter meinte. Mit Vorkriegszeiten, als sich sowohl im Schaufenster als auch hinter der Theke die Köstlichkeiten drängten, war das nicht zu vergleichen. Damals hatten dort neben Kougelhopfs und Tartes auch Anisbredle gelegen, die hellbeigen Gebäcktaler, die sie so liebte. Außerdem hatte es Berewecke gegeben, Vacherin glacé, eine runde Torte mit Baiser und Schlagsahne, Lebkueche, Schneekueche und natürlich Puits d'amour, ihr und Luciens Liebesgebäck.

Sie warf einen zärtlichen Blick auf ihren Mann, der gerade mit Paul letzte Hand an die Innenausstattung legte, alle Stühle überprüfte, damit auch ja keiner wackelte, hier und da noch einmal einen Tisch glatt schliff oder eine Kante entfernte. Lucien. Ihre große Liebe. Wie gut, dass er zurück war.

»Ich würde mir keine Sorgen machen«, sagte Ida. »Die Leute erwarten ja gar nicht – können gar nicht erwarten –, dass es gleich von Anfang an wieder all die Leckereien von früher geben wird.«

Elise nickte. »Vermutlich hast du recht.«

In diesem Moment fiel in der Backstube etwas mit einem lauten Scheppern zu Boden. Ida fuhr erschrocken zusammen und wollte schon hineilen, als Lucien als Reaktion auf das Scheppern plötzlich einen markerschütternden Schrei ausstieß. Im nächsten Moment stürzte er sich auf seinen Sohn und riss ihn zu Boden. Dabei verrutschte Pauls Prothese, was ihm furchtbare Schmerzen zu verursachen schien. Auch er brach in ein entsetzliches Geschrei aus. Ida und Joséphine eilten zu den am Boden Liegenden. Hastig befreite Joséphine ihren Bruder von seiner Prothese, während Ida Lucien in die Arme zog.

Mit weit aufgerissenen Augen sah er sie an, seine Stirn war schweißnass.

»Lucien«, sie schüttelte ihn leicht. »Was ist denn geschehen?«

»Gefahr!«, keuchte er wie in Trance. »Muss meinen Jungen schützen!«

Franz und Marcel waren inzwischen aus der Backstube herbeigeeilt, und Letzterer erfasste die Situation mit einem Blick. Marcel kniete neben seinem Vater nieder, zwang ihn, ihm in die Augen zu sehen, und sagte laut und vernehmlich: »Paul ist in Sicherheit, Vater. Wir sind beide in Sicherheit. Der Krieg ist vorbei.«

Wie erwachend sah Lucien erst Marcel an, dann Ida, dann Paul und dann seine Schwiegereltern. »Du lieber Gott«, stieß er erschrocken hervor. »Was habe ich getan?«

»In Sicherheit?«, keuchte Paul in diesem Moment. Und dann brüllte er plötzlich: »In Sicherheit?«

Lucien zuckte zusammen und bedeckte seinen Kopf schützend mit den Händen.

»Schrei nicht so«, bat Ida, doch Paul bemerkte sie gar nicht.

»Ich bin nicht in Sicherheit. Mein eigener Vater stürzt sich auf mich wie ein Irrer, vollkommen unzurechnungsfähig!«

»Aufhören!«, sagte Marcel hart, während Ida den verzweifelten Lucien eng in ihre Arme zog. »Vater wollte dich nicht angreifen. Er wollte dich schützen. Er hat den Lärm in der Backstube gehört und gedacht, dir drohe Gefahr. Er hat sich auf dich geworfen. Als Soldat solltest du eigentlich wissen, was das bedeutet. Vater wollte dir das Leben retten!«

Von den anderen unbemerkt war nun auch Joséphine in die Patisserie gekommen. Ihre Arbeit im Lazarett war zu Ende, schon von draußen hatte sie die Schreie gehört und war, zutiefst besorgt, nach drinnen geeilt.

»Das habe ich auch schon mitbekommen«, sagte sie. »Vater ist durch seine Seelenverwundungen zum Kriegszitterer geworden. Wie unzählige andere Soldaten auch. Zersplitterndes Glas oder laute Geräusche versetzen sie wieder zurück an die Front. Vater dachte, ihr seid wieder im Krieg und es wird geschossen. Er wollte dich wirklich nur schützen, Paul.«

»Ja«, bestätigte Lucien, noch sichtlich mitgenommen, und streckte eine zitternde Hand nach seinem Sohn aus. »Ich wollte dich nur schützen.«

Doch Paul schlug die Hand seines Vaters weg. »Lass mich!«, sagte er. »Ich will allein sein. Hilfst du mir bitte, die Schiene wieder in die richtige Position zu bringen, Frau Krankenschwester?« Er sah Joséphine an.

»Paul, bitte«, versuchte Ida zu vermitteln.

»Ich. Möchte. Allein. Sein.« Paul betonte jedes Wort.

Joséphine kniete bei ihm nieder und bemerkte, dass der Stumpf dort, wo die Prothese ansetzte, ganz rot und wund war. »Paul«, rief sie erschrocken. »Du musst ja entsetzliche Schmerzen haben! Warum hast du denn nichts gesagt?«

Er zuckte mit den Schultern. »Geht schon«, knurrte er.

Sie schüttelte den Kopf und sagte dann bestimmt: »Nein, das geht nicht. Ich werde das fachgerecht verarzten, und die Schiene wird erst morgen wieder angelegt. Frühestens.«

»Aber …!«

»Keine Debatte«, fuhr sie ihn an. »Du machst jetzt bitte ein Mal, ein einziges Mal, kein Theater.«

Um die anderen aus ihrem betretenen Schweigen zu retten, sagte Ida leise: »Lasst uns wieder an die Arbeit gehen.«

Sie half ihrem Mann auf, der Paul erneut einen flehenden Blick zuwarf.

Auch Marcel und Franz hatten verstanden. »Dann machen wir mal in der Backstube weiter. Gibt ja noch viel zu tun«, sagte Marcel und marschierte, gefolgt von seinem Großvater, von dannen.

Elise verkündete, noch einmal die Tischdecken bügeln zu wollen, und warf Ida einen bedeutungsvollen Blick zu. Sie verstand. »Lass uns einen Spaziergang machen«, bat sie ihren Mann.

Lucien nickte erleichtert. »Gern.«

An der Tür drehte er sich noch einmal hoffnungsvoll zu seinem Sohn um, der nach wie vor auf dem Boden lag und von seiner Schwester verarztet wurde. Doch Paul würdigte ihn keines Blickes.

*

»Du wirst es nicht glauben!« Jubelnd rannte Ruth auf »ihre« Brücke zu, auf der wie üblich Stéphane stand und sie erwartete.

»Na, jetzt bin ich aber gespannt«, sagte er, fing seine Freundin mit ausgebreiteten Armen auf und gab ihr einen Kuss auf den Mund.

»Großvater hat Ja gesagt.«

»Wozu?«, fragte er erstaunt.

»Ich darf in seiner Backstube anfangen. Als Konditorin. Na ja, erst als Gesellin, er bringt mir alles bei. Und nebenher kümmere ich mich um das Café. Wir wollen es wiedereröffnen. Ist das nicht wunderbar?«

Er nickte. »Ich freue mich für dich. Das heißt, er hat dir dein heimliches Backen verziehen?«

»Offensichtlich.«

Ein wenig war sie von seiner zurückhaltenden Reaktion enttäuscht. Hätte er sich nicht mehr für sie freuen können? Er wusste doch, wie sehr sie davon geträumt hatte!

»Ich habe auch eine Überraschung für dich«, sagte er. »Ich werde übermorgen zu meinen Eltern nach Paris fahren. Und ich wollte dich bitten, mich zu begleiten.«

Ruth fühlte sich überrumpelt. »Dich begleiten?«

»Wir feiern dort am Sonntag meinen Vierundzwanzigsten. Und bei der Gelegenheit möchte ich dich gern meinen Eltern vorstellen«, sagte er feierlich.

Was war das? Ein Heiratsantrag? Aber er hatte ja nicht um ihre Hand angehalten. Und müsste er dafür nicht zuerst ihren Großvater als Familienoberhaupt um Erlaubnis bitten, dachte Ruth, beschloss aber, sich ihre Verwirrung nicht anmerken zu lassen und so zu tun, als handle es sich um eine ganz gewöhnliche, ganz alltägliche Einladung zu einer Geburtstagsfeier.

»Also?«

»Ich würde schon sehr gerne«, gestand sie. »Und über ein Wochenende würde das sicherlich auch trotz des Aufbaus der Patisserie machbar sein.«

»Aber?«

»Nun, ich werde sicherlich nicht die Erlaubnis erhalten, einfach so nach Paris zu reisen – noch dazu mit einem fremden Mann.«

»Ich bin doch gar nicht mehr fremd«, kokettierte er.

»Für Großvater schon«, hielt sie dagegen. »Er weiß ja nicht mal von dir.«

»Hm.« Er überlegte. »Hast du nicht eine Freundin oder so was in Paris, die du besuchen könntest?«

Ruth runzelte die Stirn. »Doch«, sagte sie dann langsam. »Meine Oma Claire besitzt eine Wohnung in Paris. Die hat sie noch von ihrem Vater geerbt. Meine Großtante Marie hütet die Wohnung und hat im selben Haus ein Atelier im Dachgeschoss angemietet. Die beiden waren schon immer beste Freundinnen.«

»Und diese Claire, sie lebt sonst hier in Straßburg?«

Ruth nickte. »Ja, aber wir haben gerade nicht so viel Kontakt.«

»Weshalb nicht?«, fragte er interessiert.

»Ich weiß es gar nicht mal«, erwiderte Ruth nachdenklich. »Eigentlich mögen wir uns sehr gern. Vielleicht liegt es daran, dass ich bei Großvater, also ihrem Ex-Mann, lebe.« Und dann fügte sie entschlossen hinzu: »Ich werde sie fragen, ob ich ihre Wohnung nutzen darf. Ich will mit nach Paris!«

15

Der Spaziergang an der Ill schien Lucien nur wenig zu beruhigen. Er ging so rasch, dass Ida kaum mit ihm Schritt halten konnte, doch ihr war bewusst, dass sie ihn nicht bitten durfte, langsamer zu machen. Er brauchte die Bewegung, um seinen Schmerz über die Reaktion seines Sohnes, die Angst, die zurückgekehrt war, als er sich innerlich plötzlich wieder im Schützengraben befunden hatte – und auch die Scham wegen seines eigenen Verhaltens – zu überwinden.

Nachdem sie eine ganze Weile schweigend nebeneinander hergegangen waren, fanden sie sich schließlich vor der Universität wieder, deren Pforten nun geschlossen waren.

Als Ida die Bank sah, die dort auf dem Vorplatz stand, musste sie lächeln. »Hier haben wir uns kennengelernt«, sagte sie leise. »Weißt du noch?«

»Ja«, erwiderte Lucien. »In einem anderen Leben.«

»Wollen wir uns einen Moment setzen?«

Er nickte. »Gern.«

»Ich habe das Gefühl, dass ich zwei Leben lebe, Ida«, stieß er hervor. »Das eine spielte sich vor dem Krieg ab. Das zweite im Krieg.«

»Und nach dem Krieg?«, fragte sie leise. »Gibt es da kein Leben mehr?«

Zaghaft schob sie ihre Hand in die seine. Berührungen waren selten geworden zwischen ihnen, und das, obwohl sie früher, auch als sie schon viele Jahre verheiratet waren, nicht die Finger voneinander lassen konnten.

Lucien, so kam es Ida vor, war noch gar nicht wieder angekommen. Und genau das sagte er jetzt auch. Wortwörtlich. Wie so oft sprach er aus, was sie dachte. »Ich bin noch nicht wieder im Leben angekommen. Ich bin noch gar nicht wieder da, Ida. Und wenn ich dann denke, ich habe es geschafft, dann passiert etwas wie gerade eben, und ich … ich …«

»Ja?« Sie ließ seine Hand los, legte den Arm um seine Hüfte und den Kopf an seine Schulter.

»Manchmal denke ich, es wäre besser, ich wäre wieder fort«, murmelte er. »Ich passe nicht in die heile Zuckerwelt, die ihr euch da aufbaut. Nicht nach allem, was ich erlebt und gesehen habe.«

Ida hob den Kopf und sah ihn erschrocken und auch ein wenig verletzt an.

Er merkte, welche Wirkung seine Worte auf sie gehabt haben mussten, und zog sie rasch wieder an sich. »Entschuldige«, sagte er. »Es ist nur so … Ich habe so viel gesehen und erlebt. Ich weiß, wir haben uns immer alles erzählt. Aber wenn ich darüber spreche, kommt es vielleicht noch mehr zurück.«

»Eure Erlebnisse waren so schrecklich, dass die Schlachten in euch weitertoben. Wir müssen immer zu euch halten, damit der Krieg nicht weiter zerstört, da er doch schon zu Ende ist.«

»Mein eigener Sohn hasst mich.«

»Nein«, sagte Ida. »Nein, er hasst dich nicht. Ich glaube, unserem Paul geht es ähnlich wie dir. Er hat bis heute noch nicht genau gesagt, wie er sein Bein verloren hat.«

Dass der gemeinsame Sohn bereits angedeutet hatte, die Amputation sei ohne Betäubungsmittel durchgeführt worden, damit wollte sie Lucien im Augenblick nicht belasten.

»Das verlorene Bein«, sagte er, und wieder war sein Blick so abwesend und weit fort wie zuvor, als er auf seinen Sohn losgegangen war. »Das verlorene Bein. Das verlorene Bein.«

Und dann schrie er laut auf, riss sich von Ida los und presste die Hände auf die Ohren.

*

»Und, gefällt es dir?«, fragte Marcel Beifall heischend. Seine kleine Tochter sah sich begeistert in den Räumen der Patisserie um. »Es sieht aus wie im Himmel«, fand Anne.

Da fiel ihr etwas ein, und sie sah strahlend zu ihm auf. »Im Himmel ist die Maman. Dann ist sie hier.«

»Ja«, stimmte Marcel wehmütig zu. »Die Maman ist hier.«

»Monsieur Picard«, stand plötzlich, steif und zackig wie immer, der alte Hausdiener Castanet in der Tür. »Draußen ist ein Herr, der Sie sprechen will.«

»Wie heißt er?«

»Das wollte er nicht sagen.«

»Entschuldige mich kurz, Liebes«, sagte Marcel zu Anne und flüsterte dann: »Wenn es dieser Jean-Baptiste Tolbert ist, der mich jetzt zum Verkauf überreden will, gibt es Ärger.«

Doch vor der Patisserie stand nicht der Kaufwillige, sondern ein schmächtiger Mann um die zwanzig mit hübschem Gesicht und einem etwas ramponierten Koffer in der Hand.

»Konrad Struve«, rief Marcel und drückte ihn an sich. »Was treibt dich denn her?«

»Na ja, du hast von deiner Eröffnung geschrieben«, sagte Konrad. »Ich habe jetzt eine Fahrkarte nach Hause nach Offenburg. Endlich! Dieses Sainte-Marie-aux-Mines ist stinklangweilig, kann ich dir sagen. Und weil Straßburg ja quasi auf dem Weg liegt, dachte ich, ich gönne mir deine Feier.«

»Das ist eine großartige Idee, Junge«, freute sich sein einstiger Lagergenosse.

»Dann sehen wir uns morgen? Du hast ja sicher genug zu tun. Wollte dich nur vorwarnen«, erklärte Konrad. »Ich werde jetzt gleich mal meinen Koffer ins *Burjerstuewel* bringen, meine Tante hat mir empfohlen, da abzusteigen.«

»Nichts da! Kommt überhaupt nicht infrage«, bestimmte Marcel. »Du wirst bei uns wohnen. Hier ist zwar alles voll, aber um die Ecke bei meinem Großvater stehen so gut wie alle Zimmer leer.«

Konrad sah ihn skeptisch an. »Hast du nicht gesagt, dein Großvater hasst deutsche Soldaten?«

»Ich sage einfach, du bist ein guter Freund, da muss ich nicht lügen. Woher ich dich kenne, geht ihn nichts an. Ich bringe dich da gleich hin. Warte kurz, ich sag nur rasch meiner Schwester Bescheid, dass sie sich um die kleine Anne kümmern soll.«

Wenig später gingen die beiden einstigen Lagergenossen in Richtung Krämergasse.

»Gut, dass du gekommen bist, sonst hätte ich womöglich vergessen, Grand-père einzuladen. Und dann wäre ich endgültig gestorben für ihn. Er findet es ja bestimmt schon schlimm genug, dass wir gleich bei ihm um die Ecke wiedereröffnen.«

Marcel sah seinen Freund von der Seite an und bemerkte dessen Schmunzeln. »Was grinst 'n so?«

»Na ja, wir haben uns im Lager so viel von unserem Leben erzählt, dass ich das Gefühl habe, die Menschen in der Familie alle schon zu kennen. Ein bisschen ist das für mich wie ein kitschiger Zeitungsroman. Bisher habe ich ihn nur gelesen, aber in der heutigen Ausgabe spiele ich dann wohl selber mit.«

Marcel schlug ihm mit spielerischer Empörung leicht auf die Stirn. »Ich geb dir gleich kitschig! Immerhin verführt in meinem Roman kein politikversessener Abiturient den Sohn seines Geschichtslehrers.«

»Du hast mich nach meinem ersten Mal gefragt«, entgegnete Konrad gespielt unschuldig.

Inzwischen waren sie vor der Patisserie Goldschmidt angekommen. Marcel atmete tief durch. »Na denn, also, nächstes Kapitel: verhängnisvolle Eröffnungseinladung für den Großvater.«

Er zückte seinen Schlüssel, schloss die Haustür auf, und sie gingen hinein.

*

Beflügelt von dem Gedanken an eine mögliche Reise nach Paris lenkte Ruth ihre Schritte in Richtung der Schwowagasse, wo Tante Idas Bruder Oskar Tritschler mit ihrer Großmutter lebte. Die Liebe hatte die beiden vor fünfundzwanzig Jahren erwischt. Zunächst hatten sie sich dagegen gesträubt, zum einen, weil Claire fast zwei Jahrzehnte älter war als Oskar, zum anderen, weil ihr Sohn Lucien mit Oskars Schwester Ida verlobt war. Und dann war Claire seinerzeit ja auch noch in ihrer Ehe mit Jacques Picard gefangen gewesen. Aber sie waren gegen die Intensität der Gefühle füreinander machtlos gewesen, hatten sich schließlich zueinander bekannt und waren seither, so schien es Ruth bei den wenigen Malen, die sie die beiden zusammen erlebt hatte, das glücklichste Paar auf Erden.

Sie klopfte an die Wohnungstür, und wenig später öffnete ihr Oskar Tritschler. Seine blonden Haare waren etwas verstrubbelt, das Hemd hing ihm halb aus der Hose, und in der Hand hielt er ein Stück Papier. Er wirkte auf Ruth etwas geistesabwesend und zerstreut, es war offensichtlich, dass er keinen Besuch erwartet hatte. Doch als er sie erkannte, schien er doch erfreut.

»Ruth, komm rein!«, rief ihr Stiefgroßvater – ein komischer Gedanke, denn altersmäßig hätte er höchstens ihr Vater sein können.

»Ist Claire da?«, fragte sie, als sie die gemütliche und geräumige Wohnung betreten hatte. Sie nannte ihre Großmutter nie Grand-mère oder Oma, das passte einfach nicht zu dieser ewig jugendlich wirkenden, mondänen Frau.

Er schüttelte bedauernd den Kopf. »Ausgerechnet heute nicht«, sagte er. »Sie hätte sich so über deinen Besuch gefreut. Sie hat oft nach dir gefragt.«

Klang das vorwurfsvoll? Oskar war der liebste und unkomplizierteste Mensch, den sie kannte, und daher war das unwahrscheinlich. Doch hätte er, musste Ruth sich eingestehen, recht, wenn er ihr einen Vorwurf machen würde. Denn sie hatte ihre Oma sträflich vernachlässigt.

»Wo ist sie denn?«

»Neue Kleidung kaufen«, antwortete er. »Das kann dauern. Vielleicht kann ich dir helfen?«

Ruth schüttelte den Kopf. »Ich brauche Claires Rat«, sagte sie und setzte, als er sie weiterhin fragend ansah, hinzu: »Frauenangelegenheiten.«

Er hob eine Augenbraue. »Ach so?«

Hatte sie ihn verletzt, indem sie ihn ausschloss? Um ihm nicht das Gefühl zu geben, unwichtig zu sein, fragte sie: »Du hast wohl mal wieder sehr viel zu tun, du Armer?«

Sie deutete auf das Papier, das er in der Hand hielt.

Er seufzte. »Ach, es ist ärgerlich. Lies selbst!«

Er entfaltete das Blatt und gab es ihr. Sie las:

Die Boches sind verschwunden! Die Erinnerung an sie soll ihnen folgen! Strasbourg ist eine französische Stadt! Aus diesem Grund ersuchen wir die französische Kommission darum, die Schwabengasse in Rue de Souabes umzubenennen und ihr einen Namen zu geben, der für unser altes – neues französisches Vaterland angemessener erscheint.

»Die Nachbarschaft wünscht nicht mehr, dass unsere Straße nach den Deutschen benannt ist. Und ausgerechnet ich als Exilschwabe soll diese Petition auch unterschreiben«, meinte Oskar verstimmt. »Schon verrückt. Als deine Großmutter und ich vor fünfundzwanzig Jahren zusammengezogen sind, haben wir ganz bewusst nach einer Wohnung in dieser Straße gesucht. Wir fanden es lustig, dass ein Schwabe in der Schwabengasse wohnt.«

»Ach stimmt, du kommst ja ursprünglich aus Stuttgart«, fiel Ruth wieder ein.

»Genau, wobei die Elsässer mit Schwowa ja alle Deutschen meinen, vom Norden bis in den Süden«, erklärte Oskar.

»Und jetzt sind die Schwowa verpönt«, sagte Ruth zynisch. Manches im Universum war weder schön noch gerecht.

Oskar nickte. »Die Petition soll dem Straßburger Maire vorgelegt werden. Fraglich, ob ich die Entscheidung noch mitbekomme, ich bin ja jetzt auch ein Boche und werde bis dahin vielleicht auch vertrieben.« In der Stimme des sonst so fröhlichen Rechtsanwalts schwang Bitterkeit mit, und Ruth ärgerte sich einmal mehr über die Bestimmungen der französischen Behörden.

Er bemerkte ihren Blick und sagte: »Na ja, ich will dir die Laune nicht verderben. Vielleicht kommst du besser morgen wieder. Wenn Claire erst mal auf Einkaufstour ist … Du weißt ja, wie sie ist.«

»Aha, wie ist sie denn, diese Claire?«, ertönte von der Tür aus eine wohlvertraute, rauchige Frauenstimme.

Ruth fuhr erfreut herum. »Claire!«, rief sie und stürzte zu der dunkelhaarigen Schönheit. Auch wenn Ruth annahm, dass die Haarfarbe inzwischen aus der Flasche kam, sah man Claire mit ihrer Alabasterhaut einfach nicht an, dass sie im Sommer fünfundsechzig geworden war. Die exquisit gekleidete Dame stellte ihre zahlreichen Einkaufstüten ab.

Drei Küsschen in die Nähe der Wangen gehaucht – so mondän begrüßte einen die duftende Großmutter, die so wenig nach Großmutter aussah. »Was verschafft uns die seltene Freude?«

Ruth zögerte.

»Es geht um Frauendinge«, antwortete Oskar für sie. »Ich geh mal lieber raus.«

»Was? Ich … Nein«, stammelte Ruth und lief feuerrot an, während sie innerlich fluchte. Warum musste Oskar ihre Ausrede wortwörtlich an seine Frau weitergeben!

»Ärgere dich nicht über ihn«, bat Claire, als er aus der Tür war. »Jeder tritt gelegentlich mal in ein Fettnäpfchen, aber mein Göttergatte hat sozusagen Fritteusen an den Füßen. Doch jetzt erzähl! Was kann ich für dich tun?«

Ruth wusste, dass man bei Claire am besten direkt zur Sache kam.

»Ich wollte fragen, ob ich in deiner Wohnung in Paris übernachten darf. Ein befreundeter Soldat hat mich eingeladen, seine Familie kennenzulernen. Seine Tante ist jüdisch wie Urgroßvater.«

»Wie heißt er denn, dieser Soldat?«

»Stéphane. Stéphane Weiss.«

»Was ist er für ein Mensch?«

Ruth erzählte ihr alles, was sie wusste. Wie sie sich kennengelernt hatten, dass er sie mit seinen Literaturkenntnissen beeindruckt hatte, dass seine Eltern offenbar ziemlich reich waren.

»Das sind manchmal die Schlimmsten«, meinte Claire schmunzelnd. Dann sah sie ihrer Enkelin direkt in die Augen und fragte mit schärferer Stimme: »Ist dieser Stéphane denn ein Freund oder mehr?«

Ruth zuckte vage mit den Schultern. »Vielleicht wird sich das in Paris zeigen. Aber die Stadt ist ja bestimmt ohnehin eine Reise wert.«

»Das ist sie in jedem Fall«, räumte Claire ein. »Trotzdem: Ich kann dich in der jetzigen Lage unmöglich allein nach Paris fahren lassen.«

Ruth sackte resigniert in sich zusammen. Das war zu befürchten gewesen.

»Aber du kannst mich begleiten«, fuhr ihre Großmutter fort, und Ruth konnte ihr Glück kaum fassen.

»Das würdest du für mich tun?«, vergewisserte sie sich gerührt.

»Ach, ich habe durchaus auch egoistische Motive«, gestand Claire.

»Ich wollte sowieso endlich deine Großtante Marie wiedersehen. Das war ja unter der deutschen Militärregierung nicht möglich. Wann wolltest du denn reisen?«

»Ideal wäre das kommende Wochenende«, erwiderte Ruth.

Claire nickte. »Das lässt sich bestimmt einrichten. Oskar wird uns leider nicht begleiten können, als Reichsdeutscher gehört er der Kategorie D an und hat keine Reisefreiheit. Aber ich passe schon auf dich auf.«

»Stéphane würde allerdings auch mitkommen …«

»Auf den pass ich erst recht auf.«

*

Es dauerte eine halbe Stunde, bis Lucien sich wieder beruhigt hatte. Die verzweifelte Ida hielt ihn einfach in ihren Armen und strich ihrem zitternden Mann die schweißnassen Haare aus der Stirn.

»Denk an den Anfang unserer Liebe. Die wäre fast wegen nicht verarbeiteter Seelenverwundungen deines Vaters verhindert worden. Und auch die Ehe meiner Großeltern ging zeitweise in die Brüche, weil mein Opa mit seinen Kriegserfahrungen nicht zurechtkam. Das dürfen wir nicht zulassen, Lucien.«

»Ach, Liebling«, seufzte er.

Oh, wie gut tut das Kosewort aus seinem Mund, dachte Ida.

»Ich muss sagen, dass ich sie jetzt viel besser verstehen kann«, erklärte er. »Der Krieg zerstört einen Menschen. Er verändert alles.«

Ida nickte. »Bei deinem Vater war es ein Arm. Bei Paul ist es ein Bein.«

Erneut zuckte er zusammen.

»Das mit der Amputation nimmt dich besonders mit, nicht wahr?«, stellte sie fest. Sie fragte sich, ob seine heftige Reaktion wirklich lediglich mit dem gemeinsamen Sohn zu tun hatte. Daher fragte sie zögerlich: »Hast du so etwas auch bei Kameraden von dir erlebt?«

»Es war noch ganz am Anfang«, begann er mit leiser Stimme zu erzählen, den Blick in weite Ferne gerichtet. »Als Offizier war ich ja für die Männer verantwortlich. Meine Entscheidungen bestimmten im Zweifel über Leben und Tod.«

Sie strich mit dem Daumen sacht über die raue Haut seiner Hand. »Was für eine Verantwortung!«

»Wir lagen in den Argonnen. Es wurde geschossen, und wir haben natürlich zugesehen, dass wir in den Schützengraben kamen. Aber einer meiner Soldaten wurde getroffen und blieb verletzt zwischen den Linien liegen. Er hatte schreckliche Angst. Er war noch ganz jung, wie unser Paul. Er hat geschrien: Mein Bein ist getroffen, ich kann es nicht bewegen, holt mich hier weg! Und da bin ich wieder raus, während die Feinde geschossen haben. Das hätte ich aus Verantwortungsbewusstsein den anderen gegenüber gar nicht dürfen.«

Ida schluckte. In welche Lebensgefahr er sich da begeben hatte!

»Ich habe ihn gepackt und in den Schützengraben gezogen. Er hat geschrien wie am Spieß.«

»Und dann?«, fragte Ida atemlos lauschend.

»Ich konnte ihn retten«, sagte er lächelnd. »Aber er hat sein Bein verloren. Und als ich Paul nach meiner Rückkehr aus dem Krieg als Einbeinigen gesehen habe, da kamen alle Bilder zurück. Nur mit unserem Sohn statt dem Kameraden. Als es dann in der Backstube so geknallt hat, war ich innerlich wieder an der Front. Ich wollte unseren Sohn retten.«

»Du hast es geschafft«, sagte Ida. »Dem jungen Mann damals hast du das Leben gerettet.«

»Aber das von unzähligen anderen konnte ich nicht retten.«

Er löste seine Hand aus der ihren und vergrub das Gesicht in den Händen. »Einmal dachte ich, wir seien in Sicherheit, und habe den Befehl gegeben, aus der Deckung zu gehen. In diesem Moment eröffnete der Feind das Feuer. Meine Männer hatten keine Chance. Alle starben im Kugelhagel. Weil ich eine falsche Entscheidung getroffen hatte. Nur ich habe überlebt.«

Ida sah ihren Mann bestürzt an. Wie entsetzlich! Für all die Männer – aber auch für Lucien, der diese Schuld, dafür kannte sie ihn gut genug, sein ganzes Leben mit sich tragen würde.

»Du könntest Paul davon erzählen«, schlug sie vor. »Dann wird er dich verstehen. Ihm wird klarer werden, wie dankbar wir sein können, dass ihr alle heimgekehrt seid. Dass er noch einen Vater hat und du beide Söhne. Wir haben es viel besser als so viele andere Familien, gerade hier, im hart umkämpften Elsass.«

»Ich habe Angst davor, Ida«, gab er zu. »Ich habe Angst davor, ihm einzugestehen, dass durch die Schuld seines Vaters unzählige Kameraden ihr Leben lassen mussten.«

»Ich glaube, ihm deine Schwäche einzugestehen wird ihm eher helfen«, sagte sie überzeugt. »Du bist stark, Lucien. Er hält sich für einen Versager.«

Er sah sie bestürzt an, doch schließlich nickte er entschlossen. »Dann lass uns gleich gehen. Ich möchte es hinter mich bringen.«

16

Ruth konnte sich vor Freude kaum halten. Sie würde Paris sehen! Sie würde Stéphane begleiten, seine Familie kennenlernen! Die Zukunft lag in leuchtenden Farben vor ihr, strahlend und verheißungsvoll! Nun musste sie nur noch ihren Großvater davon überzeugen, sie fahren zu lassen. Gleich würden sie gemeinsam zu Abend essen, das wäre eine gute Gelegenheit.

Sie hätte auf dem Rückweg von Claire und Oskar nach Hause nicht an der Patisserie Tritschler vorbeigehen müssen. Sie tat es trotzdem, verlangsamte sogar ihre Schritte, als sie das Gebäude passierte. Ruth ertappte sich dabei, dass sie sich vorstellte, Marcel würde in diesen Moment aus dem Haus treten. Dann würde sich vielleicht ein Gespräch ergeben, zufällig und unbefangen wie neulich an der Ill. In diesem Haus wohnten jene Menschen, die Ruth am wichtigsten auf der Welt waren und nach denen sie Sehnsucht verspürte. Dass sie teilweise Deutsche waren, war ihr vollkommen egal – und auch, dass ihre Patisserien sich vielleicht bald wieder Konkurrenz machen würden.

Im Verkaufsraum und im Café war alles dunkel, aber im Wohnzimmer brannte Licht – und auch in einem Zimmer darüber. Wohnte dort Marcel? Ja, wenn sie sich recht entsann, war es sein Zimmer, Joséphine und sie hatten sich als Kinder immer heimlich hineingeschlichen, voller Angst, ertappt zu werden. Was waren das für fröhliche und unbeschwerte Kindertage gewesen!

Bitte, schau heraus, dachte sie und sah nach oben zu seinem Fenster. Doch dort rührte sich nichts, und natürlich kam Marcel auch nicht aus dem Haus.

Seufzend wandte sich Ruth ab, um über den Münsterplatz in ihr Zuhause zu gehen, das sie sich mit einem eingeschüchterten jungen Diener und einem brummigen alten Mann teilte.

Als sie über der Patisserie Goldschmidt Stimmen aus dem Arbeitszimmer ihres Großvaters hörte, war sie überrascht. Jacques hatte seit Ewigkeiten keinen Besuch mehr gehabt! Zu ihrem Erstaunen glaubte sie Marcel herauszuhören, da war aber auch die ihr unbekannte Stimme eines Mannes, der Deutsch sprach.

Sie beschloss, einfach ohne anzuklopfen einzutreten. »Guten Abend zusammen, ich hoffe, ich störe nicht«, sagte sie forsch und setzte der Unhöflichkeit ein argloses Lächeln entgegen.

Geschmeichelt nahm sie aus dem Augenwinkel wahr, dass Marcel über ihren Überraschungsauftritt durchaus erfreut zu sein schien.

»Ah, Ruth, du kommst gerade recht«, meinte Jacques zerknirscht. »Unser Marcel fragt, ob sein Kriegskamerad, Herr Struve, zwei Nächte bei uns schlafen kann. Er kann kaum Französisch.« Dieser Satz klang aus dem Munde ihres Großvaters wie eine Cholera-Diagnose.

»Natürlich ist das eine gute Idee, bei Tritschlers ist es ja ohnehin zu voll. Und Gerüchten zufolge sind auch Menschen ohne Französischkenntnisse in der Lage, in Betten zu schlafen«, kommentierte Ruth zynisch. Dann reichte sie Konrad die Hand und sagte auf Deutsch: »Herzlich willkommen, Herr Struve. Wir haben ein wunderbares Gästezimmer zur Krämergasse hinaus, wenn man aus dem Fenster um die Ecke sieht, sogar mit Münsterblick. Unser freundlicher Helfer, Herr Rolland, wird Ihnen alles zeigen.«

Sie rief nach Nicolas. Als dieser das Arbeitszimmer des Patriarchen betrat und Marcels Kamerad erblickte, bemerkte Ruth sofort, dass der junge Hausdiener dasselbe über Konrad dachte wie sie selbst: Er war etwas schmal, aber sympathisch und gut aussehend.

Jacques setzte an, etwas zu entgegnen, doch er war völlig überrumpelt, und ihm fielen keine Widerworte mehr ein. So mochte die tendenziell ungeduldige Ruth das: alles ohne viel Gerede rasch und zielgerichtet organisieren.

»Danke«, flüsterte ihr Marcel im Gehen zu, während Nicolas den Neuankömmling nach oben brachte.

»Das war lieb von dir, Großvater«, befand Ruth, als sie allein waren. »Du hilfst der Familie, wenn Not am Mann ist.«

»Äh …«

»Dann verabschiede ich mich mal«, sagte Marcel. »Ich habe die kleine Anne vorhin einfach stehen lassen. Merci noch mal.«

Er tippte sich an die Stirn und war fort.

Mit leiser Enttäuschung sah Ruth ihm nach, wandte sich aber sogleich wieder ihrem Großvater zu.

»Nun habe zu allem Übel auch ich noch eine Bitte an dich«, schwenkte sie vorsichtig zu dem Thema, das ihr unter den Nägeln brannte.

Jacques sah sie misstrauisch an.

»Ich würde gern Großmutter Claire nach Paris begleiten und deine Schwester Marie besuchen.«

»Claire will nach Paris?«, wunderte sich der alte Picard. »Warum das denn?«

»Sie möchte dort in der Wohnung, die Urgroßvater ihr vererbt hat, nach dem Rechten sehen. Wegen des Krieges war sie ja lange nicht mehr dort. Und natürlich hat sie nach all den Jahren Sehnsucht nach deiner Schwester Marie. Sie ist doch ihre beste Freundin.«

Jacques nickte. Das fand er wohl einleuchtend. »Aber was willst *du* denn dort?«, verlangte er zu wissen.

Ruth überlegte kurz, ihrerseits Großtante Marie als Grund vorzuschieben, sie freute sich ja auch wirklich darauf, die Kunstmalerin wiederzusehen, aber sie hatte sich im Vorfeld eine andere – ebenfalls nicht gelogene – Begründung überlegt. »Ich werde hier künftig sehr wenig Zeit haben. Ich möchte mich wirklich mit voller Kraft dem Geschäft widmen, damit wir«, sie warf ihrem Großvater einen innigen Bick zu, »damit wir besser sind als die andere Patisserie Picard. Und auch das ist ein Grund, warum ich ausgerechnet jetzt nach Paris fahren will.«

Der Großvater sah sie fragend an.

»Ich möchte mich dort in den Patisserien und Cafés inspirieren lassen«, erläuterte sie wahrheitsgemäß. Dass Stéphane sie dabei begleiten würde, tat jetzt wohl nichts zur Sache. »Ein Stück Paris nach Straßburg bringen. Denn bei Tritschlers wird es nach wie vor überwiegend Elsässisches geben – und eher in Richtung Deutsch.«

Doch der Großvater ließ sich nicht überzeugen. »Ich brauche keine Anregungen und keinen Firlefanz. Und ich brauche auch keinen Pariser Chic. Ich bin ein Straßburger Bäcker, und hier gibt es Straßburger Spezialitäten. Ich weiß, wie man einen ordentlichen Kougelhopf backt.«

»Natürlich«, beeilte sich Ruth zu sagen. »Das ist unser

Kern, das erwarten die Leute, dabei bleiben wir. Dennoch hat sich die Situation verändert, Grand-père. Wir haben jetzt einen Konkurrenten, der sich sehr viel Mühe gibt, viel mehr Leute hat als wir, und außerdem auch noch unseren Namen … geklaut hat.« Sie wusste, dass das nicht stimmte, und bat Marcel, dessen gutes Recht es ja war, seinen eigenen Nachnamen zu verwenden, im Geiste um Verzeihung. Aber nun galt es ihren Großvater von der Reise nach Paris zu überzeugen. Und da musste sie alle Register ziehen.

»Lass mich doch einfach mal schauen«, sagte sie bittend. »Wenn dir meine Ideen dann nicht gefallen, müssen wir sie nicht umsetzen. Aber wenn wir feststellen, dass wir sie doch brauchen, weil alle zu den anderen rennen, dann sind wir froh, dass wir sie haben. Der Krieg hat die Menschen verändert, und nach der Zeit der Entbehrung gieren sie nach Altbekanntem, aber auch nach Neuem, nach Luxus und etwas, das sie verwöhnt.«

Das Argument schien zu wirken. Der Krieg hatte die Menschen in der Tat verändert, das konnte Jacques nicht leugnen.

»Also gut«, sagte er schließlich resigniert. »Du kannst fahren.« Dann hob er mahnend den Zeigefinger. »Aber sag Claire, sie bekommt massiven Ärger, wenn sie nicht gut auf dich aufpasst.«

Ruth strahlte.

*

Als Ida und Lucien von ihrem Spaziergang zurückkehrten, fanden sie das Café verlassen vor. Franz war zu Bett gegangen, um am nächsten Morgen früh aufzustehen, von Joséphine und Paul war nichts zu sehen, Elise saß mit Anne in der Stube auf dem Sofa und las ihr vor. Ida musste lächeln, als sie das Buch erkannte: Aus dem *Elsässischen Volksbüchlein* von August Stöber hatte auch sie ihren Kindern immer vorgelesen. An langen Herbst- und Winterabenden vor dem Kamin mit einer warmen Tasse Kakao und Gebäck, und im Sommer draußen in der Natur, am Fluss, auf einer Wiese oder in Weghäusel bei Oma Bernadette. Und auch die im Buch enthaltenen Lieder hatte sie jeden Abend zum Einschlafen gesungen. »Schlof, Kindele, schlof! Dien Babber hied die Schof …«

Sie dachte, dass es sicher verboten war, was Elise da tat. Es war bestimmt nicht gestattet, dem Kind Geschichten in deutscher Mundart vorzulesen, doch sie selbst fasste wieder Hoffnung, dass doch noch alles gut werden würde, als sie die altvertrauten Worte aus friedlicheren Zeiten hörte. Stumm sprach sie mit, als ihre Mutter las: *»Derno isch d' Frau zuem Bengele gange und hett g'said: ›Bengele, due merr's Hundele schlauje, Hundele will nidd Schnirrchele bisse.‹«*

Joséphine hatte das Märchen als Kind geliebt und konnte gar nicht genug davon bekommen.

»Wo ist Paul?«, fragte Ida ihre Mutter. »Wir würden gerne mit ihm reden.«

»In seinem Zimmer«, erwiderte Elise. »Joséphine ist bei ihm.«

Ida nickte. »Komm«, sagte sie zu Lucien, der neben ihr stand.

Wenig später klopfte das Ehepaar an Pauls Zimmertür.

»Herein?«

Ida kannte ihren Sohn gut genug, um am Klang seiner Stimme zu bemerken, dass er immer noch schlechte Laune hatte. Sie seufzte. So war er schon in seiner Kindheit gewesen: Ein falsches Wort, schon war er beleidigt und verkroch sich tagelang in seinem Schneckenhaus. Und im Krieg hatte sich dieses Verhalten verstärkt.

Inzwischen hatten sie das Zimmer betreten. Paul und Joséphine saßen nebeneinander auf dem Bett, und es war offensichtlich, dass sie eben leidenschaftlich diskutiert hatten.

»Na, ihr beiden?«, fragte Ida, während Lucien Paul einen bittenden Blick zuwarf, den dieser ignorierte.

»Ich möchte dir gern etwas erzählen, Paul«, sagte Lucien. »Etwas, das ich im Krieg erlebt habe und das meine Reaktion von vorhin erklärt.«

»Erstens«, erwiderte Paul kalt, »haben wir alle schlimme Sachen im Krieg erlebt und gehen deswegen trotzdem nicht auf unsere Mitmenschen los. Und zweitens will ich deine Geschichte nicht hören. Ihr habt doch selbst gesagt, der Krieg sei vorbei.«

Nun riss Ida der Geduldsfaden. »Er ist so lange nicht vorbei, wie du ihn ständig weiterführst und in die Familie trägst, Paul«, sagte sie hart. »Du wirst deinem Vater jetzt zuhören!«

Paul sah sie eingeschüchtert an. So harsch hatte seine Mutter noch nie mit ihm gesprochen. Ida war sonst immer sanft und ausgleichend, auf Harmonie bedacht.

»Also? Was hast du zu sagen?«, pampte er Lucien an.

»Noch etwas«, unterbrach Ida. »Ich erwarte, dass du respektvoll mit deinem Vater sprichst.«

Paul schluckte. Dann nickte er.

»Ich würde gern unter vier Augen mit dir reden«, bat Lucien.

Sofort erhob sich Joséphine und ging, Seite an Seite mit Ida, zur Tür. »Selbstverständlich. Wir sind da, wenn ihr uns braucht.«

*

Wie sie es verabredet hatten, standen Franz und Marcel seit zwei Uhr morgens in der Backstube, kneteten, schnippelten, verzierten. Sie arbeiteten still und konzentriert nebeneinander her, kosteten das Beisammensein und die Vertrautheit aus, die sich gleich wiedereingestellt hatte, obwohl es Jahre her war, dass sie gemeinsam gebacken hatten. Marcel genoss es, wie der glatte Teig unter seinen Händen immer geschmeidiger wurde. Wie sauber und rein hier alles war im Vergleich zu dem Dreck und dem Lärm im Schützengraben und später im Gefangenenlager.

»Vermisst du sie sehr?«, brach Franz, der im Begriff war, die wunderbar duftenden Äpfel aus Weghäusel für die Tarte in dünne Scheiben zu schneiden, das Schweigen.

»O ja«, sagte Marcel. »Manchmal habe ich das Gefühl, die Trauer um Odette bringt mich um den Verstand und raubt mir die Luft zum Atmen. Oft weiß ich nicht, wie ich weiterleben soll ohne sie. Ich habe sie so lange nicht gesehen, und es gab manche Nacht da draußen, da wäre ich lieber gestorben. Der Gedanke, dass sie da ist und mit der Kleinen auf mich wartet, hat mich am Leben gehalten.«

Sein Großvater nickte. »Du schlägst dich wacker. Nach außen hin.«

»Sie hätte von mir erwartet, dass ich tapfer bin. Und dass ich Anne ein guter Vater bin. In ihr lebt sie fort.«

Franz lächelte. »Du hast eine wunderbare Tochter.«

Marcel hatte inzwischen den Mürbteig fertig geknetet und legte ihn beiseite, um ihn ruhen zu lassen, Franz träufelte Essig auf die Äpfel, der verhindern sollte, dass sich die Fruchtstücke braun verfärbten. Er säuberte sich die Hände und sagte: »Das finde ich auch. Mich schmerzt nur, dass wir so wenig Zeit miteinander hatten.«

Franz nickte. Das Leben war wirklich furchtbar ungerecht.

»Um dich ein bisschen abzulenken«, sagte er dann, »hab ich dir eigentlich je die Geschichte des Kuchens erzählt, den wir da gerade backen?«

Marcel sah interessiert auf, dankbar, dass sein Großvater ihm einen Ausweg aus der etwas trüben Stimmung bot. »Ich glaube nicht.«

»Angeblich haben ihn im letzten Jahrhundert zwei alte Schwestern namens Tatin aus Lamotte-Beuvron in der Sologne sozusagen aus Versehen erfunden. Einer der beiden sei der Kuchen aus der Hand gerutscht und auf die Seite gefallen, auf der sich die Äpfel befinden. Sie sollen ihn dann einfach mit der Apfelseite nach unten wieder in die Form gelegt, frischen Teig darüber gegossen und noch mal gebacken haben.«

Marcel lachte. »Diese Geschichte kannte ich wirklich noch nicht. Ich habe mich nur immer darüber gewundert, dass die Tarte Tatin kopfüber gebacken wird.«

Er beobachtete, wie sein Großvater eine Form mit Butter ausstrich, diese mit Zucker ausstreute und das Ganze bei sanfter Hitze karamellisieren ließ, um dann die Apfelscheiben hineinzulegen und sorgsam anzuordnen. Rasch griff er nach dem Mürbteig, den er vorbereitet hatte, und legte ihn über die Früchte. Wenn der Kuchen im Ofen ausgebacken war, würden sie ihn stürzen, sodass die noch flüssige Karamellschicht über die Apfelscheiben flösse.

Marcel lächelte. Er hatte, wie er fand, den schönsten Beruf der Welt.

Als Marcel und Franz das Licht in der Backstube angeschaltet hatten, um mit ihrer Arbeit zu beginnen, brannte in Pauls Zimmer noch immer die Nachttischlampe. Seit Stunden saßen Vater und Sohn auf dem Bett, um sich über ihre Kriegserfahrungen auszutauschen. Ida tat etwas, was sie sonst eigentlich recht ungehörig fand – sie lauschte. Aber es war nicht die Neugier, die sie dazu trieb, sondern die Sorge. Sie wollte im Zweifel schnell eingreifen können und hatte daher auf dem

Stuhl neben Pauls Zimmertür Platz genommen. Und so lächelte sie erfreut, als sie hörte, wie ihr Sohn im Verlauf des Gesprächs langsam, ganz langsam seine harte Schale fallen ließ.

Lucien hatte Paul alles erzählt. Von dem jungen Mann, dem er das Leben rettete. Von den vielen, die er nicht retten konnte. Von der Panik, die ihn überfiel, sobald er ein lautes Geräusch hörte, und dass er dann nicht Angst um sich selbst hatte, sondern um die, die ihm am nächsten standen, die ihm besonders lieb waren. Und dass er umso ängstlicher wurde, je näher ihm ein Mensch war.

»Dann war das ja sozusagen eine Liebeserklärung, als du dich auf mich geworfen hast«, sagte Paul mit sanfter Ironie. »Danke für deine Offenheit«, ergänzte er dann, für Ida auf dem Flur kaum hörbar. »Ich verstehe dich jetzt besser. Mir geht es ja selbst nicht anders. Der Krieg hat aus mir einen anderen Menschen gemacht, den ich nicht unbedingt mag. Mutter hat einmal zu mir gesagt, wenn ich nicht aufpasse mit meinem Hass auf die Franzosen, dann zerbreche ich, weil ich den Feind dann ja immer in mir trage.«

»Man könnte es auch andersrum sagen«, meinte Lucien nachdenklich. »Die Verständigung zwischen den Völkern beginnt in dir. Mach dich auf den Weg zur Versöhnung.«

»Ich weiß nicht, ob das klappt«, gestand Paul. »Aber ich will es versuchen.«

»Magst du mir eigentlich auch erzählen, was du erlebt hast? Damit?«

Ida ahnte, dass ihr Mann auf die Beinprothese ihres Sohnes deutete.

Paul seufzte tief auf und schwieg.

Ida draußen auf ihrem Stuhl spannte sich an. Würde ihr Sohn endlich sein Schweigen brechen?

Tatsächlich begann er zu sprechen, so leise, dass Ida das

Ohr an die Tür pressen musste, um ihn zu verstehen. Sie schämte sich, doch sie wollte, sie musste unbedingt hören, was Paul erlebt, was ihn so verändert hatte.

»Wir marschierten über eine Anhöhe. Über uns kreisten französische Flieger. Die gaben der Artillerie immer Bescheid, wohin sie schießen sollten«, berichtete ihr Sohn. »Wir marschierten weiter, und es wurden Witze erzählt. Dann erfuhren wir, dass wir ausgewechselt werden sollten. Diese Neuigkeit wollte ich einem Kameraden erzählen, der ging ungefähr hundert Meter vor mir. Ich lief los, und die anderen lachten noch hinter mir: Ja, wo willst du denn hin? Und ich gehe so und höre eine Granate kommen. Man hört die Dinger immer ankommen. Wenn sie ›dschiiiumb‹ machen, dann kann man sich ungefähr drauf einstellen, ob man sich hinschmeißen muss oder nicht.«

Paul unterbrach seine Schilderung, und Ida hörte nun Luciens leise Stimme, die sagte: »Ja, ich kenne das Geräusch. Habe es noch jeden Tag im Ohr. Es ist grauenhaft.«

Paul fuhr mit seinem Bericht fort: »Da denk ich: Die kommt ziemlich nahe. Ich will mich gerade hinwerfen, da bekomme ich schon einen Schlag direkt unter dem Gesäß gegen das Bein und falle auch gleich lang auf die Nase. Ich wollte aufstehen, ging nicht. Ein Kamerad kam: Was hast du denn? Da sahen sie das Loch in der Hose und das Blut rauslaufen. Ich wurde sofort verbunden und an einen Bahndamm geschleppt. Die Granate hatte fast den ganzen Trupp getroffen. Da waren einige verwundet und einige tot. Das Bein konnte ich nicht bewegen. Der Muskel war durchschlagen. Wenn ich auf dem Rücken lag, kippte es regelrecht um. Der Granatsplitter war dicht am Knochen vorbeigegangen, sonst wäre mir das Bein gleich ganz abgerissen worden. Der Schmerz kam erst nachher in der Verbandsstation.«

Wieder Schweigen. Ida lauschte gebannt. Was ging im Zimmer vor sich? Weinte Paul? Oder lagen sich die beiden Männer in den Armen? Sollte sie hineingehen? Aber dann würde sie den möglicherweise noch nicht beendeten Bericht vielleicht unterbrechen. Sie vermutete, dass Paul ihr, seiner Mutter, davon entweder nicht erzählen wollte, um sie zu schonen, oder dass er nur mit jemandem sprechen konnte, der diese Hölle ebenfalls erlebt hatte.

Da hörte sie ihn weitersprechen. »In bin zunächst drei Tage in einem Feldlazarett in einer Kirche untergebracht worden. Dort hat man den Verband erneuert und alles mit Höllenstein desinfiziert. Das brannte fürchterlich. Dann kam ich für einige Wochen ins Lazarett nach Origny bei Hirson. Da lagen Leicht-, aber auch Schwerverwundete und ein Franzose. Aber der war so ängstlich, der lag immer nur zugedeckt. Er kam bald weg. Wir haben viel Fez gemacht und Spaß gehabt. Es gab dort sehr nette Schwestern, die uns versorgt haben. Mein Bein fing aber an zu schmerzen und zu eitern. Es wurde ein Gummirohr durchgezogen, um den Eiter abfließen zu lassen. Nach einiger Zeit holte uns der Lazarettzug ab.«

Doch sein Bein, erzählte Paul die Geschichte zu Ende, sei nicht mehr zu retten gewesen. »Ich sagte dem Arzt zwar noch, bevor er mir das Bein abnimmt, will ich lieber sterben. Aber er tat es trotzdem. Es gab keine Betäubungsmittel, aber irgendwann … wurde ich ohnmächtig. Und als ich aufwachte, war ich nur noch ein halber Mann.«

Ida hörte, wie die Stimme ihres Sohnes versagte. Weinte er nun? Sie verharrte noch einen Moment, dann verließ sie entschlossen ihren Lauschposten und ging ins Schlafzimmer. Sie wusste: Sie musste es Lucien überlassen, ihn zu trösten. Diese Augenblicke gehörten Vater und Sohn.

Erst um vier Uhr morgens kam Lucien zu ihr ins Bett und kuschelte sich an sie. Auf ihr verschlafenes »Und?« murmelte er: »Alles gut, wir haben uns versöhnt. Schlaf weiter, morgen – heute – ist ein wichtiger Tag.«

Er küsste sie zärtlich auf die Wange, sie schmiegte sich mit einem erleichterten Seufzen an ihn. Ja, alles war gut, und morgen war der große Tag!

17

Wir haben es geschafft«, verkündete Paul am nächsten Morgen, und Ida wusste, dass er damit nicht nur die Patisserie meinte, sondern auch die Versöhnung mit Lucien.

Vater und Sohn standen in ihrem besten Zwirn einträchtig nebeneinander bei der Eingangstür, um die Gäste zu empfangen, die hoffentlich bald kommen würden. Joséphine hatte für den Tag im Krankenhaus Urlaub bekommen, Elise stand nervös neben der kleinen Anne, der sie zu dem aufregenden Anlass aus einem alten Kinderkleidchen von Joséphine ein neues geschneidert hatte – das erste, das Anne nach dem Krieg bekommen hatte. Die Kleine, die mit ihren blonden Zöpfen ganz reizend aussah, verging fast vor Stolz.

Selbst die Lerocs und sogar die greise Bernadette mit ihrem zweiten Mann Gustave Nanty waren aus Weghäusel gekommen.

»Das sieht einfach bezaubernd aus«, lobte die alte Dame. »Noch schöner als früher.«

Bewundernd ließ sie ihren Blick über die Einrichtung schweifen. »Und bei all den feinen Kuchen läuft einem ja das Wasser im Munde zusammen.«

Sie winkte Ida zu sich heran. Dann kramte sie umständlich in ihrer Tasche und zog die Stickerei heraus, die sie angefertigt hatte. »Zur Wiedereröffnung«, sagte sie und überreichte ihrer Schwiegerenkelin ein schmales Tischtuch mit feinster Lochstickerei, auf der sich kunstvolle Blütenranken befanden.

»Es ist wunderschön«, rief Ida gerührt.

»Mehr als eins habe ich nicht geschafft«, sagte Bernadette etwas verlegen. »Aber ich habe mir überlegt, dieses Tischtuch könnte ganz besonderen Besuchern der Patisserie vorbehalten sein.«

»Dann«, verkündete Ida und breitete die Stickerei vor ihrer Großmutter aus, »dann darf sie heute den Tisch zieren, an dem du sitzt.«

Da öffnete sich schwungvoll die Ladentür, und Oskar kam herein – in der Hand sein Akkordeon. »Ich nehme an, ihr könnt zur Wiedereröffnung etwas Musik gebrauchen«, meinte er mit seinem jungenhaften Grinsen, »wenn ich mich schon bei der Renovierung so vornehm zurückgehalten habe.«

»Oskar!« Ida fiel ihrem Bruder um den Hals.

Der küsste sie herzhaft rechts und links auf die Wange, begrüßte dann auch die anderen Anwesenden und leckte sich angesichts der Köstlichkeiten hinter der Kuchentheke die Lippen. »So was hat man ja lang nicht mehr gesehen!«

In der Tat hatten Franz und Marcel ihr Bestes gegeben: Es gab Apfeltarte und Kougelhopf mit und ohne Rosinen, feine Birnentarte, Merveilles, Anisbredle, Puits d'amour und Tarte Tatin. »Nur mit deinen geliebten Macarons können wir nicht dienen«, bedauerte Franz Tritschler. »Es gibt einfach noch keine Mandeln – zumindest nicht bei uns.«

»Ach, das wird schon irgendwann wieder klappen mit den Mandeln, die Handelswege nach Spanien und Italien werden bald offen sein, da bin ich mir sicher«, meinte Oskar zuversichtlich. »Alles wird gut werden, und ich kann mich vor Macarons bestimmt bald nicht mehr retten.«

»Und wer vom Süßen genug hat …«, sagte Franz schelmisch und trat dann mit einem Korb voller Brezeln hinter der Theke hervor.

»Brezeln! Echte Brezeln!« Ida seufzte genießerisch und hob das Gebäckstück dicht an ihre Nase, um diesen vertrauten Duft, den Duft ihrer Kindheit, einzusaugen. »Dann habe ich heute Morgen doch richtig gerochen. Ich war mir sicher, ich hätte geträumt.« Dann umwölkte sich ihr Blick. »Aber dürfen wir das denn? Die Brezel kommt doch eigentlich aus Schwaben.«

»Viele Einheimische hier sind der festen Überzeugung, die Brezel sei eine elsässische Spezialität«, erklärte Marcel.

»Eben«, meinte Franz. »Und nach meinem Dafürhalten kann die Patisserie Tri… Picard nicht ohne Brezeln eröffnet werden.«

Franz lächelte stolz. Die Überraschung war ihm gelungen.

Da betrat verschüchtert Marcels Kriegskamerad Konrad Struve die Patisserie. In der Hand trug er seinen Koffer.

»Konrad, du bist ja früh dran«, wunderte sich Marcel. »Und wieso hast du dein Gepäck schon dabei?«

»Kann ich den irgendwo bei euch abstellen?«, bat Konrad seltsam kleinlaut. »Ich fahre wohl doch besser schon heute Abend.«

Sein einstiger Lagerkamerad sah ihn verständnislos an. »Wieso denn das?«

»Es … es gab da einen peinlichen Vorfall bei Jacques Picard«, druckste er herum.

»Jetzt rück schon mit der Sprache raus!«, forderte Marcel ihn auf und erinnerte ihn an einen Schwur, den sie im Gefangenenlager abgeleistet hatten: »Keine Geheimnisse!«

Konrad sah sich unsicher zwischen Marcels versammelter Familie um.

»Komm«, forderte der ihn auf, »wir bringen deinen Koffer

hinten ins Arbeitszimmer. Da kannst du mir alles in Ruhe erzählen.«

Kaum waren die beiden Männer verschwunden, betrat zu Joséphines großer Freude Ruth die Patisserie.

»Ruthle!«, rief sie und umarmte die Freundin. »Hast du es doch noch geschafft?«

»Ja, die Koffer sind gepackt, und Tante Claires Kutsche holt mich erst in einer halben Stunde ab, da wollte ich mich verabschieden und mir vorher ansehen, was ihr da auf die Beine gestellt habt.«

»Und?«, fragte Joséphine. »Gefällt es dir?«

»Es ist wunderschön«, lobte Ruth. »Ein Traum. Aber bei uns drüben wird es auch bald besser aussehen.«

»Wirklich?«, wunderte sich ihre Cousine.

»Ja, stell dir vor, Großvater erlaubt, dass ich Konditorin werde und bei ihm einsteige«, sagte Ruth aufgeregt.

Joséphine sah sie verblüfft an. »Großvater? Unser gemeinsamer Großvater? Jacques Picard?«

»Ebenjener.«

»Das kann nicht sein!«, meinte Joséphine. »Was hast du denn mit dem gemacht?«

»Es ist einsam um ihn geworden«, erklärte Ruth und verschwieg mit schlechtem Gewissen, dass sie Jacques mit nicht ganz ehrenhaften Argumenten überzeugt hatte.

Joséphines Miene wurde hart. »Das hat er sich selbst zuzuschreiben, meinst du nicht?«

»Ja«, bestätigte Ruth. »Er hat sich unmöglich benommen.« Sie sah sich suchend um. »Wo ist eigentlich Marcel?«

»Der unterhält sich mit einem Kameraden aus der Kriegsgefangenschaft.«

»Ach so«, sagte Ruth etwas enttäuscht. »Würdest du ihn von mir grüßen?«

Zu gern hätte sie ihren Cousin vor ihrer Abreise noch gesprochen. Denn obwohl er ja Odette geheiratet hatte und sie sich jetzt mit Stéphane dort treffen würde, fand sie immer noch, dass Paris eigentlich Marcel und ihr gehörte. Der Name der Stadt war schließlich der Inbegriff ihres Kindheitstraums gewesen, dort gemeinsam die schönsten Patisserien der Welt zu besichtigen. Doch nun würde sie der Stadt der Liebe eine neue Bedeutung geben müssen.

Aufgeregt saß Ruth eine Viertelstunde später mit ihrer Großmutter in der Kutsche in Richtung Bahnhof. Sie konnte es gar nicht glauben, dass sie sich nun tatsächlich auf dem Weg nach Paris befand, wo sie Stéphanes Familie kennenlernen sollte! Sie hoffte nur, dass Claire sie nicht wirklich auf Schritt und Tritt begleiten würde. Aber wie sie ihre Großmutter kannte, wäre diese bestimmt von morgens bis abends damit beschäftigt, mit Marie alte Freunde und neue Ausstellungen zu besuchen, und außerdem der Ansicht, eine junge Frau müsse ihre eigenen Erfahrungen machen. Dass sie ständig als Anstandsdame an der Seite ihrer Enkelin verweilen würde, war gewiss nur einer ihrer Scherze gewesen.

Sie hatte sich mit Stéphane auf dem Bahnsteig verabredet.

Und da war er! Wartete direkt neben dem bereitstehenden Zug und lächelte ihr entgegen. Er begrüßte Claire mit galantem Handkuss, nahm ihr den Koffer ab, war ganz Kavalier alter Schule. Man merkte ihm deutlich an, dass er es vor seiner Zeit beim Militär gewohnt gewesen war, sich in höheren Kreisen zu bewegen.

Als Ruth an der Reihe war, begrüßt zu werden, ließ er seine Lippen ungebührlich lang auf ihrer Hand und zwinkerte ihr zu. Himmel, das war viel zu auffällig! Sie sandte ihm einen warnenden Blick. Sie hatten doch vereinbart, vor ihrer Großmutter nicht zu zeigen, wie weit fortgeschritten ihre Beziehung in Wirklichkeit bereits war.

Doch als Claire nun mit leicht zusammengekniffenen Augen zwischen Ruth und Stéphane hin- und herblickte, war ihrer Enkelin klar: Es war zu spät. Vor ihrer Großmutter konnten sie nichts verbergen.

*

Marcel stand im Hinterzimmer der Patisserie und sah seinen Lagerkameraden Konrad Struve fragend an.

»Was war denn nun so peinlich, dass du überstürzt bei meinem Großvater ausgezogen bist?«

Konrad räusperte sich verlegen und begann zu erzählen: »Ich habe mich gestern noch bis spätnachts mit dem Hausdiener unterhalten, er ist ein ganz großartiger Mensch. Und wir sind irgendwie seelenverwandt. Er hat viele Dinge ganz genauso erlebt wie ich. Es war unfassbar schön, endlich einen Menschen zu treffen, der einen so gut versteht.«

Marcel musste zugeben, dass ihm dieses Lob für Nicolas Rolland einen leichten Stich versetzte. Hörte sich so an, als hätte er Ruths heimlichem Verlobten nie das Wasser reichen können.

»Und was war denn nun das Peinliche?«, hakte er nach.

»Na ja, als es dann wirklich viel zu spät war und uns schon die Augen zufielen, haben wir uns zum Abschied spontan geküsst«, brachte Konrad hervor. »Nur ein harmloser, brüderlicher Kuss – aber ausgerechnet da kam der alte Picard rein.«

Nun stand Marcel der Mund offen. »Du hast Madame Rollands Neffen geküsst, vor meinem Großvater?« Dieser Gedanke war so absurd, dass er nur mit Mühe ein Lachen unterdrücken konnte.

Konrad nickte betreten. »Ja, und jetzt habe ich Angst, dass Nicolas dadurch seine Arbeit verliert.«

»Das wird er nicht«, versprach ihm Marcel. »Meinem Großvater ist so etwas dermaßen fremd, selbst wenn er Nicolas hinauswerfen wollen würde, er würde es nie wirklich wagen, weil er dafür ja das Unaussprechliche aussprechen müsste.« Dann erhob er streng den Zeigefinger, schmunzelte aber dabei. »Du bist mir vielleicht einer, küsst einfach Ruths Verlobten.«

»Also erstens hat er mich geküsst«, stellte Konrad, nun wieder etwas selbstbewusster, richtig. »Und zweitens ist Nicolas doch nicht mit deiner Cousine verlobt. Ruth und Joséphine sind seine besten Freundinnen, ja, sie gehen gern zusammen mit ihm einkaufen und so, aber sie beide wissen, dass er … wie ich ist – also wie Oscar Wilde. Und sie behalten es für sich. Sehr ehrenwert. Ruth muss ein ganz wunderbarer Mensch sein, wenn man Nicolas glaubt. Er sagt, sie wolle das Universum schöner und gerechter machen. Das klingt großartig, finde ich. Es hat sie wohl ganz schön aus der Bahn geworfen, als du aus heiterem Himmel deine Verlobung mit einer anderen bekannt gegeben hast.«

Marcel starrte ihn fassungslos an. In seinem Kopf raste es.

»Aber man hat mir vor vier Jahren gesagt, Ruth sei heimlich mit Rolland verlobt. Und sie würden mit der Hochzeit nur warten, bis er geerbt hat.«

Konrad sah ihn verständnislos an. »Von wem sollte er denn erben? Seine Familie ist doch bettelarm. Wer hat dir denn den Floh von dieser Verlobung ins Ohr gesetzt?«

Und da fiel es Marcel endlich wie Schuppen von den Augen: Jemand hatte Ruth so oft schmachtende Blicke zugeworfen, jemand hatte sie um persönlichen Französischunterricht gebeten – obwohl er Französisch hasste: »Paul!« Er stürzte aus dem Arbeitszimmer, einen verwirrten und etwas besorgten Konrad zurücklassend.

In den Verkaufsräumen stieß Marcel seinen ihn anlächelnden Bruder zur Seite, als ihm dieser unbeabsichtigt im Weg stand. Paul würde er später zur Rede stellen. Jetzt wandte er sich aufgeregt an seine Schwester. »Finchen, hast du Ruth gesehen?«

»Sie war gerade kurz da, um uns für heute Glück zu wünschen und sich zu verabschieden«, berichtete sie und ergänzte lächelnd: »Ich soll dich ganz lieb von ihr grüßen.«

»Abschied?«, wiederholte er. »Wo geht sie denn hin?«

»Sie wollte zum Bahnhof«, erklärte Joséphine. »Sie fährt heute nach Paris. Davon träumt sie schon so lange.« Als sie seine Verzweiflung bemerkte, fragte sie: »Ist etwas passiert?«

Doch statt einer Antwort stürzte er aus dem Geschäft auf den Münsterplatz hinaus.

Joséphine sah ihm ratlos nach. Na ja, das würde sie später klären, jetzt wollte sie erst mal Ida und Elise bei der Bewirtung der immer zahlreicher werdenden Gäste helfen. Die Wiedereröffnung der Patisserie erwies sich nämlich als voller Erfolg, und anders als sie insgeheim befürchtet hatte, kehrten auch viele alte Kunden, die gebürtige Franzosen waren, zurück. Man sah ihnen an, dass auch sie nicht so recht wussten, wie sie sich verhalten sollten, aber da die Patisserie nun einen französischen Namen trug und offiziell als Maison française ausgewiesen war, konnte ja nicht allzu viel geschehen.

Die Straßburger stürzten sich auf die altvertrauten Leckereien, rissen sie einander regelrecht aus den Händen. Ida und Elise hinter der Theke kamen kaum nach mit dem Verpacken der Kuchenstücke und dem Servieren, Franz schuftete in der Backstube, um Nachschub zu produzieren, Oskar spielte auf seinem Akkordeon, und Lucien und Paul waren sich nicht zu schade, in der Küche Geschirr abzuspülen.

»Ach, Idalein, es ist so wunderbar, dass wir endlich wieder da sind«, freute Elise sich, und Ida dachte, dass sie ihre Mutter seit Langem nicht so glücklich gesehen hatte.

»Vater kommt in der Backstube gar nicht nach, der Kougelhopf ist schon aus«, berichtete Ida.

In diesem Moment öffnete sich die Ladentür. »Hoffentlich will der keinen Kougelhopf. Ich möchte ungern jemanden enttäuschen, ausgerechnet am ersten Tag«, sagte Elise und lächelte dem Eintretenden zu.

Doch der erwiderte ihr Lachen nicht. »Elisabeth Tritschler?«, fragte er und musterte sie kalt.

»Ja, das bin ich«, sagte Elise verunsichert.

Der Mann nickte strafend und überreichte ihr ein graues Kuvert. Ida sah, dass er noch zwei weitere in seinen Händen hielt. »Franz Tritschler?«

»Das ist mein Mann, er … ich rufe ihn.«

Doch das war nicht nötig. Franz hatte bemerkt, dass im Café etwas nicht stimmte, und tauchte in der Tür auf.

»Ich bin Franz Tritschler«, stellte er sich unter den neugierigen Blicken der Cafégäste vor.

Stumm reichte der Mann auch ihm einen der grauen Umschläge.

»Ida Picard?«, rief er dann.

Sie hatte schon damit gerechnet und trat vor. »Hier.«

Nachdem auch sie ihren Brief erhalten hatte, verließ der Mann ohne einen Gruß das Café.

Elises Hand zitterte. Sie wollte den Umschlag schon öffnen, doch Ida hielt sie davon ab. »Später«, sagte sie leise. »Wir haben noch Kundschaft.«

Zwei Kundinnen, die Ida noch als furchtbare Tratschtanten

in Erinnerung hatte, schauten neugierig. »Schlechte Nachrichten?«, erdreistete sich die Ältere der beiden mit gespieltem Mitleid zu fragen.

Ida schüttelte nur den Kopf. »Was darf es denn sein?«

*

Marcel stand nach Luft japsend am Bahnsteig, die Hände auf die Oberschenkel gestützt. Er konnte dem Zug nach Paris nur noch nachsehen, der soeben das Gleis verlassen hatte. Resigniert und traurig machte er sich langsam auf den Weg zurück. Voller Mitleid für Ruth dachte er an den Sommer 1914 zurück. Wenn Paul ihre Verlobung mit Nicolas Rolland nur erfunden hatte, um einen Keil zwischen sie zu treiben, dann musste Ruth furchtbar gelitten haben, als er sich ohne Vorwarnung mit Odette verlobt hatte – und ihn für einen herzlosen Mistkerl halten. Er wollte ihr alles offenbaren, das Bild, das sie all die Jahre über von ihm gehabt haben musste, wieder zurechtrücken – doch das würde warten müssen, bis sie aus Paris zurückkehrte. Und keiner konnte ihm sagen, wann das sein würde.

Als er zurück in die Patisserie kam, herrschte immer noch Hochbetrieb. In der Menge sah er Paul, und instinktiv zuckte seine Faust. Doch er wollte hier und heute keine Erklärung von seinem jüngeren Bruder verlangen. Zu groß war die Gefahr, dass er sich vergessen und auf ihn losgehen würde. Das konnte er seiner Familie nicht antun, schon gar nicht am Tag ihres großen Neuanfangs. Er musste jedoch jemandem sein Herz ausschütten, jemandem, dem er damit nicht den Tag ruinierte. Erleichtert fiel sein Blick auf Konrad Struve, der etwas hilflos zwischen all den Menschen stand. Er bat ihn, sich mit ihm wieder ins Arbeitszimmer zurückzuziehen, er wusste ja, dass sein junger Kamerad ein guter Zuhörer war und oft kluge Ratschläge für ihn hatte. Auch diesmal sagte er – nach Marcels ausführlichem Bericht zu dem unglückseligen Sommer 1914 – etwas, das den Kameraden zum Nachdenken brachte.

»Kann schon sein, dass dein Bruder wirklich einen Keil zwischen euch treiben wollte damals. Möglicherweise wollte er Ruth mit unlauteren Mitteln erobern. Aber es hat ja nicht geklappt. Manchmal ist das Universum vielleicht wirklich gerecht«, mutmaßte Konrad. »Vielleicht war auch Pauls Intrige letztlich Schicksal, und er hat dadurch, ohne es zu wollen, deine Liebe zu Odette ermöglichst – und damit eure Tochter.«

Diese Worte taten Marcel gut. »Wahrscheinlich hast du recht«, meinte er. »Ich habe dir die Kleine noch gar nicht vorgestellt, komm, wir suchen sie, ich hoffe, das Gedränge hat etwas nachgelassen.«

Doch das war nicht der Fall. Selbst gegen Abend gab es noch zahlreiche Kundenwünsche zu erfüllen.

Ida war müde und etwas überfordert. Außerdem scharwenzelten ihr die zwei Damen hinterher, die die Ankunft der offiziellen Schreiben mitbekommen hatten. »Wir hätten gerne noch zwei Stück von Ihrem wunderbaren Kougelhopf«, zwitscherte die Jüngere.

Blöde Kuh, dachte Ida. Du weißt ganz genau, dass der Kougelhopf aus ist. »Bedauerlicherweise fanden auch alle anderen Gäste unseren Kougelhopf so lecker, dass nichts mehr davon übrig ist«, sagte sie laut. »Aber wir können Ihnen noch von unseren Tartes anbieten.«

»Das ist ja ärgerlich«, sagte die Ältere pikiert. »So etwas sollte in einer professionellen Patisserie nicht passieren, vor allem nicht am ersten Tag.«

Ida musste sich bemühen, höflich zu bleiben, zumal der

unheilvolle Brief wie Feuer in ihrer Rocktasche brannte. »Gerade am ersten Tag«, korrigierte sie freundlich, »ist das ein gutes Zeichen. Probieren Sie doch unsere Tarte. Sie ist wirklich wunderbar.«

Die Damen ließen sich überreden und aßen quälend langsam ihre Kuchen.

Alle anderen Gäste, einschließlich Oskar und der Besuch aus Weghäusel, hatten sich lang schon verabschiedet, und Marcel war mit seinem Kriegskameraden und Anne nach oben gegangen, um ihr vorzulesen. Endlich begriffen auch die beiden Tratschweiber, dass die Familie ihre Briefe wohl auf keinen Fall vor ihnen öffnen würde. Sie verabschiedeten sich unwirsch. Ida sperrte die Ladentür hinter ihnen ab.

»Großvater?«, rief sie in die Backstube. »Hast du deinen Brief schon geöffnet?«

Er kam sofort heraus. »Nein, ich wollte, dass wir das zusammen tun.«

Ida nickte. »Lasst uns nach oben gehen«, schlug sie vor. »Durch das Schaufenster schauen zu viele neugierige Menschen herein. Aufräumen können wir ja später.«

Im Gänsemarsch stiegen sie die Treppe zur Wohnung hinauf. Franz ging voran, dann folgten Lucien und Paul, Ida und Elise bildeten das Schlusslicht. In der Stube setzten sie sich um den großen Tisch.

Franz zog seinen Brief als Erster hervor und schlitzte ihn mit dem Taschenmesser, das er stets bei sich trug, auf.

Während er las, starrten die anderen ihn angstvoll an, ihre eigenen Briefe öffneten sie noch nicht.

Franz las und wurde weiß wie die Wand. »Wir werden ausgewiesen«, bestätigte er dann tonlos, was Ida ohnehin schon geahnt hatte. »Sie geben uns zehn Tage, das Elsass zu verlassen. Sonderzüge, die uns ins Badische bringen, werden bereitgestellt. Wir dürfen jeder dreißig Kilo Gepäck und bis zu zweitausend Reichsmark mitnehmen. Den Rest müssen wir hierlassen.«

Ida schluchzte trocken auf und spürte Luciens tröstende Hand auf ihrer Schulter. Ihre gerade wieder aus unzähligen Glasscherben zusammengefügte Welt, ihr so mühevoll wiederhergestellter Alltag, ihr wackeliges Glück zerbarst mit einem lauten Knall in tausend Stücke.

18

Endlich waren sie angekommen! Ruth war noch nie in Paris gewesen und blickte sich staunend in dem riesigen Bahnhofsgebäude des Gare de l'Est um.

Draußen bei den Kutschen und Taxis verabschiedeten sie sich vorerst von Stéphane. »Wir sehen uns dann morgen zum Mittagessen bei uns«, erinnerte er Ruth. »Mach dich so fein wie möglich, und sei um Punkt zwölf Uhr dort. Und denk an die Blumen, es müssen rosafarbene Teerosen sein, meine Mutter hat einen exquisiten Geschmack.«

»Na, dann wird sie unsere Ruth ja vergöttern«, mischte sich Claire ein, und ihre Enkelin warf ihr einen dankbaren Blick zu.

Stéphanes bevormundender Tonfall rief in ihr einen Anflug von Verärgerung hervor. Andererseits musste sie ihm wohl dankbar für seine Hinweise sein, denn beim Gedanken an das morgige Treffen mit seinen Eltern war sie schon ziemlich aufgeregt und froh über jede Hilfestellung. Daher sagte sie: »In Ordnung, das sollte kein Problem sein. Gibt es sonst noch etwas, das ich beachten muss?«

Er schüttelte den Kopf. »Sei einfach so, wie du bist.«

Sie nickte. Da ihre Großmutter in Sichtweite mit einem Taxifahrer sprach, verabschiedete sie sich ohne Kuss von Stéphane. Als er in ein anderes Taxi gestiegen war, setzte sie sich zu Claire in das wartende Fahrzeug.

Staunend blickte sie aus dem Fenster, als der Taxifahrer das Pariser Rathaus und schließlich die Kathedrale Notre-Dame passierte. Was für ein Anblick! Wie wunderbar diese Stadt war. Wie mondän und gleichzeitig ungemein leicht!

Die Wohnung ihrer Großmutter befand sich in der Rue de Rosiers in einem großen, prachtvollen Mietshaus. Claire überredete den Taxifahrer mit einem großen Schein, ihnen das Gepäck in den ersten Stock zu schleppen – selbstverständlich residierte Claire in der *belle etage*.

Es öffnete eine etwa vierzigjährige Hausangestellte, die von Ruths Großmutter Marguerite genannt wurde und sich offenbar sehr über die Ankunft ihrer Herrin und deren Enkelin freute.

Staunend sah Ruth sich in der Wohnung mit den hohen Stuckdecken um. Die Wände waren mit hellblauer Seidentapete geschmückt, auf der sich feine, goldene Ornamente befanden; und die Art-Nouveau-Möbel waren von ausgesuchter Eleganz. Als hätte es keinen Krieg gegeben.

»Es ist wunderschön«, sagte sie beeindruckt. Die Zimmer – es mussten bestimmt sechs oder sieben sein – waren durch einen langen Flur erschlossen, doch durch deckenhohe, weiß lackierte Flügeltüren auch miteinander verbunden. Die Blickachse, die sich ergab, jetzt, da sie alle offen standen, war atemberaubend.

Ihr Vater René hatte Ruth einst erzählt, dass Claires Vater Aaron zwar kurz nach dem 1870er-Krieg vor dem Nichts gestanden hatte, sich dann aber mit viel Fleiß wieder ein stattliches Vermögen aufbauen konnte. Vermutlich war Claire als seine einzige Tochter die Alleinerbin, und offenbar hatte das Vermögen auch die Kriegsjahre überstanden.

Etwas hier in der noblen Wohnung erinnerte allerdings eindeutig an zu Hause: Genau wie bei ihrem Großvater in Straßburg und im Forsthaus von Weghäusel hingen zahlreiche Landschaftsbilder an den Wänden.

Die Künstlerin, die all die Werke gemalt hatte, kam in diesem Augenblick mit weit ausgebreiteten Armen aus dem Wohnzimmer. Die grauen Haare der achtundsechzigjährigen Marie Picard waren ungewöhnlich kurz geschnitten, und sie trug einen orientalisch wirkenden Kaftan. »Wie schön, dass ihr da seid«, rief sie und zog zunächst ihre beste Freundin Claire in ihre Arme, dann war Ruth an der Reihe. »Du bist eine wunderschöne Frau geworden.«

»Und du bist so schlank«, wunderte sich ihre Großnichte. Früher war Tante Marie immer etwas fülliger gewesen, doch davon war jetzt nichts mehr zu sehen.

»Danke, das hört man gern. Hier in der Großstadt komme ich eben mehr zum Malen und weniger zum Essen als in Weghäusel«, entgegnete die Künstlerin. »Apropos: Ihr habt bestimmt Hunger. Ich habe etwas vorbereiten lassen.«

Sie bat ihre einstige Schwägerin Claire und deren Enkeltochter an einen hübsch gedeckten Tisch und betätigte ein Glöckchen. Sekunden später trat Dienstmädchen Marguerite ein und servierte Tee und Gebäck.

Da Claire und Marie keine Geheimnisse voreinander hatten und Ruth auch beiden gleichermaßen vertraute, kamen sie recht schnell auf den Grund für ihre Reise zu sprechen: das morgige Treffen mit Stéphanes Familie.

»Bist du denn sehr verliebt?«, fragte Marie vorsichtig.

»Es ist noch ganz am Anfang«, erwiderte Ruth vage.

»Wenn du mir früher von Marcel vorgeschwärmt hast, war da immer so ein Leuchten in deinen Augen«, bemerkte Claire. »Das vermisse ich jetzt.«

Ruth schlug die Augen nieder. Auch wenn sie so wenig Kontakt miteinander gehabt hatten: Claire kannte sie einfach zu gut. Doch es galt ja zu respektieren, dass Marcel nun ein trauernder Witwer war und damit tabu. Außerdem wollte sie sich nicht erneut von ihm wehtun lassen.

»Das war ja bloß Schwärmerei«, sagte Ruth wegwerfend. »Mädchenträume.«

Claire sah sie skeptisch an, insistierte aber nicht.

»Liebt man nüchterner, je älter man wird?«, fragte Marie. »Lässt das Schwärmen nach?«

Doch Claire schüttelte verträumt lächelnd den Kopf. Schließlich wurde sie wieder ernster und sagte voller Tatendrang: »Dann sollten wir mal zusehen, dass du morgen allerbestens gekleidet bist. Ich nehme nicht an, dass du in deiner Reisekleidung bei Stéphanes Familie erscheinen willst?«

»Nun ja, wirklich viel Auswahl habe ich nicht«, murmelte ihre Enkelin verlegen.

Claire musterte sie grübelnd. »Ich habe natürlich nicht viel mitgenommen, weil ich nicht allzu lange bleiben wollte. Außerdem bin ich eine alte Frau.«

»Die viel eleganter und schöner ist als ich und ganz bestimmt keine Alte-Frauen-Kleider trägt. Und im Übrigen bist du gar nicht alt«, beeilte sich Ruth zu versichern.

»Nun ja, zumindest habe ich noch in etwa deine Figur«, räumte Claire schmunzelnd ein.

»Die Geschäfte sind noch offen«, warb Marie. »Wie wäre es mit einem kleinen Einkaufsbummel auf den Champs-Élysées?«

In diesem Moment klingelte es an der Tür. Marie eilte in den Flur.

»Claire, ein Telegramm für dich«, rief sie.

Ruth folgte ihr in den Flur und stellte besorgt fest, dass ihre Großmutter beim Lesen immer blasser wurde.

»Was ist passiert?«

»Oskar wird aus dem Elsass ausgewiesen. Und seine Schwester Ida und seine Eltern auch.«

Im nächsten Moment fiel Claire in Ohnmacht, und während Ruth herbeieilte, um sie aufzufangen, schoss ihr ein völlig absurder Gedanke durch den Kopf: Selbst wenn sie das Bewusstsein verlor, tat ihre Großmutter das formvollendet und mit Grazie.

*

Joséphine hatte Anne noch ein Märchen vorgelesen, doch die Kleine war, erschöpft von den Ereignissen des Tages, mittendrin eingeschlafen.

Lächelnd küsste sie das Mädchen auf die Stirn und strich ihr ein blondes Löckchen aus dem Gesicht. So friedlich lag Anne da, und Joséphine wurde ganz eng ums Herz, als sie daran dachte, wie viel Kummer und Schmerz die Kleine durch den Tod ihrer Mutter hatte erdulden müssen. Wie gut, dass sie uns alle hat, dass wir für sie da sind, dachte sie. Wie gut, dass sie in einem Haus aufwächst, in dem so viele Generationen unter einem Dach leben.

Ihr Blick fiel auf das Kleid, das schön drapiert über dem Stuhl lag. Anne hatte darauf bestanden, dass es noch nicht weggeräumt werden sollte. »Ich möchte es gleich sehen, wenn ich aufwache«, hatte sie gesagt. »Es ist so wunder-wunderschön.«

Lächelnd stand Joséphine auf, ging zur Tür, löschte das Licht und machte sich auf den Weg nach unten. Sicherlich gab es in der Patisserie noch einiges zu tun und aufzuräumen. Der Tag war ganz wunderbar gewesen und hatte alle Erwartungen übertroffen.

Als sie im ersten Obergeschoss angekommen war, stockte

sie. Aufgeregte Stimmen drangen aus der Wohnstube. Joséphine runzelte die Stirn. Was war da los? Sie hätten doch eigentlich noch unten sein müssen! Zögernd öffnete sie die Wohnzimmertür. Ihre Großmutter saß voller Verzweiflung am Esstisch, Ida legte tröstend den Arm um die schluchzende Elise. Ebenso wie alle anderen – Franz, Marcel, Lucien und Paul – sah sie verzweifelt aus. Wobei sich in Pauls Miene eher Wut abzeichnete.

»Was ist denn geschehen?«, fragte Joséphine erschrocken und ließ sich auf einem der beiden noch freien Stühle nieder.

»Die Großeltern werden ausgewiesen«, schnaubte Paul. »Und auch Mutter muss gehen. Zehn Tage geben sie ihnen Zeit, bis sie in Sonderzügen fortgebracht werden sollen. Diese Scheißfranzosen.«

»Paul«, mahnte Lucien sanft. »Das führt doch jetzt zu nichts.«

»Was denn?«, schrie Paul und sprang auf. »Gestern haben wir noch davon gesprochen, dass die Versöhnung in mir selbst beginnt. Und dass ich mich mit dem französischen Teil in mir versöhnen muss. Aber wie soll ich das, wenn die Franzosen so mit meiner Mutter und meinen Großeltern umgehen?«

»Es gibt nicht *die* Franzosen«, sagte Marcel leise. »Ich bin auch Franzose und unser Vater und unsere Großeltern ebenfalls.«

Darauf wusste Paul nichts zu sagen.

Das musste ein Irrtum sein! Entsetzt studierte Joséphine das Schreiben in ihren Händen. Doch es gab keinen Zweifel. Hier stand es schwarz auf weiß: Ida, Elise und Franz mussten gehen. Die Familie wurde auseinandergerissen. Gerade jetzt, da sie langsam das Gefühl bekommen hatten, alles würde gut werden.

»Das geht nicht«, sagte sie entschieden. »Das ist nicht rechtens. Vor allem nicht, was Mutter angeht. Sie ist mit einem Franzosen verheiratet, trägt einen französischen Nachnamen, hat zwei Kinder, die Halbfranzosen sind, und einen Sohn und ein Enkelkind, die durch und durch französisch sind. Ich bin noch nicht volljährig, Anne hat gerade ihre Mutter verloren. Es kann nicht sein, dass Mutter gehen muss.«

»Es ist ja nicht nur wegen Mutter. Es geht auch um die Großeltern«, rief Paul, der sich gar nicht wieder beruhigen wollte. »Wie kannst du nur so respektlos sein!«

»Ich bin nicht respektlos, ich …«, verteidigte sich Joséphine.

»Nein, nein, schon gut«, mischte sich Franz ins Gespräch. »Deine Schwester hat vollkommen recht, Paul. Wir müssen jetzt klug und überlegt vorgehen und uns einen Fall nach dem anderen ansehen. Argumente sammeln. Wir Tritschlers lassen uns nicht so einfach vertreiben. Und am dringendsten ist jetzt tatsächlich, dass wir uns um Ida bemühen – aus genau den Gründen, die Joséphine genannt hat. Wir alten Leute sind nicht so wichtig.«

»Aber das stimmt nicht«, widersprach Ida. »Ihr seid genauso wichtig.«

Sie stand auf, umrundete den Tisch und schmiegte sich von hinten an ihren Vater. Beruhigend tätschelte Franz ihre Hand, die nun auf seiner Brust lag. »Mach dir keine Sorgen, mein Kind. Wir werden das schon hinbekommen.«

»Oskar muss ja eigentlich das gleiche Schreiben erhalten haben«, fiel Marcel ein. »Es wäre zumindest logisch.«

Lucien nickte. »Und er als Rechtsanwalt kann die Lage sicher am allerbesten beurteilen. Sollen wir uns gleich auf den Weg zu ihm machen?«

»Gute Idee«, fand Marcel, warf dann jedoch einen besorgten Blick in Richtung seiner restlichen Familie. »Können wir euch denn allein lassen?«

»Sicher«, sagte Franz. »Geht ihr nur. Wir beraten hier so lange.«

Als Lucien und Marcel kurz darauf bei Oskar ankamen, mussten sie nichts sagen. Sofort und auf den ersten Blick war es klar: Oskar Tritschler hatte die gleiche Post erhalten wie Ida, Franz und Elise.

»Kommt rein!«

Als sie auf der Polstersitzgruppe, die, umgeben von wandhohen Bücherregalen, inmitten des Raumes stand, Platz nahmen, fragte Oskar: »Ich nehme an, ihr habt ebenfalls hässliche graue Briefe bekommen?«

Lucien nickte. »Die Eltern und Ida sollen ausgewiesen werden.«

»Ich auch, habt ihr euch ja bestimmt schon gedacht. Ich habe gerade Claire telegrafiert. Für mich ist der Tag gleich doppelt bitter. Mit der gleichen Post kam die Information, dass ich nicht mehr Teil der Universität Straßburg sein werde. Für die meisten deutschen Professoren und Studenten geht es wohl in Freiburg weiter, ich werde aber nach Tübingen gehen, dann kann ich anfangs von Stuttgart pendeln.«

»Dass die die deutschen Lehrkräfte loswerden wollen, war leider zu erwarten«, sagte Lucien betrübt.

»Ja«, gab Oskar seinem Schwager recht. »Aber wenn man das plötzlich so schwarz auf weiß sieht, dann tut es trotzdem weh.«

Lucien nickte mitfühlend. »Was tun wir jetzt?«, fragte er. »Hast du einen klugen juristischen Rat? Können wir dagegen vorgehen?«

Oskar stieß scharf die Luft aus. »Schwer zu sagen. Das sind

ja ganz neue Bestimmungen. Am ehesten hätte vermutlich Ida eine Chance, weil ihr eine minderjährige Tochter habt und ein Enkelkind, das gerade seine Mutter verloren hat.«

Lucien nickte. »Genau das hat Joséphine auch vermutet. Aber … aber es kann doch nicht sein, dass die Schwiegereltern gehen müssen! Es ist ihr Zuhause! Man kann sie doch in diesem Alter nicht mehr verpflanzen.«

Oskar nickte. »Es ist grausam, ich weiß. Und ich werde kämpfen. Für Ida, für die Eltern, für mich selbst. Aber ich glaube, allzu gut stehen die Chancen nicht.«

19

»Was?«, fragte Claire orientierungslos und öffnete blinzelnd die Augen.

»Endlich!«, rief Ruth, die mit Großtante Marie auf dem kostbaren Perserteppich neben ihrer Oma kniete. Vergeblich hatten sie sich bemüht, die Ältere auf das Sofa zu hieven, und obwohl sie nach dem Dienstmädchen gerufen hatte: Marguerite war einfach nicht gekommen.

»Ich dachte schon, du willst gar nicht mehr aufwachen«, beschwerte sich Marie und strich Claire fürsorglich eine ihrer dunklen Locken aus der Stirn.

»Aber was ist denn geschehen?« Stöhnend versuchte Claire sich aufzusetzen, wurde jedoch gleich wieder von Schwindel erfasst und sank auf den Teppich zurück.

»Oskar«, setzte Ruth zu einer Erklärung an, und sofort war Claires Erinnerung wieder da. Sie vergrub das Gesicht in den Händen. »O Gott«, flüsterte sie. »Jetzt weiß ich es wieder. Da sehne ich mich fast nach meiner Ohnmacht zurück.«

Doch im nächsten Moment rappelte sie sich auf. »Hilft ja nichts zu jammern. Morgen hast du deinen großen Tag, und den wirst du mit Bravour meistern.«

»Aber willst du denn nicht sofort zurück? Oskar beistehen?« Obwohl sie selbst dem Treffen mit Stéphanes Eltern entgegenfieberte, wunderte sie sich doch, dass ihre Großmutter nun noch daran dachte.

Claire winkte ab. »Ihm beistehen auf jeden Fall. Ich bin immer für meinen Mann da, und das weiß er. Aber es würde keinen Unterschied machen, ob ich nun schon heute Nacht oder morgen früh zurück bin oder einen Tag später. Oskar ist Jurist. Er weiß sich zu wehren.«

»Aber …«, setzte Ruth an. Sie wollte fragen, ob ihre Großmutter die wenige ihnen verbleibende Zeit denn nicht mit Oskar verbringen wollte, doch sie biss sich auf die Lippen. Sie wollte den Finger nicht in die Wunde legen.

Inzwischen hatte Claire sich wieder vollständig vom Boden erhoben und dabei jegliche Hilfe von Ruth oder Marie abgelehnt.

»Natürlich werde ich etwas früher zurückfahren«, sagte sie. »Ursprünglich wollte ich ja zwei Wochen bleiben. Ich denke, ich werde mich morgen auf den Rückweg machen.«

Als Marie Ruths enttäuschtes Gesicht sah, verkündete sie rasch: »Du kannst selbstverständlich bleiben, so lange du möchtest.« Scherzhaft drohte Claire ihrer Enkelin mit dem Finger. »Marie wird aufpassen, dass hieraus kein Liebesnest wird.«

»Wer sagt, dass es das nicht längst ist?«, gab Marie mit einem süffisanten Lächeln zu bedenken.

Ruth wurde rot. Die direkte Art von Großmutter und Großtante war ihr peinlich.

»Und nun würde ich vorschlagen, dass wir zu meinem Kleiderschrank gehen und etwas Hübsches für dich zum Anziehen heraussuchen.«

Als Ruth die mitgebrachten Kleider ihrer Großmutter sah, hielt sie den Atem an. Der Krieg hatte ihnen in den vergangenen Jahren durch die Stoffrationierung einfache Kleider aufgezwängt und auch die, die nun in dem großen Jugendstilschrank hingen, waren ausgesprochen schlicht. Aber hier wirkte diese Schlichtheit keineswegs ärmlich, sondern ganz ausdrücklich so gewollt und in ihrer Zurückhaltung atemberaubend elegant.

»Wie wäre das?« Claire zog ein weit fallendes, türkisfarbenes Kleid mit hoher Taille aus Georgette hervor und hielt es ihrer Enkelin an. »Nein«, befand sie kurz darauf. »Die Farbe steht dir nicht. Sie macht dich zu blass.«

Ruth bedauerte dieses Urteil zwar, denn sie fand das Kleid recht hübsch, war aber in Stilfragen viel zu unsicher, um ihrer Großmutter zu widersprechen, und vertraute deren Urteil.

Schließlich entschieden sich die beiden Frauen für eine helle Bluse und einen modernen Tonnenrock, bei dem der Saum besonders eng geschnitten war und die Hüften betonte.

»Wunderbar«, rief Marie begeistert. »Damit siehst du elegant und modern aus, aber trotzdem zurückhaltend.«

»Das trifft es ganz gut, ja«, stimmte Claire zu.

Ruth musterte sich skeptisch im Spiegel. Sie wusste nicht, ob ihr gefiel, was sie da sah. Die Frau, die ihr entgegenblickte, war sicherlich fünf Jahre älter als die Patissiersenkelin aus Straßburg. Sie wirkte strenger und irgendwie … langweiliger, fand sie und bezweifelte, dass ihr neuer Aufzug Stéphane gefallen würde. Andererseits: Es ging morgen schließlich nicht darum, ihn, sondern seine Eltern zu beeindrucken. Seufzend zuckte sie die Achseln und wandte sich dann wieder an ihre Großmutter.

»Hast du vielleicht auch einen Mantel für mich? Meiner ist doch inzwischen sehr abgetragen.«

Claire schüttelte bedauernd den Kopf. »Leider habe ich nur einen mitgenommen, damit die Koffer nicht allzu schwer werden«, sagte sie und runzelte die Stirn. »Aber in dem grauen

Fetzen, der da an der Garderobe hängt, kannst du natürlich nicht gehen, das ist ausgeschlossen.«

Grübelnd sah sie ihre Enkeltochter an und fasste dann einen Entschluss: »Weißt du, was? Morgen früh machen wir beide uns einen schönen Vormittag. Wir frühstücken hier gemütlich mit Marie, und dann zeige ich dir das jüdische Viertel, den Marais. Dort suchen wir dir einen schicken Mantel aus.«

»Aber …«, setzte Ruth an, doch ihre Großtante unterbrach sie: »Mach dir keine Sorgen um das Geld. Ich spendiere ihn dir. Ist ja bald Weihnachten. Und ich habe gestern ein Bild verkauft, ein sehr großes Bild.« Sie zwinkerte ihr zu. »Wie wäre das?«

Ruth lächelte und küsste Marie und Claire auf die Wangen. »Das wäre ganz wunderbar«, befand sie. »Ihr seid die Besten.«

*

»Was für ein Unfug mit den Nationalitäten«, knurrte Konrad, der mit Marcel noch im Hinterzimmer der Patisserie bei einem Feierabendbier saß. »Ich darf nur mit Sondergenehmigung zurück in meine deutsche Heimat, und deine Familie wird dorthin gezwungen.«

»Es wäre für Anne unerträglich, wenn sie noch mehr geliebte Menschen verliert«, sagte Marcel traurig.

Konrad nickte ernst. »Die Arme, sie ist ein so liebes Kind. Und man merkt ihr an, wie geborgen sie sich in diesem vollen Haus fühlt.«

»Damit könnte bald Schluss sein«, brachte Marcel mit belegter Stimme hervor. »Selbst mein Onkel als Rechtsanwalt bezweifelt, dass wir die Ausweisung verhindern können.«

Eine Weile starrten beide wortlos ins Leere.

»Du wolltest dich vorhin doch noch mal mit Nicolas Rolland treffen«, fiel Marcel schließlich wieder ein. »Hat das geklappt?«

»Hat es«, entgegnete Konrad. »Es ist wirklich ungerecht. Mein ganzes Leben dachte ich, ich finde nie jemand, der ist wie ich. Und dann habe ich dieses unerwartete Glück doch. Aber er muss ausgerechnet Franzose sein.«

»Was wollt ihr jetzt tun?«, erkundigte sich Marcel.

Konrad zuckte mit den Schultern. »Was *können* wir tun? Uns schreiben.«

»Ja, schreiben. Mehr bleibt mir mit dem deutschen Teil meiner Familie dann wohl auch nicht mehr.«

Da betrat, ohne anzuklopfen, Paul das Büro.

»Marcel«, sagte er. »Ich würde dich gern unter vier Augen sprechen.«

Marcel sah Konrad entschuldigend an.

»Lasst euch Zeit«, beruhigte der und deutete auf die Matratze, die sein Kamerad für ihn neben den Schreibtisch gelegt hatte. »Ich werde mich eh aufs Ohr hauen, muss ja morgen früh raus und in die Heimat.«

»Dann verabschiede ich dich noch«, kündigte sein einstiger Leidensgenosse an. »Schlaf gut, Konrad.«

Kurz darauf standen sich Marcel und Paul in den inzwischen menschenleeren Verkaufsräumen der Patisserie gegenüber.

»Was willst du?«, fragte der ältere den jüngeren Bruder.

»Wissen, warum du mich den ganzen Tag schon so hasserfüllt anschaust«, entgegnete Paul. »Habe ich irgendwas falsch gemacht bei der Eröffnung heute?«

»Nein, heute nicht, aber im Sommer 1914«, stieß Marcel hervor und fixierte seinen Bruder aufgewühlt. »Da hast du behauptet, Ruth sei mit Nicolas Rolland, dem Neffen der Köchin, verlobt. Und dass der ein Erbe erwarte. Damit hast du unsere Verlobung verhindert. Inzwischen weiß ich aber, dass beides völliger Unfug ist. Warum, Paul?«

Der zögerte kurz, gab dann aber zu: »Weil ich Ruth liebe … Aber keine Angst, ich werde sowieso die Großeltern nach Deutschland begleiten. Ich habe es hier so was von satt. Außerdem hegt Ruth keinerlei Gefühle für mich. Jetzt, da ich ein Krüppel bin, erst recht nicht. Du hast also freie Bahn.«

»Darum geht es doch gar nicht«, rief Marcel erbost. »Was denkst du denn von mir? Odette wurde gerade erst beerdigt. Es geht nicht um mich. Es geht darum, dass Ruth furchtbar gelitten hat. Du kannst nicht deinem Bein die Schuld für alles geben. Diese miese Intrige hast du geplant, da gab es den Stumpf noch gar nicht.«

Plötzlich tauchte die kleine Anne mit verweinten Augen und müdem Gesichtchen im Türrahmen auf. »Papa, ich hab geträumt, da war ein Ungeheuer in meinem Zimmer.«

Sofort war Marcel bei ihr und drückte sie an sich.

»Komm, du darfst jetzt zu mir ins Bett«, bot er an. »Hier im Haus gibt es keine Ungeheuer.«

Im Vorbeigehen raunte er Paul drohend zu: »Sorg in Zukunft dafür, dass es stimmt – dass sich hier niemand wie ein Ungeheuer benimmt.«

*

Joséphine bewunderte ihren Großvater von ganzem Herzen. Als hätte er am Abend zuvor nicht die niederschmetternde Nachricht erhalten, seine Heimat binnen weniger Tage verlassen zu müssen, stand er pünktlich um vier Uhr morgens – wieder an der Seite seines Enkels Marcel – in der Backstube. Und wie in ihrer Kindheit war Joséphine deshalb auch heute wieder von köstlichen Düften geweckt worden, die ihr für einen Moment vorgaukelten, alles sei gut.

Als sie nach unten kam, standen auch Elise und Ida hinter der Theke und warteten auf die ersten Kunden.

»Ihr seid unglaublich!«, rief Joséphine. »Ihr macht einfach weiter, als hätte es die Briefe nicht gegeben.«

»Natürlich machen wir weiter«, sagte Franz, der gerade aus der Backstube kam. Im Gehen band er seine Schürze ab und hängte sie an den Haken hinter der Tür. Franz hatte sein Tagwerk getan. Dann zauberte er eine frische Brezel hervor und reichte sie Joséphine.

»Damit du was im Magen hast, bevor du gehst.«

»Aber ich muss heute gar nicht ins Krankenhaus«, sagte sie. »Ich habe mir für die Eröffnung zwei Tage frei genommen.«

»Dann kannst du deinen alten Großvater ja begleiten«, schlug Franz vor.

»Wohin denn?«, wollte Joséphine wissen.

»Na, Widerspruch gegen die Ausweisung einlegen«, antwortete er. »Das lassen sich die Tritschlers nicht bieten!«

»Oh«, kam es von Joséphine.

Franz ging in Richtung Treppenhaus. »Warte hier und iss deine Brezel, ich werfe mich nur noch eben in Schale. Soll ja keiner sagen, wir hätten keinen Stil.«

Während Joséphine auf seine Rückkehr wartete, tauschte sie sich mit Ida und ihrer Großmutter aus. Beide sahen im Gegensatz zu ihrem Großvater, der eine schier unnatürliche Tatkraft ausstrahlte, unendlich müde und erschöpft aus.

»Ich nehme an, ihr konntet auch nicht schlafen?«

Ida schüttelte bedrückt den Kopf, während Elise sich hinter Geschäftigkeit versteckte und trotz ihrer müden Augen Staub wischte, was sie erst vor der Eröffnung ausgiebig getan hatte.

»Glaubst du, Großvaters Vorhaben könnte erfolgreich sein?«, fragte Joséphine ihre Mutter.

Mit einem Blick auf Elise, die nun voller Hoffnung ihr Putzen unterbrach und hersah, entgegnete Ida, obwohl sie selbst nicht daran glaubte: »Vielleicht schon. Ihr wisst ja, wenn Franz sich etwas in den Kopf gesetzt hat …«

Dann sah sie ihre Tochter bittend an. »Wenn du nichts dagegen hast, würde ich ihn gerne begleiten, zumal ich ja ebenfalls betroffen bin. Würdest du hier mit Großmutter so lange die Stellung halten?«

Joséphine nickte. »Natürlich.«

*

Eine halbe Stunde später marschierte Franz Tritschler zielstrebig auf das Gebäude zu, in dem die für Ausweisungen zuständige Commission de Triage beheimatet war.

Ida ging an seiner Seite. Wie schrecklich es hier ist, dachte sie. Derart staubig und düster war es, dass sie das Gefühl hatte, in einem Gefängnis gelandet zu sein. Die Wände waren mit französischen Flaggen behängt, am Fuß der Treppe standen zwei Herren in Uniform und mit gigantischen Schnurrbärten, die ziemlich einschüchternd wirkten. Es hätte Ida kaum verwundert, wenn die Männer einen Speer und ein Schild in der Hand gehalten hätten.

»Sie wünschen?«, fragte der Ältere, der Ida bekannt vorkam. Sie hatte ihm schon öfter Kartoffelbrot verkauft, so glaubte sie sich zu erinnern. Jetzt musterte er ihren Vater und sie abfällig.

Franz sprach fließend Französisch. Und zwar akzentfrei. Bereits als er vor einem Vierteljahrhundert nach Straßburg eingewandert war, hatte er die Sprache gut beherrscht. Er meinte, das gebiete der Respekt vor der Kultur des Landes, in das er umsiedelte, auch wenn dieses damals zum deutschen Kaiserreich gehörte. Seine Kinder Ida und Oskar hatte er zweisprachig erziehen lassen. Deshalb verstand Ida nun auch jedes Wort ihres Vaters.

Er sei, verkündete Franz Tritschler hocherhobenen Hauptes, gekommen, um einen Irrtum aufzuklären. Sodann zog er die drei grauen Umschläge aus der Tasche und wies die Herren kühl an, dass man diese Bescheide bitte aufheben möge, es liege ein Missverständnis vor.

Die beiden Beamten verzogen keine Miene, als sie die Briefe betrachteten, und wollten den ungebetenen Besuch offenbar abwimmeln, doch da hatten sie die Rechnung ohne Franz Tritschler gemacht. Der verlangte nämlich mit dem Kommandanten zu sprechen. Als die Uniformierten nicht willens waren, ihn dort hinzuführen, entriss er ihnen mit einer groben Geste die Ausweisungsbescheide und stapfte, die Proteste ignorierend, die Treppe hinauf. Der jüngere der beiden Uniformierten eilte ihm nach und wollte nach seinem Arm greifen, doch Franz Tritschler entzog sich ihm rasch. »Wagen Sie es nicht!«, sagte er drohend. »Wagen Sie es nicht, mich anzufassen!«

Ida, die ihrem Vater gefolgt war, konnte es kaum glauben, aber der Zurechtgewiesene nickte nur eingeschüchtert und ließ Franz Tritschler passieren, während der Ältere, der am Fuß der Treppe stand, so tat, als ginge ihn das alles nichts an.

»Das war denen jetzt peinlich«, knurrte der Vater zufrieden, als sie im ersten Stock angekommen waren. »Vor allem dem Älteren.«

»Der hat dich erkannt, stimmt's?«, vergewisserte sich Ida.

Franz nickte. »Ja, ich hab ihm finanziell mal aus der Patsche geholfen.«

Nachdem sich Franz und Ida erneut an zwei Wachen vorbeigeschoben hatten, waren sie tatsächlich bis zu einem unsympathischen Mann mit dunklem, flach am Kopf anliegendem Haar und einem Gesicht, das Joséphine spontan an einen Wolf erinnerte, vorgedrungen, der hier das Sagen zu haben schien.

»Bonjour, Monsieur«, begrüßte Franz Tritschler ihn höflich und überreichte ihm die drei Briefe. »Ich lege hiermit förmlich Widerspruch ein gegen die Ausweisung meiner Wenigkeit sowie meiner Frau, meiner Tochter und meines Sohnes.«

Der Kommandant würdigte die Schreiben keines Blickes. Er lehnte sich nur weit in seinem Stuhl zurück und brach dann in unpassend lautes, hohles Gelächter aus.

»Der war gut, Tritschler«, sagte er dann. »Der war gut.«

»Woher kennen Sie meinen Namen?«, fragte Franz. »Ich habe ein gutes Gesichtergedächtnis. Und Sie waren kein Kunde bei uns.«

»Na, wichtig ist ja, dass *ich* weiß, wer *Sie* sind. Und dass ich weiß, was Ihre Familie getan hat.«

»Was meine Familie getan hat?«, wiederholte Franz verständnislos. »Und was soll das sein?«

»Nun«, sagte der Mann und strich sich über seinen gepflegten Schnauzbart. »Mein alter Studienfreund Étienne Loubet hat mir da so einige Sachen über Sie und Ihre Familie erzählt. Ihr Sohn hat ihn und mehrere Kommilitonen vor fünfundzwanzig Jahren eingesperrt, damit die Glocken zum Sedantag geläutet werden konnten. *Dem* Symbol für die Niederlage Frankreichs. Und Sie selbst sollen ja auch in ganz enger Beziehung zu dem Küster Busch gestanden haben, der das Elsass wegen Kooperation mit deutschnationalen Kräften bereits verlassen musste.«

Ida stieß scharf die Luft aus. Also war genau das eingetreten, was sie nach ihrem Besuch bei ihrem alten Freund Maximilien Fouché befürchtet hatte: Étienne hatte auch Oskar verraten. Und mit ihm die ganze restliche Familie.

»Étienne Loubet hatte zuvor die Kirche mit Mist geschändet«, protestierte Ida. »Außerdem hasst er meinen Bruder, er ist nicht objektiv.«

»Wenn Sie meinen. Wir haben aber einen weiteren Zeugen, der angibt, Ihr Haus sei voller Feinde Frankreichs«, behauptete der Beamte.

»Wer ist das?«, wollte Ida wissen.

»Die Beschwerde kam schriftlich«, deutete der Beamte auf eine Akte, die er inzwischen hervorgeholt hatte, »aber nicht anonym. Den Namen darf ich Ihnen trotzdem nicht verraten.«

Ida fiel außer Loubet nur ein Mensch ein, der ein Interesse haben könnte, sie loszuwerden.

»Ich bin mir sicher, das war Jean-Baptiste Tolbert«, sagte sie.

Der verblüffte Gesichtsausdruck des Beamten ließ erahnen, dass sie ins Schwarze getroffen hatte.

»Wenn es wirklich Tolbert war, der uns angeschwärzt hat, möchte ich Ihnen eines sagen«, verkündete Ida. »Dieser Mann will unser Haus kaufen, er hat es schon mehrfach versucht, aber mein Vater hat ihm stets einen Korb gegeben. Ihm scheint jedes Mittel recht zu sein.«

»Geben Sie sich keine Mühe«, sagte der Kommandant kalt. »Es ist egal, was Sie vorbringen. Sie müssen gehen. In neun Tagen sind Sie fort von hier.«

»Nein«, erwiderte Franz entschieden. »Ich bin von ganzem Herzen Elsässer. Meine Enkel sind hier geboren, meine Kinder mit Franzosen verheiratet.«

Er sei von glühender Heimatliebe für das Elsass erfüllt, erklärte Franz, und Ida bemerkte bestürzt, dass sein anfangs so selbstsicheres Verhalten großer Verzweiflung wich. Als Altelsässer dürfe er wohl erwarten, dass ihm dasjenige Maß an Recht, Gerechtigkeit und Freiheit zugebilligt werde, das man auch dem geringsten seiner elsässischen Brüder nicht vorenthalte.

»Es reicht«, unterbrach ihn der Kommandant. »Ich höre mir Ihr Gezeter nicht länger an.«

Da platzte Ida der Kragen. »Wagen Sie es nicht, so mit meinem Vater zu sprechen!«, fauchte sie.

Doch da hatte der Unsympath schon zwei Wachen herbeigerufen, die Franz Tritschler rechts und links am Arm packten und ihn zur Tür geleiteten.

»Lassen Sie ihn sofort los!«, schrie Ida. »So können Sie nicht mit einem respektierten Bürger Straßburgs umgehen.«

Die Wachen grinsten nur.

Als sie im Flur angelangt waren und die Beamten sich anschickten, den sich heftig wehrenden Franz die Treppe hinabzuzerren, und ihm sogar drohten, ihn in Arrest zu schicken, umrundete Ida die drei Männer und baute sich vor ihnen auf.

»Augenblicklich«, sagte sie, und ihre Stimme war messerscharf, »augenblicklich lassen Sie meinen Vater los!«

Entgegen ihrer Erwartung taten die Männer, nachdem sie einen kurzen Blick gewechselt hatten, wie ihnen geheißen. Nicht allerdings, ohne Franz Tritschler einen so heftigen Schubs zu verpassen, dass dieser ins Straucheln geriet und stürzte.

Sofort war Ida bei ihm. »Warte, ich helfe dir.«

Doch ihr Vater hob abwehrend die Hand. Er bestand darauf, alleine aufzustehen und anschließend hocherhobenen Hauptes die Treppe hinabzuschreiten, die hämischen Blicke der Wachleute ignorierend. Sie konnten ihn treten, schlagen und des Landes verweisen. Seine Würde mochte für einen

Augenblick gelitten haben, aber seinen Stolz konnten sie ihm nicht nehmen.

Ida folgte ihrem Vater, und nur mit allergrößter Mühe gelang es ihr, die Tränen zurückzuhalten.

20

Ein solch wunderbares Frühstück hatte Ruth noch nie gegessen. Oder zumindest war es so lange her, dass sie sich nicht mehr daran erinnern konnte. Das Dienstmädchen servierte auf silbernen Platten herrlich duftende und offenbar frisch gebackene Croissants, Butter, Erdbeerkonfitüre von leuchtendem Rot, Rühreier und Café au Lait.

»Ich kann euch nun leider doch nicht zum Einkaufen begleiten«, verkündete Marie bedauernd, während sie sich Marmelade auf ihr Croissant strich. »Mein Galerist will mich sprechen.«

»Ja, ja, dein Galerist«, entgegnete Claire mit einem wissenden Lächeln.

Ruth kam der Verdacht, dass es der Galerist sein könnte, wegen dem Marie die Wohnung als Liebesnest bezeichnet hatte. Wie schön wäre es, wenn die Großtante nach dem Verlust ihres Verlobten bei der Belagerung Straßburgs im Deutsch-Französischen Krieg vor fast fünfzig Jahren nun endlich eine neue Liebe gefunden hätte!

»Aber es bleibt dabei – der Mantel geht auf mich«, betonte Marie. »Ich gebe dir gleich etwas Bargeld mit, liebste Claire, ich bestehe darauf.«

Ihre Großtante musste mit ihren Bildern inzwischen richtig viel Geld verdienen, dachte Ruth. Für Frauen war das in der Welt des Kunsthandels noch immer eine Seltenheit.

Nach dem Frühstück steuerten sie zunächst ein Geschäft für Damenmode an, Ruth gingen schier die Augen über angesichts all der Pracht und der Vielfalt, die sich ihr hier boten.

Doch ihre Großmutter hatte keinen Blick für die Herrlichkeiten und ging mit ihr zielstrebig in den ersten Stock, wo die Damenmäntel verkauft wurden. Dort meinte Claire: »Warte kurz, ich habe einen ganz bestimmten gesehen, der würde hervorragend zu dir passen.« Sie eilte davon, und Ruth sah sich mit großen Augen zwischen den edlen Mänteln um. Eine solche Auswahl gab es in Straßburg nicht, schon gar nicht in diesen Zeiten.

»Kann ich helfen?«, fauchte es so unvermittelt neben Ruth, dass sie erschrocken zusammenzuckte.

Sie fuhr herum und erblickte eine unsympathische, dürre Verkäuferin, die sehr elegant aussah und Ruths schäbigen Mantel vorwurfsvoll musterte.

»Guten Tag, ich brauche einen neuen Mantel«, sagte Ruth eingeschüchtert.

Die Verkäuferin sah abfällig an ihr herunter. »Das lässt sich nicht leugnen.«

Ruth schwankte zwischen Scham für ihren Aufzug und Wut. Was bildete sich diese Frau eigentlich ein? Schließlich war sie doch im Begriff, einen neuen Mantel zu kaufen; und allzu viele Menschen gab es sicher nicht, die sich dieser Tage ein solches Stück leisten konnten! Und es war doch nicht ihre Schuld, dass der Krieg ihnen Armut und Sparsamkeit auferlegt hatte und ihr Mantel deshalb etwas abgetragen war. Wäre er neuwertig, bräuchte sie ja nun keinen zu erwerben!

Wütend funkelte sie die arrogante Verkäuferin an, doch die schien ihren Blick gar nicht zu bemerken, sondern sagte: »Ich glaube allerdings, in Ihrer Preisklasse …«

In diesem Augenblick kam zu Ruths Erleichterung Claire zu ihnen. Ohne die Verkäuferin zu begrüßen, präsentierte sie ihrer Enkelin einen dunklen Mantel mit ausgesprochen großen Knöpfen und ebenso überdimensionierten Taschen. Er hatte ein kurzes Revers und einen enormen Kragen, der fast wie ein Cape wirkte.

»Den hier finde ich so schön«, sagte Claire. »Man trägt die Mäntel heute etwas kürzer, sodass darunter ein Stück des Rocksaums zum Vorschein kommt.«

»O ja«, stimmte die Verkäuferin eifrig zu, die der eleganten Claire gegenüber einen ganz anderen Ton an den Tag legte. »Sie haben einen guten Geschmack, Madame. Der ausladende Kragen, die großen Knöpfe und die Taschen sind absolut en vogue. Möchte Mademoiselle den Mantel einmal anprobieren?«

Sie lächelte Ruth gönnerhaft an.

Dir zeige ich es, dachte die. Absichtlich auf Deutsch sagte sie: »Er gefällt mir auch, Claire.« Mit diesen Worten zog sie ihren alten Mantel aus und warf ihn der Verkäuferin so unvermittelt zu, dass diese ihn mit spitzen Fingern auffangen musste. Dann verlangte sie auf Französisch: »Begleiten Sie mich zur Umkleide, und helfen Sie mir hinein!«

Kein Bitte, kein Danke. Sie sah, dass Claire den Mund öffnete, vermutlich, um sie zu tadeln, doch sie sagte nichts. Ruth, die ihr einen kurzen Seitenblick sandte, sah das schalkhafte Blitzen in den Augen ihrer Großmutter. Claire Tritschler hatte verstanden.

Die Verkäuferin schwankte angesichts der Verwendung der deutschen Sprache wohl noch mehr zwischen Abscheu und dem Wunsch, mit dieser offensichtlich reichen Dame, als die sie Claire zu Recht einstufte, ein gutes Geschäft zu machen.

»Nun bitte, helfen Sie meiner Enkeltochter«, sagte Claire kühl und fügte, an Ruth gewandt, hinzu: »Oder sollen wir lieber in die Galeries Lafayette fahren? Da ist der Service vielleicht besser.«

»Ich denke auch«, erwiderte Ruth, die Gefallen an dem Spiel fand. »Aber ich möchte diesen Mantel dennoch anprobieren. Wenn Madame so freundlich wäre, mir endlich einmal zu helfen?«

Die Verkäuferin gab sich einen Ruck und folgte Ruth mit zusammengekniffenen Lippen zu den Umkleidekabinen, um ihrer jungen Kundin in den Mantel zu helfen – was überhaupt nicht nötig gewesen wäre. Ruth war durchaus in der Lage, den Mantel alleine anzuziehen. Aber wie sie es genoss!

Als sie sich kurz darauf im Spiegel erblickte, war die unsympathische Verkäuferin vergessen. Die Frau, die sie da sah, war jene Dame, die sie immer hatte sein wollen. Elegant, schön und voller Stil. Ruth strahlte, und der Blick, mit dem ihre Großmutter sie empfing, als sie die Kabine wieder verließ, bestätigte: Der ist es!

Die großzügige Claire spendierte noch passende Handschuhe und einen Hut, dann verließen sie Arm in Arm das Kaufhaus. »Und nun zeige ich dir den Marais«, verkündete Claire. »Ich will schließlich ein wenig mit meiner schönen Enkeltochter angeben.«

*

Dass sie so rüde abgewiesen worden waren, dass man es gewagt hatte, derart mit ihrem Vater umzugehen, hatte Ida zutiefst erschüttert. Das war nicht das Straßburg, das sie kannte. Den Heimweg hatten sie schweigend angetreten – Franz hatte sich merklich vor seiner Tochter geschämt. Nach der Rückkehr in die Patisserie war er sofort in sein Zimmer gegangen, und Ida hatte ihrer besorgten Mutter und ihrer Tochter eine deutlich mildere Version dessen serviert, was geschehen war.

»Dann dürfen wir nicht bleiben?«, fragte Elise bestürzt. »Wir müssen wirklich gehen?«

Ida begriff, dass ihre Mutter all ihre Hoffnung in den Besuch der Behörde gesetzt hatte, und wechselte einen betroffenen Blick mit Joséphine, die ebenfalls hinter der Verkaufstheke stand.

»Das ist überhaupt nicht gesagt«, meinte sie. »Oskar ist ja auch noch da.«

In diesem Moment öffnete sich die Ladentür und ein großer, blonder Mann betrat den Raum. »Oskar! Gerade haben wir von dir gesprochen«, rief Ida und fragte sich, wie ihr Bruder es fertigbrachte, selbst in dieser ausgesprochen misslichen Lage zu grinsen und unbändige Lebensfreude auszustrahlen.

»Ich habe es gehört«, sagte er und ließ sich auf einen der Stühle im Cafébereich fallen. »Oskar ist ja auch noch da. Und Oskar hat riesigen Brezelhunger.«

Er rieb sich den Bauch und leckte sich die Lippen. »Musste viel zu lang darauf verzichten.«

Ida lachte, legte ihm eine Brezel auf den Teller und brachte sie ihm. »Du warst schon immer ein Vielfraß.« In Gedanken fügte sie hinzu: Vor allem aber ist es dir schon immer gelungen, die Stimmung zu verbessern und aus einem eigentlich furchtbaren Tag einen schönen zu machen.

»Na, hör mal!«, rief Oskar mit gespielter Empörung. »Ich bin groß. Da muss ich essen.«

Auch Elise entspannte sich in der Anwesenheit ihres Sohnes sichtlich, ein wenig von der Gelassenheit und Zuversicht, die er verbreitete, färbte auf sie ab.

Da sich im Café im Moment keine Kundschaft befand, kam auch sie um die Verkaufstheke herum und nahm ihrem Sohn gegenüber Platz. Joséphine folgte ihr.

Leider musste Ida nun der Zuversicht ihres Bruders einen Dämpfer verpassen, indem sie vom erfolglosen Besuch beim Amt erzählte. Und dass es Oskars Studienkollege Étienne Loubet war, der sie angeschwärzt hatte. »Ein weiterer Zeuge, der behauptet, wir kooperieren mit Deutschnationalisten, ist dieser Jean-Baptiste Tolbert, der es auf unseren Laden abgesehen hat. Man müsste ihn ausfindig machen und verlangen, seine Aussage zurückzuziehen.«

»Da stehen unsere Chancen jetzt gar nicht so schlecht. Ich habe nämlich Unterstützung bekommen«, teilte Oskar kauend mit. »Ein ehemaliger Student von mir hat inzwischen eine sehr erfolgreiche Anwaltskanzlei und will die Ausweisungen zu seinem neuen Spezialgebiet machen.«

Ida musterte ihren Bruder mit einer Mischung aus Hoffnung und Mitgefühl. Hoffnung wegen der neuen Chancen, die er angesprochen hatte, und Mitgefühl, weil ihr klar war, wie hart es für ihren Bruder sein musste, dass er nun nicht mehr an der Universität unterrichten durfte, auch wenn es in Tübingen für ihn weitergehen würde. Wie stolz war er damals gewesen, als er einen Lehrstuhl für Rechtswissenschaften erhalten hatte – und wie viel Wert hatte er auf ein gutes Miteinander mit seinen Studenten gelegt!

»Dieser junge Anwalt, sein Name ist Pierre Martin, gehört, ebenso wie du«, er sah seine Nichte an, »der Kategorie B an. Sein Vater ist Deutscher, seine Mutter Französin. Das heißt, er läuft nicht Gefahr, ausgewiesen zu werden, und hat beste Voraussetzungen und Beziehungen.«

Die drei Frauen am Tisch sahen Oskar voller Spannung an.

»Ich habe ihm von unserer Situation erzählt, und er wird sich für uns einsetzen.«

»Das ist ja wunderbar!«, rief Elise. »Was für ein netter Mensch. Wie können wir uns erkenntlich zeigen?«

»Nun«, sagte er langsam. »Er arbeitet natürlich nicht umsonst. Das habe ich ihm beigebracht: Keine Fälle aus reiner Nettigkeit übernehmen, sonst wird er nie Geld verdienen. Aber er macht mir einen guten Preis.«

»Wir geben natürlich etwas dazu«, sagte Ida rasch, doch ihr Bruder winkte ab.

»Was hat er denn nun genau gesagt?«, drängte sie.

Oskar hatte inzwischen die gesamte Brezel verputzt und wischte sich die Krümel vom Mund.

»Für dich sieht er sehr gute Chancen – aus genau den Gründen, die wir uns auch schon überlegt haben: Joséphine ist noch minderjährig, die kleine Anne hat gerade ihre Mutter verloren, und du bist eine wichtige Bezugsperson.«

Ida nickte erleichtert.

»Für uns andere allerdings«, er sah seine Mutter bedrückt an, »für uns andere will er kämpfen, rechnet sich aber deutlich schlechtere Chancen aus.«

Oskar spielte mit den Brezelkrümeln auf seinem Teller, um seiner Mutter nicht in die Augen sehen zu müssen, und berichtete dann: »Er empfiehlt, dass wir, wie uns geheißen, ausreisen und dann von Deutschland aus versuchen, eine Rückkehr nach Straßburg zu ermöglichen.«

»Aber …«, stammelte Elise, der alle Farbe aus dem Gesicht gewichen war, »aber wir können doch Marcel nicht mit der Kleinen im Stich lassen. Und was soll ohne unsere Hilfe aus der Patisserie werden?«

»Hör zu, Mutter«, sagte Oskar und griff über den Tisch nach ihrer Hand. »Mir fällt es auch schwer zu gehen, das musst du mir glauben. Aber ich bin der festen Überzeugung, dass wir zurückkehren können und werden. Ich habe beste Beziehungen. Wenn wir uns nun hier der Ausreise jedoch widersetzen, riskieren wir, als gefährlich eingestuft zu werden. Damit vergeben wir uns die Chancen auf eine spätere Rückkehr und landen womöglich sogar im Gefängnis.«

»Im Gefängnis?« Elise sah ihren Sohn entsetzt an. »Aber wir haben doch gar nichts getan! Ich bin doch nicht kriminell!«

»Natürlich nicht«, sagte Ida rasch und streichelte beruhigend die Hand ihrer Mutter. »Aber es gibt jede Menge Menschen, die uns nicht wohlgesinnt sind, weil wir Deutsche sind. Und die suchen nur einen Grund, uns anzugehen. Den dürfen wir ihnen nicht geben.«

Elise nickte und wirkte wie benommen.

Ida sah traurig zwischen ihrer Mutter und ihrer Tochter hin und her. Joséphine schien wie erstarrt. Sie hatte die ganze Zeit über kein Wort gesagt.

»Und wenn wir alle gehen?«, fragte Ida schließlich leise. »Wenn wir alle das Elsass verlassen und nach Stuttgart zurückkehren?«

*

»Nun gehen wir noch zum Friseur«, verkündete Claire. »Du musst ja nachher was hermachen.«

Ruth sah sie mit großen Augen an. »Zum Friseur«, hauchte sie. »Aber du hast doch ohnehin schon so viel für mich getan.«

Claire winkte ab. »Und das wurde ja auch Zeit«, sagte sie. »Ich genieße das Zusammensein mit dir sehr, und es lenkt mich auch ein wenig von Oskar ab. Ich denke, es werden die letzten Stunden sein, die ich in Frankreich verbringe – und damit auch die letzten Stunden, die wir so unkompliziert miteinander haben können.«

Ruth blickte erschrocken auf.

»Wir haben in den letzten vier Jahren viel zu wenig zu schätzen gewusst, was es bedeutet, in derselben Stadt zu wohnen«, fuhr Claire bedrückt fort. »Ich hätte mich mehr um dich kümmern sollen.«

»Aber ich habe doch auch nicht …«, setzte Ruth an, der erst in diesem Moment bewusst wurde, dass ihre Großmutter von dem gleichen schlechten Gewissen geplagt wurde wie sie selbst. Dann wurde ihr die eigentliche Botschaft der Aussage klar: »Du meinst, du wirst Frankreich verlassen?«

Claire nickte traurig. »Im Gegensatz zu seiner Schwester Ida hat Oskar wenig Chancen, bleiben zu dürfen. Er ist zwar mit einer Französin, nämlich mit mir, verheiratet, aber da wir keine Kinder haben, erst recht keine minderjährigen …«

Ruth nickte betroffen, und dieses unbestimmte Gefühl der Zerrissenheit, das sie in letzter Zeit schon so oft gequält hatte und vor dem sie immer versucht hatte davonzulaufen, machte sich wieder breit.

»Ich werde meinem Mann natürlich folgen.«

»Wirst du als gebürtige Französin denn in Deutschland glücklich? So direkt nach dem Krieg?«

»Glücklicher als ohne Oskar«, sagte Claire und griff dann nach der Hand ihrer Enkeltochter. »Nun lass uns nicht in Trübsal versinken«, bat sie. »Wir bereiten uns jetzt auf den Besuch bei Stéphanes Eltern vor. Kennst du eigentlich die Geschichte vom Marais?«

Ruth schüttelte den Kopf, dankbar für die Ablenkung. »Die solltest du aber kennen. Sie werden dich sicher fragen, wo du wohnst, und es wird Eindruck machen, wenn du sagst, dass du im Marais bei deiner Großmutter untergekommen bist.«

»Warum?«, fragte Ruth erstaunt, während sie den Boulevard Beaumarchais entlangschlenderten. »Ist es sehr nobel? Ich meine, Marie wohnt in einem regelrechten Stadtpalast, aber dann gibt es ja auch noch sehr viele kleine und windschiefe Häuschen.«

»Und genau das macht den Charme dieses Viertels aus, findest du nicht?«, fragte ihre Großmutter lächelnd. »Tatsächlich wohnten hier im 17. Jahrhundert vor allem Adelige. Doch dann kam die Französische Revolution, und der Adel wurde vertrieben. Ihre Stadtpaläste nennt man Hôtel particuliers, von denen sollen damals viele zerstört worden sein. Das hat mir mein Vater erzählt.«

»Und was hat das nun alles mit Stéphanes Eltern zu tun?«, fragte Ruth mit der ihr eigenen Ungeduld.

Inzwischen waren sie an der Place des Vosges angelangt. »Den Platz hat Heinrich IV. angelegt«, wusste Claire. »Ganz früher war hier mal ein Pferdemarkt.«

Sie deutete auf ein reich verziertes rotes Haus. »Und dort hat Victor Hugo gewohnt.«

Davon musste Ruth unbedingt Stéphane erzählen! »Es ist wunderschön«, sagte sie beeindruckt. »So prachtvoll.«

»Es gibt dort ein Museum für ihn«, verriet ihre Großmutter. »Du kannst deinem literaturbegeisterten Stéphane ja einen Besuch vorschlagen.«

Ruth schmunzelte. Nicht zum ersten Mal hatte sie das Gefühl, ihre Großmutter könne ihre Gedanken lesen.

»Und du solltest ihm auch die Synagoge in der Rue Pavée zeigen.« Claire warf einen Blick auf die Uhr. »Wenn wir nach deinem Friseurbesuch Zeit übrig haben, können wir dort vorbeigehen. Sie ist noch nicht alt, wurde erst vor fünf Jahren von Hector Guimard gebaut.« Ruth nickte begeistert, und ihre Großmutter fuhr fort: »Eigentlich kann man sagen, dass der

Marais das historische Zentrum des jüdischen Lebens in Paris ist – und das seit dem 13. Jahrhundert.«

»Darum hat Urgroßvater ausgerechnet hier eine Wohnung gekauft?«

Sie nickte. »Ihn hat sehr berührt, wofür der Marais steht. Die Geschichte des Judentums ist seit vielen Jahrhunderten eine Geschichte der Vertreibung. Aber hier, im Marais, haben wir immer wieder eine Heimat gefunden. Und seit der Revolution leben hier auch viele Juden aus dem Elsass, allerdings sind sie viel strenggläubiger, als dein Großvater es jemals war.«

»Stéphanes Familie ist protestantisch – und großbürgerlich«, erklärte Ruth.

»Umso wichtiger, dass du einen guten Eindruck machst«, bekräftigte Claire. »Wir sind auch schon fast da.«

21

Joséphine schluckte. Der Vorschlag ihrer Mutter, dass sie alle Straßburg verlassen sollten, stand riesengroß im Raum.

Wenn Ida und die Großeltern so entscheiden würden, dann könnte sie sich dem nicht widersetzen – doch dann wäre die Chance, Trystan wiederzusehen, verloren. Sie hatte ihm schließlich die Adresse der Patisserie Tritschler gegeben, und wenn sie nun schließen und fortgehen würden … Ohnehin war sie schon beunruhigt gewesen, als die Vandalen das Schild abgeschlagen hatten und es anschließend nicht wieder angebracht, sondern durch »Patisserie Picard« ersetzt worden war. Was, wenn er schon da gewesen, aber dann wieder gegangen war, weil er nach einer Patisserie Tritschler gesucht hatte, die es nicht mehr gab? Aber so schnell würde er doch sicher nicht aufgeben – wenn er es überhaupt ernst gemeint hatte. Und wenn er noch am Leben war.

»Das kommt nicht infrage«, donnerte in diesem Moment eine Stimme von der Tür her, die zum Treppenhaus führte.

Ida fuhr herum, und auch Joséphine blickte überrascht auf. Dort stand Franz, und er wirkte äußerst entschlossen. Offenbar hatte sich der Bäckermeister doch nicht hingelegt oder sich bereits wieder erholt.

Joséphine staunte. Mit jeder Demütigung, die ihr Großvater erfuhr, schien er größer zu werden, noch mehr über sich hinauszuwachsen. Sosehr ihm der Rausschmiss zugesetzt und er sich dafür geschämt hatte – nun stand er stolz und aufrecht wie eh und je in dem Café, das er geschaffen, das er aufgebaut hatte.

»Wir werden gehen, Lisle«, verkündete er, und Joséphine dachte, dass sie den zärtlichen Kosenamen schon seit Ewigkeiten nicht mehr aus dem Mund ihres Großvaters gehört hatte.

Er durchmaß das Café mit großen Schritten, trat hinter seine Frau und legte ihr tröstend die Hände auf die Schultern. »Wir werden gehen. Aber ihr«, er sah Ida und Joséphine eindringlich an, »ihr werdet nicht weichen. Ihr werdet mein Erbe verteidigen und dafür sorgen, dass das Schild ›Patisserie Tritschler‹ auch noch in Generationen an der Wand der Backstube hängen wird.«

Joséphine stieß erleichtert die Luft aus, während sich zugleich ein heftiger Schmerz in ihren Magen bohrte. Jeden einzelnen Tag ihres Lebens hatte sie mit ihren Großeltern verbracht. Die Vorstellung, nun von ihnen getrennt zu werden, schien ihr unvorstellbar. Wie ungerecht das war!

»Aber Franz«, sagte Elise mit brüchiger Stimme. »Ich kann nicht gehen. Das ist doch unsere Heimat geworden hier.«

»Das interessiert die Franzosen nicht«, sagte Franz bitter. »Sie vertreiben uns trotzdem. Unverzeihlich ist das.«

In diesem Moment sprang Ida auf, so heftig, dass der Stuhl, auf dem sie gesessen hatte, polternd zu Boden fiel. Zitternd stand sie da – und weiß wie die Wand.

»Ich bin gleich wieder da«, presste sie hervor und stürzte aus dem Café.

»Maman!«, rief Joséphine und sprang ebenfalls auf, doch Großvater hielt sie zurück.

»Lass sie«, sagte er. »Ich glaube, deine Mutter muss jetzt ein bisschen allein sein.«

*

Ihr Zufluchtsort hatte einen Namen. Maximilien Fouché. Wieder rannte Ida beinahe auf dem Weg zu ihm. Wieder war sie voller Angst und Verzweiflung. Diesmal aber nicht, weil sie unsicher war, wie Max auf sie reagieren würde, sondern weil sie gar nicht wusste, wohin mit ihrer Wut, ihrem Schmerz und ihren Zukunftsängsten. Er lächelte nicht, als er ihr die Tür öffnete. »Ida«, sagte er. »Ich habe dich schon erwartet.«

»Aber warum, ich …«, begann Ida verwundert, da sah sie Lucien hinter dem alten Freund hervortreten.

»Hallo, Liebste«, sagte er etwas verlegen. »Da hatten wir wohl den gleichen Gedanken. Bei unserem alten Freund Rat zu suchen.«

Wie bei ihrem letzten Besuch bot Max Ida Tee an.

»Bist du wegen der Ausweisungen hier?«, fragte sie und schmiegte sich vertrauensvoll an ihren Mann. »Wir haben gerade mit Oskar gesprochen.«

Lucien sah sie gespannt an. »Was gibt es Neues?«

»Ich als Frau eines Franzosen darf wohl bleiben, meine Eltern und mein Bruder werden aber gehen müssen. Ich würde sie trotzdem gern begleiten, aber …«

Lucien, der gerade einen Schluck Tee genommen hatte, verschluckte sich und begann schrecklich zu husten.

Besorgt klopfte Ida ihm auf den Rücken. »Geht es dir nicht gut? Weshalb bist du hier?«

»Wegen der Ausweisungen«, wiederholte Lucien. »Aber auch, weil ich einfach jemanden zum Reden brauchte.«

Verletzt sah sie ihn an. »Aber wir können doch miteinander reden.«

»Sicher«, sagte er ruhig. »Und das tun wir ja auch. Dass aber sowohl du als auch ich manchmal den Rat eines anderen Menschen brauchen, beweist ja schon die Tatsache, dass du auch hergekommen bist.«

Ida musste lächeln. Dem konnte sie nichts entgegensetzen.

»Ich habe mit Max über meine Ängste gesprochen. Über meine Reaktion auf Paul. Darüber, dass ich es so schwer habe, mich wieder in diese Alltagswelt einzufinden – und mich dir zu öffnen.«

Sie schluckte. »Und was hat er gesagt?«

»Dass ich mir Zeit geben soll. Dass ich Geduld mit mir haben muss.« Er nahm ihre Hand.

»Da hat er ohne Frage recht«, bestätigte Ida und blickte auf ihre verschlungenen Finger. Irritiert bemerkte sie, dass sich diese Geste zugleich ungemein vertraut und ungemein fremd anfühlte. Lucien war zur Hälfte ein anderer Mensch geworden – und diesen Menschen musste sie erst einmal kennenlernen.

In diesem Moment kam Max mit einer Kanne Tee herein. Er stellte eine Tasse vor Ida und schenkte Lucien und sich selbst nach.

»Der Krieg verändert Menschen, Ida«, sagte Max. »Im Krieg sehen und erleben wir Dinge, die man eigentlich gar nicht ertragen kann.«

»Ich weiß«, bestätigte Ida. »Oh, wie gut ich das weiß. Ich habe es ja bei unseren Vätern gesehen – und auch bei meinen Großeltern.«

Max nickte. »Dann weißt du ja noch, dass es vor allem Geduld braucht.«

»Ja«, räumte Ida ein. »Lucien und ich haben schon davon gesprochen – er hat mir erzählt, wie es bei ihm war.«

»Wir alle haben eine schwere Phase hinter uns. Sie hat uns

an den Rand unserer Kräfte gebracht – und darüber hinaus. Aber ihr beide«, er sah erst Ida und dann Lucien eindringlich an, »ihr beide habt diese Zeit vollkommen getrennt voneinander verbracht. Lucien war es als Französischstämmigem ja nicht gestattet, Heimaturlaub zu nehmen. Natürlich seid ihr euch etwas fremd, wie sollte es anders sein! Aber eure Liebe ist stärker, das weiß ich.«

»Ich auch«, stimmte Lucien zu und küsste Ida zärtlich auf den Mund. »Der Glaube an die Liebe und der Gedanke an dich haben mich all diesen Wahnsinn da draußen überstehen lassen.«

Gerührt sah Ida ihn an. »Und wir haben so viel mehr Glück als unser Sohn, der nach seiner Rückkehr nur noch das Grab seiner Frau besuchen konnte. Allein deshalb müssen wir dankbar sein.«

Lucien nickte. »Zumal unser Glück ja zerbrechlich ist.«

Ida berichtete nun auch ihrem Freund von den Ereignissen in der Patisserie und Oskars Erkenntnis: »Wie es aussieht, darf ich bleiben.«

»Aber das ist doch wunderbar!«, rief Max.

»Einerseits ja«, bestätigte Ida. »Andererseits fällt mir das auch nicht leicht, denn meine Eltern und mein Bruder werden gehen müssen. Man jagt sie einfach fort.«

Ihre Stimme zitterte, und Lucien streichelte beruhigend ihren Rücken.

»Ja, das ist schlimm«, murmelte Max. »Und da gibt es auch gar keinen Trost.«

»Ein Teil von mir würde gerne mit ihnen gehen«, wiederholte Ida.

»Chérie«, begann Lucien. »Ich muss dir noch etwas sagen. Warum ich mich vorhin so verschluckt habe. Und das fällt mir jetzt schwer.«

Alarmiert sah sie ihn an.

»Ich habe soeben einen Ruf an die Universität Straßburg erhalten. Sie soll im nächsten Jahr neu gegründet werden. Es wird den Lehrstuhl für Biologie wieder geben, nur eben alles auf Französisch«, sagte Lucien leise und sah sie um Verständnis bittend an.

Sie umarmte ihn. »Wie wundervoll! Ich freue mich für dich, mein Liebling, herzlichen Glückwunsch!«, versicherte sie. »Ich weiß doch, wie viel es dir bedeutet, Wissen an die nächsten Generationen weiterzugeben.«

»Danke, Schatz. Ich habe die Hoffnung, dass es letztlich gleichgültig ist, in welcher Sprache unterrichtet und geforscht wird. Dass es am Ende einfach um die Wahrheitsfindung geht«, sagte Lucien. »Aber ich möchte dich natürlich nicht im Stich lassen. Weil du gerade meintest, dass du deine Eltern gern begleiten würdest.«

Lächelnd schüttelte sie den Kopf. »Ein Teil von mir will das. Aus Liebe und aus Solidarität, weil die neue Regierung Familienmitglieder verjagt. Aber natürlich bleiben wir hier. Wir dürfen Anne nicht aus ihrem vertrauten Umfeld reißen. Sonst müsste ja auch Marcel mit uns kommen – und als gebürtiger Franzose hätte er es nicht leicht, ebenso wenig wie du. Es ist egal, in welchem Land wir leben, irgendein Familienmitglied wird immer zum Feind erklärt.«

Die beiden Männer schwiegen. Darauf gab es nichts zu sagen.

»Außerdem hat uns Papa aufgefordert, zu bleiben und das tritschlersche Erbe hochzuhalten.«

»Dann musst du das tun«, sagte Max ernst. »Das bist du deinem Vater schuldig.«

»Ich weiß.« Sie seufzte. »Es ist nur so schwer, sie gehen zu lassen.«

Ida hatte die Patisserie Picard kaum verlassen, als die Tür aufgestoßen wurde und Paul hereinkam. »Was macht ihr denn für Gesichter?«, fragte er, als er seine Großeltern mit seiner Schwester und seinem Onkel am Tisch sitzen sah, und blickte fragend von einem zum anderen.

»Na ja«, ergriff Joséphine das Wort. »Oskar hat sich rechtlichen Rat eingeholt. Es ist wohl so, dass Ida bleiben darf, die Großeltern und Oskar selbst aber gehen müssen. Zunächst.«

Paul sog die Luft ein. »Das kommt ja gar nicht infrage, das …«

»Bitte«, sagte Joséphine mit ungewohnter Schärfe in der Stimme. »Kein Wutanfall jetzt. Es ist schwer genug.«

»Wir haben alles versucht«, meinte Oskar, »und wir werden auch weiter alles versuchen. Von Deutschland aus. Etwas anderes bleibt uns im Moment nicht.«

»Ich werde das nicht zulassen«, brauste Paul erneut auf.

»Wir werden das alle nicht zulassen«, erwiderte Oskar, der im Begriff war, eine weitere Brezel zu verspeisen, ruhig.

Paul fuhr herum. »Wie kannst du in so einem Moment essen?«

»Essen beruhigt den Magen. Und das Gemüt«, verkündete Oskar und hielt seinem Neffen ein Stück Laugengebäck hin. Doch Paul wendete sich schnaubend ab.

»Hör mir zu«, donnerte sein Großvater. »Du setzt dich jetzt hin und hörst mir zu.«

Wie schon so oft, hatte Autorität auch dieses Mal eine beruhigende Wirkung auf Paul. Eingeschüchtert nahm er Platz, lehnte das Brezelstück, das Oskar ihm erneut anbot, aber weiterhin ab.

»Wir werden gehen«, sagte Franz feierlich, »aber die Patisserie Tritschler wird bleiben. Marcel wird die Backstube übernehmen, Ida das Café, vielleicht unterstützt von Joséphine, wenn sie nicht im Lazarett arbeiten muss, und du …«

»Und ich«, sagte Paul und erhob sich wieder, diesmal allerdings sehr ruhig, sehr bestimmt und ohne die ihm sonst so eigene Aufregung und Dramatik, »und ich werde ebenfalls gehen. Wenn ihr ausgewiesen werdet, komme ich mit euch. Ich habe hier ohnehin nichts verloren.«

»Aber Paul!«, rief sein Großvater. »Was willst du denn mit uns alten Leuten? Du wirst doch hier gebraucht.«

»Ach ja?« Paul sah ihn ruhig an. »Und als was? Ich bin kein Bäcker, Großvater, und zum Bedienen eigne ich mich mit meinem Bein auch nicht wirklich. Und du glaubst doch nicht, dass ich mit meinen miesen Französischkenntnissen hier zu Ende studieren kann, geschweige denn Rechtsanwalt werden. Ich komme mit nach Deutschland. Und von dort aus, das schwöre ich, werde ich nicht nur dafür sorgen, dass ihr alle wieder zurückkehren könnt. Ich werde auch dafür sorgen, dass diese Schweine diese unfairen Friedensbedingungen büßen müssen. Und«, er machte eine kunstvolle Pause, »ich werde darum kämpfen, dass das Elsass eines Tages wieder deutsch sein wird.«

Sein Blick traf den seiner Schwester, und sie sah darin so viel verzweifelten Fanatismus, dass ihr ein Schauer über den Rücken lief.

*

In letzter Sekunde hatte Ruth sich dann doch noch umentschieden. Sie fühlte sich in dem Tonnenrock einfach nicht wohl, und im Gegensatz zu ihrer Großmutter fand sie, dass die Farbe des romantischen Georgettekleides sie nicht blass machte, sondern im Gegenteil ihre Haare besonders zum Leuchten brachte. Obendrein passte die Frisur viel besser zu dem Kleid als zu Tonnenrock und Bluse: Die Friseurin hatte ihr dunkles Haar zu weichen Wellen onduliert, an den Seiten geflochten und im Nacken zu einem neugriechischen Knoten zusammengesteckt. Das sah wunderbar aus, fand Ruth. Sie verabschiedete sich von Claire mit einem Kuss auf die Wange – und dem Versprechen, sie sofort in Straßburg aufzusuchen, wenn sie zurück war, bevor die Großmutter ihre Heimat gemeinsam mit ihrem Ehemann verlassen musste. Dann, versprach Ruth, werde sie Claire alles haarklein erzählen.

Beide stiegen in je ein Taxi, Claires nahm Kurs auf den Bahnhof, Ruths fuhr in Richtung des 16. Arrondissements. Sie war so aufgeregt, dass sie die Umgebung kaum wahrnahm. Doch dann bog das Taxi zwischen zwei Säulen in eine Einfahrt ein und fuhr durch ein offen stehendes, hohes, schmiedeeisernes Tor einen scheinbar endlosen Kiesweg entlang, an dessen Ende das prachtvollste Haus stand, das Ruth je gesehen hatte: Die Einfahrt führte auf ein Rondell zu, in dessen Mitte sich ein Springbrunnen befand, der allerdings jetzt im Winter nicht in Betrieb war. Dahinter erstreckte sich ein mehrgeschossiger, dreiflügeliger Bau in Gelb- und Weißtönen. Fünf breite Stufen führten zu einem Säulenportal hinauf.

Als Ruth den Taxifahrer bezahlt hatte, öffnete sich die riesige Doppelflügeltür wie von Zauberhand, und sie erblickte ein Dienstmädchen mit weißer Schürze und Häubchen auf dem Kopf.

Sie eilte die Stufen hinauf, wobei sie beinahe stolperte, und trug den Strauß rosafarbener Teerosen, den mitzubringen Stéphane ihr empfohlen hatte, wie einen Schutzschild vor sich her. Nervös krampften sich ihre Finger um die Stiele. Wo war er denn nur? Und was sollte sie zu diesem Hausmädchen sagen? Sollte sie ihm die Blumen geben? Oder warten, bis Stéphanes Mutter zu erscheinen geruhte?

Zum Glück tauchte in diesem Augenblick Stéphane in der Tür auf, küsste ihre Hand und lächelte sie an. Sie war gerettet.

»Ich bin furchtbar aufgeregt«, flüsterte sie.

»Das wird schon«, sagte er und klang, wie sie fand, ungewohnt kühl und ein wenig so, als benehme sie sich schon jetzt daneben.

»Albert wird dir nun deinen Mantel abnehmen.«

Er nickte einem Mann zu, der am Rande der riesigen Empfangshalle zwischen zahlreichen Wandgemälden stand und den Ruth bis dahin gar nicht bemerkt hatte.

»Sehr schick übrigens, der Mantel«, kommentierte Stéphane noch, und dass auch das Georgettekleid seinen Gefallen fand, sah sie an den leuchtenden Augen ihres Liebsten.

»Was mache ich mit den Blumen?«, flüsterte Ruth, als der Diener sich mit dem Mantel entfernt hatte. »Überreiche ich sie deiner Mutter oder dem Dienstmädchen?«

Er musterte sie ein wenig von oben herab, wie Ruth mit leisem Ärger feststellte, und sagte dann auch noch: »Na ja, in den letzten vier Jahren, während des Krieges, war keine Zeit, die Etikette zu lernen, nicht wahr?« Dann fügte er hinzu: »Du überreichst sie natürlich dem Dienstmädchen, die präsentiert sie meiner Mutter und stellt sie dann in eine Vase.«

Ruth nickte. »Gut«, sagte sie spitz. »Dann werde ich das so machen.«

Als sie Stéphanes Mutter kennenlernte, war all ihre Scheu verflogen. Konstanze Weiss war eine klassische Schönheit: dunkles, gelocktes Haar, das sie in einer ähnlichen Frisur aufgesteckt trug wie die Friseurin sie auf Ruths Kopf gezaubert hatte, leuchtende blaue Augen, ein feines Gesicht, schlanke und gepflegte Hände, an denen kostbarer Schmuck funkelte. Vor allem aber strahlte diese Frau eine unglaubliche Güte aus.

»Meine Liebe, wie schön, Sie endlich kennenzulernen«, rief sie, kaum dass die völlig eingeschüchterte Ruth den Raum betreten hatte, und eilte ihr mit ausgebreiteten Armen entgegen. »Was für zauberhafte Blumen das sind! Hat Stéphane Ihnen etwa verraten, dass ich rosafarbene Teerosen besonders mag?«

»Ich …«, stammelte Ruth, aber sie kam gar nicht zu Wort.

»Stellen Sie diesen wunderbaren Strauß doch bitte ins Wasser. Wären Sie so lieb, Esther?«, fragte sie das hinter ihr stehende Dienstmädchen, das der Bitte seiner Herrin nur zu gerne nachkam.

Nun, da Ruth der Blumen entledigt war, griff Konstanze mit beiden Händen nach den ihren. »Ich hoffe, Sie hatten eine gute Anreise?«

Erneut wartete sie die Antwort nicht ab, sondern bat die Freundin ihres Sohnes zu einer Sitzgruppe. »Bitte, nimm doch Platz, meine Liebe. Ich darf doch Du sagen?«

Ruth nickte überwältigt. Diese Frau war ja wirklich ein Feuerwerk.

»Vielleicht gibst du mir vorher ebenfalls die Gelegenheit, unseren Gast zu begrüßen«, mischte sich ein distinguiert wirkender Herr, der sich bisher im Hintergrund gehalten hatte, ins Gespräch. »Christian Weiss, Stéphanes Vater.«

»Oh«, machte Ruth verlegen und reichte ihm die Hand, die er sofort formvollendet küsste. »Wie wunderbar, Ihre Bekanntschaft zu machen.«

Stéphane, der neben ihr stand, sog die Luft ein. Sie warf ihm einen irritierten Blick zu. Hatte sie schon wieder etwas falsch gemacht? Doch sofort rettete Konstanze sie erneut aus ihrer Verlegenheit.

»Lasst uns nun doch endlich anstoßen. Ich hoffe, es ist dir recht, dass wir Champagner trinken?«

Ruth, die einen solch edlen Schaumwein noch nie probiert hatte, war etwas überfordert. »Das … natürlich, gern …«

Wie von Zauberhand erschien ein Bediensteter in Livree. Er trug ein Silbertablett, auf dem vier Gläser mit einer goldgelben, perlenden Flüssigkeit standen.

»Bitte«, sagte Konstanze und forderte Ruth auf, das erste Glas zu nehmen.

Zaghaft griff sie nach der Champagnerflöte. Sie hatte furchtbare Angst, die anderen umzustoßen. Doch alles ging gut.

Als alle mit Champagner versorgt waren, stießen sie an.

»Auf euer Glück«, rief Konstanze aus. »Ich freue mich ja so, dass Stéphane eine so wunderbare Frau wie dich gefunden hat.«

Ruth stutzte. Konstanze Weiss kannte sie doch gar nicht. Woher wollte sie wissen, ob sie wunderbar war oder nicht? Doch sie verfolgte den Gedanken nicht weiter, denn in diesem Moment sagte Stéphane etwas spitz: »Nur schade, dass Louise nicht wie versprochen bei uns sein kann. Ich hatte mich schon sehr darauf gefreut, sie Ruth vorzustellen.«

Auf einmal trat verlegenes Schweigen ein. Und erst da fiel Ruth auf, dass die von Stéphane angekündigte Cousine in der Tat noch nicht aufgetaucht war.

Stéphanes Vater räusperte sich. »Nun«, sagte er. »Dann würde ich sagen, wir begeben uns zu Tisch. Sie haben sicher Hunger?«

»Gern«, erwiderte Ruth und dachte, dass Stéphane offenbar die Angewohnheit hatte, Menschen in Verlegenheit zu bringen – sie selbst ebenso wie seine Eltern. Die jedoch wurden ihr immer sympathischer. Als sie sich drei Stunden später verabschiedete, hatte sie das Gefühl, Teil der Familie zu sein. Stéphane war sie in jenen Stunden allerdings nicht nähergekommen. Einmal war er sogar hinausgegangen, um seiner Cousine telefonisch Vorwürfe für deren Nichterscheinen zu machen. Während sie sich blendend mit seinen Eltern unterhalten hatte, schien er regelrecht darauf gewartet zu haben, dass sie einen Fehler machte. Allein: Diesen Gefallen tat sie ihm nicht. Sein argwöhnischer Blick hatte sie verärgert. Und so sagte sie auch nur halbherzig zu, als er sie fragte, ob er sie am nächsten Tag – seinem Geburtstag – zu einem Spaziergang abholen dürfe. Als er jedoch verkündete, er sei danach bei seiner Cousine zum Kuchenessen eingeladen und freue sich, wenn sie ihn begleite, war Ruth Feuer und Flamme. Die geheimnisvolle Louise Weiss wollte sie unbedingt kennenlernen!

22

Joséphine war erleichtert, dass ihre zwei freien Tage vorbei waren und sie wieder zur Arbeit gehen konnte. So anstrengend die Tätigkeit im Lazarett auch war – sie bot ihr eine willkommene Ablenkung von den Problemen, die sich zu Hause anhäuften. Sie war vollkommen überfordert mit all dem, was da auf sie einprasselte, und hätte dringend eine Freundin gebraucht, mit der sie sich austauschen konnte. Doch Ruth war in Paris. Immerhin: Während sie Wunden versorgte, Fieber maß und Verbandsrollen aufwickelte, konnte sie ihren Gedanken freien Lauf lassen, denn diese Handlungen waren ihr vertraut, waren ihr in Fleisch und Blut übergegangen. Alles andere, was ihr vertraut war, brach momentan in sich zusammen.

Viel zu schnell, wie sie fand, gingen die Stunden im Krankenhaus vorbei, und am liebsten hätte sie sich noch für eine Sonderschicht angemeldet – doch sie wusste ja, dass sie auch zu Hause gebraucht wurde. Dort musste sie trösten. Stark sein. Ihrer Großmutter dabei helfen, Erinnerungen auszusortieren. Dreißig Kilo gestattete man der alten Dame mitzunehmen und zweitausend Reichsmark. Ein ganzes Leben in einem kleinen Koffer.

Außerdem stand für heute Mittag das Gespräch an, in dem

Paul den Eltern mitteilen würde, dass er mit seinen Großeltern gehen und Straßburg den Rücken kehren wollte.

Insofern war sie nicht wie sonst erleichtert, als sie das Gebäude der Patisserie Picard, ehemals Tritschler, vor sich auftauchen sah, und es stellte sich auch nicht das übliche Gefühl des Nachhausekommens ein. Ida und Marcel fegten vor dem Gebäude das Laub, das nach der gestrigen stürmischen Nacht überall herumlag. Von Weitem schon erkannte sie, wie düster ihre Mienen waren, und ein Gefühl von Verlorenheit bemächtigte sich ihrer.

»Salut, Joséphine«, ertönte plötzlich eine vertraute Stimme neben ihr.

»Onkel Oskar«, erkannte sie. »Gibt es Neuigkeiten?«

»Ja, aber etwas eher Seltsames«, deutete er geheimnisvoll an.

Sie trafen vor der Patisserie ein und wurden von Ida und Marcel begrüßt.

»Hast du etwas erfahren?«, fragte Ida ihren Bruder hoffnungsvoll.

»Es ist merkwürdig«, sagte Oskar. »Mein Freund Martin hat nichts über diesen Jean-Baptiste Tolbert herausgefunden. Gar nichts.«

»Das ist der Mann, der unser Geschäft kaufen wollte?«, vergewisserte sich Joséphine.

»Ja, und der uns dann bei den Behörden angeschwärzt hat«, ergänzte Ida bitter.

»Es gibt keinerlei Akten oder Urkunden über einen Immobilienmakler namens Jean-Baptiste Tolbert. Der Name ist auch sonst nirgends zu finden. Die Adresse auf dem Briefpapier, das er verwendet hat, um sich über uns zu beschweren, gehört zu einem Lagerhaus. Da gibt es aber weder Büroräume noch Wohnungen.«

»Das heißt, wir wurden aus dem Nirgendwo denunziert?«, fasste Marcel verständnislos zusammen. »Von einem Mann, den es nicht gibt?«

»Wie unheimlich«, kommentierte Ida schaudernd, während sie mit Marcel und ihrem Bruder ins Gebäude ging.

Da bekam auch Joséphine eine Gänsehaut, aber aus anderem Grund: Ein junger Mann, den sie zunächst gar nicht bemerkt hatte, steuerte auf das Gebäude zu, die Hände tief in den Jackentaschen vergraben. Für einen Sekundenbruchteil wusste sie nicht, warum er so vertraut wirkte, doch dann traf sie sein smaragdener Blick unter den dunklen Haaren. »Trystan«, hauchte sie – und rannte ihm entgegen.

*

Stéphane staunte nicht schlecht, als er Ruth abholte. »Deine Oma wohnt ja sogar recht hübsch.«

»Tja, wir sind auch keine ganz armen Schlucker. Wir reden nur nicht so gern über Geld«, erwiderte sie spitz und küsste ihn dann auf den Mund, fest entschlossen, seine Sticheleien heute an sich abperlen zu lassen. »Alles Gute zum Geburtstag, Liebling.«

Sie überreichte ihm einen kleinen Gedichtband, den sie am Morgen bei einem jüdischen Buchhändler im Marais für ihn ausgesucht hatte. Er riss das Geschenkpapier auf, blätterte kurz darin und steckte das Büchlein dann in seine Manteltasche. »Nett, danke«, sagte er knapp.

Sie war enttäuscht. Sie hatte sich große Mühe gegeben, sich bei der Auswahl ausführlich von dem sehr beflissenen Buchhändler beraten lassen und war überzeugt gewesen, wirklich etwas Besonderes gefunden zu haben. Und nun tat Stéphane ihr Geschenk so beiläufig ab. Dennoch war sie nach wie vor fest entschlossen, sich die Laune nicht verderben zu lassen.

»Ich habe noch eine Überraschung für dich«, sagte sie und führte ihn zum Place des Vosges, wo sie gestern mit ihrer Großmutter gestanden und das Maison de Victor Hugo entdeckt hatte. »Hier lebte Victor Hugo von 1832 bis 1848«, verkündete sie stolz. »Und er hat auch über den Marais geschrieben, ein Jahr bevor er hier einzog, 1831, in seinem *Glöckner von Notre-Dame.*« Ruth hatte den Text – selbstverständlich auf Französisch – auswendig gelernt und zitierte stolz: »Zigeuner, entlaufene Mönche, versumpfte Studenten, Schurken aller Nationen, wie Spanier, Italiener, Deutsche, und alle Religionen, Juden, Christen, Mohammedaner, Götzenanbeter, am Tag bettelnd, nachts als Räuberbanden ausschwärmend …«

Sie unterbrach sich, als sie bemerkte, dass es um Stéphanes Mundwinkel verdächtig zuckte.

»Davon habe ich ja noch gar nie gehört«, sagte er ironisch und ließ keinen Zweifel daran, dass das Gegenteil der Fall war.

»Du machst dich lustig über mich«, stellte sie betroffen fest.

Sie hatte sich so über ihre Entdeckung gefreut und darauf, sie mit ihm zu teilen!

»Nein«, sagte er mit gespieltem Mitleid. »Ich finde es doch süß, dass du glaubst, dass ich als Pariser dieses Haus noch nie gesehen habe – und dass ich als Student der Literatur«, er warf sich etwas in die Brust, »diese Stelle aus dem Glöckner von Notre-Dame nicht kenne.«

Wie so oft in seiner Gegenwart kam sich Ruth furchtbar dumm vor. Gleichzeitig brodelte in ihr eine Wut, die sie ihm gern entgegengeschleudert hätte. Doch sie war wild entschlossen, sich von ihm den Tag nicht verderben zu lassen. »Entschuldige, wie naiv von mir«, fasste sie spöttisch sein unausgesprochenes Urteil über sie zusammen. »Wollen wir aufbrechen? Deine Cousine wartet sicher bereits.«

Auf dem Weg dahin lauschte sie seinem Geplapper nur mit halbem Ohr. Zu laut war ihre innere Stimme, die sie regelrecht anflehte, sich von diesem Mann zu trennen. Er macht dich nicht glücklich, rief sie. Im Gegenteil. Er macht dich ständig klein.

Und dann gesellte sich noch ein inneres Bild zur inneren Stimme: das von einem gut aussehenden Mann am Ufer der Ill, der mit einem kleinen Mädchen an der Hand spazieren ging. Eine Kastanie. Darüber leuchtende Kinderaugen. Und die Augen dieses Mannes, die sie so warm ansahen, und seine Worte, die sie nie kränken oder verletzen würden. Bis auf dieses eine Mal. 1914. Und dann war sie zurück, die Erinnerung daran, dass sie genau wegen dieses Mannes ja überhaupt erst in Stéphanes Armen gelandet war. Kein Mensch war perfekt. Sie musste ihm Zeit geben, durfte nicht zu anspruchsvoll sein. Stéphanes charmante Eltern hatten sie mit offenen Armen empfangen, an seiner Seite würde es ihr an nichts fehlen, er war kultiviert und gebildet, sah gut aus.

»Wir sind da«, sagte er in diesem Moment und klingelte an einem polierten goldenen Türschild.

Das Bild des Mannes und des kleinen Mädchens am Ufer der Ill verblasste. Das hier war die Gegenwart. Das war die Wirklichkeit. Das war jetzt ihr Leben. Sie musste nur Ja dazu sagen.

*

»Du bist da! Du bist wirklich da!« Joséphine musste sich selbst vom Unfassbaren überzeugen. Das hier war kein Traum! Sie hatte ihre Arme um Trystans Hals gelegt und küsste ihn voller Sehnsucht zärtlich auf den Mund. Eigentlich war ihre Begrüßung viel zu vertraulich und stürmisch, so weit waren sie im Lazarett noch lange nicht gewesen. Hier und da ein scheuer Blick, ein verstohlenes Lächeln, eine zaghafte Berührung. Aber beim Abschied hatten sie sich ein Versprechen gegeben; und dass er nun hier war, dass er tatsächlich gekommen war, zeigte, dass er dieses Versprechen ebenso ernst nahm wie sie selbst.

»Straßburg ist so hässlich geworden ohne dich! Wie gut, dass du gerade jetzt kommst!«

»Ich wäre zu jedem Zeitpunkt glücklich gewesen, dich zu sehen«, sagte er heiser und strich ihr eine ihrer blonden Strähnen aus der Stirn. »Ich habe in diesem verdammten Krieg ständig an dich gedacht.«

»Ich auch an dich.« Sie küsste ihn erneut.

»Warum ist Straßburg denn so hässlich geworden?«, fragte er und sah sie aufmerksam an.

»Der deutsche Teil meiner Familie wird ausgewiesen, meine Großeltern und mein Onkel mit seiner Frau«, brachte sie ihn auf den neuesten Stand. »Anfangs hatte meine Mutter die Idee, dass wir meine Großeltern begleiten. Als sie das vorgeschlagen hat, war mein erster Gedanke, dass du mich dann nicht mehr finden könntest.«

Er war von ihren Worten sichtlich gerührt und streichelte sanft ihre Wange. »Ich hätte dich immer und überall gefunden«, versicherte er zärtlich.

In diesem Augenblick knurrte hörbar sein Magen, und er lachte sie verlegen an.

»Oh, bitte entschuldige, wie unaufmerksam von mir. Du hast sicher schrecklichen Hunger!«, rief sie.

»Ja«, gestand er. »Ich kann aber verstehen, wenn du mich noch nicht mit hineinnehmen möchtest und es dir zu früh ist oder ungünstig wegen der Ausweisung deiner Großeltern und deines Onkels. Wir könnten ja auch woanders zusammen essen.«

Mit gespielter Empörung sah sie ihn an. »Woanders? Das

kommt ja gar nicht infrage! Du isst bei uns. Und ich freue mich schon, dir alle vorzustellen. Vielleicht heitert unsere Wiedersehensfreude meine Großeltern ja auf. Es tut so weh, sie leiden zu sehen.«

Er schloss seine Hand fester um die ihre, während sie auf die Patisserie zugingen, und er versuchte nicht, ihre Situation schönzureden. »Das verstehe ich«, sagte er. »Ich glaube, das Beste, was du nun für sie tun kannst, ist, dafür zu sorgen, dass es hier gut weitergeht. Dass das, was sie aufgebaut haben, bestehen bleibt. Wie es scheint, ist eure Patisserie ja hervorragend in Schuss.«

Sie sah ihn überrascht an. »Genau das hat Großvater sich von uns gewünscht: dass wir bleiben und weitermachen«, sagte sie.

»Und umbenannt habt ihr euch, weil ein deutscher Name inzwischen schwierig ist?«, kombinierte er.

Sie nickte. »Ganz genau. Wir heißen ja auch alle Picard – bis auf die Großeltern, die jetzt gehen müssen. Aber das alte Schild, auf dem Patisserie Tritschler steht, das hängt in der Backstube und erinnert daran, wo wir herkommen.«

»Dann sehe ich es ja gleich«, freute er sich. »Und du bist dir wirklich sicher?«

Sie nickte. »So sicher war ich mir noch nie«, sagte sie feierlich und stieß die Ladentür auf.

*

Stéphanes Cousine war eine ebensolche Überraschung wie seine Mutter. Die fünfundzwanzigjährige Louise hatte ein kantiges, aber schönes Gesicht und trug ihr dunkles Haar in modisch kurzen Wellen. Sie begrüßte Ruth genauso offen und lebhaft wie tags zuvor ihre Tante Konstanze. Und sie redete genauso viel.

»Ich habe Kuchen gebacken!«, rief Louise, nachdem sie ihrem Cousin zum Geburtstag gratuliert und ihn rechts und links auf die Wange geküsst hatte. »Kannst du dir das vorstellen? Ich und Backen!«

»Bei dir kann ich mir alles vorstellen!«, erwiderte er grinsend.

Louise führte das junge Paar ins Wohnzimmer, das Ruth sehr an das ihrer Großmutter Claire in Straßburg erinnerte: In den deckenhohen Regalen drängten sich die Bücher, eine Sitzgruppe stand mitten im Raum, und auf dem Boden neben dem Sofa stapelten sich jede Menge Zeitschriften.

»*L'Europe nouvelle*«, las sie und nahm eine davon in die Hand.

»Das sind ja alles Exemplare von ein und derselben Ausgabe«, stellte sie dann fest.

»Ja«, lachte Louise. »Ich gebe diese Zeitschrift erst seit diesem Jahr heraus. Du kannst dir gern eine mitnehmen.«

»Du … gibst sie heraus? Dann bist du Verlegerin?«, staunte Ruth.

»Ach, ich war und bin alles Mögliche. Studienrätin, Kriegskrankenschwester und Journalistin«, entgegnete Stéphanes Cousine und bugsierte ihre Gäste an den gedeckten Kaffeetisch. Ruth bemerkte, dass das Geschirr nicht zueinanderpasste und kunterbunt gemischt war.

»Was meinen Eltern gar nicht gefällt«, kommentierte Stéphane grinsend.

»Ja, deshalb habe ich doch noch recht kurzfristig abgesagt«, gab Louise zu. »Zwischen Stéphanes Eltern und mir gibt es öfter mal … Meinungsverschiedenheiten. Ich dachte, hier ist es entspannter, und wir können uns unvoreingenommen kennenlernen, Ruth.«

»Was ist denn zwischen dir und Stéphanes Eltern vorgefallen?«, fragte Ruth.

Louise zuckte mit den Schultern. »Sie sind sauer, weil ich meinen eigenen Weg gegangen bin. Ich habe eine Lehrerinnenausbildung gemacht. Nach Ansicht meines protestantischen Familienzweigs gehört sich das nicht für eine Tochter aus gutem Hause.«

»Aber«, sagte Ruth verblüfft, »Stéphanes Eltern haben auf mich einen sehr offenen und herzlichen Eindruck gemacht – vor allem seine Mutter.«

»Das sind sie auch – solange man ihre Ansichten teilt«, sagte Louise, und Ruth hatte den Eindruck, in der Stimme der anderen eine gehörige Portion Bitterkeit zu hören.

»Louise!«, zischte Stéphane. »Du willst doch wohl nicht unsere Familie vor Ruth schlechtmachen.«

»Ich mache sie nicht schlecht«, widersprach Louise ruhig. »Ich charakterisiere nur.«

Dann wandte sie sich wieder an die Straßburgerin. »Auch mein weiterer Weg hat meinem Onkel und meiner Tante nicht gefallen. Ich habe es bis zur Studienrätin für Geisteswissenschaften gebracht, ein Diplom der Universität Oxford erhalten. Und in meiner Zeit als Kriegskrankenschwester in der Bretagne merkte ich, dass es im Département Côtes-du-Nord zwar jede Menge schöne Steilküsten und Sandstrände gibt, aber kein Krankenhaus. Tja, und da habe ich einfach geholfen, eines zu gründen.«

»Unglaublich«, staunte Ruth. »Und jetzt bist du dabei, eine Zeitschrift herauszugeben. Deine Familie muss doch schrecklich stolz auf dich sein!«

»Schrecklich stolz wären sie, wenn ich einen reichen Mann heiraten und für entzückenden Familiennachwuchs sorgen würde. Für etwas anderes ist eine Frau ja ihrer Ansicht nach nicht gut.«

»Irgendwie haben sie da ja auch recht, findest du nicht?«,

mischte sich Stéphane ins Gespräch. »Es ist nun mal so, dass Frauen für die Kindererziehung zuständig sind. Und die Männer dafür, das Geld zu verdienen. So sieht es doch auch die Bibel vor.«

»Die Stelle musst du mir mal zeigen«, ereiferte sich Louise. »Und was denkst du, mein lieber Cousin, haben die Frauen getan, als die Herren der Schöpfung im Krieg waren? Da haben sie die Männer in den Berufen ersetzt und ihre Sache sehr gut gemacht.«

Stéphane schnaubte. »Das ist nun ja Gott sei Dank vorbei.«

»Aber du hast mich doch auch in meiner Idee unterstützt, mit meinem Großvater die Patisserie zu eröffnen«, rief Ruth nun.

»Du möchtest ein eigenes Geschäft aufmachen?«, fragte Louise interessiert. »Das ist ja großartig! Eine patente Frau hast du da kennengelernt«, sagte sie dann an ihren Cousin gewandt.

»Du findest es doch auch großartig?«, beharrte Ruth, ihren Blick fest auf Stéphane gerichtet.

Der wand sich auf seinem Stuhl und bohrte seine Gabel in den von Louise gebackenen Kuchen, der allerdings, wie Ruth sich eingestehen musste, wirklich nicht sonderlich gut schmeckte.

»Natürlich finde ich es großartig, dass du das machen willst«, sagte er und fügte dann hinzu: »Solange wir nicht verheiratet sind und keine Kinder haben. Danach erwarte ich natürlich schon von meiner Frau, dass sie sich ausschließlich der Familie widmet. Eine verheiratete Frau arbeitet nicht, schon gar nicht in unseren Kreisen.«

»Hört, hört, du klingst ja schon wie deine Eltern«, spottete Louise, doch ihre Stimme drang nur noch wie aus weiter Ferne zu Ruth durch. Sie starrte Stéphane an. Das war zu viel.

Wie oft hatte sie von einem Heiratsantrag geträumt – romantisch sollte er sein. Stéphane sollte auf die Knie gehen und ihr einen Ring präsentieren, sie auf Rosen betten. Und nun teilte er ihr einfach nüchtern mit, dass er mit einer Hochzeit rechnete und sie ab dann zu Hause bleiben sollte.

Wut, Unsicherheit, vage Freude darüber, dass er offenbar sein Leben mit ihr verbringen wollte, und Enttäuschung mischten sich zu einem einzigen Chaos in ihr. Sie sagte das, was ihr als Nächstes einfiel. »Aber … aber meine Tante Ida arbeitet doch auch. Und sie ist verheiratet.«

Beinahe mitleidig sah er sie an. »Mein Liebes«, begann er sanft. »Deine und meine Familie kann man doch überhaupt nicht vergleichen. Deine Familie tut Dinge, die in meiner gar nicht vorstellbar wären. Ein gewisser Stand bringt gewisse Verpflichtungen mit sich.«

Wieder drang Louises Stimme an ihr Ohr. »Das muss nicht so sein«, sagte sie scharf. »Und wenn Stand und Vermögen zu einem goldenen Käfig führen, dann kann man den immer noch verlassen.«

Eindringlich sah sie Ruth an. »Man sollte sich aber gut überlegen, ob man diesen goldenen Käfig überhaupt betreten möchte.«

Ruth schluckte. Wie recht Stéphanes Cousine doch hatte! Aber wenn sie sich und ihr Herz nicht in den Käfig sperren würde – dann wäre es ja wieder frei für Marcel, fiel ihr plötzlich ein. Einem Mann in Trauer. Das konnte nicht gut gehen.

23

Wieder einmal standen Großvater und Enkel nebeneinander und kneteten Teig.

»Du wirst mir fehlen«, sagte Marcel leise. »Nun haben wir uns nach all der Zeit endlich wieder und müssen uns schon wieder trennen.«

Franz nickte. »Ist schon hart.«

»Erstaunlich, mit was für einer Fassung du das trägst«, sagte Marcel bewundernd. »Man sagt doch: Einen alten Baum verpflanzt man nicht.«

Franz zuckte die Schultern. »Über zwei Dinge solltest du dich nie aufregen: Dinge, die du ändern kannst. Und Dinge, die du nicht ändern kannst.«

»Am Anfang dachtest du, man kann die Dinge noch ändern, da hast du doch gekämpft«, erkannte Marcel. »Bist mit Mutter auf die Behörde gestapft und hast allen klargemacht, was ein Tritschler ist. Aber jetzt meinst du, es lässt sich nichts mehr ändern?«

Franz nickte. »Man geht kaputt und wird verbittert, wenn man all seine Kraft dafür verschwendet, gegen Dinge zu kämpfen, die sich nicht ändern lassen.«

»Dinge wie den Tod«, sagte Marcel leise. »Gegen den kann man auch nicht ankämpfen.«

Der Alte hatte seinen Teig inzwischen fertig geknetet und deckte ihn sorgsam ab, um ihn ruhen zu lassen. Er wusch sich gründlich die Hände und wandte sich dann langsam seinem Enkelsohn zu. »Mir fehlt sie auch.«

Marcel nickte. »Ob du woanders noch einmal eine neue Heimat finden wirst?«

Franz schüttelte den Kopf. »Aber immerhin kehre ich in eine frühere Heimat zurück, die Heimat meiner Kindheit, Jugend und meiner jungen Erwachsenenjahre.«

Er lächelte und sagte dann: »Und du, mein Junge, wirst eines Tages wieder eine Frau kennenlernen.«

Marcel schüttelte den Kopf. »Das kann ich mir gerade überhaupt nicht vorstellen.«

»Es ist ja alles noch ganz frisch«, bekräftigte Franz. »Aber irgendwann … Und das wird kein Verrat an deiner Liebe zu Odette sein. Du kennst sie, sie würde auch wollen, dass du wieder glücklich mit jemandem wirst.«

Marcel seufzte. »Wenn du meinst. Und bis dahin habe ich hier mehr als genug zu tun. Ich weiß nämlich noch gar nicht, wie ich das alles ohne dich schaffen soll. Ganz allein in der Backstube und dann noch Anne – das ist schon eine kolossale Aufgabe.«

»Joséphine und Ida helfen dir mit der Kleinen, darauf kannst du dich verlassen«, beruhigte Franz ihn. »Und für die Backstube wird sich auch eine Lösung finden. Es finden sich immer Lösungen.«

Da öffnete sich die Tür vom Verkaufsbereich, und Joséphine lugte verschüchtert herein. »Großvater, Marcel, ich möchte euch jemanden vorstellen«, sagte sie und schob Trystan vor sich durch die Tür.

»Guten Tag«, sagte Trystan leicht verlegen. »Bitte entschuldigen Sie, dass ich hier einfach so hereinplatze, ich bin Bäckermeister und …«

»Nein!«, rief Franz begeistert und hieb dem überraschten Trystan mit seinen mehlbestäubten Händen auf die Schulter. »Das ist ja großartig! Wo hat unsere Joséphine Sie so schnell gefunden?«

»Wie, ich …«, stammelte Trystan.

»Ich wusste ja gar nicht, dass du gesucht hast«, lobte Franz seine Enkelin. »Dass du so gut mitgedacht hast.«

Dann wandte er sich an seinen Enkelsohn. »Siehst du, mein Junge, ich habe dir doch gesagt: Es gibt für alles eine Lösung.«

»Ich glaube, das ist ein Missverständnis!« Trystan wandte sich Hilfe suchend an Joséphine, die in diesem Moment begriff: Die beiden dachten, Trystan wolle in der Konditorei einsteigen.

»Trystan ist mein Freund«, stellte sie richtig. »Er ist soeben aus dem Krieg zurückgekehrt.«

Franz verstand noch immer nicht. »Klar, dass Sie da auf Arbeitssuche sind. Wo haben Sie denn gelernt?«

»Großvater«, beharrte Joséphine. »Trystan ist nicht gekommen, weil er bei uns arbeiten, sondern weil er sich dir vorstellen möchte. Er ist mein Freund. Wir … wir«, verlegen brach sie ab. Wie sollte sie ihm begreiflich machen, dass sie beide ein Paar waren, ohne Dinge zu sagen wie: »Wir sind verlobt«, denn das waren sie ja nicht oder »wir lieben uns«, denn diese magischen Worte sollten das erste Mal doch besser in trauter Zweisamkeit fallen.

Ihr Bruder hatte inzwischen begriffen und kam ihr grinsend zu Hilfe. »Opa, Joséphine will uns ihren Liebsten vorstellen«, klärte er den Großvater auf.

»Na, so was!«, rief Franz und klopfte Trystan verlegen ein

zweites Mal auf die Schulter. »Und da überfalle ich Sie so. Sie müssen einem alten Mann schon verzeihen.«

»Da gibt es nichts zu verzeihen«, versicherte Trystan lächelnd. »Ein herzlicheres Willkommen hätte ich mir nicht wünschen können.«

»Ich war einfach so mit unseren Sorgen beschäftigt«, fuhr Franz fort. »Ich weiß nicht, ob Joséphine Ihnen schon erzählt hat, dass wir … also, dass ich …« Der alte Mann suchte nach Worten, und Joséphine hätte ihn am liebsten tröstend umarmt.

»Ich weiß«, sagte Trystan rasch. »Ich weiß, und es tut mir sehr leid.«

»Marcel ist ein hervorragender Bäcker«, lobte der Alte. »Und in Stuttgart werde ich ihm diese doppelarmige Patent-Teigknetmaschine besorgen. Darüber haben sie in der Bäcker- und Konditorenzeitung berichtet. Die wird ihm einiges an Arbeit abnehmen.«

»Die soll großartig sein«, war Trystan sofort Feuer und Flamme. »Angeblich ahmt sie die Handarbeit perfekt nach.«

»Lass das mal schön sein, Großvater«, widersprach Marcel. »Die zweitausend Reichsmark, die du mitnehmen darfst, wirst du für andere Dinge brauchen.«

»Du sollst dich aber nicht überlasten«, insistierte Franz besorgt.

»Na ja, es ist tatsächlich so, dass ich eine Arbeit suche und natürlich davon träume, wieder backen zu dürfen«, gab Trystan zu. »Aber das wirkt nun vielleicht etwas überfallartig.«

Fragend sah er Joséphine an. Die war mit der Situation leicht überfordert. Bis vor einer Stunde hatte sie nicht gewusst, ob Trystan überhaupt noch lebte. Und nun war er nicht nur zurück, hatte sie nicht nur geküsst, nein, sie hatte ihn auch bereits ihrer Familie vorgestellt – und er war im Begriff, in das Familienunternehmen einzusteigen.

Andererseits: Besondere Zeiten forderten besondere Entscheidungen. Zeit war ein dehnbarer Begriff, und sie hatte schon manch eine Krankenschwester erlebt, die einem Soldaten, den sie eben erst kennengelernt hatte, noch schnell das Jawort gab. Und hatte sie nicht vorhin erst erfreut festgestellt, dass es sich anfühlte, als würden sie und Trystan einander bereits seit Jahren kennen? Vielleicht gab es ja wirklich so etwas wie Schicksal, und es war ein Zeichen, dass Trystan gerade jetzt auftauchte, da ihr Großvater so verzweifelt nach einer Lösung suchte, wie er die Dinge geordnet hinterlassen konnte?

Ein Lächeln erhellte ihr Gesicht. »Natürlich ist es überfallartig«, sagte sie. »Aber das ist es ja für beide Seiten. Schließlich war es mein Großvater, der dich erst mal für seinen neuen Bäckermeister gehalten hat. Und in diesen verrückten Zeiten muss man eben manchmal schnelle Entscheidungen treffen.«

»Na dann!« Marcel kam hinter seinem Großvater hervor und klopfte seinem künftigen Kollegen auf die andere Schulter. »Damit alles seine Ordnung hat und wenigstens auf beiden Seiten Mehl auf deiner Jacke haftet«, sagte er grinsend und fügte feierlich hinzu: »Herzlich willkommen in der Patisserie Picard, vormals Tritschler!«

Und nun bekam Trystan von Joséphine endlich genug Leckereien, um satt zu werden. Verliebt saß sie bei ihm im nur von einem Kerzenleuchter erhellten Café und sah ihm beim Essen und Trinken zu.

»Würdest du mir erzählen, wie es dir ergangen ist?«, fragte sie vorsichtig. »Wenn es nicht zu belastend ist …«

Sie wusste durch ihre Arbeit im Lazarett, dass viele Soldaten nicht in der Lage oder willens waren, über ihre schlimmen Kriegserlebnisse zu sprechen.

»Aber natürlich, du musst das doch wissen«, sagte Trystan. »Nach meiner Genesung hier bei dir kam ich in ein Arbeitskommando auf den Gebirgszug Chemin de Dames. Dort arbeiteten wir in Höhlen. In der Mitte einer Höhle stand ein sogenannter Exhaustor, das ist eine Art Dampfgebläse, mit dem man frische Luft von draußen reinpumpt. Das hat ein Mann gedreht – bis er umkippte. Schrecklich, daran darf man gar nicht mehr denken. Unser Höhenzug galt als uneinnehmbar. Da hatte Frankreichs Armee schon 1915 mehrfach vergeblich den Durchbruch versucht. Aber dann geschah das, womit keiner von uns gerechnet hatte: Im April 1917 haben die Franzosen in breiter Front doch noch mal einen umfassenden Überraschungsangriff gestartet. Wir waren so überrumpelt, dass die tatsächlich dreitausend Leute gefangen nehmen konnten. Und darunter war auch ich.«

»Du Armer«, sagte Joséphine mitleidsvoll und drückte seine Hand.

»Es gab einen Feuerüberfall, und wir saßen mit vier, fünf Mann auf den Stufen eines Stollens. Es dämmerte draußen, muss etwa fünf Uhr morgens gewesen sein. Mit einem Mal wurde es wieder dunkel, zwei Franzosen kamen nämlich rückwärts in unser Loch rein. Da bemerkten sie uns – und husch, husch waren sie wieder draußen. Dann richteten sie ihre Gewehrläufe in den Stollen und befahlen uns rauszukommen. Wir haben dann Tragbahren bekommen und mussten verwundete Franzosen schleppen.« Trystan nahm eine weitere Gabel seiner Quiche, kaute genüsslich, schluckte und erzählte dann weiter: »Ich lief als Hintermann, und wir hatten einen Schwerverletzten auf der Trage. Wir passierten einen Trupp französischer Soldaten, von denen erkannte einer meinen Verletzten. Ob das ein Bruder oder ein sonstiger Verwandter war, weiß ich nicht, jedenfalls muss er ihn erkannt haben – er wurde schrecklich aggressiv gegen uns Deutsche. Er wollte ausholen und mir das Gewehr über den Schädel hauen. Mein Leben habe ich einem Wachposten zu verdanken, der hielt das Gewehr fest. Sonst wäre ich heute nicht hier.«

»Dann bin ich diesem Posten sehr dankbar«, sagte Joséphine bewegt.

»Ja, der Mann war sehr geistesgegenwärtig, hat einen Mord verhindert«, erwiderte Trystan, der inzwischen seine Quiche verputzt hatte und zum Nachtisch – drei dicke Stücke Kougelhopf – übergegangen war. »Ein Schwarzer, wahrscheinlich aus den französischen Kolonien. Viele von denen haben mitgekämpft. Er jedenfalls hatte verstanden, dass er auch auf seinem kleinen Posten Verantwortung trägt. Auch für den gerechten Umgang mit Gefangenen, denn Selbstjustiz und Chaos darf es nicht geben. Das ist ja eigentlich die ganze Grundlage beim Kommiss. In der Gefangenschaft wurde dieser Kameradschafts- und Verantwortungssinn dann leider häufig vergessen.«

Joséphine nickte ernst. So hatte es ihr auch ihr Bruder Marcel berichtet.

»Da geht es dann nur noch darum: Was gibt es zu essen und zu trinken? Der Mensch tritt vollkommen zurück, das Leben besteht nur noch aus den primitivsten Grundbedürfnissen. In unserem Gefangenenlager in Orléans gab es lediglich eine Baracke. Davor schütteten die Franzosen Kaffeesatz aus. Morgens um fünf kriegte da jeder französische Soldat nämlich einen starken Kaffee. Auf die Überreste haben sich unsere deutschen Soldaten nur so draufgestürzt, sich darum geprügelt.«

»In so einem Lager kann wohl selbst Kaffeesatz zum Schatz werden«, meinte Joséphine.

»Schwierig war es auch, ausreichend Schlaf zu finden«,

fuhr Trystan fort. »Aber ein Soldat kann in jeder Stellung schlafen. Das Bemerkenswerteste in der Gefangenschaft erlebte ich auf einer klitschnassen Wiese, auf der man sich nicht hinlegen konnte. Da kam ein stellvertretender Offizier auf die Idee: ›Fünf Soldaten zusammen!‹ Die fassten sich um den Hals und bildeten einen Kreis. Dann sagte er: ›Knie durchgedrückt!‹ Und weil alle so todmüde waren, sind die fünf eingeschlafen, ohne umzufallen. Wenn du dann dreitausend Mann siehst, die nachts so aneinanderschaukeln – schrecklich!«

Was für ein skurriles Bild die vielen im Stehen schlafenden Männer abgegeben haben mussten, dachte Joséphine.

»Ich war dann noch anderthalb Jahre in Cherbourg. Hab Arbeitskommandos geführt und wurde als Dolmetscher eingesetzt. Leider musste ich auch sechsundsechzig Tage Einzelhaft hinter mich bringen, auf der Insel Pelée. Das ist ein ganz kleiner Felsen, der nur bei Ebbe etwas aus der See guckt. Die Zellen hat man schon 1736 für inhaftierte französische Soldaten gebaut. Und jetzt saß ich als Soldat des deutschen Kaisers drin. Ich hatte einen Löffel, aber ich kriegte so gut wie nie eine Suppe. Dafür eignet sich der Löffelstiel, um jeden Tag einen Strich in die Mörtelwand zu kratzen. So konnte ich meine abgesessenen Tage zählen.«

»Jetzt musst du nicht mehr zählen«, sagte Joséphine. »Du hast es geschafft.«

»Ja«, seufzte Trystan glücklich. »Jetzt habe ich es geschafft.« Und dann küsste er sie mit all der aufgestauten Liebe.

*

Es war Louise, die Ruth aus der angespannten Situation rettete: Sie wechselte einfach elegant das Thema.

»Deine Familie widmet sich also der Feinbäckerei? Wie interessant«, sagte sie. »Hätte ich das gewusst, hätte ich vermutlich nie gewagt, einen Kuchen zu backen. Ist er sehr schlecht? Bitte sei ehrlich.«

Ruth zögerte. Louise wirkte nicht wie eine Frau, die wollte, dass man die Dinge schönredete. Und der Kuchen schmeckte wirklich nicht besonders.

»Nun ja«, sagte sie. »Dafür, dass du nicht oft backst … und ich bin natürlich als Patissierskind sehr verwöhnt …«

Louise lachte hell auf. »Er schmeckt scheußlich, und ich weiß es«, gab sie zu. »Du bist sehr diplomatisch, das ist wichtig in der heutigen Zeit.«

»Wie meinst du das denn nun schon wieder?«, fragte Stéphane, der Ruths Reaktion auf seine Meinung zu Familie und Beruf sehr wohl bemerkt hatte und entsprechend verärgert war.

»Nun«, sagte Louise, »meiner Ansicht nach entstünden viel weniger Probleme, wenn Menschen miteinander sensibler umgehen würden. So sprechen, dass es den anderen nicht verletzt. Eben diplomatisch sind. Ich bin überzeugt: Wenn das die Länder und Nationen untereinander auch lernen würden, dann gäbe es bald keine Kriege mehr.«

Stéphane nickte, nun offenbar versöhnter. »Dein Traum vom vereinten Europa?«

Sie zuckte die Achseln. »Ich halte den europäischen Gedanken für ausgesprochen wichtig. Selbst Victor Hugo hat das Europäertum schon verfochten – und den magst du doch so. Überhaupt solltest du dem europäischen Gedanken offen gegenüberstehen, auch die Dichtkunst ist ja ein sehr verbindendes Element.«

»In meiner Heimatstadt gab es einen Cognachändler, der hat genauso über Europa gedacht«, erinnerte sich Ruth. »Er heißt Jean Monnet und hat dafür gesorgt, dass England und Frankreich im Krieg so eine Art Agrarunion gegründet haben.

Und siehe da – die ewigen Konkurrenten kooperierten bestens.«

Louise nickte Ruth anerkennend zu. »Niemand hat den europäischen Gedanken so gut formuliert wie der Politiker Robert Blum 1848 in der Paulskirche. Er sagte: Der Gedanke der Befreiung und Erlösung der Völker, das Ziel der Verbrüderung des frei gewordenen oder frei werdenden Westens, das ist es, dem ich meine Stimme leihe. Mit der Erreichung dieses Ziels ist die Freiheit und der Friede in Europa gesichert.«

»Und dann wären Deutschland und Frankreich eins?«, flüsterte Ruth staunend.

»Nicht ganz«, korrigierte Louise. »Jedes Land würde immer noch für sich selbst stehen. Mit allen Eigenheiten und Besonderheiten. Aber sie wären Teil einer großen Familie. Würden sich gegenseitig helfen und unterstützen, statt sich zu bekriegen. Sie könnten voneinander lernen. Was das Frauenwahlrecht angeht, zum Beispiel, kann sich Frankreich noch sehr viel von Deutschland abschauen. Während die deutschen Frauen im kommenden Jahr wählen dürfen, ist davon bei uns noch lange nichts in Sicht.«

Ruth nickte. »Als das Frauenwahlrecht durchgesetzt wurde, habe ich meinem Großvater triumphierend davon erzählt. Der hätte es nämlich am liebsten, wenn wir alle weiterhin den Herren der Schöpfung gehorchen.«

Louise sah sie interessiert an. »Du scheinst deinen eigenen Kopf zu haben, Ruth.«

»Den hat sie«, bestätigte Stéphane. »Und einen besonders hübschen.«

Ruth amüsierte sich darüber, dass er ihr ein Kompliment für ihren eigenen Kopf machen wollte und sie dann doch wieder auf ihr Aussehen reduzierte. Dennoch musste sie ihm zugestehen, dass er sie zwar manchmal ärgerte, sich aber im

Moment wirklich Mühe gab. Ihr Vater René war ja auch kein einfacher Mensch, aber trotzdem liebenswert gewesen.

»Gehört zum europäischen Gedanken auch, dem anderen zu verzeihen und nicht ganz so empfindlich zu sein?«, fragte sie.

Louise lächelte sie an. Sie schien ganz genau zu wissen, worauf Ruth anspielte. »Ja«, sagte sie. »Ja, das gehört unbedingt dazu, zur Idee einer Union.«

24

Als Stéphane sie abends vor Marie Picards Zuhause absetzte, war Ruth im Geiste immer noch bei seiner quirligen Cousine. Und bei dem, was Louise über den Umgang miteinander gesagt hatte. Über den europäischen Gedanken. Wie wunderbar wäre das, dachte sie. In einer Welt zu leben, in der es kein Gegeneinander gab, sondern nur Miteinander! Keine Sieger, keine Verlierer, sondern einfach nur Menschen. Menschen, die sich begegnen konnten, frei und offen, ohne Gedanken an Grenzen und Nationen. Die miteinander kooperierten, um sich den Herausforderungen der Zukunft zu stellen.

Wenn sie all das nur ihrem Großvater klarmachen könnte! Ihn davon überzeugen, dass die Picards und die Tritschlers die Zukunft am besten gemeinsam meistern konnten! Wie inspirierend diese Ideen waren!

Ruth war völlig begeistert von Louise Weiss, und es erfüllte sie mit Stolz, dass es der unkonventionellen jungen Dame umgekehrt mit ihr ähnlich zu gehen schien. Ihr »Wir müssen uns wiedersehen« beim Abschied war mehr als eine Floskel gewesen.

Die Gefühle für Stéphane hingegen waren komplizierter. Es gab so viele kleine Dinge an ihm, die sie störten. Seine ständigen Sticheleien. Dass sie offenbar nicht gut genug war, alles falsch machte. Sein Frauenbild. Andererseits war er bisweilen so liebevoll, romantisch und aufmerksam, dass sie regelrecht dahinschmolz und sich in ein Leben an seiner Seite träumte.

Ruth war erst seit zwei Tagen in Paris, doch sie hatte das Gefühl, eine Weltreise hinter sich zu haben. Und bei der Ankunft in der Wohnung hatte Großtante Marie eine neuerliche Überraschung für sie – ein Telegramm von ihrer besten Freundin:

Die Dinge überschlagen sich: Trystan ist zurück.
Glücklich! Joséphine

Wie sehr freute sie sich für ihre Cousine, und wie gespannt war sie, deren Liebsten endlich kennenzulernen!

»Gute Nachrichten?«, fragte Marie.

»Die besten«, erwiderte Ruth euphorisch. »Joséphines verschollener Schwarm ist zurückgekehrt.«

»Wie schön«, freute sich ihre Großtante. »Und was ist mit deinem Stéphane, lief es gut?«

»Das ist eine lange Geschichte«, seufzte Ruth.

»Wie wäre es, wenn ich uns einen Kakao mache und du mir in meinem Atelier oben alles erzählst?«, schlug Marie vor. »Man hat von dort eine fantastische Aussicht auf den Eiffelturm.«

»Das wäre wunderbar!«

*

Wie oft konnte sich das Leben verändern, fragte sich Joséphine. Wie oft sich derart drehen und wenden, dass es gar nicht mehr wiederzuerkennen war? Welche Überraschungen hielt es noch bereit? Und gab es bei all den vielen Veränderungen überhaupt den Hauch einer Chance, irgendwann an einem Ruhepunkt anzukommen?

Wenn sie diesen Moment doch nur für die Ewigkeit festhalten könnte, dachte sie, während sie vom Cafébereich zur Backstube hinübersah, wo Marcel und Trystan nebeneinanderstanden, konzentriert arbeiteten und sich leise unterhielten. Als wäre es schon immer so gewesen, als wäre er nicht erst seit gestern hier. Bis auf Ruth waren nun all ihre Lieben beisammen, und Joséphine hatte zum ersten Mal seit Langem wieder ein Gefühl der Vollständigkeit. Doch das Tragische war, dass diese Vollständigkeit nur ein vorübergehender Traum sein konnte. In nur einer Woche würden die Großeltern nach Stuttgart abgeschoben. Und dann wäre es mit dem Familienglück aus und vorbei.

»Du bist so still?«, fragte Ida ihre Tochter, während sie die Backwaren in die Regale räumte.

»Ich mache mir einfach Sorgen um die Großeltern«, erklärte Joséphine.

»Ich auch.« Ida seufzte. »Wir haben mit Kurt und Denise gesprochen. Es sei ihm eine Ehre, seinen alten Meister bei sich aufzunehmen, hat Kurtle gesagt. Und selbstverständlich werde er ihnen mehr als nur die Dachkammer zur Verfügung stellen. Das gilt auch für Oskar und Claire. Es tröstet die Eltern bestimmt, dass die beiden mit nach Stuttgart reisen. Mein Bruder wird zwar an die Universität in Tübingen gehen, aber anfangs zunächst sicher hin- und herpendeln.«

Joséphine lächelte. Der gute Kurt. Sie erinnerte sich noch genau an den fröhlichen, sommersprossigen Mann, der in Stuttgart die einstige Bäckerei ihres Großvaters führte und der sie vor dem Krieg gemeinsam mit seiner Frau Denise und seinen Kindern – Zwillingsmädchen – mehrmals in Straßburg besucht hatte.

»Bei Kurt und Denise sind sie sicher gut aufgehoben«, hoffte sie.

Ida nickte. »Und Kurtle wird auch dafür sorgen, dass sie sich nicht wie eine Last fühlen. Er hat Großvater schon versichert, wie froh er sei, dass er komme und dass er in der Backstube dringend Hilfe brauche – und im Café auch. Und dass so viele ältere Kunden sich nach all den Jahrzehnten immer noch an Elise erinnern und glücklich sind, wenn sie hinter die Verkaufstheke zurückkehrt.«

Joséphine atmete erleichtert aus. »Und Paul?«, fragte sie bedrückt. »Was wird er dort machen?«

Ida seufzte und hörte auf, die Backwaren einzusortieren. »Oskar will versuchen, Paul ein Praktikum in einer Stuttgarter Kanzlei zu besorgen, bevor er sein Studium in Tübingen fortsetzen kann. Ich hoffe, der Junge benimmt sich.«

»Glaubst du, die Großeltern sind seinen Launen gewachsen?«

»O ja«, sagte Ida. »Ich glaube sogar, dass er ihnen guttut.«

»Wie das?«, fragte sie überrascht.

»Aus dem gleichen Grund, aus dem ihnen auch die Anstellung bei Kurt guttut. Nichts wäre für sie schlimmer, als zu nichts mehr nütze zu sein. Und gerade weil es mit Paul nicht einfach ist, werden sie sich umso mehr darauf konzentrieren, ihm zu helfen. Das wird ihnen Kraft geben. Und Paul hört ja auch auf meinen Vater.«

Joséphine nickte. Da hatte ihre Mutter recht.

In diesem Moment drang lautes Lachen aus der Backstube herüber. Ida und Joséphine wechselten einen Blick und mussten ebenfalls lachen.

»Und dass es hier so gut weitergeht, macht ihnen den Abschied auch leichter«, bemerkte Ida. »Wirklich ein netter Kerl, dein Trystan.«

Joséphine wurde rot. »Stimmt«, sagte sie leise. »Auch wenn das alles etwas schnell geht.«

»*Zu* schnell?« Ihre Mutter sah sie prüfend an.

Joséphine schüttelte den Kopf. »Nein. Weil es ja so gut passt.«

In diesem Moment öffnete sich die Ladentür. »Endlich Kundschaft«, seufzte Ida. »Ich dachte schon, heute würde niemand mehr einen Fuß über die Schwelle setzen.«

Doch in der Tür stand keine Kundschaft. In der Tür stand Ruth.

Mit einem Freudenschrei fiel Joséphine ihrer Cousine um den Hals. Nun würde alles einfacher werden. Auch Ida eilte mit ausgebreiteten Armen auf die Paris-Rückkehrerin zu.

»Ruth, meine Kleine«, sagte sie zärtlich. »Wie schön, dass du wieder da bist. Setz dich mit Finchen ins Café, für dich geht natürlich alles aufs Haus.«

Als sie am Tisch saßen, sah sich Ruth bewundernd um. »Ihr habt nicht aufgegeben. Unglaublich, wie schön das alles geworden ist.«

Joséphine deutete schmunzelnd auf die Auslagen im Fenster. »Weißt du noch, wie wir uns als Kinder immer darum gestritten haben, wer die schöneren Kuchen hat? Ich habe immer schrecklich angegeben.«

»Heute hättest du recht«, fand Ruth. »Eure Kuchen sind wirklich die schöneren.«

Joséphine nickte. Zwar hatte sie die Patisserie Goldschmidt seit dem Streit mit ihrem Großvater nicht mehr betreten, ja, die ganze Krämergasse gemieden, aber sie wusste nur zu gut, wie traurig und trist es dort zuletzt gewesen war.

»Aber jetzt geht es vielleicht auch hier den Bach hinunter. Die Großeltern und Onkel Oskar müssen gehen«, resümierte sie resigniert.

Ruth nickte. »Ich war dabei, als Großmutter Claire das Telegramm bekommen hat.«

»Kannst du uns begleiten, wenn wir sie verabschieden?«, bat Joséphine. »Es würde mir sehr helfen.«

Ruth drückte die Hand der Freundin. »Natürlich bin ich an deiner Seite. Versprochen. Aber jetzt möchte ich alles über deinen Trystan erfahren.«

Joséphine lächelte. »Er kann es auch kaum erwarten, meine beste Freundin kennenzulernen.«

*

Ruth war froh, gleich nach ihrer Rückkehr bei den Tritschlers vorbeigeschaut zu haben. Trystan hatte sich als ein wenig schüchtern, aber als absolut charmant erwiesen, und das Wichtigste war: Er ließ Joséphine förmlich leuchten vor Glück.

Als sie nun die Wohnung ihres Großvaters aufschloss, wurde Ruth von Hausdiener Nicolas begrüßt. »Fräulein Ruth, wie gut, dass Sie zurück sind.«

Sie bemerkte sofort, dass etwas nicht stimmte. Seine Augen waren rot, und er trug schwarze Kleidung.

»Ist etwas geschehen?«, fragte sie.

Nicolas nickte mit traurig gesenktem Blick. »Mein Vater. Er hat es leider nicht geschafft. Die Kriegsverletzungen waren doch zu schwer.«

»Oh, Nicolas, das tut mir so leid«, sagte sie und streichelte aus einem Impuls heraus seine Wange.

»Für ihn war es am Ende eine Erlösung. Und meine Familie ist sehr gläubig. Die denken, dass Gott seinen eigenen Plan hat und Papa jetzt bei ihm ist«, erzählte er mit stockender Stimme.

Ruth sah ihn mitleidsvoll an. »Und Sie?«

»Ich … vermisse ihn einfach bloß«, sagte er. Dann war es

um seine Fassung geschehen. Er brach in Tränen aus, und sie nahm den treuen Freund in den Arm.

»Entschuldigen Sie bitte«, schniefte er schließlich mit hochrotem Kopf.

»Da gibt es überhaupt nichts zu entschuldigen«, erwiderte Ruth. »Wenn wir unsere Gefühle nicht zeigen dürfen, was bleibt uns dann noch?«

Er nickte. »Danke, Fräulein Ruth.«

»Wie geht es denn meinem Großvater? Weiß er es schon?«, erkundigte sie sich.

»Nein. Aber ich glaube, er war sehr einsam ohne Sie«, berichtete der Hausdiener.

»Na, dann werde ich mal nach ihm sehen.«

Jacques Picard saß apathisch am Esstisch und starrte auf die Zeitung vor ihm. Sie lag jedoch verkehrt herum, was Ruth zeigte, dass er im Augenblick nicht las, sondern in Gedanken woanders war.

»Großvater«, rief Ruth, um ihn ins Hier und Jetzt zurückzuholen.

Er sah auf und lächelte erfreut. »Kind, endlich!«

So viel Gefühl zeigte Jacques sonst nie, dachte Ruth. Er hatte sie anscheinend wirklich vermisst.

Sie ging zu ihm, küsste ihn auf die Stirn und sah ihn dann fragend an. »Was ist denn mit dir?«

»Ach, ich habe immer diesen Druck auf der Brust«, erklärte er stockend. »Komme jetzt wohl einfach in das Alter … Mein Vater saß ja auch eines Tages einfach tot auf seinem Hochsitz. Das Herz!«

Ruth schüttelte energisch den Kopf. »Unfug! Du wirst in absehbarer Zeit weder auf einem Hochstand hocken, noch wirst du sterben.«

In diesem Moment ertönte an der Tür ein Räuspern. Eine hochgewachsene, schwarz gekleidete, ältere Dame stand dort.

»Geraldine – Madame Rolland!«, rief Jacques erfreut.

Ruth ging zu der alten Köchin und drückte die feingliedrige Hand der Trauernden. Die Ärmste hatte 1870 ja bereits ihren Mann verloren und nun auch noch dessen Bruder. »Madame Rolland, mein herzliches Beileid zum Verlust Ihres Schwagers.«

Sie lächelte tapfer. »Danke, Fräulein Ruth.«

Nun erfasste auch Jacques, was geschehen war. »Dann hat er es nicht geschafft?«

»Der Krieg hat ihn doch noch erwischt«, bestätigte die Köchin mit schwacher Stimme. Dann schien es ihr jedoch bereits genug zu sein mit der Aufmerksamkeit für ihre Familie. »Aber nun bin ich wieder für Sie da. Wie geht es denn allen?«

»Den Tritschlers drüben geht es blendend«, knurrte Jacques. »Haben ihre Patisserie wiedereröffnet.«

Ruth funkelte ihn verstimmt an und erinnerte: »Onkel Luciens halbe Familie wird ausgewiesen.«

»Dann hat der Krieg in den Köpfen immer noch nicht geendet«, sagte Madame Rolland traurig.

»Da hat sie recht, Großvater«, stimmte Ruth zu. »Aber *du* könntest den Krieg in deinem Kopf beenden.«

Jacques sah sie verständnislos an. »Und wie?«

*

Und dann war der Tag der Abreise gekommen. Die ganze Familie begleitete Franz, Elise und Oskar Tritschler zum Bahnhof. Paul und Claire würden erst am nächsten Tag nach Stuttgart reisen.

Lucien trug Elises Koffer, Marcel den seines Großvaters.

Auf dem Bahnhof stand der Zug schon bereit, der sie zur Übernahmestelle in Baden bringen würde. Von dort aus sollte es weiter nach Stuttgart gehen. Unzählige andere Ausgewiesene und ihre Angehörigen standen am Gleis, und sie sahen allesamt ebenso verlassen und verzweifelt drein, wie Ida sich fühlte.

Vor dem Zugabteil, in dem sie reisen würden, drehte Franz sich zu seiner Familie um.

»Denkt daran, was ihr mir versprochen habt. Unsere Patisserie soll es auch noch in vielen Jahren geben«, sagte er und schloss dann einen nach dem anderen in die Arme.

Ida schluckte, nickte und drückte dann ihre Mutter an sich. Sie sah deutlich, dass Elise mit aller Kraft dagegen ankämpfte zusammenzubrechen.

»Ach, Idale«, flüsterte Elise ihrer Tochter ins Ohr. »Ach, Idale, jetzt jagen sie uns fort. Nach all den Jahren jagen sie uns davon wie räudige Hunde.«

Sie drückte ihre Mutter fester an sich, da bemerkte sie beim Blick über deren Schulter, dass ihr Großvater, der sich gerade von Joséphine verabschiedete, plötzlich erstarrte. Sie folgte seinem Blick und sah Ruth über den Bahnsteig kommen – an ihrer Seite: Jacques Picard!

Der Patissier steuerte geradewegs auf die kleine Familienansammlung zu.

»Der hat mir gerade noch gefehlt«, brummte Franz, doch in seiner Stimme und in seiner Miene lagen nicht nur Überraschung und Ablehnung, sondern auch Hoffnung.

Als die beiden bei ihnen angekommen waren, schenkte Ruth den Tritschlers ein freundliches Lächeln, während Jacques Picard sich vor Franz Tritschler aufbaute, verlegen seinen Hut abnahm und nuschelte: »Ruth hat mich erinnert. Dein Lebensretter verlässt die Stadt, hat sie gesagt.«

Ida wechselte einen verblüfften Blick mit Lucien, der das Erscheinen seines Vaters ebenso erstaunt zur Kenntnis genommen hatte wie der Rest der Anwesenden.

»Was ist denn da passiert?«, fragte sie ihren Mann leise.

Lucien zuckte mit den Schultern. »Jetzt geht Franz ja und ist keine Konkurrenz mehr für ihn«, sagte er bitter. »Da kann er noch mal den Großen spielen.«

»Ich glaube, du tust ihm unrecht«, verteidigte Ida ihren Schwiegervater, der ihr so übel mitgespielt hatte.

Der Patriarch reichte seinem Konkurrenten die Hand. »Passt gut auf euch auf«, sagte er.

Erleichtert sah Ida, wie Franz den Händedruck erwiderte. »Danke, dass du gekommen bist. Versprichst du mir, auf diese Bande hier aufzupassen, damit sie deiner Patisserie wieder ordentlich Konkurrenz machen können?«

Ein Lächeln zuckte um Jacques' Mundwinkel. »Ja«, entgegnete er feierlich. »Ja, das verspreche ich.«

25

Auf einmal wurde es hektisch auf dem Bahnsteig. Die Kontrolleure drängten die Vertriebenen barsch zum Einsteigen. Hastig kletterten Elise, Oskar und Franz in den Zug. Sekunden später öffnete sich ein Fenster. Elise streckte ihre Hand heraus, Ida eilte zum Waggon und ergriff sie. Nun war es um die Fassung der Frauen geschehen, beiden liefen Tränen über die Wangen. Und dann begann Oskar vom Zug aus, auf seinem Akkordeon zu spielen: »Muss i denn, muss i denn zum Städtele hinaus …«

Die anderen sangen mit. Ida und Lucien, Joséphine, die von ihrem Trystan fest im Arm gehalten wurde, Ruth, Marcel, die kleine Anne, die er auf dem Arm hatte – und nicht zuletzt Jacques Picard. Nach und nach stimmten auch die anderen Menschen auf dem Bahnsteig mit ein, ebenso wie jene, die in den Zug gestiegen waren. Das Lied schallte durch die große Bahnhofshalle. Der Zug fuhr an, Ida, die noch immer Elises Hand hielt, rannte ein Stück neben dem Waggon her, bis der Zug zu schnell wurde und sie keuchend zurückblieb.

Sofort war Lucien bei ihr und zog sie in seine Arme.

»Muss i nit, muss i nit zum Städtele hinaus«, sang er leise an ihrem Ohr. »Denn du mein Schatz bist hier.«

Als der Zug abgefahren war, standen sich die Zurückbleibenden ratlos gegenüber. Was sollten sie nun tun? Wie würde es weitergehen? Wie sollten sie miteinander umgehen? Es war schon eine seltsame und hochexplosive Mischung: Da stand ein sehr verlegener Jacques Picard, der seinen Hut immer noch nicht wieder aufgesetzt hatte und hilflos zwischen seinem Sohn, seiner Schwiegertochter und Joséphine hin- und herblickte. Dann war da Ruth, die den Blick nicht von Marcel wenden konnte, der mit Anne auf dem Arm dastand und die nun auch noch sagte: »Du bist die nette Frau mit der Kastanie. Und hast du wieder so leckere Kekse dabei?«

Dann war da eine völlig aufgelöste Ida, eine schluchzende Joséphine und eine Menschenmenge im Bahnhof, die immer noch sang: »Muss i denn, muss i denn zum Städtele hinaus.«

»Ich muss euch alle um Verzeihung bitten«, presste Picard hervor. »Besonders dich, meine Kleine«, er wandte sich an Ida, »meine zweite Lebensretterin.«

»Warum ...«, fragte Ida, sicher geborgen in den Armen Luciens, »oder besser: Woher kommt dieser Sinneswandel denn so plötzlich?«

Jacques wandte sich lächelnd zu Ruth um, die inzwischen die kleine Anne an der Hand hatte. »Das ist dieser jungen Dame zu verdanken«, sagte er. »Sie hat mir ordentlich den Kopf gewaschen und dabei den europäischen Gedanken bemüht. Von diesem Firlefanz halte ich zwar nichts, aber in einem hat sie recht: Familie ist Familie, egal, wer jemand ist oder woher er kommt. Und Madame Rolland war von der Idee ebenfalls angetan.« Verlegen kratzte er sich am Kopf. »Eigentlich hatte ich diese Lektion schon einmal auf sehr schmerzliche Weise lernen müssen, das ist viele Jahre her, und damals hätte ich fast die Familie zerstört. Umso wichtiger, dass ich es jetzt nicht wieder tue – wenn es noch nicht zu spät ist. Gerade jetzt, da Franz, Elise und Oskar weg sind, da müssen wir doch zusammenhalten, wir Picards.«

»Ja«, wiederholte Ida glücklich. »Da müssen wir zusammenhalten.«

*

Paul und Claire waren nicht mit zum Bahnhof gekommen. Claire, weil sie in ihrer Wohnung noch so viel zu packen hatte, Paul, weil er nicht Zeuge der Vertreibung seiner Großeltern sein wollte, wie er es ausdrückte. Außerdem habe er selbst noch eine Menge zu tun – am nächsten Morgen wollte er den Großeltern nachfolgen.

»Und du bist dir ganz sicher, dass du nicht doch bleiben möchtest?«, fragte Ida, die sofort nach ihrer Rückkehr vom Bahnhof ihren Sohn auf dessen Zimmer aufgesucht hatte.

Paul nickte. »Ja, Mutter. Ich habe mich entschieden.« Er schloss seinen Koffer. Ida sah ihn nachdenklich an. Sie hatte ihren Sohn lange nicht mehr so klar erlebt – und so ruhig. Die Tatsache, nun eine Entscheidung getroffen zu haben, die seinem Leben eine neue Richtung gab, schien ihn wieder ein wenig zu dem jungen Mann zu machen, der er einmal gewesen war.

Sie seufzte. »In Ordnung. Ich dachte mir schon, dass ich dich nicht umstimmen kann. Es ist nur so schwer für eine Mutter, ihren Sohn gehen zu lassen – vor allem, nachdem er gerade erst zurückgekehrt ist.«

»Ich weiß«, sagte Paul leise.

»Es ist mir aber auch ein Trost zu wissen, dass du bei den Großeltern bist. Pass bitte gut auf sie auf.«

Es würde umgekehrt sein, wusste Ida, aber als sie den Stolz auf dem Gesicht ihres Sohnes sah, wurde ihr klar, dass sie genau die richtigen Worte gewählt hatte. Er war wichtig. Er hatte eine Aufgabe im Leben.

»Mutter«, sagte er feierlich, »das verspreche ich dir. Ich werde die Großeltern beschützen. Wenn es sein muss, mit meinem Leben.«

*

Wie früher schon so oft, saßen die beiden jungen Frauen auch jetzt wieder nebeneinander auf Joséphines Bett, die Beine untergeschlagen, und redeten sich von der Seele, was sich in all den Wochen aufgestaut hatte.

»Unglaublich, dass Trystan wirklich gekommen ist. Und er sieht noch besser aus, als du ihn beschrieben hast«, kicherte Ruth.

»Ja«, strahlte Joséphine. »Ich kann es auch noch gar nicht richtig fassen. Das tröstet ein bisschen über den Verlust der Großeltern hinweg.«

»Wo wohnt er denn eigentlich?«, wollte Ruth wissen.

Joséphine wurde rot. »Bisher in einem von den ehemaligen Dienstbotenzimmern unterm Dach«, sagte sie. »Aber sobald Paul nach Stuttgart zieht, soll er sein Zimmer bekommen.«

Ruth sah sie erstaunt an. »Aber … aber ihr seid doch ein Paar! Und lebt dann Tür an Tür?«

Joséphine nickte. »Das ist seltsam, ich weiß. Aber die Eltern haben es selbst vorgeschlagen. Wo soll er denn auch sonst wohnen?«

»Geht dir das nicht alles etwas schnell?«, sprach Ruth genau das aus, was Joséphine sich selbst bereits gefragt hatte.

»Doch«, gestand sie. »Aber ich habe es gestern schon zu Maman gesagt: Es ist, als hätte es in unser aller Leben eine Lücke gegeben und Trystan würde sie exakt ausfüllen.«

»Er ist auch ganz wunderbar. So leicht, so fröhlich und doch irgendwie tief und intelligent«, meinte Ruth. »Ich freue mich sehr für dich.«

Joséphine nahm die Hände der Freundin in ihre. »Und du?«, fragte sie. »Ich habe bemerkt, wie du Marcel auf dem Bahnhof angesehen hast.«

Erschrocken sah Ruth auf. »Nein«, sagte sie rasch. »Nein, es gibt doch jetzt Stéphane in meinem Leben.«

»Von dem sprichst du aber erstaunlich selten«, stellte Joséphine fest. »Wie war es denn in Paris?«

»Seine Eltern sind sehr nett. Sie leben in einem großen Haus. Es ist wirklich schön dort«, leierte Ruth hastig herunter. »Seine Mutter ist eine ganz zauberhafte Frau. Und seine Cousine ist unglaublich interessant. Stell dir vor, sie hat ein eigenes Krankenhaus gegründet. Als sie mir das erzählte, musste ich sofort an dich denken, und …«

»Ruth, du plapperst«, unterbrach Joséphine den Redeschwall. »Und wenn du plapperst, willst du ablenken.«

»Nein, ich finde diese Frau wirklich sehr interessant«, beharrte Ruth. »Du solltest sie unbedingt einmal kennenlernen.«

»Das will ich gern«, lenkte Joséphine ein. »Und was du erzählst, klingt auch wirklich sehr, sehr spannend. Aber um Stéphanes Cousine geht es gerade nicht.«

»Um was geht es dann?« Joséphine sah Ruth an, dass sie es ganz genau wusste.

»Um Stéphane selbst. Wie ist er? Bist du glücklich mit ihm? Deine Augen leuchten nicht ansatzweise so, wie sie für Marcel leuchten. Um ehrlich zu sein, leuchten sie überhaupt nicht.«

»Ach, ich weiß auch nicht«, brach es aus Ruth heraus. »Du hast ja recht mit allem, was du sagst. Ich wünsche mir so sehr, dass es mit Stéphane und mir funktioniert. Auch, um Marcel zu vergessen. Aber er ist so …«

»So was?«

»Auf der einen Seite ist er sehr lieb und sehr bemüht, aber auf der anderen Seite zeigt er mir ständig, wie dumm ich bin, und lacht über mich.«

»Er zeigt dir, wie dumm du bist, und lacht über dich?«, wiederholte Joséphine empört. »Wie kommt er denn dazu?«

Ruth schilderte ihr die Szene mit dem Blumenstrauß, mit dem Geburtstagsgeschenk und wie er sich vor dem Haus Victor Hugos über sie lustig gemacht hatte.

»Ist das gemein von ihm!«, empörte sich Joséphine.

»Aber es war ja vielleicht wirklich dumm von mir, davon auszugehen, dass er das Haus von Victor Hugo nicht kennt – als Pariser und Literaturstudent. Ich bin manchmal in meinem Überschwang furchtbar naiv.«

»Selbst wenn es dumm wäre, was ich nicht finde, benimmt man sich nicht so«, sagte Joséphine verärgert. »Man stellt niemanden bloß, und man lacht auch niemanden aus. Schon gar nicht jemanden, der einem eigentlich nur eine Freude machen wollte.«

Ruth fiel noch etwas anderes ein: »Was mich auch geärgert hat: Seine Cousine Louise ist Halbjüdin, da hat er gesagt, ein Schatten fällt auf jedes Glück, und von den Juden als Mörder Christi gefaselt«, fuhr sie fort.

Joséphine schüttelte vehement den Kopf. »Vergiss ihn, Ruth! Vergiss ihn so schnell wie möglich!«

»Er ist meine Chance, Marcel zu vergessen«, flüsterte Ruth.

Joséphine seufzte. »Das habe ich befürchtet.«

»Du kennst mich fast besser als ich mich selbst.«

»Hör zu«, sagte Joséphine. »Hör mir jetzt ganz genau zu. Marcels große Liebe ist gerade gestorben, und er wird sicherlich noch sehr lange brauchen, bis er sich wieder auf etwas Neues einlassen kann. Aber warum sollst eines Tages nicht du diese Frau sein? Als ich euch am Bahnhof gesehen habe, mit der kleinen Anne, da ging mir das Herz auf. Ihr habt derart vertraut miteinander gewirkt, so als würdet ihr schon ewig zusammen sein und zusammengehören.«

»Nein!«, rief Ruth und sprang auf. »Nein, das darf ich nicht.«

»Aber warum denn?«, fragte Joséphine ratlos. »Du nimmst doch niemandem was weg? Und es wäre ja ohnehin nur für den Fall, dass Marcel deine Gefühle irgendwann erwidert …«

»Ach, Joséphine«, brach es nun aus Ruth hervor. »Ich habe Odette so viel Schlechtes gewünscht. Manchmal …« Sie brachte die Worte nur flüsternd heraus. »Manchmal habe ich sogar gehofft, sie wäre tot. Und dann ist sie tatsächlich gestorben. Ich habe das Gefühl, als sei ich schuld an ihrem Tod!«

»Unfug!«, rief Joséphine. »Das bist du nicht. Du warst eifersüchtig auf sie und wütend, weil sie dir deine große Liebe genommen hat. Aber durch Gedanken bringt man doch niemanden um. Niemand hat diese Macht.«

»Trotzdem«, wisperte Ruth. »Ich fühle mich so schuldig. Verstehst du jetzt? Der Weg zu Marcel ist für mich ein für alle Mal verbaut. Ich *muss* mich für einen anderen Mann entscheiden.«

»Wenn dem wirklich so wäre, was ich nicht finde«, begann Joséphine, »dann würde das ja noch lange nicht bedeuten, dass du gleich den Erstbesten nehmen musst. Es gibt auch anständige Männer da draußen. Ich rate dir dringend, diesem Stéphane den Laufpass zu geben.«

Ruth schwieg.

»Und nun will ich dir noch etwas erzählen. Etwas, das mich sehr quält. Etwas, das ich noch nie jemandem gesagt habe.«

Ihre Cousine sah sie gespannt an.

»Auch ich habe mich an Odette versündigt«, stieß Joséphine hervor. »Ich habe sie alleingelassen, als sie im Sterben lag.«

*

Ida stand im Wohnzimmer und starrte auf den Sessel, auf dem ihre Mutter immer gesessen und gestrickt, gestickt oder vorgelesen hatte. Der Gedanke, dass Elise dort vielleicht nie mehr sitzen würde, schnitt ihr ins Herz und brachte sie zur Verzweiflung.

»Es ist einsam ohne sie, nicht wahr?«, fragte Lucien, der, von Ida unbemerkt, das Zimmer betreten hatte. Er legte von hinten die Arme um seine Frau und zog sie an sich. Ida schmiegte sich in diese vertraute Geborgenheit. Immerhin gelang es Lucien und ihr, die Gräben, die der Krieg aufgerissen hatte, langsam wieder zu überbrücken.

»Ja«, sagte sie. »Und die Vorstellung, dass wir hier in wenigen Tagen ohne sie Weihnachten feiern sollen … die ist unerträglich.«

»Sie werden im Herzen bei uns sein«, sagte Lucien tröstend. »Und sie werden nicht allein sein. Paul, Oskar und Claire sind bei ihnen. Und wenn ich eines sicher weiß, dann, dass Kurt und Denise ihnen ein wunderbares Fest bereiten werden. Kurtle verehrt deinen Vater. Er verdankt ihm alles, und das hat er nie vergessen.«

»Ja, ich weiß.«

Sanft drehte er sie zu sich um. »Aber auch du kannst etwas für deine Eltern tun.«

»Was denn?« Sie sah ihn fragend an.

»Du kennst doch deine Mutter. Elise macht sich viel mehr Sorgen um uns als um sich selbst. Wenn sie wüsste, dass wir hier ein schönes Fest feiern und nicht traurig sind, wäre das für sie das schönste Geschenk.«

»Du hast recht«, sagte Ida. »Ich werde ein wunderbares Weihnachtsfest ausrichten.« Fragend sah sie ihn an. »Darf ich deinen Vater dazu einladen?«

Er zögerte. »Weißt du, wenn er nur mich schlecht behandelt hätte, würde ich sofort Ja sagen. Das kann ich ihm verzeihen. Aber wie er mit dir und Joséphine umgegangen ist …«

»Bitte«, flehte Ida. »Er ist ein einsamer, alter Mann. Was glaubst du, was es ihn für eine Überwindung gekostet hat, sich zu entschuldigen.«

»Meine Ida«, sagte er zärtlich und küsste sie auf den Mund. »Was bist du doch für ein großherziger Mensch. Ich schaue gleich nach Ruth und gehe mit ihr hinüber zu ihm.«

»Das ist gut«, freute sich Ida. »Er tat mir vorhin ein wenig leid. Alle, einschließlich Ruth, sind mit uns gekommen, und er musste ganz allein in die Krämergasse gehen, in sein einsames Haus. Keiner hat ihn gefragt, ob er mit zu uns kommen möchte.«

»Woran er selbst nicht ganz unschuldig ist«, sagte Lucien streng.

Ida nickte. »Das stimmt. Aber er hat einen großen Schritt auf uns zugemacht. Jetzt sind wir dran.«

*

»Unsinn«, sagte Ruth. »Was hättest du denn tun sollen?«

Joséphine hatte ihr gerade erzählt, wie die kleine Anne ihr von Odettes plötzlicher Erkrankung berichtet hatte. »Ich habe sofort erkannt, dass es diese verfluchte Spanische Grippe ist. Eigentlich hatte ich versprochen, bei ihr zu bleiben. Aber dann war draußen der Tumult, und ich bin runter, um nachzusehen. Die arme Odette ist ohne jedes tröstende Wort gestorben, niemand hat ihre Hand gehalten. Ich habe sie im

Stich gelassen. Und als wäre das nicht schlimm genug, hat ausgerechnet Anne ihre Mutter tot aufgefunden.«

Dann sah sie ihre Freundin ängstlich an. »Das darfst du aber auf gar keinen Fall Marcel sagen. Er muss nicht wissen, dass seine arme Frau ganz alleine war, als sie von uns gegangen ist.«

Ruth nickte. »Natürlich sage ich es ihm nicht. Aber noch mal: Du bist nicht schuld, und du hattest keine Wahl. Du hättest die Großeltern ja schlecht alleine lassen können, als sie ihnen die Patisserie zerschlagen haben.«

»Trotzdem«, sagte Joséphine. »Ich kann mir das nicht verzeihen.«

»Vielleicht sollten wir beide akzeptieren, dass wir nichts für ihren Tod können«, meinte Ruth nachdenklich. »Und uns gegenseitig von dieser empfundenen Schuld freisprechen. Wir machen uns damit doch das Leben unnötig schwer.«

»Vermutlich hast du recht«, entgegnete Joséphine. »Aber ich werde es Marcel eines Tages sagen müssen.«

»Lass dir Zeit«, bat Ruth. »Lieber keine neuen Wunden aufreißen! Die alten müssen erst heilen.«

»Du liebst ihn wirklich«, erkannte Joséphine.

Ruth ging gar nicht darauf ein, sondern sagte: »Es kann allerdings sein, dass Anne ihm schon alles erzählt hat. Ich habe die beiden neulich am Ufer bei einem Spaziergang getroffen. Sie wirkten sehr vertraut.«

Joséphine sah sie erschrocken an. »Glaubst du das wirklich?«

Ruth zuckte die Achseln. »Ich weiß es nicht. Aber wenn, dann scheint er es dir nicht übel genommen zu haben.«

In diesem Augenblick klopfte es an der Zimmertür.

»Herein«, sagte Joséphine.

Lucien stand in der Tür. »Papa, was gibt es?«

»Ruth, ich wollte dich fragen, ob du mich nachher, wenn du gehst, mit zu Jacques nimmst«, bat er. »Ich würde gern mit meinem Vater sprechen.«

»Oh«, sagte Ruth mit erschrockenem Blick auf ihre Armbanduhr. »Dann können wir gleich gehen. Ich habe Grandpère versprochen, zum Abendessen wieder zu Hause zu sein.« Sie sprang vom Bett und gab ihrer Cousine einen Kuss auf die Wange. »Wir sprechen morgen weiter, Finchen.«

Als Lucien und Ruth das Haus verlassen wollten, stießen sie vor der Tür der geschlossenen Patisserie auf einen grauhaarigen Mann in schwarzem Wintermantel. »Entschuldigen Sie die Störung, ist Marcel Picard noch zu sprechen?«, fragte er höflich, und Ruth fand, dass sein abgemagertes Gesicht entfernt an einen Totenschädel erinnerte.

»Ja, wen darf ich melden?«, fragte Lucien.

»Frédéric Bredeau«, stellte sich der Fremde vor.

Wenig später kam Lucien aus dem Gebäude zurück, seinen Sohn im Schlepptau. Als Ruth Marcel erblickte, begann ihr Puls schneller zu schlagen, wie sie resigniert feststellte. Die Gefühle ließen sich einfach nicht abschalten.

»Womit kann ich Ihnen dienen?«, fragte er verständnislos, doch dann kniff er erkennend die Augen zusammen. »Wir sind uns doch neulich an der Ill begegnet.«

»Richtig, mit Ihrer zauberhaften Tochter«, bestätigte der Fremde lächelnd. »Ich habe an diesem Tag noch eine Beobachtung gemacht, die ich Ihnen gern erzählen würde.«

»Na, da bin ich ja mal gespannt«, meinte Marcel. »Kommen Sie doch bitte mit ins Café.«

*

»Eigentlich hatte ich mir geschworen, mein Elternhaus nicht mehr zu betreten«, erzählte Lucien, während er mit Ruth vom Münsterplatz in die Krämergasse bog, die jetzt Rue Mercière hieß.

»Ich habe ja mitbekommen, dass euer Wiedersehen durch seine Dickköpfigkeit misslungen ist«, sagte Ruth. »Aber er wird sich freuen, dass du dich mit ihm aussöhnen willst.«

Die Backstube und das Café waren geschlossen, weshalb Onkel und Nichte die Eingangstüre zur Privatwohnung benutzten und über die knarrenden Stufen nach oben stiegen.

»Vater?«, rief Lucien, als Ruth die Wohnungstür geöffnet hatte. Keine Antwort.

Stirnrunzelnd trat Lucien hinter seiner Nichte ein. »Ungewohnt still hier«, raunte er Ruth zu.

»Das ist es in letzter Zeit immer«, sagte die.

»Na ja, ich war ja auch schon seit Jahren nicht mehr hier drin«, murmelte Lucien nachdenklich. Ruth wusste: Auch nach seiner Rückkehr aus dem Krieg hatte ihr Onkel keinen Fuß mehr in sein Elternhaus gesetzt.

»Alles seltsam vertraut und zugleich sehr fremd.«

Überlaut tickte die Wanduhr.

»Vater?«, rief er wieder.

Keine Antwort.

Auf einmal hatte Ruth ein flaues Gefühl im Magen. Sie schluckte hart, als sie die Wohnzimmertür aufstieß.

Und da war er, ihr Grand-père. Jacques Picard saß in seinem Sessel, der zum Fenster gedreht war, sodass der Patriarch hinausschauen konnte. Hatte er sie kommen sehen?

»Vater!«

Jacques antwortete nicht. War er eingeschlafen, erschöpft von der Aussöhnung mit seinem Freund? Auf einmal überflutete Ruth eine große Zärtlichkeit für diesen Mann, der mit Zuneigungsbekundungen immer sehr gegeizt hatte.

Nun standen sie dicht hinter ihm. Ihr Blick fiel auf das Bild, das Jacques in der Hand hielt. Es zeigte ihn und Franz Tritschler Arm in Arm bei irgendeinem Tarte-Wettbewerb.

Lucien lächelte. »Vater«, sagte er wieder.

Ruth umkreiste den Sessel, um den Schlafenden zu wecken.

Doch Jacques hatte seine Augen nicht geschlossen, sondern den Blick starr auf den Münsterplatz gerichtet.

»Nein«, sagte Lucien tonlos.

Und Ruth schrie ihren Schmerz gellend heraus: »Neiiiiiin!«

Jacques Picard war von ihnen gegangen.

26

Marcel sah den hageren Herrn, der angeblich Bredeau hieß und ihm nun im eigentlich geschlossenen Café gegenübersaß, fragend an. »Was haben Sie denn belauscht?«

»Sagt Ihnen der Name Jean-Baptiste Tolbert etwas?«, erkundigte sich der Grauhaarige.

Marcel fuhr auf. »Allerdings. Der wollte unseren Laden kaufen.«

Bredeau nickte ernst. »Dieser Mann ist Ihnen und Ihrer Tochter vom Fluss aus nachgegangen. Das kam mir so seltsam und unheimlich vor, dass ich wiederum ihm hinterher bin. Er hat Sie bis hierher verfolgt und sich dann dort drüben vor dem Friseursalon mit einem sehr fein gekleideten Herrn unterhalten. Aus dem Gespräch erfuhr ich nicht nur Tolberts Namen, sondern etwas wesentlich Aufschlussreicheres.«

Marcel beugte sich vor Anspannung ungeduldig nach vorn. »Was war das?«

»Der feine Herr wollte unbedingt die Räume der Patisserie übernehmen. Und der Tolbert hat ihm versprochen, er werde dafür sorgen, dass Ihre Familie ausgewiesen wird«, berichtete Bredeau, und Marcel stieß scharf die Luft aus. »Er werde Ihnen einfach Kollaboration mit deutschnationalen Kräften unterstellen.«

Nun war Marcel vollends wie elektrisiert. »Wissen Sie, wie der Auftraggeber hieß?«

Bredeau schüttelte bedauernd den Kopf. »Leider ist nur Tolberts Name gefallen. Es tut mir leid, dass ich mich erst jetzt melde, aber ich hatte eine schwere Erkältung und war ans Bett gefesselt.«

Marcel war aufgesprungen und ging nervös auf und ab. »Herr Bredeau, würden Sie vor den Behörden bestätigen, was Sie gehört haben? Dass die Kollaboration mit deutschnationalen Kräften eine bewusste Lüge war, um an unsere Patisserie zu kommen?«

Der ältere Herr nickte eifrig. »Selbstverständlich würde ich das! Es wäre mir eine Freude, Ihrer Familie und insbesondere Ihrer kleinen Tochter zu helfen.«

Marcel hätte ihn umarmen können vor Freude. »Die wird strahlen, wenn sie bald ihre Urgroßeltern zurückbekommt.«

*

Als das Abendessen auf dem Tisch stand und Lucien immer noch nicht zurück war, begann Ida sich Sorgen zu machen. »Vielleicht sollte ich hinübergehen und nach ihnen sehen?«, fragte sie in die Runde. »Es ist wirklich merkwürdig, dass er noch nicht wieder da ist, zumal es ja das letzte Nachtmahl mit dir ist.« Sie sah Paul nachdenklich an. Doch der winkte beleidigt ab. »Ich bin Vater eben nicht so wichtig.«

»Da tust du ihm unrecht«, widersprach Ida. »Und das weißt du. Ihr habt euch doch ausgesprochen.«

»Nun, wenn ich ihm etwas bedeuten würde, wäre er ja hier«, sagte Paul patzig, und Ida dachte, dass sie wohl zu voreilig gewesen war, als sie innerlich schon die Wandlung ihres Sohnes gefeiert hatte. Aber vermutlich erwartete sie einfach zu viel. So schnell veränderte sich ein Mensch nicht.

Außerdem hatte sie jetzt andere Sorgen. »Ich glaube wirklich, dass da etwas nicht stimmt«, sagte sie beunruhigt. »Ich schau mal, was drüben los ist.«

»Ich komme mit«, bot Joséphine ihrer Mutter an.

»Im Wohnzimmer brennt Licht«, stellte Joséphine fest, als Mutter und Tochter auf die Patisserie Goldschmidt zugingen. »Wahrscheinlich unterhalten sie sich einfach miteinander. Sie haben ja viel Zeit aufzuholen.«

»Vielleicht ist es ein gutes Zeichen, dass Lucien noch nicht gleich wieder zurückgekommen ist«, hoffte Ida. »Das heißt, sie haben sich nicht sofort überworfen, sondern tauschen sich aus.«

»Ob wir vielleicht doch wieder umkehren sollen?«, fragte Joséphine, der auf einmal beklommen zumute war. Schließlich hatte der Großvater sie das letzte Mal mit Schimpf und Schande davongejagt. Und wenn er und Lucien sich wirklich aussprechen würden, würden sie vielleicht stören.

»Jetzt sind wir schon mal da«, sagte Ida entschlossen. »Wir können ja auch gleich wieder gehen.«

Joséphine folgte Ida durch das dunkle, enge Treppenhaus nach oben, wo sie tiefe Stille empfing.

»Seltsam«, flüsterte Ida. »Wenn sie sich unterhalten würden, könnte man das hier im Flur hören.«

»Lucien?«, rief Ida und dann, als keine Antwort ertönte: »Jacques?«

Stille.

»Lass uns im Wohnzimmer nachsehen, dort brennt ja Licht«, schlug Joséphine vor, und Ida öffnete kurz entschlossen die Tür.

Sie erfassten die Szenerie, die sich ihnen bot, nicht sofort, zunächst schien das Zimmer, als sei es leer. Doch dann entdeckten sie Jacques, der in seinem Sessel saß. Und davor Lucien, der, den Rücken an die Wand gedrückt, auf dem Boden hockte, sich die Hände auf die Ohren presste und den Oberkörper hin- und herwiegte. Ruth kniete schluchzend vor ihrem Großvater und vergrub das Gesicht in seinem Schoß.

Ida ging erschrocken vor Lucien in die Hocke und nahm ihn vorsichtig in den Arm, löste sanft die Hände von seinen Ohren und streichelte ihn tröstend.

»Ich konnte ihn nicht retten, Ida«, sagte Lucien tonlos. »Ich konnte meinen eigenen Vater nicht retten.«

Joséphine nahm Jacques das Foto aus den Händen und legte es auf den Tisch. Dann kniete sie sich neben ihre Cousine und streichelte ihr beruhigend den Rücken.

»Nun habe ich gar niemanden mehr«, schluchzte Ruth. »Papa tot und jetzt Grand-père.«

»Doch«, sagte Joséphine sanft. »Du hast mich. Maman, Marcel. Du hast uns alle. Du bist ein Teil der Familie, und du wirst es immer sein.«

Mit tränennassem Gesicht hob Ruth den Kopf und sah Joséphine an. »Danke«, brachte sie mit brüchiger Stimme hervor.

Da betrat Madame Rolland mit ihrem Neffen Nicolas zögerlich das Zimmer.

»Kann ich Ihnen …«, begann die alte Köchin erstaunt angesichts der unerwarteten Menschenansammlung, da erfasste auch sie, was geschehen war. Ihr Neffe war gerade noch rechtzeitig bei ihr, um sie aufzufangen, als sie in Ohnmacht fiel.

Ruth erhob sich tapfer und strich dem Patriarchen sacht über das Gesicht. Und damit schloss Jacques Picard für immer seine Augen.

*

Zum wiederholten Mal blickte Marcel auf die Uhr.

»Die sind jetzt auch schon ewig weg«, sagte er unruhig zu Paul und Trystan, die mit ihm und Anne am gedeckten Tisch auf die Rückkehr von Ida, Joséphine und Ruth warteten. »Dabei habe ich so aufregende Neuigkeiten.«

»Nun sag halt schon, was es ist!«, forderte Paul ihn auf.

Doch Marcel schüttelte den Kopf. »Ich will es allen gleichzeitig erzählen.«

Paul verdrehte genervt sie Augen. »Na denn! Ich denke, ich mache mir jetzt mal ein paar Brote und gehe dann auf mein Zimmer. Immerhin muss ich morgen sehr früh abfahren. So habe ich mir meinen letzten Abend nicht vorgestellt.«

»Es will dir sicher niemand etwas Böses. Und wenn du wirklich nur wegen der Großeltern gehen willst, erübrigt sich das vielleicht bald«, sagte Marcel.

»Was?«, rief sein jüngerer Bruder verständnislos. »Was willst du damit sagen?«

»Später!«, vertröstete ihn Marcel. »Jetzt gehe ich erst mal rüber und schaue, was da los ist. Komm, Anne.«

Die Kleine maulte zwar etwas, schließlich musste sie seit einer halben Stunde am gedeckten Tisch sitzen, ohne etwas zu bekommen, fügte sich dann aber in ihr Schicksal.

»Wenn du meinst!«, erwiderte Paul achselzuckend. »Ich für meinen Teil esse jetzt zu Abend.« Sprach's und angelte nach einer Scheibe Brot.

»Ich begleite dich«, sagte Trystan rasch und warf Paul einen entschuldigenden Blick zu. »Ich sorge dafür, dass alle, so schnell es geht, wieder zurück sind, versprochen.«

Paul zuckte mit den Schultern. »Schon gut.«

In der Tür wandte Marcel sich noch einmal um. Sosehr ihn sein kleiner Bruder mit seinem ständigen Gejammer auch manchmal nervte und obwohl er ihm seine Lüge mit Ruths

Verlobtem immer noch übel nahm – jetzt, wie er da an seinem letzten Abend ganz einsam und allein am Tisch saß, tat er ihm leid. Er nahm sich vor, später noch einmal nach ihm zu sehen und ihm die guten Neuigkeiten von Monsieur Bredeau zu erzählen.

Als Marcel und Trystan im Gebäude der Patisserie Goldschmidt eintrafen, kam ihnen Joséphine schon am Treppenaufgang entgegen. Sie war leichenblass und offenbar um Fassung bemüht. »Ich wollte euch gerade holen. Grand-père, er ist … er ist gestorben.«

»O Gott.« Marcels Hand klammerte sich am Treppengeländer fest.

»Er ist in der Stube«, sagte Joséphine.

Im nächsten Moment war Trystan bei ihr und nahm sie in die Arme. »Mein armer Schatz«, flüsterte er. »Es tut mir so leid. Was musst du nur alles durchmachen? Innerhalb eines Tages hast du deine beiden Großväter verloren.«

»Nein«, sagte Joséphine. »Opa Franz wird zurückkehren. Und Grand-père hatte ich schon vor Langem verloren. Vielleicht war ich nur gerade dabei, ihn wiederzufinden.«

»Kannst du die Kleine nehmen?«, fragte in diesem Moment Marcel.

»Natürlich!«, sagte Joséphine und schalt sich innerlich dafür, dass sie noch nicht selbst auf diese Idee gekommen war. Nachdem Anne gerade erst ihre Mutter verloren hatte, konnte man ihr den Anblick ihres verstorbenen Urgroßvaters unmöglich zumuten.

»Gehst du mit mir hinüber zum Onkel Paul?«, fragte sie ihre kleine Nichte.

»Darf ich dann endlich abendessen?«, wollte das sonst so gut gelaunte und fröhliche Kind verdrossen wissen.

»Sie sitzt, seit ihr gegangen seid, am Tisch und will anfangen – und musste dann mit mir kommen«, erzählte Marcel.

»Aber natürlich darfst du dann abendessen«, versicherte Joséphine. »So viel du magst.«

Seine Tochter versorgt wissend, widmete Marcel sich der Sorge um Ruth. Er wusste, wie nah der Ärmsten ihr Großvater gestanden hatte, nachdem erst vor zwei Jahren ihr Vater gestorben war.

Hand in Hand überquerten sie den Münsterplatz. Anne ging in der Mitte, und ganz selbstverständlich hatte die Kleine sowohl Joséphine als auch Trystan an der Hand genommen.

»Kannst du mit Anne essen?«, bat sie ihren Freund, als sie im Hause Tritschler angekommen waren. »Ich muss es ja noch Paul sagen.«

»Sicher.« Er lächelte ihr zu. »Mach dir keine Gedanken.«

»Aber ich will, dass du auch was isst, Tante Joséphine«, piepste die Kleine.

»Ich habe eine Idee«, sagte Trystan. »Ich kann Brote machen, die haben Gesichter. Ich zeige dir, wie es geht. Und dann machst du für die Tante Joséphine auch so ein Brot. Das kann sie dann später essen.«

»Au ja!«, rief Anne und hüpfte vergnügt von einem Bein aufs andere.

Joséphine lächelte. Wie liebevoll er mit dem Mädchen umging! Er hatte ihr berichtet, dass er zu Hause in Colmar acht jüngere Geschwister hatte und in Kinder ganz vernarrt war.

Schließlich ging Joséphine in Pauls Zimmer hinauf. Auf ihr Klopfen ertönte sein mürrisches »Herein«.

Sie seufzte. Auf das Gespräch mit ihrem Bruder hatte sie gar keine Lust – aber ihr blieb keine Wahl.

»Ah. Doch noch einer, der sich für mich interessiert«,

murrte Paul, kaum dass sie das Zimmer betreten hatte. Trystan hatte ihr auf dem Weg nach oben schon berichtet, dass ihr Bruder ziemlich verärgert war, weil man ihn an seinem letzten Abend allein ließ.

»Die anderen wären auch lieber hier«, sagte sie kühl. »Aber es gibt einen guten Grund, warum sie das nicht sind.«

»Sicher. Alles ist wichtiger als Krüppel Paul.«

»Könntest du dir einmal dein Selbstmitleid sparen und einfach zuhören?«, fuhr sie ihn an. Wie immer, wenn jemand lauter und schärfer wurde, hielt Paul eingeschüchtert inne. »Grand-père Jacques ist gestorben. Vater und Ruth haben ihn tot in seinem Sessel gefunden. Findest du immer noch, alle hätten bei dir sitzen sollen?«

»Das … das konnte ich ja nicht wissen«, stammelte Paul betroffen.

»Nein, das konntest du nicht wissen. Aber vielleicht könntest du dir angewöhnen, die Leute erst mal nach ihren Beweggründen zu fragen, bevor du sie verurteilst. Dein ständiges Geschimpfe geht mir furchtbar auf die Nerven.«

Paul sah sie überrascht an. So hatte er die sonst so ausgeglichene und bedachte Joséphine noch nie erlebt.

»Musst jetzt nicht deine Trauer über Opas Tod an mir auslassen!«, brummelte er. »Bist mich ja bald los.«

»Möchtest du dich vielleicht noch von Grand-père verabschieden?«, fragte sie kühl.

Er winkte ab. »Nachdem er dich und Mutter so behandelt hat? Außerdem hat er mir immer zu deutlich gezeigt, dass er mich hasst, weil ich kein Französisch reden wollte.«

Joséphine sah ihn wütend an. »Weißt du, was? Mach, was du willst! Aber eines sage ich dir: Die Gelegenheit, dich von Grand-père zu verabschieden, die kommt niemals wieder.«

*

»Warum haben die Leute immer schwarze Sachen an, wenn jemand ein Engel wird?«, fragte Anne, die auf dem Rückweg von Jacques Picards Beerdigung, zu der gefühlt die halbe Stadt gekommen war, Ruths Nähe suchte. Vor ihnen gingen Ida und Lucien, hinter ihnen Marcel, Joséphine und Trystan.

»Sie zeigen, dass die Welt für sie zurzeit die Farben verloren hat«, wagte Ruth eine Erklärung. »Weil sie so traurig sind, dass nun ein lieber Mensch fort ist.«

»Bist du sehr traurig, dass der Uropa gestorben ist?«, fragte Anne und schob ihre warme Kinderhand in Ruths Jackentasche, wo sich ihre Finger fanden. »Du bist ja eiskalt«, rief das Mädchen, bevor Ruth antworten konnte. Dann griff sie entschlossen in ihre eigene Manteltasche und reichte Ruth die schon etwas verschrumpelte Kastanie. »Hier«, sagte sie feierlich. »Ich gebe sie dir zurück. Meine Maman hat immer gesagt, dass Kastanien die Hände warm machen.«

»Ich habe sie dir doch geschenkt«, wandte Ruth ein.

»Aber jetzt musst du sie haben«, beharrte das Mädchen.

»Also gut, kleine Maus«, sagte sie. »Dann machen wir es so: Die eine Hand wärmst du mir und die andere die Kastanie.«

»Einverstanden.«

»Bist du sehr traurig, dass der Uropa gestorben ist?«, fragte Anne wieder, und dieses Mal bekam sie eine Antwort.

»Ja«, sagte Ruth. »Auch wenn der Uropa schon alt war, bin ich traurig. Ich habe ja beim Uropa gewohnt, weil ich auch keine Maman und keinen Papa mehr habe.«

»Doch«, erwiderte das kleine Mädchen. »Doch, die hast du, die sind jetzt Engel. Das weiß ich wegen meiner Maman.« Sie runzelte ihre kleine Stirn. »Und außerdem wohnst du doch jetzt bei uns. Da bist du nicht allein.«

Sie blieb stehen und drehte sich zu Marcel um: »Gell, Papa, wir lassen die Ruth nicht allein?«

Sein Lächeln traf sie mitten ins Herz. »Nein. Wir lassen die Ruth nicht allein.«

*

Jacques Picards Testamentseröffnung wurde von Gérard Dujardin durchgeführt, dem französischen Partner in Oskars Anwaltskanzlei. Sie fand auf Wunsch des Verstorbenen in der Bibliothek über der Patisserie Goldschmidt statt. Eingeladen waren die Enkelkinder des Patriarchen, Marcel, Paul, Joséphine und Ruth, sein einziger noch lebender Sohn Lucien sowie zu deren großem Erstaunen Jacques' Schwiegertochter Ida und die alte Köchin Madame Rolland. Trotz der Aussicht, dass nach Bredeaus Aussage ihre Ausweisung vielleicht von den Behörden zurückgezogen würde, war Paul seinen Großeltern nach Stuttgart nachgereist, ansonsten waren alle Eingeladenen anwesend.

»Das Testament des Monsieur Picard ist recht kurz gehalten«, kündigte Rechtsanwalt Dujardin an und begann vorzulesen: »Mein letzter Wille. Ich hinterlasse meinen Enkelkindern Marcel, Paul, Joséphine und Ruth je zweitausend Mark meines Ersparten.«

Ruth bemerkte, dass Marcel sehr gerührt wirkte. Obwohl er nur adoptiert war, behandelte Jacques ihn wie einen leiblichen Enkel. Ähnliche Gefühle waren in Idas Gesicht zu lesen, als Dujardin nun vorlas: »Auch meine Schwiegertochter Ida Picard, geborene Tritschler, soll als meine Lebensretterin zweitausend Mark erhalten. Meine treue Köchin und Haushälterin Geraldine Rolland erhält fünfhundert Mark und Wohnrecht auf Lebenszeit für sich und ihren Neffen Nicolas in den zwei Kammern unterm Dach.«

Die Köchin griff heftig durchatmend nach der Hand ihres Neffen, der sie mit Erlaubnis der Familie begleitet hatte. Da die siebzigjährige Dame so kurz hintereinander ihren Schwager und ihren geliebten Arbeitgeber verloren hatte, war sie derzeit etwas wacklig auf den Beinen. Und die Erbschaft versetzte sie nun in einen neuerlichen – wenn auch positiven – Schock.

Und schließlich verlas der Anwalt den letzten Punkt: »Mein Haus mitsamt Backstube, Patisserie und Café vermache ich …«

Ruth wusste, dass ihr Großvater sein Testament kürzlich noch geändert hatte. »Grand-père, ich werde dich nicht enttäuschen«, wandte sie sich im Geiste an Jacques. »Ich werde die Patisserie wieder zu neuem Ruhm führen, wie du es dir gewünscht hast.«

Und dann beendete Rechtsanwalt Dujardin den Satz mit den Worten: »… meinem erstgeborenen Sohn Lucien Picard.«

Ruth hatte Mühe, einen enttäuschten Schrei zu unterdrücken, zum Glück fiel es keinem der Anwesenden auf, da sich nun alle erfreut dem überwältigten Lucien zuwandten. Sie freuten sich mit ihm über das späte Zeichen der Versöhnung des Großvaters. »Entschuldige mich«, flüsterte sie der neben ihr sitzenden Joséphine zu und taumelte aus dem Raum.

Obgleich sie ihrem Onkel die Erbschaft gönnte, fragte sie sich, was ein Biologieprofessor, der von jeher sein Desinteresse am Patissiersberuf bekundet hatte, mit der Bäckerei anfangen sollte.

Joséphine war die Enttäuschung ihrer Cousine nicht verborgen geblieben, daher wollte sie ihr hinterhergehen, doch Marcel hielt sie zurück. »Lass mich mit ihr sprechen!«, bat er leise. Er hatte Ruths Zustand also ebenfalls bemerkt. Joséphine zögerte. Zum einen wollte sie der Freundin beistehen, zum anderen war ihr klar, dass Marcels Nähe ihre Cousine nur noch mehr aus dem Konzept bringen würde. Doch sie wollte kein Aufsehen erregen, und so nickte sie nur.

Marcel fand Ruth in ihrem alten Zimmer vor, das sie zurzeit jedoch nicht bewohnte: Auf Idas Vorschlag hin war sie nach Jacques Picards Tod in das ehemalige Schlafzimmer von Franz und Elise Tritschler gezogen. Es könne nicht angehen, dass Ruth in ihrer Trauer ganz alleine über der Patisserie Goldschmidt lebe, hatte Ida argumentiert, und alle hatten ihr recht gegeben.

Marcel fand es merkwürdig, dass Ruth nun in diesem Zimmer wohnte, das, solange er denken konnte, das Reich der Großeltern gewesen war. Zumal sie noch nicht dazu gekommen waren, irgendetwas zu ändern.

Nun saß sie, mit dem Rücken zur Tür, in der Umgebung, die so viel besser zu ihr passte: Ihr Zimmer mit der gerahmten Fotografie von sich als Zehnjähriger zusammen mit ihrem Vater René, die an der geblümten Tapete hing, mit einem Regal, das überquoll von Backbüchern voller Rezepte aus aller Welt. Auf dem Nachtschrank stand ein altes Foto von Jacques Picard in seiner Backstube, das Ruth mit einem Trauerflor versehen hatte.

»Ich … muss kurz allein sein«, sagte sie mit stockender Stimme, als Marcel voller Mitleid und etwas hilflos vor ihr stand.

»Bist du sicher?«, fragte er sanft.

Erschrocken fuhr sie auf, als sie seine Stimme hörte. Sie hatte mit Joséphine gerechnet, allenfalls noch mit Ida, aber bestimmt nicht mit ihm!

»Du?«

»Ja, ich«, grinste er etwas verlegen. »Dein alter Freund Marcel. Gekommen, dich zu trösten. Ich kann mir vorstellen, dass du gerade das Gefühl hast, dein Zuhause verloren zu haben. Aber erstens wird Lucien dich immer hier wohnen lassen. Und zweitens bist du auch bei uns drüben stets willkommen. Anne hat dir das ja schon auf dem Rückweg von der Beerdigung versprochen. Wir lassen dich nicht allein.«

Sie wischte sich eine Träne von der Wange.

»Setz dich doch«, sagte sie und deutete auf den Stuhl neben ihrem Bett. Er tat wie ihm geheißen, und sie verriet: »Es gibt noch einen anderen Grund, warum ich traurig bin.«

»Na komm, erzähl es deinem alten Cousin – oder Adoptivcousin.«

»Oder einfach einem guten alten Freund«, schlug sie vor. »Aber es klingt so furchtbar egoistisch.«

»Raus damit!«

»Du hast doch neulich meine Frankfurter Brenten probiert«, begann sie. »Erinnerst du dich?«

Er nickte. »Wie könnte ich es vergessen? Köstlich, wie sie waren.«

»Damit konnte ich Großvater überzeugen, mich bei ihm in die Patisserie einsteigen zu lassen. Er war bereit, meine Backkenntnisse zu erweitern, und wir hatten vor, die Patisserie wieder in Schwung zu bringen. Und weil Großvater so sauer war, dass ihr euch nun Picard nennt, wollten wir uns genauso nennen.«

Er sah sie überrascht an. »Er war wirklich ein alter Sturkopf, unser Opa.«

»Jahrelang hat er über meinen Kindheitstraum gelacht. Ein Mädchen gehört nicht in die Backstube. Dann hatte er es endlich, endlich gebilligt, aber jetzt …«, sagte Ruth, und ihre Stimme kippte. »Jetzt ist mein Traum wieder geplatzt. Ich hatte mich schon so auf das Café gefreut. Und darauf, endlich backen zu dürfen.«

Marcel griff nach ihrer Hand, und obschon sie wusste, dass

diese Geste von ihm wahrscheinlich nur liebevoll-brüderlich gemeint war, begann ihr Herz wild zu klopfen.

»Aber backen kannst du doch auch bei uns!«, bot er an. »Ich wollte ohnehin einen Lehrling suchen. Der Verkauf läuft fantastisch, und Trystan und ich können das auf Dauer unmöglich alleine schaffen.«

Ruth starrte ihn an und konnte ihr Glück kaum fassen. »Du?«, staunte sie. »Du willst mir Backen beibringen?«

»Selbstredend«, sagte er. »Wobei ich, nachdem ich deine Brenten gekostet habe, bezweifle, dass da überhaupt noch Bedarf besteht.«

»Und was machen wir mit der Patisserie Goldschmidt? Die kann ich doch nicht einfach so aufgeben! Auch wenn er sie mir nicht vererbt hat, ich habe meinem Großvater und meinem Vater doch versprochen, dass ich dafür sorgen werde, dass es mit ihr weitergeht.«

Marcel runzelte nachdenklich die Stirn. »Ich glaube, ich habe eine Idee«, sagte er dann. »Lass mich mal mit Lucien reden.«

27

Ida wollte ihr Versprechen, das sie Lucien gegeben hatte, halten: Sie würde für ihre Familie ein wunderbares Weihnachtsfest ausrichten – jetzt, da sie auch noch einen Trauerfall zu beklagen hatten, erst recht. Obwohl Jacques Picard am Ende seines Lebens – bevor er sie alle um Verzeihung gebeten hatte – ungerecht und streitsüchtig gewesen war, trauerten alle sehr um ihn. Familie ist einfach Familie, dachte Ida. Und am Ende bleiben die guten Erinnerungen eher bestehen als die schlimmen.

Während sie das Haus weihnachtlich schmückte und in der Backstube – sobald diese verwaist dalag – Plätzchen backte, zogen unzählige Momente, die sie mit Jacques erlebt hatte, vor ihrem inneren Auge vorüber. Wie er in der Ill trieb, um den kleinen Marcel zu retten, und letztendlich von ihr, Ida, aus dem Fluss herausgezogen wurde. Wie sie neben ihm auf der Kirchenbank saß und er ihr gestand, dass er mit Lügen und Intrigen versucht hatte, sie und Lucien auseinanderzubringen. Wie er neben ihrem Vater auf dem Boden gekniet hatte, um Schutt zu räumen und die Patisserie Tritschler, die 1893 abgebrannt war, wiederaufzubauen. Jacques Picard mit der kleinen Joséphine auf dem einen und dem kleinen Paul auf dem anderen Bein …

»Denkst du auch so viel an ihn?«, fragte Lucien, der, vom Duft der Weihnachtsplätzchen angelockt, in die Backstube gekommen war.

»Beinahe ununterbrochen«, gestand Ida. »Aber es sind vor allem die schönen Augenblicke. Und die haben in all den Jahren überwogen. Am Anfang und am Ende war es schwierig. Dazwischen lagen so viele bereichernde Momente mit deinem Vater.«

Lucien nickte und stibitzte ein sternförmiges Weihnachtsplätzchen vom Blech. Scherzhaft schlug Ida nach seiner Hand, doch er schob sich das Schowebredle grinsend in den Mund, schloss genießerisch die Augen und kaute. »Köstlich«, urteilte er. »Dein Talent ist hinter der Theke verschenkt, du gehörst in die Backstube.«

Ida lächelte. »Charmeur«, sagte sie. »Aber erstens liebe ich es, mit den Kunden zu sprechen, und möchte nirgendwo anders sein als hinter der Theke. Und zweitens sind wir hier in der Backstube doch bald mehr als gut besetzt. Ich freue mich sehr über unsere beiden Neuzugänge.«

»Ja«, meinte Lucien ernst. »Trystan scheint wirklich ein guter Kerl zu sein. Ich glaube, unsere Joséphine hat mit ihm riesengroßes Glück.«

»Das denke ich auch«, bestätigte Ida und seufzte dann: »Wenigstens eines unserer Kinder, um das wir uns keine Sorgen machen müssen.«

»Um Marcel auch nicht«, beruhigte Lucien sie. »Odette zu verlieren, war für ihn entsetzlich, aber Marcel ist stark, er hat Anne, er hat uns.«

Ida nickte. »Da hast du recht. Aber Paul macht mir schon großen Kummer. Dass er sich geweigert hat, von seinem verstorbenen Großvater Abschied zu nehmen, und dass er sich partout nicht zum Bahnhof bringen lassen wollte …«

Lucie nickte. »Als ich ihm wegen des schweren Koffers Hilfe angeboten habe, hat er gesagt: Es gibt Dinge, die sogar ein Krüppel alleine hinbekommt. Und weg war er.«

»So viel Verbitterung«, sagte Ida traurig.

»Er ist bei deinen Eltern in Stuttgart in guten Händen«, versuchte Lucien sie zu trösten. »Sie wissen, wie man mit ihm umgeht. Und ich bin sicher, dass auch Kurt einen guten Einfluss auf ihn ausüben wird.«

»Hoffentlich hast du recht«, murmelte Ida. »Es ist schwer, sein eigenes Kind nicht mehr zu erreichen.«

Dann sah sie lächelnd auf. »Ich bin so froh, dass es *dir* wieder besser geht. Als ich dich bei deinem toten Vater vorgefunden habe, dachte ich, du erholst dich davon nicht wieder.«

Lucien nickte. »Ich hatte das Gefühl, als hätte es mir den Boden unter den Füßen weggezogen. Dachte, ich sei schuld an seinem Tod, so wie ich auch die Schuld für den Tod vieler anderer Menschen trage. Aber dann warst du da und hast mir Halt gegeben.«

Ida, die während ihres Gesprächs die ganze Zeit über weitere Plätzchen geformt hatte, unterbrach ihre Tätigkeit, um zu ihrem Mann zu gehen und ihm einen Kuss zu geben.

»Aber eine Frage werde ich mir mein Leben lang stellen«, sagte Lucien nachdenklich.

»Welche denn?«

»Ob er mich noch gesehen hat, als ich mit Ruth über den Münsterplatz auf sein Haus zuging. Ob er wusste, dass ich kommen würde.«

Da klopfte es, und Marcel betrat den Raum.

»Was gibt es, Junge?«, fragte Lucien, der gleich bemerkte, dass sein Adoptivsohn etwas auf dem Herzen hatte.

»Ich wollte euch etwas vorgeschlagen, das Ruth betrifft.«

»Was denn?«, fragte Lucien.

»Es war immer ihr ganz großer Traum, Bäckerin zu werden«, begann Marcel. »Grand-père wollte mit ihr die Patisserie Goldschmidt wieder aufmachen.«

»Aber die war doch gar nicht zu?«, widersprach Ida.

»Modernisieren, meine ich. Er hat ja nur Brot und ein paar Kleinigkeiten verkauft in letzter Zeit«, erinnerte Marcel. »Ruth hatte ganz viele Ideen, und in harter Arbeit konnte sie Jacques schließlich davon überzeugen, sie machen zu lassen.«

»Verstehe«, sagte Ida. »Und nun ist sie enttäuscht, dass es nicht klappen wird, weil er Lucien und nicht ihr das Haus vermacht hat.«

»Tja, eine Patisserie ausgerechnet einem Biologen zu vererben, macht schon ein wenig den Bock zum Gärtner«, räumte Lucien grinsend ein. »Da kommt bei Ruths schlimmer Trauer um ihren Großvater wohl noch die Angst hinzu, dass es mit seinem Vermächtnis bergab gehen könnte.«

Marcel nickte. »Und es gibt auch noch mehr, dem sich Ruth verpflichtet fühlt. In dem letzten Gespräch, das dein Bruder René mit ihr geführt hat, bevor er gefallen ist, musste sie auch ihm versprechen, dass es mit der Patisserie Goldschmidt gut weitergeht.«

»Oh. Wer hätte gedacht, dass René das Geschäft immer noch so am Herzen lag«, wunderte sich Ida. »Wenn sie sich Jacques und René gegenüber verpflichtet fühlt, ist es für sie ja umso enttäuschender, dass du geerbt hast.«

Dann wandte sie sich an ihren Sohn: »Was hast du dir denn nun ausgedacht, Marcel? Darauf willst du doch die ganze Zeit hinaus.«

»Also, wir haben uns Folgendes überlegt: Unser Café läuft besser als je zuvor. Nach all den Jahren der Entbehrung haben die Straßburger unbändige Lust, sich mal was zu gönnen.

Und jetzt in der Vorweihnachtszeit werden es noch mehr werden.«

»Da hast du recht«, seufzte Ida. »Ohne meine Mutter wird es fast unmöglich sein, das Gedrängel im Laden zu bewältigen. Aber was hat das mit Ruth zu tun?«

»Nun«, meinte Marcel. »Ich fand diese Konkurrenz innerhalb der Familie irgendwie immer schon unsinnig. Was, wenn wir beide Cafés zusammenführen?«

»Du meinst ...« Idas Augen wurden groß.

»Wir würden erst einmal nur hier backen, da unsere Backstube größer und moderner ausgestattet ist. Drüben bei Jacques sind dafür aber der Verkaufsbereich und das Café größer. Wenn wir unsere Backwaren hier wie dort verkaufen, ist das Gedränge nicht zu groß. Ruth könnte dann wie geplant das Café Goldschmidt schön machen und zu altem Glanz führen. Und wenn der Erfolg weiterhin so groß bleibt, dann können wir irgendwann auch die zweite Backstube drüben nutzen.«

Ida nickte langsam. »Das ist eine hervorragende Idee«, sagte sie. »Wir brauchen dann nur dringend zwei Verkäuferinnen. Mir wird es ja schon hier zu viel. Und Ruth wird sich auch nicht zweiteilen können.«

»Was sagt sie denn zu deiner Idee?«, erkundigte sich Lucien.

»Ich wollte erst mit euch darüber sprechen.«

»Dann«, sagte Ida, »dann sag Ruth Bescheid, wir sind begeistert.«

*

Ruth überschlug sich fast vor Freude, als Marcel ihr wenig später von seiner Idee und dem positiven Verlauf des Gesprächs mit seinen Adoptiveltern erzählte.

»Du kannst dann hier in aller Ruhe deine Lehre machen«,

sagte Marcel begeistert. »Trystan und ich bringen dir alles bei, was du wissen musst. Wir beliefern mit unseren Backwaren auch die Patisserie Goldschmidt. Die würde ich auch aus Respekt vor Urgroßvater Aaron nicht umbenennen.«

Ruth nickte benommen. »Das … natürlich, zwei Mal Picard ist ja auch Unsinn.«

»Genau. Und wenn du dann fertig gelernt hast, können wir überlegen, ob wir die zweite Backstube auch noch nutzen, sodass du dort deine eigene Herrin wärst. Aber wir sind nun keine Konkurrenten mehr, sondern machen alles gemeinsam. Unterstützen uns gegenseitig und sind füreinander da. Wie findest du das?«

»Das«, sagte Ruth überwältigt, »das finde ich ganz wunderbar.«

»Es sieht so aus, als ob du nun doch das Haus drüben leiten wirst«, bekräftigte er schmunzelnd.

»Oh, ich muss sofort anfangen zu dekorieren, es sieht erbärmlich dort aus«, rief Ruth aufgeregt. »Zum Glück werden mir Madame Rolland und Nicolas helfen. Sie hatten seit Großvaters Tod ohnehin kaum noch eine Aufgabe.«

»Nun, wenn es die beiden sich zutrauen, hinter der Verkaufstheke zu stehen, werden sie bald mehr als genug zu tun haben«, gab Marcel zu bedenken. »Meine Mutter meint, der Andrang in der restlichen Zeit bis Weihnachten wird enorm sein. Durch unsere Zutaten aus Weghäusel und die Bauernfamilie unserer früheren Verkäuferin Amélie Chabas können wir endlich wieder schönere Dinge backen. Schade nur, dass Amélie mit ihrer Partnerin vor dem Krieg nach Paris gezogen ist. Zwei so gute Verkäuferinnen könnten wir gerade gebrauchen. Jetzt haben wir zwar Rohstoffe und genug Platz, aber zu wenig Personal.«

»Wir werden auch dafür eine Lösung finden«, meinte Ruth

zuversichtlich. »Wenn wir zusammenhalten, können wir alles schaffen.«

Ihre Blicke trafen sich, und Ruth musste die Sehnsucht niederkämpfen, den lächelnden Marcel in den Arm zu nehmen.

»Ich muss dir endlich etwas sagen, Ruth«, erklärte er dann ernster. »Es geht um deinen ersten Tag in Straßburg, damals 1914. Du erinnerst dich ja …«

Ruths Lächeln schwand. »Ja, natürlich«, antwortete sie tonlos. Damals hatte er aus heiterem Himmel ihr Rendezvous abgesagt. Und am nächsten Tag hatte sie von seiner plötzlichen Verlobung mit Odette erfahren. »Ich habe damals beim Blumenkaufen Paul getroffen«, berichtete Marcel. »Und er hat behauptet …«

Da klopfte jemand von außen gegen die Scheibe. »Wenn man vom Teufel spricht«, sagte Ruth, als sie Nicolas Rolland erkannte. Sie ging mit Marcel zur Tür und öffnete.

»Fräulein Ruth«, sagte der Hausdiener außer Atem. »Drüben wartet ein junger Herr auf Sie.«

»Wie heißt er denn?«, wunderte sie sich.

»Einen Namen hat er nicht gesagt«, erzählte Nicolas. »Aber er meinte, er sei … Ihr Verlobter.«

»Stéphane!«, ärgerte sich Ruth. Verlobter? Ohne Antrag? Na, dem würde sie die Leviten lesen!

Erst jetzt bemerkte sie, wie Marcel mit schockiertem Gesichtsausdruck in der Backstube verschwand. Sie schwankte zwischen dem in der anderen Patisserie wartenden Stéphane und dem Drang, Marcel nachzulaufen und ihm klarzumachen, dass der Wartende eben *nicht* ihr Verlobter war. Sie entschied sich, zunächst mal Stéphane reinen Wein einzuschenken und ihn aus ihrem Leben zu drängen – und erst anschließend Marcel davon zu unterrichten.

*

Joséphine putzte das Treppenhaus. Seit Großmutter Elise nicht mehr da war und täglich mehr Kunden den Laden stürmten, mussten alle im Haushalt mit anpacken. Da trat Trystan aus der Backstube auf den Flur.

»Hallo, chérie«, sagte er lächelnd und küsste sie sanft.

»Na, wie gefalle ich dir als Putzfrau?«, fragte sie grinsend.

»Zum Verlieben wie immer«, sagte er zärtlich. »Außerdem muss ich dann schon kein schlechtes Gewissen haben, dich beim Küssen mit Mehl zu bestäuben. In der Backstube war ich jetzt auch lang genug. Da ist eh dicke Luft. Marcel hat ganz schreckliche Laune.«

»Vielleicht wegen Großvater«, mutmaßte Joséphine.

Doch Trystan schüttelte den Kopf. »Der war nicht traurig. Der war stinksauer. Hat Backformen in die Ecke gepfeffert. Ich kenne ihn ja noch nicht so lange, aber so habe ich ihn noch nie erlebt.«

»Wirklich?«, wunderte sich Joséphine. »Er erbt doch auch zweitausend Mark, das ist ja eher kein Grund, sauer zu sein. Na ja, vielleicht ist etwas mit Ruth. Ich werde sie mal fragen.«

»Aber meiner Putzfee geht es gut?«, vergewisserte sich der junge Bäckermeister grinsend.

»Ja, deine Putzfee ist glücklich.« Und dann fügte sie, in Gedanken an Großvater Jacques, ernster hinzu: »Darf ich das? Einfach glücklich sein?«

»Und ob du das darfst!« Er küsste sie erneut. »Es wäre eine Beleidigung, wenn du nicht glücklich wärst, schließlich bin ich ja jetzt bei dir.«

Dann wurde er ernst. »Nein, mein Liebling, ganz unabhängig von mir: Du musstest so viel durchmachen, du hast ein bisschen Freude verdient.«

»Wir alle mussten das«, sagte sie leise. »Und vor allem ihr Männer an der Front.«

»Vorbei ist vorbei«, erwiderte er. »Bald ist Weihnachten, und dann beginnt ein neues Jahr. Ein Jahr, in dem es keinen Krieg gibt, sondern nur Frieden und ganz viel Glück.«

Sie genoss seine zärtlichen Hände auf ihrem Gesicht und wünschte sich, er würde noch ein wenig forscher werden, manchmal träumte sie davon, er würde des Nachts an ihrer Zimmertür klopfen und sie … Doch obwohl sie nicht darüber gesprochen hatten, wusste sie, dass er es nicht tun würde. Er konnte sie küssen, dass ihr die Luft wegblieb, und wenn er ihren Körper streichelte, schwanden ihr beinahe die Sinne, aber er würde niemals intimer werden, niemals nachts in ihr Zimmer schleichen: Dazu war er zu anständig und sein Respekt vor ihren Eltern zu groß. Sie hatten ihn bei sich aufgenommen, ihm ein Zuhause gegeben, ein Zimmer direkt neben dem seiner Tochter – er würde ihr Vertrauen nicht missbrauchen.

»Es ist so wunderbar, dass du bei uns bist«, sagte sie. »Den Alltag im Krankenhaus kann ich viel besser hinter mir lassen, seit du hier wohnst.«

»Ich bewundere, was du dort tust«, sagte er stolz. »Meine Frau, die Heldin.«

Meine Frau! Wie wunderbar das aus seinem Mund klang! Sie sah zu ihm auf, und er erwiderte ihren Blick voller Zuneigung.

»Eigentlich«, sagte er, »hatte ich mir diesen Moment anders vorgestellt. Nicht ich in mehliger Bäckereikleidung und du mit Schrubber in der Hand. Ich wollte im Anzug vor dir auf die Knie gehen, es sollte furchtbar romantisch sein. Zeitweise habe ich sogar überlegt, ob ich einen Ring in ein Puits d'amour einbacken soll, aber dann hatte ich Angst, dass du ihn verschluckst und du am Tag meines Heiratsantrags in deinem eigenen Krankenhaus landest.«

Sie musste lachen. Sie liebte seinen Humor.

Er jedoch blieb ganz ernst. »Aber kein Moment könnte perfekter sein als dieser, und genau das ist ja das Schönste am Leben: Es schenkt uns wunderbare Augenblicke, die sich nicht planen lassen. Deshalb frage ich dich jetzt und hier, ohne Ring, ohne Rosen und ohne Vorbereitung: Willst du meine Frau werden?«

»Ja!«, rief Joséphine, nahm sein Gesicht in ihre Hände und überschüttete ihn mit Küssen. »Ja, ja, ja, ja, ja. Ich will!«

In diesem Augenblick klingelte es an der Haustür, und Joséphine öffnete. Draußen wartete ein Mann um die dreißig mit Nickelbrille und Vollbart. Er war in Begleitung einer wunderschönen strohblonden Frau, die etwa zehn Jahre jünger war als er.

»Guten Abend, mein Name ist Favreau«, stellte er sich höflich vor. »Das ist meine Schwester Véronique. Ist Marcel Picard wohl zu sprechen?«

»Docteur Favreau«, rief Joséphine und schüttelte ihm erfreut die Hand. »Ich habe nur Gutes von Ihnen gehört. Sie sind ein hervorragender Arzt und haben meinen Bruder und seinen Kameraden Struve aus dem Gefangenenlager gerettet.«

»Zu viel des Lobes«, entgegnete Favreau verlegen. »Dann müssen Sie Joséphine sein, die heldenhafte Krankenschwester.«

»Zu viel des Lobes, auch in dem Fall«, lachte sie. »Das ist mein Verlobter Trystan Bouvier.« Wie schön diese Kombination von Worten klang.

»Ich hole Ihnen Marcel«, schlug er vor und verschwand in der Backstube.

Marcels schlechte Laune verflog augenblicklich, als er kurz darauf den Lazarettarzt erblickte. »Wie geht es Ihnen, alter Freund, was führt Sie nach Straßburg?«

»Meine Schwester hat sich heute im Kammerzellhaus als Bedienung beworben«, erzählte Favreau. »Ich habe sie gefahren und wollte Straßburg nicht verlassen, ohne zu sehen, wie es Ihnen geht.«

»Großartige Idee. Haben Sie schon zu Abend gegessen?«, erkundigte sich Marcel.

»Nein, und das ist meine Schuld«, gab Favreaus junge Schwester zu. »Ich wollte unbedingt noch das Münster besichtigen.«

Marcel lächelte. »Sehr gut, das war eines der ersten Dinge, die meine Mutter getan hat, als sie vor einem Vierteljahrhundert nach Straßburg kam. Sie macht einen hervorragenden Baeckeoffe-Eintopf. Ihn zu kosten sollten Sie sich noch weniger entgehen lassen als das Münster.«

Véronique erwiderte Marcels Lächeln und wandte sich an ihren Bruder. »Dann lassen wir uns das doch nicht entgehen, Claude.«

28

Aber was sollen die Leute denken?«, rief Stéphane wütend. Er und Ruth standen sich im staubigen Cafébereich der Patisserie Goldschmidt gegenüber, der schon viele Monate keine Gäste mehr gesehen hatte. Seit Großvaters Tod ist es ein Geistercafé, dachte sie, ein passender Ort, um ihre Beziehung mit Stéphane zu beenden.

»Meine Eltern lieben dich, meine Cousine liebt dich. Sie wollte sogar nach Straßburg kommen, um dich wiederzusehen. All meine Kameraden wissen Bescheid. Es ist doch vollkommen peinlich, wenn wir jetzt nicht heiraten.«

»Peinlich?«, wiederholte Ruth empört. »Ist das das Einzige, worum es dir geht?«

»Nein, es geht um dich. Es ist gemein mir gegenüber, das nicht zu glauben«, behauptete er in einem Anflug von Selbstmitleid. Dann fiel ihm etwas ein, und sofort war er wieder streitsüchtig. »Gibt es einen anderen?«

»Was?«, rief Ruth, hauptsächlich, um Zeit zu gewinnen. Sie wollte in dieser Stunde der Wahrheit nicht lügen. Deshalb musste sie darüber nachdenken, ob Marcel das war, was Stéphane »einen anderen« nannte. Doch ihr einstiger Schwarm hatte sich vor vier Jahren für Odette entschieden, und nun trauerte er um sie. Er war nicht der Grund, dass aus Stéphane und ihr nichts werden konnte. »Nein, du hast es ganz allein geschafft, dass ich dich nicht heiraten möchte. Du gibst mir nicht mehr das Gefühl, mich und meine Zukunftsträume ernst zu nehmen. Ich schätze dich immer noch, und ich würde das zwischen uns gern beenden, solange dem noch so ist. Als Freund bist du mir immer willkommen. Und deine Cousine ebenso.« Sie sah ihn flehend an. »Können wir das in Würde zu Ende bringen?«

»Oh, ich glaube nicht, dass *deine* Würde hier in Gefahr ist«, sagte er kühl und ging. Das Glöckchen an der Tür erinnerte Ruth in diesem Augenblick nicht an Kunden, sondern an den Friedhof.

Eine Weile blieb sie in dem leeren, dunklen Café stehen und lauschte der Stille. Schließlich erklangen Schritte auf der Treppe. »Nicolas«, erriet sie, bevor sie sich umdrehte.

»Alles in Ordnung bei Ihnen, Fräulein Ruth?«, fragte er fürsorglich.

»Mir geht es gut. Mein Ex-Galan hat mir vorgeworfen, dass ich ihm seine Würde genommen habe und peinlich bin«, sagte sie zynisch. »Aber tatsächlich bin ich erleichtert. Ich würde gern kurz mit Ihnen und Ihrer Tante sprechen.«

Sie schaltete das Licht an und bemerkte, wie ängstlich Nicolas sie ansah.

»Keine Sorge, es geht nicht um eine Kündigung«, beruhigte sie ihn. »Im Gegenteil.«

»Natürlich werden wir beim Verkauf helfen«, versprach Geraldine Rolland wenig später auf Ruths Bitte hin feierlich.

»Nur, wenn es Ihnen nicht zu viel wird«, betonte Jacques Picards Enkelin. »Mit Ihren beiden Kammern und den fünfhundert Mark, die Sie bald bekommen, könnten Sie auch leicht Ihren wohlverdienten Ruhestand antreten.«

Doch Geraldine schüttelte den Kopf. »Ich kann nicht leugnen, dass mir manches nicht mehr so leichtfällt wie früher. Ich möchte auch keine ›fidele Alte‹ sein, wie sie sich die Jungen wünschen, um keine Angst mehr vorm Altern haben zu müssen. Das Alter ist nun mal nichts für Feiglinge, hat Ihr Großvater immer gesagt. Und er hatte recht damit. Trotzdem ist es mir eine Ehre, für sein Vermächtnis regsam zu bleiben. Wir helfen Ihnen beide gern – beim Umbau und beim Verkauf. Nicht wahr, Nicolas?«

Ihr Neffe nickte eifrig.

»Danke«, sagte Ruth. »Ich habe das Gefühl, Grand-père lächelt gerade irgendwo.«

Und nun wollte sie Marcel aufklären, dass sie nicht verlobt war!

*

Dr. Favreau und seine Schwester Véronique waren begeistert von Idas Eintopf. Bald waren am Esstisch im ersten Stock zwei Gesprächsgruppen entstanden: Während Ida, Marcel und Véronique sich über besonders anstrengende und skurrile Kunden unterhielten, erzählten sich Claude Favreau, Lucien, Joséphine und Trystan Erlebnisse aus dem Lazarett.

»Ich würde den Menschen gern besser helfen«, seufzte Joséphine. »Dass ich meiner Schwägerin nicht das Leben retten konnte, geht mir immer noch nach.«

»Solche Selbstvorwürfe kenne ich, sie bringen aber nichts«, meinte Favreau. »Millionen sind an der Spanischen Grippe gestorben. Und da waren selbst die besten Ärzte machtlos. So eine Pandemie ist eine Herausforderung für die medizinische Forschung, je schneller Impf- und Behandlungsmethoden gefunden werden, desto mehr Menschen werden gerettet.«

Sie nickte. »Das weiß ich ja. Deshalb würde es mich unglaublich reizen, in der Forschung zu arbeiten.«

»Deine Schwäche für Labors hast du wohl von deinem Biologen-Vater geerbt«, mutmaßte Lucien lächelnd. »Vielleicht solltest du Medizin studieren.«

»Davon träume ich schon seit Jahren«, stieß Joséphine hervor. Jetzt war es heraus!

Überrascht sah Trystan sie an. »Dann mach das doch! Ich finde, das ist eine großartige Idee.« Joséphine strahlte ihn an. Was für ein Glück sie mit diesem Mann doch hatte! Und wie anders er war als Ruths Verehrer Stéphane!

»Wir gehören nun wieder zu Frankreich«, erinnerte Ida sie. »Und dort dürfen Frauen schon seit 1863 studieren.«

»Aber Medizin«, gab Joséphine zu bedenken. »Es ist doch eher ungewöhnlich, dass eine Frau Medizin studiert.«

»Eine zauberhafte Kollegin von mir hat in Halle studiert. Sie trägt sogar Ihren Vornamen«, berichtete Dr. Favreau und lächelte Ida an. »Ida Democh. Heute ist sie Ärztin in München. Sehr begabt!«

In diesem Augenblick betrat Ruth den Salon. Sie war überrascht, wie viele Menschen hier zum Abendessen beisammensaßen. Sie holte sich einen Stuhl aus der Küche und platzierte sich in der Nähe von Marcel. Voller Argwohn stellte sie fest, wie blendend er sich mit der schönen Schwester des Lazarettarztes unterhielt. Dieses Funkeln in seinen Augen kannte sie nur zu gut. Zugegebenermaßen war der Bericht der jungen Frau über ihr misslungenes Vorstellungsgespräch tatsächlich äußerst amüsant.

Ruth versetzte es einen Stich, als Marcel schließlich anbot: »Wenn es im Kammerzellhaus nichts wird, dann fangen Sie eben bei uns an. Wir suchen dringend Verkäuferinnen fürs Weihnachtsgeschäft.«

Zu Ruths Entsetzen antwortete Véronique mit einem Augenzwinkern: »Führen Sie mich nicht in Versuchung, mein lieber Monsieur Picard, ich finde Ihr Angebot äußerst verlockend.«

*

Das Weihnachtsgeschäft war wunderbar gelaufen – in beiden Häusern. Die neu eröffnete Patisserie Goldschmidt hatte ebenfalls derart großen Zulauf gehabt, dass sie unermüdlich auf den Beinen gewesen waren, um alles zu stemmen.

Zwar verfügten sie noch lang nicht über einen Überfluss an Zutaten wie vor dem Krieg, aber Marcel, Ruth und Trystan hatten dennoch in harter Arbeit und mit viel Erfindungsreichtum allerlei Köstlichkeiten gezaubert. Neben Kougelhopf und Tarte hatte Marcel auch Herzhaftes nach Rezepten des einstigen Familienkochs Gaston Leroc gebacken: Petites gougères au gruyère, kleine Käsebällchen mit Gruyère, französisches Bauernbrot, pain paysan, und natürlich die unverzichtbare Quiche Lorraine. Außerdem führten sie gefüllte Brioches und köstlich aussehende Fougasse. Dank Trystan, dem französischen Patissier, gab es neben elsässischen Spezialitäten auch französische Klassiker wie Eclairs, Petit Fours und zur Krönung Bûche de Noël, einen Weihnachtsscheit mit Schokolade, Pflaume und Rum.

»Konkurrenz belebt eben doch das Geschäft«, meinte Marcel, als er mit seiner Mutter die letzte Kundin aus dem Laden verabschiedet hatte.

»Vor allem, wenn man sich selbst Konkurrenz macht und die Einnahmen von beiden Geschäften in der Familie bleiben«, scherzte Ida. »Als Nicolas vorhin die letzten Brezeln geholt hat, meinte er, bei Ruth drüben war es genauso voll.«

»Das freut mich für sie, dann ist ihr Traum wahr geworden«, sagte Marcel zärtlich. »Sie hat das Vermächtnis ihres Großvaters wiederaufgebaut.«

Ida nickte und sah aus dem Fenster in die tanzenden Schneeflocken. »Wunderbar, dass wir endlich mal wieder weiße Weihnachten bekommen.«

Marcel fühlte sich in seine Kindheit zurückversetzt. Die leer gekauften Regale und Backwarenkörbe, die heimelige Ruhe, die nach Ladenschluss einkehrte – so musste Weihnachten sein! Nicht im Schützengraben oder im Gefangenenlager, sondern zu Hause.

Seine Mutter schien seine Gedanken zu erraten und legte den Arm um ihren Adoptivsohn. »Schön, dich wieder hier zu haben, Schatz.«

»Danke, dass ihr euch damals für mich entschieden habt«, sagte Marcel mit belegter Stimme.

»Es war die beste Entscheidung unseres Lebens«, sagte Ida aufrichtig.

Marcel spürte Tränen aufsteigen und lenkte daher ab: »Leider machen auch weiße Weihnachten Arbeit. Ich werde mal das Trottoir frei schippen. Nicht dass Ruth oder die Rollands noch ausrutschen, wenn sie zum Essen kommen.«

Kaum hatte er mit Schneeschippen begonnen, kam eine einzelne hagere Gestalt mit einer großen Tüte über den weißen Münsterplatz auf die Patisserie zu.

»Monsieur Bredeau«, erkannte Marcel schließlich. »Frohe Weihnachten.«

»Wünsche ich Ihnen auch. Und tatsächlich bin ich rasch vorbeigekommen, damit die Ihren noch etwas froher werden«, erklärte der Grauhaarige lächelnd. »Ich habe ja meine Aussage gemacht, dass dieser Tolbert sich Ihre Kollaboration mit den Deutschnationalen nur ausgedacht hat. Ich habe noch hinzugefügt, dass Ihr Herr Vater seine Kinder aus Frankreichliebe zweisprachig erzogen hat.«

»Danke«, sagte Marcel gerührt.

»Nun, heute Morgen hat sich der zuständige Beamte bei mir gemeldet. Die Ausweisung Ihrer Großeltern und Ihres Onkels wird zeitnah aufgehoben!«

Marcel konnte nicht anders, er fiel dem dürren Herrn vor Freude um den Hals. »Tausend Dank, Monsieur. Das wird das schönste Weihnachtsgeschenk für meine Familie sein.«

Der Alte lächelte verlegen. »Das freut mich, dann mache ich mich mal wieder auf den Weg.«

Marcel erinnerte sich, dass der Mann erzählt hatte, einen Sohn verloren zu haben. Ob er das Christfest allein verbringen musste?

»Wenn Sie nichts anderes vorhaben, kommen Sie doch gern heute Abend zum Essen zu uns«, bot er daher spontan an.

»Das ist lieb, aber am Fest der Familie stört man nicht. Das war auch bei uns immer Grundsatz«, erzählte Bredeau. »Wir sehen uns bestimmt im neuen Jahr, Monsieur Picard.« Dann griff er in seine Tüte. »Ach ja, ich habe hier noch etwas für Ihr Töchterchen.« Er holte die hässlichste Puppe hervor, die Marcel je gesehen hatte. Sie war so verwittert, dass ihr Gesicht schon ganz braun war – und riesengroß, wahrscheinlich größer als Anne selbst. Dennoch rührte Marcel diese Geste. »Vielen Dank, ich werde sie ihr geben. So eine … große Puppe hatte Ännchen noch nie.«

Ein wenig bedauerte er den Alten, als dieser allmählich wieder im Schneetreiben verschwand. Doch dann überwog die Freude darüber, dass bald Oskar, Claire und die Großeltern bei ihnen sein würden. Was für ein Geschenk! Das glich sogar die hässliche Puppe aus.

*

»Erfreue dich, Himmel, erfreue dich, Erde; erfreue sich alles, was fröhlich kann werden. Auf Erden hier unten, im Himmel dort oben: den gütigen Vater, den wollen wir loben.«

Während die Familienmitglieder am Heiligabend sangen, blickte Ruth von einem Gesicht zum nächsten. Alle waren ihr schon so vertraut, selbst Trystan, obwohl er noch gar nicht lange bei ihnen war. Trotz ihrer gelegentlichen Eifersuchtsanfälle wegen der neuen Verkäuferin Véronique Favreau fühlte sie sich hier zu Hause. Angekommen. Hier war ihr Platz – schon immer gewesen, auch wenn sie sich in den letzten Wochen noch so sehr bemüht hatte, ein eigenes Leben fernab dieser Familie, fernab von Marcel, aufzubauen. Jetzt war sie froh, Stéphane rechtzeitig dessen Heiratspläne ausgeredet zu haben. Lieber allein als an der Seite eines Mannes, den sie nicht liebte und der, da hatte Joséphine wohl recht, offensichtlich nicht zu ihr passte.

Als sie das Lied beendet hatten, erhob sich Lucien und sagte: »Als neues Familienoberhaupt ist es nun wohl an mir, die Weihnachtsgeschichte vorzulesen. Das tue ich vor allem für meinen verstorbenen Vater Jacques Picard, für unsere geliebte Odette, für meine Schwiegereltern, für meinen Sohn Paul, für Oskar und für Claire. Und ich bin überzeugt, dass sie heute doch irgendwie bei uns sind.«

Ruths Blick flog zu Marcel, der mit seiner kleinen Tochter auf dem Schoß ihr gegenüber direkt neben dem zimmerhohen Weihnachtsbaum saß, den Ida mit dem alten Familienschmuck behängt hatte. Offenbar gerührt von den Worten seines Vaters, schlang er die Arme fester um Anne, zog sie dichter an sich und flüsterte ihr etwas ins Ohr. Die Kleine lächelte und kuschelte sich enger an ihren Vater. Ruth wurde mit einem Mal von einer derartigen Welle der Liebe für diese beiden Menschen überflutet, dass sie rasch wegsehen musste.

»Ja«, sagte Ida da auf die Worte ihres Mannes. »Ja, sie sind alle bei uns. Davon bin ich auch fest überzeugt.«

Während Lucien die Weihnachtsgeschichte vorlas, ließ Ruth ihren Blick weiterschweifen. Wie glücklich Joséphine und Trystan aussahen! Sie saßen dicht beieinander, Hand in Hand, und wirkten so, als könne es den einen nicht ohne den anderen geben. Sie gönnte der Freundin ihr Glück von Herzen.

Als Lucien geendet hatte, erhoben sich Trystan und Marcel gleichzeitig von ihren Plätzen. »Wir …«, setzte Trystan an, doch Marcel hatte im gleichen Moment zu sprechen begonnen. »Ich …«

Die beiden Männer sahen sich an und lachten. »Bitte«, sagte Marcel und setzte sich wieder. »Schönheit vor Alter.«

Ruth lächelte still in sich hinein. Sie wusste, was Trystan mitzuteilen hatte. Joséphine war nach dem Antrag noch spätabends aufgeregt in ihr Zimmer gekommen, um ihr großes Glück mit ihr zu teilen. Sie hatten die halbe Nacht geschwatzt und im Geiste schon Joséphines Brautkleid entworfen.

Die sah ihren Trystan auffordernd an.

»Nun«, sagte der Bäcker in die Stille hinein, und Ruth merkte ihm deutlich an, wie nervös er war. »Es ist eher eine Frage, die ich stellen will.«

Fest sah er Lucien in die Augen: »Darf ich dich um die Hand deiner Tochter Joséphine bitten?«

Seinen Worten folgte sekundenlange Stille, dann brach Jubel aus. Ida stürzte auf ihre Tochter zu und zog sie gerührt in die Arme. Lucien klopfte Trystan mit einem hochzufriedenen Lächeln auf die Schulter und versicherte, dass er sich keinen besseren Schwiegersohn wünschen könnte. Anne fragte aufgeregt, ob sie dann ein neues Kleid und vor allem goldene

Schuhe bekäme. Ruth sah voller Zuneigung die Vaterliebe in Marcels Gesicht. Als er ihren Blick bemerkte, lächelte er nur kurz, drehte sich dann jedoch weg. Sie musste ihm unbedingt erklären, dass Stéphane nie mit ihr verlobt gewesen und außerdem aus ihrem Leben verschwunden war!

Lucien verkündete feierlich: »Die Nationalitäten können wechseln, Kriege können gewonnen und verloren werden, die Behörden können uns ausweisen. Aber unsere Familie kann all das nicht auseinanderreißen. Wir halten zusammen.«

Da erhob sich Marcel erneut, doch keiner beachtete ihn, alle redeten durcheinander.

»Das haben wir gleich.« Ruth stand auf, ging zum üppig gedeckten Esstisch und klopfte mit dem Messer an ein Glas. Das Stimmengewirr verstummte augenblicklich.

»Danke, Ruth«, sagte Marcel. »Unser Zusammenhalt in der Familie ist auch das Thema, zu dem ich euch etwas mitteilen wollte. Es gibt nämlich großartige Nachrichten. Und zwar …«

Als es ausgerechnet in diesem Augenblick klingelte, mussten alle spontan lachen. »Und das an Heiligabend«, sagte Marcel mit gespielter Empörung.

Unten vor der Tür stand zu seinem Erstaunen der alte Herr Bredeau im Schneetreiben.

»Ich saß so allein in meinem Zimmer und dachte, warum hast du das freundliche Angebot des jungen Mannes nicht angenommen«, erzählte er kleinlaut.

»Ha, das passt wie die Faust aufs Auge. Ich wollte meiner Familie soeben die frohe Botschaft überbringen. Aber das können Sie nun tun.«

Auch wenn die Familienmitglieder zunächst etwas konsterniert dreinblickten, dass Marcel eine wildfremde Person zum Essen eingeladen hatte, waren alle spätestens dann hellauf begeistert, als Bredeau ihnen seine Aussage beim Amt und die baldige Aufhebung der Ausweisung von Franz, Elise und Oskar mitteilte.

Dank seiner guten Nachricht fügte der schmale Herr sich beim nun anstehenden Weihnachtsessen bestens in die Familie ein. Und sogar die hässliche Puppe kam gut an – zumindest bei der Beschenkten. Eigentlich hatte Marcel sie verheimlichen wollen, doch als Bredeau danach gefragt hatte, war er sie mit hochrotem Kopf holen gegangen. »Ich wollte das Schönste bis zum Schluss aufheben«, hatte er behauptet.

»Wie soll sie denn heißen?«, fragte Marcel, als Anne das hässliche Ding, das tatsächlich größer war als sie selbst, mit für ihn völlig unverständlicher Freude an sich drückte.

Das Kind zuckte hilflos mit den Schultern.

»Du könntest sie Maria nennen«, schlug ihr Großvater Lucien grinsend vor. »Nach Maria Fassnauer, das ist eine Frau, die ich auf einer Expedition ins Gebirge kennengelernt habe. Man nannte sie die Tiroler Riesin. Sie war nämlich über zwei Meter groß.«

»Dann ist meine Maria die Riesin von Straßburg«, beschloss Anne, und alle freuten sich mit Frédéric Bredeau über Annes Begeisterung.

Einzig Ida musterte den Gast bisweilen heimlich mit gefurchter Stirn. Lucien blieb das nicht verborgen, und er fragte flüsternd: »Hast du ein Problem mit Bredeau?«

»Ich weiß nicht, ich werde das Gefühl nicht los, ihn irgendwo schon mal gesehen zu haben«, erklärte Ida nachdenklich.

Als Marcel den Alten nach dem Nachtisch an der Haustür verabschiedete, bedankte er sich überschwänglich und betonte, wie sehr er den Abend genossen habe. »Jetzt nehme ich schöne Erinnerungen mit heim nach Sainte-Marie-aux-Mines.«

»Ah, da kommen Sie her?«, vergewisserte sich Marcel. »Meine Eltern auch.«

»Ich weiß. Ehrlich gesagt, habe ich bei Ihrem Besuch vor dem dortigen Waisenhaus Ihr Gespräch mit Ihrem Kameraden mitbekommen«, gab der Mann nun zu. »Ich bin dort Hausmeister.«

»Jetzt erinnere ich mich«, fiel Marcel ein. »Sie haben damals vor dem Heim gefegt. Aber wenn Sie dort arbeiten, vielleicht haben Sie dann auch meine Eltern gekannt.«

»Das will ich meinen, Junge«, sagte Bredeau nun ernst. »Ich bin dein Vater.«

TEIL 2

1919

29

Der Saal quoll fast über: Dutzende Soldaten in französischer Uniform und Frauen in elsässischer Tracht hatten sich versammelt, um für den großen Ball zu üben, der am Abend des heutigen 10. Mai 1919 stattfinden sollte. Die Regierung Straßburgs um Bürgermeister Jacques Peirotes wollte zeigen, wie gut das Militär sich in der Region integriert hatte und wie schön der gemeinsame Frieden war. Für Ruth Picard hatten die schmucken Uniformen und Trachten jedoch längst ihren Reiz verloren. Zu sehr erinnerten sie sie an die erste Begegnung mit Stéphane – und an das weit weniger erfreuliche Ende ihrer Beziehung. Sie war aber auch nicht zum Ballsaal geeilt, um tanzen zu üben: Gemeinsam mit ihrer Tante Ida, ihrer Cousine Joséphine und deren frisch angetrautem Ehemann Trystan lieferte sie lediglich das Essen für das Büfett an.

»Das scheint ja eine richtig große Sache zu werden heute Abend«, kommentierte Trystan den schön geschmückten Tanzsaal beeindruckt.

»Schau mal, da ist er, da ist er«, zischte Joséphine plötzlich aufgeregt.

Wie auf Plakaten in der ganzen Stadt angekündigt, war aus Paris der berühmte französische Sänger Félix Mayol angereist. Der mit seinen sechsundvierzig etwas in die Jahre gekommene Chansonnier hatte unnatürlich dunkel wirkendes Haar. Ruth fragte sich, ob es gefärbt war oder ob es sich gar um ein Toupet handelte. Wie stets trug Mayol als »Markenzeichen« ein Maiglöckchen im Knopfloch, während er unter begeistertem Raunen der Tanzpaare den Saal durchschritt. Schließlich nahm der Barde seinen Platz bei dem kleinen Orchester auf der Bühne ein.

»Unter den Musikern ist ein Freund von Oskar«, sagte Ida wehmütig. »Schade, dass er selbst nicht dabei sein kann.«

Trotz Monsieur Bredeaus Zeugenaussage waren bisher weder Idas Bruder noch ihre Eltern aus Deutschland zurückgekehrt.

Ruth und ihre Familie hatten das Essen gerade abgeliefert und waren schon auf dem Weg aus dem Saal, als Félix Mayol begann, mit dem kleinen Orchester seinen Ohrwurm *Cousine* zum Besten zu geben. Man hatte wohl gerade erst mit Üben angefangen, denn Ruth entging nicht, dass einige Soldaten noch ziemlich ungeschickt auf die Füßchen ihrer grazilen Trachtendamen traten. Die Melodie war wirklich sehr eingängig! Während des Rückwegs zur Patisserie sang Ruth ununterbrochen: »Cousine, cousine, t'es fraîch' comme une sardine … uh … praline«, und Joséphine, die an ihrer Seite ging, fiel unversehens mit ein.

»Cousine, Cousine, du bist erfrischend wie 'ne Sardine … äh … Praline«, übersetzte Ida den Text schmunzelnd ins Deutsche.

»Also, du bist für mich eine Praline und keine Sardine, Cousinchen«, versicherte Ruth schmunzelnd und hakte sich bei Joséphine unter.

Die musste lachen. »Warum aber nennt Mayol seine Cousine Sardine?«, fragte sie.

»Na, du hast den Text doch gerade gehört«, erinnerte sie

Ruth. »Jedes Jahr kam Mademoiselle Cousine in den Ferien zu Besuch, und gerade als er ihr einen Antrag machen wollte, erhielt er ein Telegramm mit der Nachricht, sie sei nun einem anderen versprochen.«

»An was erinnert mich das bloß?«, fragte Joséphine mit sanfter Ironie.

Ruth grinste. Natürlich hatte auch sie bei diesem Text an die Geschichte zwischen Marcel und ihr denken müssen.

Ihr Cousin war nicht zur Auslieferung der Speisen für den Ball mitgekommen: Gemeinsam mit der kleinen Anne und Véronique Favreau, der quirligen neuen Verkäuferin, hatte er in der Patisserie Picard die Stellung gehalten. Lodernde Eifersucht durchfuhr Ruth, wann immer sie an die junge Frau mit ihren blonden Haaren und ihrer zierlichen Gestalt dachte. Im Dezember hatte sie erstmals ausgeholfen. Da ihre Arbeit im Kammerzellhaus, die Véronique im Januar angetreten hatte, ihr jedoch nicht zusagte, war sie nach Ostern dann ganz in die Patisserie Picard gewechselt. Sie erinnerte Ruth extrem an Odette – sowohl was das Aussehen als auch was die herzliche Art betraf. Und dass sie gern mit »ihrem« Marcel schäkerte, war nicht zu übersehen.

Insofern hatte Ruth es sehr eilig, in die Patisserie zurückzukehren.

»Was rennst du denn so?«, fragte Joséphine, die Mühe hatte, mit ihrer Freundin Schritt zu halten. »Die anderen kommen ja gar nicht hinterher.«

Ruth warf einen Blick über die Schulter. In der Tat: Ida und Trystan waren noch ganz weit hinten.

»Es ist doch immer so viel los in letzter Zeit, und samstags ist es besonders schlimm«, sagte sie ausweichend. »Marcel ist mit dieser … dieser Véronique ganz allein.«

»Und da glaubst du, sie fällt über ihn her?«

»Unsinn! Dafür ist es doch viel zu voll«, entgegnete Ruth etwas zu laut. »Es geht mir nur darum, ob die beiden überfordert sind – mit dem Café!«

»Ah ja«, kam es amüsiert von Joséphine. Ruth merkte genau, dass ihre Freundin ihr nicht glaubte.

»Außerdem bin ich nervös«, gestand sie schließlich. »Es gibt immer so viel zu tun, morgen kommt Bauer Chabas wegen der Einkaufsliste vorbei.«

»Ruth, du plapperst. Und wenn du plapperst, weichst du aus«, sagte Joséphine mit gespielter Strenge.

Ihre Cousine musste lachen. »Ich weiß gar nicht, wie oft du diesen Satz schon zu mir gesagt hast. Und das Schlimme ist, dass du jedes Mal recht hast.«

»Also?«, fragte Joséphine abwartend.

»Ich freue mich ja so für dich, dass du im Herbst deinen Traum wahr machen und Medizin studieren wirst!«, lenkte ihre Cousine ab.

»Ruth!«, rief Joséphine empört. »Du bist unmöglich! Ich will wissen, was du auf dem Herzen hast!«

Ruth kickte ziemlich undamenhaft einen Stein vor sich her.

Joséphine beantwortete sich ihre Frage selbst: »Ich sage dir, was mit dir los ist: Du platzt beinahe vor Eifersucht wegen Véronique.«

»Na ja«, murmelte Ruth ertappt. »Marcel war in seiner Trauer tabu für mich, einfach aus Respekt für seine Odette. Manchmal hatte ich das Gefühl, dass er mit der Liebe abgeschlossen hatte – ein für alle Mal. Und dann kommt diese Véronique daher …«

»… und macht ihm schöne Augen, und es gefällt ihm auch noch«, ergänzte Joséphine und legte den Arm um ihre Cousine. »Gönn ihm doch die Schäkerei«, riet sie. »Ich glaube, es ist nichts Ernstes.«

An Ruths Gesichtsausdruck sah sie jedoch, dass diese wenig überzeugt war.

»Also gut«, seufzte Joséphine. »Dann eben mit einem Zweistufenplan. Als Erstes versetzen wir Véronique.«

»Versetzen? Wie meinst du das?«, hakte Ruth verwundert nach.

»Nun, bisher arbeitet sie am Münsterplatz. Schön nah an der Backstube – und Marcel«, erinnerte sie ihre Cousine. »Wir haben doch schon länger geplant, unserem Nicolas eine Reise zu seinem Brieffreund Struve in Offenburg zu schenken.«

»Stimmt, jetzt darf er als Franzose ja nach Deutschland reisen«, fiel Ruth ein. »Die beiden werden gewiss außer sich sein vor Freude, einander wiederzusehen.«

»Eben, aber dann brauchen wir Ersatz für ihn in der Patisserie Goldschmidt«, erinnerte sie Joséphine.

Ruth grinste erkennend. Nun dämmerte ihr auch allmählich, was ihre Cousine mit versetzen meinte: »Véronique soll drüben arbeiten – wo sie Marcel nicht mehr ständig über den Weg läuft.«

»Ganz genau.« Auch Joséphine schmunzelte.

»Und wenn sie da nicht mitmacht?«

»Ihr wird nichts anderes übrig bleiben, wir sind ihre Arbeitgeber.«

Ruth nickte zufrieden. »Hört sich gut an. Aber du hast von einem *Zwei*stufenplan gesprochen?«

»Genau«, bestätigte Joséphine. »Denn dass die Konkurrenz weg ist, ist ja nur das eine. Das andere ist, dass Marcel dich endlich wieder als Frau wahrnehmen soll.«

»Und?«

Joséphine sah sie vorsichtig an. »Na ja, bei deiner Arbeit in der Backstube kannst du dich nicht anziehen wie für einen

Schönheitswettbewerb. Im Alltag putzt du dich also nicht so heraus wie unsere liebe Véronique hinter ihrer Verkaufstheke. Aber nächste Woche feiern meine Eltern Silberhochzeit. Sie wollen eigentlich nicht viel Aufsehen darum machen, aber wir möchten sie mit einer riesigen Feier überraschen. Véronique ist nicht dabei, du schon! Eine Chance für dich, Marcel zu zeigen, dass du mehr bist als eine Mehlbraut. Wenn du Lust hast, richte ich dich für die Feier so schön her wie nie zuvor.«

»Joséphine«, rief Ruth, die an beiden Ideen mehr und mehr Gefallen fand. »Du bist einfach fantastisch!«

*

Marcel brachte eine Lieferung frischer Brötchen von der Backstube in den Verkaufsbereich.

Wie immer hatte Véronique hervorragende Laune, wie immer strahlte sie ihren Arbeitgeber an. »Marcel, du kommst gerade rechtzeitig«, erklärte sie. »Dieser Herr hier möchte dich sprechen.«

Erfreut erblickte der Feinbäcker seinen leiblichen Vater, der höflich seinen Hut zog.

»Wie schön, hast du Zeit, ein wenig mit mir im Café zu plaudern?«, bot er dem Grauhaarigen an, von dem er wusste, dass er oft recht einsam war.

Bredeau lächelte. »Das wäre großartig, ich wollte dich nämlich was fragen.«

»Worum geht es denn?«, erkundigte sich Marcel, als sie wenig später bei Cidre und Birnentarte vor dem Café in der Sonne saßen.

»Ich hatte dir doch bei unserem letzten Treffen erzählt, dass ich in dem Waisenhaus nicht nur Hausmeister bin, sondern auch koche. Den Beruf Koch habe ich als junger Mann gelernt.«

»Manche Dinge vererben sich anscheinend wirklich«, meinte Marcel grinsend. »Es muss wohl so etwas wie ein Küchengen geben.«

»Das mag sein«, entgegnete Bredeau amüsiert. »Jedenfalls hat man mir nun ein absolutes Schnäppchen angeboten, eine eigene kleine Weinstube mit feiner Küche. Im Petite France. Dank meinem Ersparten kann ich mir auf meine alten Tage doch noch den Traum vom eigenen Restaurant erfüllen.«

»Das freut mich für dich«, sagte Marcel aufrichtig.

»Ich wollte dich fragen, ob du dir die Räumlichkeiten mal mit mir anschauen würdest«, bat sein Vater. »Wer weiß, vielleicht erbst du das Ding ja eines Tages.«

Marcel sah ihn verblüfft an.

*

Ida beobachtete aus dem Fenster der Patisserie Picard, wie ihr Sohn Marcel sich an einem ihrer Cafétische im Außenbereich mit jenem älteren Herrn unterhielt, der seit seinem fulminanten Auftritt an Heiligabend immer wieder hier aufgetaucht war. Jedes Mal hatte er nach Idas Adoptivsohn gefragt und sich dann so lang mit ihm unterhalten, dass er dadurch in Konflikt mit seinen Aufgaben in der Patisserie und wiederholt in Zeitnot geraten war.

»Was schaust du denn so grimmig?«, fragte Lucien, der von hinten an seine Frau herangetreten war und nun ihrem Blick folgte.

»Dieser Bredeau ist mir unheimlich«, gestand Ida. »Er kommt mir so bekannt vor. Und unser Marcel ist jedes Mal völlig auf ihn fixiert, wenn er da ist.«

»Das ist mir auch schon aufgefallen«, bestätigte Lucien.

»Sonst erzählt mir Marcel immer alles haarklein über seine Freunde«, fuhr Ida fort. »Aber dieser Bredeau ist irgendwie ein großes Geheimnis.«

»Dann fragen wir Marcel doch direkt, der müsste gleich reinkommen«, schlug Lucien vor und zeigte nach draußen, wo ihr Adoptivsohn den grauhaarigen Herrn gerade mit einer Umarmung verabschiedete.

Als er in die Patisserie kam, wandte sich Ida an ihn. »Marcel, wir haben uns beide gefragt, was es mit Monsieur Bredeau auf sich hat. Ihr scheint euch sehr gut zu verstehen, aber du erzählst so wenig von ihm.«

Marcel seufzte und nickte ernst. »Dann wird es wohl Zeit. Ich habe bisher noch nichts gesagt, weil ich euch nicht wehtun wollte. Ihr seid meine Eltern. Daran wird sich auch nichts ändern. Aber es ist so: Monsieur Bredeau ist mein leiblicher Vater.«

Ida griff erschrocken nach der Hand ihres Manns.

»Was?«, rief Lucien schockiert.

Ida fiel es wie Schuppen von den Augen. »Deshalb kam er mir so bekannt vor. Frédéric Bredeau – Friedrich Bredow. Er heißt in Wirklichkeit Friedrich Bredow. Natürlich, wie konnte mir das entgehen?«

Mit Schaudern dachte sie daran, wie sie vor gut fünfundzwanzig Jahren versucht hatte, den Mann im Hotelfoyer aufzuhalten, als dieser vor der Polizei fliehen wollte. Sie hatte damals den Eindruck gewonnen, dass Bredow zu allem fähig wäre. Sogar zu Mord.

»Er nennt sich Bredeau, weil deutsche Namen zurzeit ja nicht so gut ankommen. Friedrich ist wirklich ein guter Mensch geworden, der seine Vergangenheit bereut«, beteuerte Marcel, der die düsteren Gedanken seiner Mutter in deren Gesicht ablesen konnte. »Es war ihm so wichtig, dass

Tolberts Falschaussage auffliegt – und dass die Großeltern und Oskar rehabilitiert werden!«

»Dann muss er sich aber sehr verändert haben«, sagte Ida skeptisch. »Er hat deine leibliche Mutter gezwungen, Geld für dich zu verlangen. Gleich zweimal.«

»Und als sie nicht mitziehen wollte, hat er sie in ihrem Hotel so grob gestoßen, dass sie sich tödlich am Kopf verletzt hat«, fügte Lucien bitter hinzu. »Ich habe Natalies Leiche gefunden – und bin unter Mordverdacht geraten.«

»Bredow hat den Unfall mit seiner Geliebten nicht gemeldet«, bestätigte Ida. »Vielleicht hätte man sie noch retten können. Stattdessen hat er versucht, sich im Hotel vor der Polizei zu verstecken.«

Marcel hatte mit dieser Reaktion seiner Adoptiveltern gerechnet und deshalb – auch auf Anraten seines leiblichen Vaters – lange darauf verzichtet, sie zu informieren. »Ich verstehe, dass ihr Bedenken habt. Aber ich möchte Friedrich eine Chance geben. Bitte glaubt nicht, dass ich euch deshalb auch nur eine Sekunde weniger als meine Eltern betrachte.«

Er griff nach der Hand seiner Mutter, und die erwiderte den Druck.

Lucien nickte ernst. »Hm, gut, vielleicht sollten wir einfach mal hören, was er zu sagen hat.«

»Und natürlich stellen wir gar nichts infrage«, betonte Ida. »Wahrscheinlich musst du deinen leiblichen Vater öfter treffen, um nicht irgendwann zu denken, etwas verpasst zu haben. Würde ich meinen Vater nicht kennen, ich wäre auch neugierig auf ihn. Du musst mir einfach nur versprechen, gut auf dich aufzupassen. Wir möchten nicht, dass du noch mal verletzt wirst.«

Marcel drückte seine Adoptiveltern an sich. »Ich passe auf, versprochen.«

Was hatte er doch für ein Glück mit seinen Zieheltern, dachte Marcel gerührt, als er in die Backstube zurückkehrte, um aufzuräumen. Er roch sofort, dass dort – ungewöhnlich für diese Tageszeit – der Ofen vorgeheizt wurde.

Seine Cousine winkte ihm erfreut zu. Wie zauberhaft sie in der schlichten Bäckerkleidung aussah! Der Kontrast zwischen der zweckmäßigen Garderobe des Handwerks und Ruths Grazie und Eleganz ließ sie in Marcels Augen nur noch schöner erscheinen.

»Ich will mich an Puits d'amour für die Silberhochzeit morgen versuchen«, verkündete seine Cousine mit einem schüchternen Lächeln. »Ida und Lucien haben erzählt, dass dieses Gebäck für sie ihre Verbindung symbolisiert – mehr als jeder Ring.«

»Du bist für meine Eltern wirklich wie eine zweite Tochter«, sagte er. »Eine, die ihnen nichts als Freude bereitet.«

Ruth bedankte sich mit gesenktem Blick und stockender Stimme. Als Vollwaise, der auch noch der Großvater genommen worden war, taten ihr diese Worte besonders gut.

»Weißt du eigentlich, wer die Puits d'amour erfunden hat?«, fragte Marcel und lehnte sich neben Ruth an die Arbeitsplatte.

Sie schüttelte den Kopf. Seine Nähe machte sie nervös, andererseits konnte sie sich mit ihrer Arbeit ablenken, sodass sie nicht so verunsichert war, wie das vielleicht sonst der Fall gewesen wäre. »Das war Vincent La Chapelle, ein großer Koch seiner Zeit. Ich bewundere ihn sehr.« Marcel beobachtete, wie Ruth mit geschickten Fingern Wasser, Salz und Essig in eine Rührschüssel füllte und sie vorsichtig mit der geschmolzenen Butter vermengte, um anschließend Mehl hineinzusieben und alles zu einem Teig zu verkneten.

Interessiert sah sie auf. »La Chapelle … Den Namen hat Großvater mal erwähnt.«

»Wenn du möchtest, koche ich dir mal was aus diesem Kochbuch.« Wie lieb er sie anschaute, dachte Ruth, dabei sah sie heute doch ebenso vogelscheuchenhaft aus wie sonst immer, wenn sie in der Backstube stand. Verlegen strich sie sich mit dem Handrücken eine Haarsträhne aus der Stirn.

»Jetzt hast du da Teig«, stellte Marcel fest. »Darf ich?« Zärtlich wischte er ihr die Teigreste aus der Stirn und leckte dann seine Finger ab. »Schon mal sehr vielversprechend«, sagte er lächelnd.

Ruth sah ihn überfordert an.

»Also?«, fragte er.

»A … also was?«, stotterte sie.

»Soll ich dir mal was kochen?«

»Sehr gern.«

»Dann ist es also abgemacht.«

Hastig wandte sie den Blick wieder ihrer Arbeit zu, was auch dringend nötig war. Es galt nun, den nächsten Teig für den Pâte feuilletée vorzubereiten.

»Er hat ein Kochbuch geschrieben, das mir Gaston Leroc zum zehnten Geburtstag geschenkt hat: *Le cuisinier moderne*. Allerdings ist es schon ziemlich alt, genauer: von 1735«, fuhr Marcel unterdessen fort. »Er war wirklich ein großer Mann. Als Meisterkoch hat er auch am Hof von Ludwig XV. für dessen Mätresse Madame de Pompadour gekocht.«

»Oh«, sagte Ruth und hatte mit einem Mal ein Déjà-vu, wenngleich ein eher unangenehmes: Auch Stéphane hatte mit ihr über irgendeine Geliebte gesprochen – sie wusste schon gar nicht mehr, wer das gewesen war –, und sie hatte es sehr aufregend gefunden. War das nun ein gutes oder ein schlechtes Zeichen? Bedeutete es, dass Marcel mit ihr schäkerte? War das vielleicht ein gängiges Mittel, dass Männer, wenn sie Frauen näherkommen wollten, scheinbar zufällig auf Geliebte und Mätressen zu sprechen kamen? Aber das Thema Puits d'amour war ja von ihr ausgegangen!

»Madame de Pompadour war übrigens selbst eine hervorragende Köchin«, plauderte er weiter. »Der König und seine Gäste waren vollkommen verzaubert von ihrer Consommé à la Pompadour.«

»Dann kannst du mir die ja mal kochen«, sagte sie.

Er sah ihr dabei zu, wie sie den Butter-Mehl-Teig knetete. Als Nächstes würden die beiden verschiedenen Teige ausgerollt werden und dann über Nacht ruhen, bevor die Teigplatten am nächsten Morgen übereinandergeschichtet und schließlich wie ein Buch gefaltet würden. Erst dann würden sie die Füllung zubereiten und den Blätterteig zu kleinen Liebesbrunnen formen.

»Nichts lieber als das. Und zum Nachtisch gibt es Puits d'amour. Ich habe es noch niemandem verraten, aber für meine Eltern gibt es morgen eine noch größere Überraschung«, senkte er nun verschwörerisch die Stimme.

»Was denn?«, fragte sie und hielt mit der Arbeit inne.

»Du musst schwören, dass du es für dich behältst«, bat er im Flüsterton.

Ruth nickte. »Versprochen!«

30

Liebling«, sagte Trystan und schloss von hinten die Arme um seine Frau Joséphine, die, nach Schließung des Café Picard, hinauf in die Wohnung gegangen war, um sich ein wenig frisch zu machen.

»Ich finde, du solltest dir das mit dem Medizinstudium noch mal überlegen.«

»Was?« Empört fuhr sie herum. »Nein!«

»Aber du machst dich so hervorragend darin, meine Kuchen an den Mann und an die Frau zu bringen. Davon konnte ich mich heute erst wieder überzeugen.«

»Davon konntest du dich schon seit Dezember überzeugen«, korrigierte Joséphine ihn lachend. »Hier steht aber hoffentlich bald mein Abschiedsauftritt bevor. Ab Herbst ruft der Hörsaal.«

»Schade. Die Kunden lieben dich«, sagte Trystan.

»Das liegt an dem, was ich verkaufen durfte. Was die zwei Meisterbäcker da gezaubert haben.«

»Drei«, korrigierte Trystan, »vergiss nicht, dass deine Cousine inzwischen auch backt. Und das sogar ausgezeichnet. Marcel lobt sie über den grünen Klee.«

»Sehe ich da ein verschmitztes Grinsen um die Mundwinkel meines Ehegatten?«, fragte Joséphine Bouvier spöttisch.

»Du siehst da ein verschmitztes Grinsen um die Mundwinkel deines Ehegatten«, bestätigte er ihr. »Merkt doch jeder, dass Marcel über beide Ohren in Ruth verliebt ist.«

»Ja?«, fragte Joséphine überrascht. »Diesen Eindruck hatten Ruth und ich bisher nicht, deshalb wollen wir ein bisschen nachhelfen und sie morgen mächtig herausputzen.«

»Hab ich's mir doch gedacht, dass seine Gefühle nicht einseitig sind«, freute sich Trystan, während es unten an der Haustür klingelte. »Aber Ruth sieht doch auch in Bäckerkleidung wirklich ganz bezaubernd aus.«

»Muss ich eifersüchtig sein?«, fragte Joséphine mit gespielter Strenge.

»Das schadet nie«, sagte er schelmisch, wurde dann aber wieder ernst.

»Ich arbeite ja jeden Tag mit den beiden zusammen. Sie harmonieren so perfekt miteinander, dass es einem die Tränen in die Augen treiben könnte.«

»So wie wir«, sagte sie und küsste ihn.

»So wie wir«, bestätigte er.

Da klopfte es, und nach Aufforderung trat der alte Hausdiener Castanet ein, um steif zu verkünden: »Madame Bouvier, da ist ein Monsieur Clasbrummel für sie.«

Sie sah ratlos zu Trystan. »Clasbrummel? Nie gehört.«

Joséphine betrat mit ihrem Ehemann den Salon, wo der Fremde wartete.

Er drehte sich um, und obwohl sie ihn seit November nicht mehr gesehen hatte, erkannte sie den jungen, dunkelhaarigen Mann sofort wieder.

»*Sie* sind Herr Clasbrummel?«, rief sie entzückt. »Wie schön, Sie wohlauf zu sehen.«

»Es freut mich auch, Mademoiselle Picard«, sagte der einstige Patient ohne Gedächtnis und schüttelte ihre Hand.

»Inzwischen Madame«, klärte sie ihn auf. »Madame Bouvier.«

Sie deutete auf ihren Gatten, dem Clasbrummel nun ebenfalls die Hand schüttelte.

»Dann ist das der Herr, den Sie gesucht haben? Dunkle Haare, grüne Augen?«, vergewisserte sich der einstige Patient.

Joséphine lächelte glücklich. »Ja, das ist Trystan. Er hat mich gefunden. Und Sie haben Ihre Identität erfahren?«

»Korrekt. Ich heiße Detlef Clasbrummel, nicht Jean. Schade eigentlich. Aber immerhin habe ich wohl einen einigermaßen erträglichen Spitznamen: Det«, kommentierte er grinsend. »Ich hatte auch eine Verlobte, aber leider kehrten meine Erinnerungen und Gefühle an sie nicht zurück. Da habe ich sie freigegeben.«

»Das tut mir leid«, sagte Joséphine bedauernd.

Wie schlimm wäre es für sie gewesen, wenn Trystan sie beim Wiedersehen nicht erkannt und seine Gefühle für sie vergessen hätte!

»Meine Frau hat von Ihnen erzählt«, berichtete Trystan nun. »Sind Sie wirklich Bäcker wie ich?«

Det Clasbrummel schüttelte den Kopf. »Nein, die Erinnerung an mich mit Bäckermütze stammte aus einer Theateraufführung, nicht aus der Backstube. Ich war vor dem Krieg Schauspieler. Und ich bin es wieder. Deshalb bin ich gekommen. Es werden ja nun wieder französische Stücke aufgeführt. Und wir feiern übernächste Woche mit *Der Geizige* von Molière Premiere. Ich wollte Sie – und natürlich gern auch Ihren Mann – dazu einladen.«

»Das ist ja lieb«, freute sich Joséphine. »Wir kommen sehr, sehr gern.«

*

»Du siehst wunderschön aus«, flüsterte Joséphine und sah ihre Cousine bewundernd an. Ruth trug das türkisfarbene Georgettekleid, das sie in Paris von Claire bekommen hatte. Sie hatte es allerdings am Vorabend am Kragen, an der Taille und am Saum noch mit winzigen Perlen in der gleichen Farbe bestickt, sodass es bei jedem Schritt funkelte. Auch am Dekolleté hatte sie etwas geändert: Es war nun ein wenig weiter ausgeschnitten und betonte ihre weiblichen Rundungen.

Die Haare hatte Joséphine ihr, Ruths Instruktionen folgend, ähnlich gekämmt wie einst die Pariser Friseurin; und ein paar hellbraune Löckchen fielen weich um ihre Wangen. Sie hatte sogar einen Hauch Lippenstift aufgetragen. Dieser war ihr in Paris von Claire geschenkt worden, damals hatte sie ihn aber noch nicht zu tragen gewagt. Sich zu schminken galt schließlich als ziemlich verrucht. Aber heute passte es.

»Ich habe noch etwas für dich«, sagte Joséphine und zog eine schmale Schatulle aus ihrer Tasche. »Dann bist du perfekt.«

Sie präsentierte ihr ein fein gearbeitetes Jugendstil-Collier. In der Mitte des medaillonartigen Schmuckstücks funkelte ein Opal. »Oh, Joséphine, es ist wunderschön«, hauchte Ruth. »Ich habe es noch nie gesehen. Woher hast du es?«

»Es gehörte Trystans verstorbener Oma.«

»Aber ist es dann wirklich in Ordnung, wenn ich es trage?«

»Sie würde sich sehr darüber freuen, da bin ich mir sicher. Trystans Maman ist schon im Kindbett gestorben. Deshalb war seine Großmutter immer eine Art Muttersatz für ihn.«

»Dann ist es mir eine Ehre, es heute zu tragen«, sagte Ruth feierlich.

»Es betont deine Augen ganz wunderbar, ebenso wie die Farbe des Kleides.«

»Bin ich auch nicht zu aufgetakelt?«, fragte Ruth.

»Nicht im Geringsten!«, versicherte Joséphine. »Lass uns hinuntergehen.«

Damit Marcel sie nicht zu früh sah oder auf dem Weg über den Münsterplatz ihre Frisur in Unordnung geriet, hatten die beiden Frauen Ruths ehemaliges Zimmer zum Frisiersalon umgewandelt.

»Ich bin so furchtbar aufgeregt.«

»Alles wird gut, du wirst sehen.«

Ruth atmete tief durch. »Dann mal los.«

*

Wo war sie nur?

Wieder und wieder sah Marcel sich um. Alle Überraschungsgäste waren schon da. Nur Ruth fehlte – ach ja, und Joséphine, wie ihm erst jetzt auffiel.

Nervös blickte er auf seine Armbanduhr. Jeden Moment konnten Ida und Lucien von ihrem Spaziergang durch den Botanischen Garten zurückkehren! Immerhin wollten sie danach ja noch zu Bernadette nach Weghäusel fahren. Ruth hatte der Silberhochzeitsfeier so sehr entgegengefiebert, so sehr dafür gearbeitet – es konnte doch nicht sein, dass sie jetzt nicht da war! Hoffentlich war ihr nichts geschehen!

Sein Blick flog zu den Puits d'amour hinüber, die sich auf der Theke ganz hervorragend machten. Wie wunderbar sie Ruth gelungen waren! Ohnehin war seine Cousine eine fantastische Bäckerin. Eigentlich konnte er, der Bäckermeister, ihr schon nichts mehr beibringen. Vor seinem inneren Auge tauchte ein Bild vom gestrigen Abend auf: Wie sie sich verlegen eine Haarlocke aus der Stirn gestrichen und eine Teigspur hinterlassen hatte. Unendlich zart und weich hatte sich ihre Haut unter seinen Fingern angefühlt.

In diesem Augenblick ging ein Raunen durch die Menge.

Hinter ihrer Cousine betrat Ruth den Raum, und bei ihrem Anblick blieb Marcel buchstäblich der Mund offen stehen. Wie wunderschön sie war! In diesem zauberhaften türkisfarbenen Kleid, das ihre Augen zum Leuchten brachte, erinnerte sie ihn spontan an eine griechische Göttin. Außerdem bemerkte er jetzt zum ersten Mal, wie aufrecht und stolz sie ging!

»Papa«, flüsterte die kleine Anne an Marcels Seite. »Die Ruth sieht aus wie eine Prinzessin.«

»Ja«, bestätigte er, und seine Stimme klang heiser. »Ja, das tut sie.«

In diesem Moment blickte Ruth zu ihm herüber und sah ihm direkt in die Augen. Sie lächelte herzlich.

*

Ida und Lucien Picard kehrten Hand in Hand von ihrem Spaziergang durch den Botanischen Garten auf den Münsterplatz zurück. Beide waren fein herausgeputzt. Heute Morgen hatte Ida fast erstaunt in ihren Schlafzimmerspiegel gesehen, zum ersten Mal seit der Silvesterfeier war sie schön hergerichtet. Das Paar wollte die Silberhochzeit nicht groß feiern, schon allein, da Marcels Trauerjahr noch nicht zu Ende war. Lucien hatte sich einen Spaziergang in seinem geliebten Botanischen Garten gewünscht. Und Ida genoss alles, was dazu beitrug, seine seelischen Verwundungen weiter zu heilen.

»Wenn ich in meiner Pflanzen- und Tierwelt bin, ist alles wieder in Ordnung«, hatte Lucien glücklich festgestellt.

Als sie wieder in der Patisserie Picard ankamen, erlebten sie eine große Überraschung: Die kleine Anne, ihr Vater Marcel, Ruth, Joséphine und Trystan standen in Festtagskleidung da, bei ihnen waren Madame Rolland mit ihrem Neffen, Maximilien Fouché sowie aus Weghäusel die Lerocs und die alte Bernadette mit ihrem zweiten Ehemann, Gustave Nanty.

»Keine Silberhochzeit ohne Feier«, erklärte Marcel dem völlig überraschten Paar. »Odette hätte es so gewollt.«

Und nun sahen Ida und Lucien, was heimlich alles zu ihren Ehren gebacken worden war!

»Wie lieb von euch«, sagte Ida überwältigt.

»Allerdings«, freute sich auch Lucien und legte den Arm um seine Frau.

»Und so viele Liebesbrunnen, unser Gebäck«, erkannte Ida gerührt.

»Die müsst ihr kosten! Sie schmecken unfassbar gut«, warb Marcel. »Ruth hat sie eigens für euch gebacken.«

Ida blieb nicht verborgen, wie liebevoll ihr Adoptivsohn dreinschaute, als er Ruth lobte.

Lucien und Ida teilten sich ein Puits d'amour. Ruth hielt den Atem an.

»Wunderbar«, schwärmte Ida mit geschlossenen Augen.

Auch Lucien zeigte sich begeistert. »Ruth, danke, die sind …« Was genau sie waren, konnte man nicht wirklich verstehen, da sein Mund zu voll war. Aber auch das war ja ein Kompliment, sagte sich Ruth amüsiert.

»Es verliert seinen Zauber nie. Wie oft haben wir diese Momente schon miteinander erlebt? Hochzeiten, Eröffnungen, Geburtstage …«

Ida schmiegte sich glücklich an Lucien. »Und jetzt unsere silberne Hochzeit. Ein Vierteljahrhundert, unglaublich …«

Plötzlich ertönte aus der Backstube ein Akkordeon, auf dem der Hochzeitsmarsch gespielt wurde. Ida und Lucien starrten bass erstaunt in Richtung der Tür, aus der plötzlich Oskar mit seiner Ziehharmonika kam, die wunderschön zurechtgemachte Claire an seiner Seite. Und in ihrem Gefolge: Franz und Elise!

»Alles Gute zur Silberhochzeit«, sagten die vier unisono.

»Papa, Maman!« Ida flog Franz Tritschler in die Arme. Dann kam ihre Mutter an die Reihe, die, gütig lächelnd wie eh und je, inmitten der Patisserie stand, als wäre sie nie fort gewesen.

Nachdem sie ihre Eltern, Claire und Oskar ausgiebig begrüßt hatte, wurde Ida auf den mürrischen jungen Mann aufmerksam, der im Eingang stehen geblieben war und die Szenerie distanziert beobachtete. »Paul! Dass du wieder da bist!«

Sie umarmte ihren Sohn, der die Zuneigungsbekundung gewohnt zurückhaltend erwiderte.

Als Ida sich wieder einigermaßen gefangen hatte, sah sie neugierig von einem zum anderen. »Wie habt ihr das denn angestellt?«, fragte sie. »Ohne mir ein Sterbenswörtchen zu sagen!«

»Das haben alles Marcel, Joséphine und Trystan eingefädelt«, schmunzelte Elise. »Einen großartigen Schwiegersohn habt ihr da.«

»Das finden wir auch«, sagte Ida. »Nun setzt euch bitte, ihr müsst mir alles über Stuttgart erzählen.«

»Es ist so schön, dass ihr wieder da seid«, sagte Joséphine und schmiegte sich in Elises vertraute Umarmung. »Unglaublich, dass ihr einreisen durftet.«

»Na ja, dieser Woodrow Wilson hat ja durchgesetzt, dass die Ausweisungen teilweise wieder aufgehoben werden. Außerdem wurden die Anschuldigungen gegen Franz, mich und Oskar dank Marcels Kontakt glücklicherweise zurückgezogen.«

»Deine Überraschung ist mehr als gelungen«, raunte Ruth Marcel zu, der neben sie getreten war und mit ihr beobachtete, wie überglücklich sich Ida und Lucien mit den zurückgekehrten Großeltern unterhielten.

»Deine aber auch«, sagte Marcel und sah sie voller Zuneigung an. »Deine Puits d'amour sind wirklich ein Gedicht. Du kannst stolz auf dich sein. Ich bin es jedenfalls.«

Sie wandte sich um und blickte direkt in seine strahlenden Augen. Wie er sie ansah! Offenbar war Joséphines Plan, ihm ihre weiblichen Reize etwas deutlicher zu zeigen, voll aufgegangen. Andererseits: Er hatte sie schon gestern in der Backstube angelächelt, so zärtlich und voller Zuneigung.

Gerade öffnete er den Mund, um noch etwas zu sagen, da drängte sich mit der gewohnten Rüpelhaftigkeit Paul zwischen sie.

»Du hast uns noch gar nicht richtig begrüßt, dabei haben wir doch eine so weite Reise auf uns genommen, um heute bei euch zu sein«, sagte er und küsste die überrumpelte Ruth rechts und links auf die Wange. Dabei positionierte er sich so, dass er Marcel den Rücken zukehrte und ihn damit demonstrativ ausschloss. Dann ließ er seine Augen unverschämt lange auf Ruths Dekolleté ruhen und musterte sie von oben bis unten. »Du hast dich ja ganz schön gemacht in meiner Abwesenheit. Wobei du immer schon ein Hingucker warst.«

Peinlich berührt wandte Ruth sich ab. Doch in ihre Verlegenheit mischte sich auch Wut auf ihren Cousin, der einfach immer lästiger wurde. Ein Blick in Marcels Augen verriet ihr, dass auch er ausgesprochen zornig über Pauls Benehmen war, sich allerdings bemühte, die Fassung zu wahren und keine Szene zu machen, wohl, um den Abend nicht zu verderben.

»Ich hol mir mal was zu trinken«, knurrte er und ging davon.

»Der alte Marcel mag mich wohl einfach nicht mehr so recht«, fasste Paul das Offensichtliche zusammen.

»Wundert dich das?«, ätzte sie. »Er kann es eben nicht leiden, wenn seine Cousine vor seinen Augen belästigt wird.«

»Belästigt?«, wiederholte er und lachte spöttisch. »Dich?

Glaub mir, das habe ich nicht nötig. Ich habe etwas viel Besseres.«

»Ach? Schön für dich«, erwiderte sie.

Und da sie ihm nicht den Gefallen tat nachzuhaken, erzählte er von sich aus: »Großvaters ehemaliger Lehrling Kurt Teufel hat zwei wunderschöne Zwillingstöchter.« Er betonte genüsslich: »Stramme deutsche Mädel. Klärle und Trudel. Klärle hat sich direkt in mich verliebt – meine Prothese ist ihr völlig egal. Sie sagt, ich könne gar nicht perfekter für sie sein.«

Auch wenn ihr auf der Zunge lag, dass Kurts »stramme deutsche« Töchter dank seiner Frau Denise ja streng genommen ebenfalls halbfranzösischer Herkunft waren, entgegnete Ruth nur: »Weißt du, was, Paul? Das freut mich sogar für dich. Wirklich.«

»Dir war ich ja nie gut genug«, erwiderte er.

»Das hat aber mit deiner Prothese rein gar nichts zu tun«, stellte sie klar. Dann fragte sie: »Wenn du jetzt ein Liebchen hast, heißt das wohl, du wirst nicht mit den anderen hierbleiben?«

»Ja, keine Angst, du bist mich schnell wieder los«, antwortete er mit spöttischem Grinsen. »Ich fahre übermorgen zurück nach Stuttgart zu meinem Klärle. Aber ich weiß auch nicht, ob die Großeltern bei euch bleiben werden.«

»Warum denn das nicht?«, rief Ruth erschrocken.

»Franz ist wegen der Ausweisung genauso sauer auf das Franzosenpack wie ich«, erklärte Paul. »Der ist nur für die Silberhochzeit gekommen, befürchte ich.«

Besorgt sah Ruth zu den glücklich Feiernden hinüber. Das Silberhochzeitspaar schien nicht zu ahnen, dass ihnen bald erneut ein Abschied bevorzustehen drohte. Da fiel ihr Blick auf Marcel, der sich gerade einen Apfelwein einschenkte. Ob er es ahnte?

»Kann es sein, dass du immer noch in meinen Bruder verschossen bist?«, fragte Paul unvermittelt.

»Was?«, erwiderte sie ertappt.

»Ich dachte, ehrlich gesagt, ihr wärt inzwischen zusammen«, wunderte er sich.

»Wie kommst du denn darauf?«, rief Ruth. »Er trauert doch um Odette.«

»Ja, die schöne Odette«, murmelte er. »Das habe *ich* wohl damals angerichtet.«

»Du?«, hakte Ruth verständnislos nach. »Was hast du mit ihrem Tod zu tun?«

»Doch nicht mit ihrem Tod«, lachte Paul. »Aber ich habe die beiden ja quasi verkuppelt.«

In diesem Augenblick klopfte von außen jemand gegen die Scheibe. Ruth blickte auf und sah eine sehr elegante Dame mit dunklem Haar, das sich, zu einem Bubikopf geschnitten, um ihre markanten Wangen schmiegte. Dazu trug sie Perlenohrringe und ein dunkles Kleid, dessen Schnitt ebenfalls ungewöhnlich wirkte. Die schöne Fremde wirkte wie ein Paradiesvogel.

Ruth schloss die Ladentür auf. »Wir haben heute leider eine geschlossene Veranstaltung – Silberhochzeit«, erläuterte sie bedauernd. »Morgen früh ab sieben Uhr ist wieder geöffnet.«

»Schade, Ihr Kuchen soll so wunderbar schmecken«, sagte die Frau mit amüsierter Stimme, die ihr irgendwie bekannt vorkam, doch genau erkennen konnte sie die Dame im Zwielicht immer noch nicht.

»Ich selbst kann gar nicht backen«, sagte diese nun lächelnd. »Ich habe es einmal versucht, am Geburtstag meines Cousins. Aber der Kuchen wurde furchtbar pappig und süß.«

Und da endlich erkannte Ruth sie: »Louise!«

31

Ruth nahm überschwänglich Louises Hand. »Wie wunderbar! Was machst du hier?«

»Ich war bei meiner Tante in Seppois-le-Bas«, sagte sie. »Und hier in Straßburg besuche ich Stéphane. Aber ohne dich ist es furchtbar langweilig mit meinem Cousin.«

Ruth errötete. Es war ihr äußerst unangenehm, auf Stéphane angesprochen zu werden. Sie hatte es allerdings weder bereut, mit ihm Schluss gemacht zu haben, noch hatte sie ihn auch nur eine Sekunde vermisst, im Gegenteil: Seine Reaktion auf die Trennung hatte ihr noch mal deutlicher gemacht, dass dieser Mann einfach nicht zu ihr passte.

»Wie geht es ihm?«, fragte sie daher zurückhaltend.

»Ruth, wir brauchen dich!«, rief Ida in diesem Moment.

»Tut mir leid, die Feier!«, begründete Ruth hastig. »Aber ich freue mich so, dich zu sehen. Bist du noch eine Weile da?«

Louise nickte. »Ich bleibe für zwei Tage.«

»Komm doch einfach morgen noch mal«, schlug Ruth vor. »Dann führe ich dir unser gesamtes Sortiment vor. Du bist herzlich eingeladen.«

*

»Du hast ihnen mit deiner Aussage wirklich die schönste Silberhochzeit beschert«, erklärte Marcel, als er am nächsten Tag um die Mittagszeit mit seinem leiblichen Vater Friedrich unterwegs war, um im malerischen Stadtteil Petite France die Räumlichkeiten für das geplante Weinrestaurant zu besichtigen. »Sie haben sich vor Begeisterung über die Rückkehr meiner Großeltern, meines Onkels und seiner Frau gar nicht mehr eingekriegt.«

»Das freut mich, mein Junge«, erwiderte Bredow lächelnd.

Das Restaurant befand sich in bester Lage an der Ill gegenüber der berühmten Maison de Tanneurs. Marcel deutete auf ein Fachwerkhäuschen auf der anderen Flussseite. »Da drüben hat die alte Joséphine Martinet gewohnt, die Mentorin von Jacques Picard und Franz Tritschler«, erinnerte er sich wehmütig. »Sie war jahrzehntelang Ehrenmitglied der Bäckerinnung, eine lebende Legende. Meine Schwester Joséphine ist nach ihr benannt. Vor neun Jahren ist Madame Martinet mit hundertzwei gestorben. Sie hat bis zuletzt gebacken.«

»Hört sich nach einem erfüllten Leben an«, kommentierte Friedrich Bredow, während er die leer stehende Weinstube aufschloss. »Und ihr Häuschen sieht sehr hübsch aus. So wie unser Restaurant hoffentlich bald auch.«

Sie betraten die etwas muffig riechenden Räume. Stühle und Tische waren aus solidem Eichenholz, wie Marcel feststellte.

»Doch, da kann man was draus machen«, befand er. Aber nach einem Blick in die altmodische Küche schränkte er ein: »Hier müsste man allerdings alles komplett neu ausstatten. Mit dem alten Schrott wird man seines Lebens nicht mehr froh. Das könnte etwas ins Geld gehen.«

»So viel muss ich dann eben aufbringen«, winkte sein Vater ab. »Das klappt schon.«

»Also die Lage und die Bausubstanz sind kolossal«, räumte Marcel ein. »Ich würde zugreifen.«

»Dann werde ich das tun«, kündigte Friedrich mit zufriedenem Lächeln an.

*

»Sei vorsichtig mit deinen Träumen, sie könnten in Erfüllung gehen.« Diesen Spruch hatte Ruth irgendwo einmal gehört, und sie musste zugeben, dass er zutraf. Sie hatte davon geträumt, die Patisserie ihres verstorbenen Großvaters derart fulminant wiederzueröffnen, dass so viele Kunden kamen wie früher.

Nun, da dieser Wunsch sich mehr als erfüllt hatte, wusste sie nicht mehr, wo ihr der Kopf stand. Sie war durch die Erfahrung in der Adventszeit des letzten Jahres ja einiges gewöhnt, aber einen derartigen Ansturm wie am heutigen Vormittag hatte sie noch nie erlebt.

Trystan hatte sich in die goldschmidtsche Backstube begeben, um wenigstens ein bisschen Nachschub zu zaubern. Franz war ihm gefolgt, ein sehnsuchtsvolles Leuchten in den Augen. Ruth hegte keinen Zweifel daran, dass auch er kräftig Hand anlegte. Nachsehen konnte sie nicht – dazu blieb ihr keine Zeit. Die Mittagspause kam wie eine Erlösung. Diese wollte sie bei der Familie am Münsterplatz verbringen, wo sie gleichzeitig mit ihrer Cousine Joséphine eintraf, die sich am Vormittag offiziell zur Aufnahmeprüfung an der Universität angemeldet hatte. Ida schloss die Tür hinter den letzten Kunden und seufzte dann erschöpft: »Heute Morgen war es anstrengend. Ich für meinen Teil habe das Gefühl, jeden einzelnen Knochen in meinem Körper zu spüren. Aber ich bin ja auch nicht mehr die Jüngste.«

»Ach, das geht mir ganz ähnlich«, gestand Ruth. »Aber

andererseits bin ich wie berauscht von unserem Erfolg. Wer hätte das vor einem Jahr für möglich gehalten?«

In diesem Moment klopfte es an der Scheibe, und eine Frau mit dunklem Bubikopf spähte herein.

Erfreut wandte Ruth sich um. »Louise!«, rief sie und schloss hastig auf. »Wie wunderbar, dass du gekommen bist.« Sie umarmten einander. »Und entschuldige, dass ich gestern Abend keine Zeit hatte.«

»Nur zu verständlich bei einer Silberhochzeit«, winkte Louise ab. »Ich habe vorhin gesehen, was hier los war, das ging ja wirklich zu wie in einem Bienenstock. Ich freue mich sehr über deinen Erfolg.«

»Die Kunden haben aber noch genug zum Probieren übrig gelassen«, versicherte Ruth. »Komm, ich stelle dich allen vor.«

Ida und ihre Mutter Elise hatten es sich für die Pause an den Cafétischen gemütlich gemacht.

»Ihr Lieben, das ist Louise«, sagte Ruth in die Runde. »Wir haben uns in Paris kennengelernt. Louise hat mich damals sehr beeindruckt, weil sie eine eigene Zeitschrift herausbringt und ein Krankenhaus gegründet hat.«

»Das müssen Sie mir einmal genauer erzählen«, bat Joséphine interessiert.

»Meine Cousine Joséphine hat morgen nämlich ihre Aufnahmeprüfung hier an der Universität – für Medizin«, berichtete Ruth voller Stolz.

»Oh, wie wunderbar«, sagte Louise beeindruckt. »Dann sind Sie sicher mächtig aufgeregt.«

»Das kann man wohl sagen«, gab die Krankenschwester zu.

»Ich würde sie ja hinbringen und ihr vor der Universitätstür Glück wünschen«, sagte Ruth bedauernd. »Aber ich kann die Patisserien nicht allein lassen.«

»Dann möchte ich Sie gern begleiten, wenn ich darf«,

wandte sich Louise an Joséphine. Diese freute sich sehr über das Angebot. »Es wäre mir eine Ehre.«

»Eine Frau, die Medizin studieren will, gehört unterstützt, wo es nur geht«, betonte Louise.

»Ruth hat erzählt, Sie haben für das Frauenwahlrecht gekämpft?«, erinnerte sich Joséphine.

Louise nickte. »Das tue ich immer noch, ja.«

»Das Frauenwahlrecht!«, rief Elise. »Der einzige Vorteil, den ich habe, seit man mich nach Deutschland ausgewiesen hat.«

Ruth bekam ein schlechtes Gewissen. Sie hatte sich bisher überhaupt nicht um Joséphines und Marcels Großeltern gekümmert, war noch nicht dazu gekommen zu fragen, wie es ihnen ging. Aber wann hätte sie das auch tun sollen? Sie war ja jede Sekunde auf den Beinen gewesen.

»Sie sind aus Deutschland?«, fragte Louise neugierig. »Und Sie haben gewählt?« Sie betrachtete Elise mit einer Begeisterung, die Ruth lächeln ließ.

»Wie war es? Bitte, Sie müssen mir alles ganz genau erzählen. Ich interessiere mich sehr für dieses Thema.«

»Es war ein ganz besonderer Moment«, erwiderte Elise. »Und das, obwohl ich nie zu den Frauen gehört habe, die für ihre Rechte kämpfen mussten. In dieser Familie stehen alle auf einer Stufe. Aber bitte, setzen Sie sich doch zu mir. Dann erzähle ich es Ihnen ausführlich.«

Louise tat wie ihr geheißen, wurde jedoch von Ruth unterbrochen: »Ich würde vorschlagen, wir nehmen uns jetzt alle erst mal was zu essen«, sagte sie. »Und dann gönnen wir uns eine wunderbar erholsame Mittagspause.«

Während Ruth Louise zunächst einen Puits d'amour probieren ließ, setzte Elise die Plauderei fort: »Sie können es wohl auch kaum erwarten, wählen zu dürfen.«

Louise biss in ein Puits d'amour, nickte und seufzte dann: »Ja, leider ist unser Kampf für dieses Recht in Frankreich bisher nicht sonderlich erfolgreich. Ruth, dieses Gebäck ist himmlisch – kein Wunder, dass es das verliebte Herz symbolisiert.«

Sie wandte sich wieder an Elise: »Es ist eine Schande, dass wir Frauen in Frankreich im Gegensatz zu Deutschland und so vielen anderen Ländern noch nicht wählen dürfen. Und das, obwohl Frauen bei uns schon seit 1863 zum Studium zugelassen sind. In der Beziehung waren wir Vorreiter, und beim Wahlrecht sind wir dermaßen rückschrittlich.«

Joséphine wurde dieser Widerspruch erstmals klar. »Haben Sie eine Idee, woran das liegen könnte?«

Louise zuckte die Schultern. »Frankreich ist erzkatholisch, und die Kirche lehnt das Frauenwahlrecht immer wieder ab. Wir kämpfen schon seit Jahren und haben regional ja auch durchaus Erfolge, scheitern aber immer wieder im Senat.«

Dann fragte sie Elise: »Aus Ihrer Region kommt auch Marianne Weber von der Deutschen Demokratischen Partei. Haben Sie von ihr schon mal was gehört?«

Elise schüttelte etwas verlegen den Kopf. »Offen gestanden habe ich mich nie wirklich für Politik interessiert. Aber dass wir Frauen nun wählen dürfen und damit auch in der Hinsicht gleichberechtigt sind, das fand ich richtig. Deshalb bin ich zur Wahl gegangen.«

Joséphine fühlte eine starke Zuneigung für ihre Großmutter in sich aufsteigen und drückte spontan ihre Hand.

»Dann hätte Ihnen Marianne Weber gefallen«, war Louise überzeugt. »Bei der konstituierenden Sitzung im Städtehaus Karlsruhe hat sie ihren männlichen Kollegen verkündet: Ich glaube, sagen zu dürfen, dass wir besser für die Politik vorbereitet sind, als vielleicht die meisten von Ihnen glauben.«

Elise lächelte.

»So ein Unfug«, ertönte in diesem Moment Paul Picards Stimme. Er hatte sich unbemerkt genähert und ließ sich, einen Teller voller Leckereien in der Hand, auf den letzten freien Stuhl am Tisch fallen. »Weibsbilder haben in der Politik nichts verloren. Das ist Männersache.«

»Paul«, mahnte Elise peinlich berührt.

Doch Louise ließ sich nicht beeindrucken. »Ah ja?«, fragte sie angriffslustig. »Warum denken Sie das?«

Paul starrte sie herausfordernd an. »Weil es so ist. Mannsweiber wie Sie finde ich irritierend.«

Er ließ seinen Blick über Louises Hose und ihre kurz geschnittenen Haare gleiten.

»Dann irritieren wir uns gegenseitig«, erwiderte Louise freundlich. »Ich finde altmodische Paschas irritierend.«

Paul warf ihr einen wütenden Blick zu. »Das muss ich mir nicht anhören«, schnauzte er, erhob sich wieder und humpelte davon.

Elise sah ihm betrübt nach. »Es wird immer schlimmer mit ihm«, befand sie seufzend. »Trotz seines Beines will er jetzt Teil einer Ordnertruppe werden, die bei Saalschlachten eingesetzt wird.«

»Saalschlachten?« Ida sah ihre Mutter erschrocken an. »Was denn für Saalschlachten?«

»Er ist Mitglied in dieser neuen deutschen Arbeiterpartei und fährt deshalb ständig nach München, wo die sich treffen. Dort hat er auch einen Mann namens Adolf Hitler kennengelernt. Von dem schwärmt er seither regelrecht.«

»Wer ist denn das?«, fragte Joséphine.

»Der hat in dieser Partei ziemlich viel Macht«, sagte Elise bedrückt. »Aber er hat keinen guten Einfluss auf unseren Paul. Ich möchte ihn da eigentlich weghaben.«

»Wenn ihr dauerhaft zurückkommt, würde er vielleicht nicht mehr hinfahren«, sagte Joséphine eifrig.

»Mir hat er gesagt, dass er in Schwaben bleiben will, weil er sich dort in Kurt Teufels Tochter verliebt hat«, erinnerte sich Ruth.

»Aber *ihr* kommt doch dauerhaft zurück?«, vergewisserte sich Joséphine hoffnungsvoll bei ihrer Großmutter.

Elise schüttelte traurig den Kopf. »Ich würde ja so gerne«, begann sie zögernd. »Aber dein Großvater weigert sich.«

»Warum denn das?«, rief ihre Enkelin erstaunt. »Straßburg ist doch seine Heimat, hier ist seine ganze Familie! Und er wollte doch unbedingt wiederkommen!«

Elise nickte. »Schon. Aber ausgewiesen zu werden, hat ihn schwer gekränkt. Dein Großvater ist ein stolzer Mann, mein Schatz. Ich habe ihn regelrecht angefleht, mit mir zurückzugehen. Aber er hat ein ums andere Mal gesagt: ›Ein Franz Tritschler drängt sich nicht auf.‹«

»Vielleicht, wenn wir ihn sehr drum bitten?«, hoffte Joséphine.

»Das Einzige, was ihn dazu bringen könnte, wäre, dass man ihn hier wirklich dringend brauchen würde«, sagte Ida nachdenklich.

Ruth nickte und strahlte dann: »Ich glaube, das lässt sich einrichten. Schau doch nur, wie viel heute los war. Wenn das so bleibt, dann müssen wir hier in der Patisserie Goldschmidt auch wieder backen. Und dann bräuchten wir Großvater dringend. Und dich auch.«

Hoffnung glomm in Elises Augen. »Es wäre so schön. In Stuttgart ist es so einsam. Und so langweilig. Da habe ich nichts zu tun.«

Joséphine sah sie erschrocken an. Elise redete eigentlich nie über sich selbst und ihre eigenen Befindlichkeiten. Und wenn sie es tat, dann nur, wenn sie glücklich war. Dass sie jemandem davon erzählte, wenn es ihr nicht gut ging, daran konnte Joséphine sich nicht erinnern.

»Aber kannst du denn nicht in Kurts Konditorei helfen?«, fragte sie erschrocken. »So war das doch abgemacht.«

»Er versucht uns zu schonen«, erklärte Elise in einem Tonfall, der so angewidert klang, als habe man sie unzüchtig berührt. »Und auch Franz gönnt er kaum Zeit in der Backstube, höchstens mal, wenn einer der anderen Bäcker krank ist. Dabei würde er so gern viel öfter helfen – du kennst ihn.«

»Aber weshalb geht das denn nicht?«, rief Joséphine erstaunt. »Kurt ist doch so ein lieber Kerl!«

»Genau das ist es ja«, seufzte ihre Großmutter. »Er will nur das Beste für uns. Und er findet, wir haben es verdient, unseren Ruhestand zu genießen.«

»Gut gemeint und schlecht getan«, kommentierte Joséphine bedrückt. »Aber das könnt ihr ihm doch sagen.«

Elise schüttelte den Kopf. »Ich traue mich nicht so recht. Er meint es ja nur gut. Und dein Großvater würde niemals darum bitten, weil er sich nirgends aufdrängen will.«

Nachdenklich runzelte Joséphine die Stirn. Das war einleuchtend.

»Wie genau habt ihr euch das denn hier vorgestellt, mit den beiden Backstuben?«, fragte Elise nun.

»Erst mal wollten wir nur drüben bei uns backen«, berichtete Ruth. »Und wenn es gut laufen sollte, dann wollten wir diese Backstube hier auch wieder in Betrieb nehmen.«

Elise nickte. »Und es läuft ja …«, räumte sie ein.

»So gut, dass wir auch hinter der Theke dringend jemanden brauchen könnten«, meinte Ruth. »Ich kann ja mal mit Franz reden.«

»Ich glaube, nur mit ihm zu reden hat keinen Sinn«, wandte Ida nachdenklich ein. »Wir sollten auf andere Weise deutlich machen, dass er einfach hierbleiben *muss.*«

32

Ich finde es sehr faszinierend, dass du ein eigenes Krankenhaus gegründet hast«, sagte Joséphine zu Louise Weiss. Die Studienrätin und Journalistin hatte ihr Angebot wahr gemacht, die Krankenschwester zu deren Aufnahmeprüfung zu bringen, und ihr bei der Gelegenheit das Du angeboten.

»Es war nur ein ganz kleines Feldhospital«, winkte Louise ab.

»Aber es hat vielen Verletzten aus den Schützengräben das Leben gerettet«, insistierte Joséphine, als sie bei der Brücke über die Ill ankamen.

»In der Bretagne wurde ich Zeugin der schrecklichsten Kriegsfolgen. Die Männer taten mir so leid, ich musste das einfach organisieren«, erzählte Louise ernst. »Bei dir waren es ja bestimmt auch Erfahrungen mit Patienten, die den Wunsch nach einem Medizinstudium ausgelöst haben.«

Joséphine nickte. »Als letztes Jahr meine Schwägerin an der Spanischen Grippe starb, war das für mich ein weiterer Ansporn, es endlich zu wagen.«

»Seuchen sind unheimlich und geheimnisvoll«, meinte Louise. »Ich war kürzlich in der Tschechoslowakei und habe die Typhusbaracken in den verlassenen Dörfern der Tatra besucht. Da wurde mir klar, wie wichtig das ist, wofür schon

Florence Nightingale gekämpft hat: Hygiene, Hygiene, Hygiene.«

Das hatte sich auch Joséphine schon oft gedacht. »Als die Spanische Grippe zu wüten begann, habe ich viel über die Pocken gelesen. Dass man deswegen das Impfen erfunden hat – und damit die grässliche Krankheit sehr eindämmen konnte.«

»Ja, es wird hoffentlich Impfungen gegen immer mehr Krankheiten geben«, stimmte Louise zu, »wobei gegen Typhus eben wirklich eher die Hygiene hilft – und sauberes Trinkwasser. Immerhin scheinen viele nach und nach ihr Misstrauen gegenüber Impfungen zu verlieren.«

»Ich kann schon auch verstehen, dass es den Menschen Angst macht«, wandte Joséphine ein. »Bei den Pocken wissen sie ja zum Beispiel nicht, ob sie oder ihre Kinder überhaupt daran erkranken würden. Sie wissen aber, dass man im schlimmsten Fall auch am Impfen sterben kann.«

»Na ja«, entgegnete Louise. »Die Gefahr, dass sie zum Beispiel an der Pockenimpfung sterben, liegt bei zwei Prozent. Wenn sie allerdings an Pocken erkranken, dann befindet sich die Sterblichkeit bei dreißig Prozent.«

»Und das spricht sich ja auch herum«, meinte Joséphine.

»Weißt du eigentlich, dass es eine Kaiserin war, die das Impfen entschieden nach vorne gebracht hat?«, fragte Louise.

Joséphine sah die Journalistin überrascht an. »Nein, ich weiß nur, dass Lady Mary Wortley Montagu im 18. Jahrhundert eine frühe Form des Impfens am Osmanischen Hof kennenlernte. Die brachte sie dann nach England, indem sie in Adelskreisen Werbung dafür machte.«

Louise nickte. »Genau. Davon hörte auch Maria Theresia von Österreich. Und der gingen die Pocken gehörig auf die Nerven.«

Joséphine musste lachen. »Auf die Nerven gehen Seuchen wohl jedem.«

»Schon, aber Maria Theresia hatte deshalb ein ganz spezielles Problem«, fuhr Louise fort. »Sie hat nicht nur viele ihrer Kinder an die Pocken verloren und starb selbst fast daran, die Seuche brachte auch ständig die Heiratspläne des Hauses Habsburg durcheinander.«

»Weil die Auserwählten starben?«, vermutete Joséphine.

»Genau«, bestätigte Louise. »Oder sie wurden derart entstellt, dass sie nicht mehr vermittelbar waren. Jedenfalls hat die Kaiserin dann von der Methode gehört und ihre Kinder impfen lassen.«

»Hatte sie denn keine Bedenken?«, fragte Joséphine neugierig.

»Na ja«, murmelte Louise. »Schon. Sie hat das erst gemacht, nachdem sie die Impfung an hundert Waisenkindern ausprobiert hatte und die sie alle gut vertragen haben. Sie hat die Pocken mal als Erzfeind der Habsburger bezeichnet.«

»Ich würde sagen: Seuchen generell sind der Erzfeind der Menschheit«, resümierte Joséphine. »Was könnte es Wichtigeres geben, als ihnen dem Kampf anzusagen? Dazu will ich beitragen. Deshalb wünsche ich mir ja so sehr, dass es mit dem Medizinstudium klappt.«

»Ja, das wäre wunderbar, dann wirst du es den Viren zeigen«, lobte Louise. »Und ich versuche, etwas gegen das von Menschen selbst verursachte Leid zu tun. Ich habe sozusagen dem Krieg den Krieg erklärt. Und da Frauen in Frankreich weitgehend vom politischen Prozess ausgeschlossen sind, habe ich nun den Weg einer journalistischen Karriere gewählt, um das Streben nach Frieden voranzubringen. Schon im Krieg habe ich für *Le Radical* geschrieben – damals noch unter dem Pseudonym Louis Lefranc. Aber jetzt hat mich *Le Petit Parisien* zur Korrespondentin gemacht.«

»Aber das ist ja die führende Pariser Tageszeitung«, staunte Joséphine beeindruckt.

Louise nickte lächelnd. »Ich bin auch sehr dankbar für diese Chance. Deshalb fahre ich morgen nicht zurück nach Paris, sondern reise weiter in Europa herum. Ich werde eine Menge prominente Menschen für die Zeitung befragen. Und es sollen im Sinne der internationalen Verständigung viele Nationen zu Wort kommen.«

Inzwischen waren sie am Eingang des Universitätsgebäudes angekommen.

»Nun wünsche ich dir den verdienten Erfolg«, sagte Louise und umarmte Joséphine zum Abschied. »Wenn die männlichen Mitbewerber sich lustig machen, lass dich nicht unterkriegen!«

»Ich werde es versuchen«, versprach Joséphine nervös.

»Und sollten sie dich später im Studium schlecht behandeln, schreib mir. Dann komme ich und lese den Kerlen die Leviten«, scherzte Louise. »Meine Adresse hast du ja.«

»Ich werde in jedem Fall schreiben«, versprach Joséphine lächelnd. »Auch wenn sie nett sind.«

*

In der Mittagspause sah Ruth von der offenen Küchentür der Tritschlers aus Marcel und Anne zusammen am Esstisch sitzen. Wie so oft las er seiner kleinen Tochter dabei aus der Zeitung vor. Diesmal einen Artikel über die Eröffnung des Musée Historique.

»Papa, das Museum will ich angucken«, verkündete das Mädchen. »Wenn ich bald zur Schule gehe, muss ich doch viel wissen. Gehst du mit mir hin?«

»Ja, sobald mal weniger los ist im Laden«, erwiderte Marcel ausweichend.

»Da ist doch immer viel los«, maulte Anne.

Ruth musste schmunzeln, da hatte die Kleine recht.

»Ruth«, ertönte da unvermittelt die Stimme ihrer Tante direkt hinter ihr, und sie fuhr herum.

»Ida«, sagte sie erschrocken, als sie deren verzweifelten Gesichtsausdruck bemerkte. »Ist etwas passiert?«

»Ich wollte dich fragen, ob du vielleicht Paul helfen könntest«, bat ihre Tante aufgewühlt.

»Was ist denn mit ihm?«, hakte Ruth misstrauisch nach.

»Er hat sich schlimm betrunken. Wahrscheinlich fällt es ihm doch nicht so leicht, wie er behauptet, uns alle hinter sich zu lassen«, mutmaßte die besorgte Mutter. »Sein Zug geht in einer Stunde, aber er ist so beschwipst, dass er Schwierigkeiten mit dem Koffer hat. Meine Hilfe will er nicht, er sei doch kein Muttersöhnchen, hat er sich beschwert.«

»Ach so«, sagte Ruth unentschlossen.

»Ich hätte ja Joséphine gefragt, aber die ist an der Universität. Und dich mochte Paul doch immer so«, meinte Ida.

Ruth seufzte. »Also gut. Von mir aus.« Nach seinem unmöglichen Verhalten Louise Weiss gegenüber würde sie ihren Cousin gewiss nicht vermissen, so viel stand fest. Warum ihm da also nicht bei der Abreise helfen?

Sie fand ihren Cousin fluchend über seinem viel zu vollen Koffer vor, den er nicht zubekam.

»Kann ich dir helfen?«, fragte sie, und als er sich umdrehte, erschrak sie: Sein Gesicht war nass geweint.

»Die schöne Ruth, sieh an«, sagte er spöttisch, und seine verschliffene Stimme ließ wirklich keinen Zweifel daran, dass er sturzbetrunken war. »Du hilfst immer allen. Gerechtes Universum und so.«

Wortlos kniete sie bei ihm nieder und ordnete seine Kleidungsstücke so an, dass Hoffnung bestand, den Koffer schließen zu können.

»Du hast beim letzten Mal gesagt, Marcel sei deinetwegen mit Odette zusammengekommen«, fragte sie ihn schließlich. »Wie hast du denn das gemeint?«

Er saß an die Zimmerwand gelehnt und starrte ins Leere. »Es war an deinem ersten Tag in Straßburg vor fünf Jahren. Ich wollte dir Blumen kaufen, und Joséphine hat versucht, mich zu warnen, dass du in Marcel verliebt bist. Und dass der vorhatte, dich zu einer Parisreise einzuladen. Ich wollte ihr nicht glauben. Bin trotzdem los zum Blumenstand. Und da treff ich meinen Bruder, der hatte die gleiche Idee. Ich hab gemerkt, das Blumenmädchen Odette war an ihm interessiert. Und als ich dann mit Marcel zur Patisserie Goldschmidt gelaufen bin, hast du eurem Hausdienerknaben gerade was ins Ohr geflüstert. Marcel hat gekocht vor Eifersucht.«

»Oh«, kam es von Ruth, die mit dem Umsortieren des Koffers innehielt. Sie erinnerte sich an die Situation, in der sie Nicolas Rolland bei ihrer Ankunft vor der Patisserie mit Liebesbrunnen gefüttert und ihm zugeflüstert hatte, dass ihre besser seien als die ihres Großvaters. Wenn man wusste, dass Nicolas Männer liebte, war das eine vollkommen harmlose Szene, aber davon hatten seinerzeit ja nur Joséphine und sie Kenntnis gehabt.

»Marcel ist richtig erstarrt, als sein Blick in die Krämergasse gefallen ist«, bestätigte der betrunkene und daher ungewohnt redselige Paul nun. »Da stand seine Ruth, ganz nah bei einem jungen Mann.«

»Aber du hast doch von deiner Schwester gewusst, dass ich in Marcel verliebt war«, wandte Ruth ein. »Hast du das nicht klargestellt, dass ich nichts von Nicolas wollte?«

Paul senkte schuldbewusst den Kopf und schwieg.

Ruth schwante Übles. »Du hast ihn sogar in seinem Verdacht bestärkt?«

Keine Antwort.

»Paul!«

»Ich habe behauptet, du und Nicolas wärt schon ewig heimlich verlobt«, gestand er nun endlich. »Die Turteltäubchen schreiben sich fast täglich, habe ich zu Marcel gesagt. Er dürfe aber mit niemandem darüber sprechen, es sei noch ein Geheimnis. Dass ihr es erst offiziell machen wolltet, wenn Nicolas Rolland geerbt hat. Da stünde wohl demnächst etwas an, habe ich das Blaue vom Himmel gelogen. Ich weiß auch nicht, wie mir das alles in dem Moment eingefallen ist.«

»Der arme Marcel«, keuchte Ruth entsetzt. Wie weh ihm das getan haben musste! »Und das hat er dir geglaubt?«

»Erst wollte er nicht«, antwortete Paul. »Wie konnte es sein, dass er selbst von der angeblichen Liaison seiner Cousine nie etwas bemerkt hatte? Und wieso sollte ausgerechnet ich davon wissen? Da habe ich noch mal gelogen. Ich hätte dich und deinen Liebhaber bei Großvaters Geburtstag 1913 unfreiwillig belauscht. Nicht mal deine engste Freundin Joséphine ahne etwas von deiner Liebe zum Dienstboten, hab ich behauptet. Also halt du bitte auch deine Klappe, Marcel! Nicht dass die beiden noch Schwierigkeiten bekommen, sagte ich. Er war am Boden zerstört. Und dann hast du uns auch schon von der Patisserie aus zugewunken.«

Nun endlich war Ruth klar, warum Marcel an jenem Tag plötzlich so kühl zu ihr gewesen war.

»Ich glaube wirklich, sein Heiratsantrag an Odette war eine Art Kurzschlussreaktion«, mutmaßte der betrunkene Paul. »Er wusste, sie liebt ihn. Und er wollte nicht mehr, dass du ihm wehtun kannst.«

Er begann zu wimmern. »Ich hab Mist gebaut, ich hab Mist gebaut.«

Doch Ruth hörte ihm schon gar nicht mehr zu. Sie musste Marcel erklären, dass sie nie verlobt gewesen war. Weder mit Nicolas noch mit Stéphane! Ihr kam eine Idee.

*

»Mein Schatz, wie lief die Prüfung?« Trystan, der sein Tagwerk in den frühen Morgenstunden bereits erledigt hatte, kam seiner Frau schon in der Tür entgegen.

»Hast du etwa die ganze Zeit hier gestanden?«, fragte sie gerührt.

»Ich sehe seit mindestens einer Stunde aus dem Fenster und beobachte jeden, der sich dem Haus nähert«, bestätigte er. »Ich war ja so aufgeregt, den ganzen Morgen über. Bist du angenommen?«

»Die Ergebnisse bekommen wir erst noch.«

»Und haben sie dich gut behandelt? Hat irgendjemand gespottet, weil eine Frau Medizin studieren will?«

Joséphine lachte. »O ja. Und nicht nur die Studienanwärter. Einer der Professoren hat bei der Befragung die ganze Zeit über versucht, mich bloßzustellen, und spitze Bemerkungen gemacht. Und einige seiner Kollegen fanden das dann auch urkomisch und haben mich ständig ausgelacht. Aber ich habe an die Worte von Louise Weiss gedacht und mich davon nicht unterkriegen lassen. Sie hat angedroht, sonst vorbeizukommen und den Kerlen die Leviten zu lesen, das wäre mir dann doch etwas peinlich.«

»Wenn ich die in die Finger kriege, bleibt es nicht bei strengen Worten«, brummte Trystan rot vor Wut. Joséphine wusste: Ihr Mann war der freundlichste und geduldigste Mensch der Welt und konnte keiner Fliege etwas zuleide tun. Aber wenn jemand seine geliebte Ehefrau angriff oder verletzte, kannte er keinen Spaß.

Inzwischen hatten sie das Café betreten, und er nahm sie tröstend in seine Arme. »Mein armer Liebling. Du bist so mutig, dass du all das auf dich nimmst. Aber Frau Weiss hat recht: Du musst dir aus diesem Gerede nichts machen, das sind Idioten.«

Seufzend ließ Joséphine sich auf einen der Stühle nahe der Theke fallen – die anderen waren alle besetzt, die Straßburger frequentierten das Café nach wie vor zuhauf. »Um ehrlich zu sein, macht es mir überhaupt nichts aus, obwohl ich sonst ja eher empfindlich bin. Ich glaube, dass mich auch das Gespräch mit Louise gestärkt hat. Mir ist klar geworden: Wenn man wirklich etwas will, dann muss man dafür einstehen. Und dann darf man sich auch von Widerständen nicht abbringen lassen. Und ich glaube, ich war recht überzeugend. Wenn sie mich nicht wollen, kann ich es nicht ändern. Ich habe jedenfalls mein Bestes gegeben.«

Nachdenklich biss sie von der Brezel ab, die ihr fürsorglicher Ehemann ihr hingestellt hatte, und fuhr dann fort: »Ihr habt recht, Louise und du. Irgendwie ist das so unwichtig, was sie sagen. Und auch, dass sie spotten. Ich will mir selbst ja nicht allzu große Bedeutung beimessen. Aber ich glaube, dass es wichtig ist, was ich vorhabe. Lernen, lernen und nochmals lernen, um Menschenleben zu retten. Es ist nicht von Bedeutung, ob das nun ein Mann oder eine Frau tut. Und genau deshalb finde ich diese Sprüche meiner Kommilitonen und einiger Professoren so albern, dass sie mich wirklich nicht kränken. Sie zeugen ja nur von ihrer eigenen Armseligkeit. Worum geht es ihnen? Darum, Menschen zu heilen, oder darum, ihre männlichen Domänen zu verteidigen?«

»Du bist eine wunderbare Frau.« Er strich ihr zärtlich über die Wange. »Ich glaube, sie haben Angst vor dir.«

»Angst?« Joséphine musste lachen. »Bin ich denn so sehr zum Fürchten?«

»Natürlich nicht, mein Schatz. Aber die, die dich heute auslachen, haben sich bisher was drauf eingebildet, dass sie mehr können und dürfen als Frauen. Jetzt kommst du daher und zeigst ihnen, dass du es genauso kannst. Das bringt ihr Weltbild ins Wanken.«

Nachdenklich nickte sie. »Dabei dürfen sie ja immer noch mehr als wir Frauen. Wählen zum Beispiel. Ich hatte ein sehr interessantes Gespräch mit Großmutter und Louise. In Deutschland durften die Frauen ja Anfang des Jahres zum ersten Mal wählen. Oma an der Wahlurne, kannst du dir das vorstellen?«

Er lachte. »Bei deiner Oma kann ich mir alles vorstellen. Sie ist eine ganz wunderbare Frau.«

»Ich fände es gut, wenn wir Frauen in Frankreich auch wählen dürften. Louise hat mich gefragt, ob ich mich ihr im Kampf um das Frauenwahlrecht bei uns anschließen möchte.« Fragend sah sie ihn an und steckte sich das letzte Stück Brezel in den Mund. Sie kaute, schluckte und fragte dann: »Würde dich das stören?«

Trystan blickte überrascht drein. »Wieso sollte es das?«

»Na ja«, sie lachte. »Ich glaube, unter meinen Kommilitonen sind jede Menge Männer, die es ziemlich verärgern würde, wenn ihre Frauen sich für das Frauenwahlrecht einsetzen.«

»Ich bin aber nicht jede Menge Männer. Ich bin *dein* Mann. Ich liebe dich, und ich bin stolz auf dich.«

Bevor sie etwas erwidern konnte, trat Ida zu ihnen an den Tisch. Die hatte sich bei Bedienung Irène – die unliebsame

Véronique hatten sie ihrem Plan folgend in die andere Patisserie versetzt – versichert, dass sie sich eine kurze Pause gönnen konnte.

»Entschuldige, Liebes«, sagte sie zu ihrer Tochter. »Es war so viel los. Dabei will ich doch unbedingt wissen, wie es heute an der Uni war.«

»Bis auf ein paar bissige Kommilitonen und drei fiese Professoren ganz gut«, sagte Joséphine.

»Wozu haben sie dich denn befragt?«, wollte Ida wissen und setzte sich zu ihrer Tochter.

»Zur Anatomie«, sagte Joséphine. »Wusstet ihr, dass die Lunge von einem flüssigkeitsgefüllten Spaltraum umgeben ist?«

Ida und Trystan sahen sie etwas ratlos an.

Sie musste lachen. »In Ordnung, keine medizinischen Details.«

Dann wurde sie wieder ernst. »Es gibt da sowieso noch etwas anderes, das ich mit euch beiden besprechen wollte, jetzt, da ich euch schon mal beisammenhabe. Eigentlich hätte ich Papa ja gerne auch bei dem Gespräch dabei, aber bis der heute Abend von den Organisationsgesprächen an der Uni zurückkehrt, wird es vermutlich noch etwas dauern.«

»Das klingt aber ernst«, sagte Ida sofort besorgt. »Ist etwas passiert?«

»Nein«, versicherte Joséphine rasch. »Es geht um die Großeltern. Oma hat mir erzählt, dass sie schlimmes Heimweh hat.«

»Ja«, seufzte Ida. »Es wäre so schön, wenn sie bleiben würden. Zumal wir ihre Hilfe wirklich dringend gebrauchen könnten.«

Sie sah sich im voll besetzten Café um, wo schon die ersten Gäste ungeduldig wurden, weil Ida am Tisch saß, statt sie zu bedienen, und die Schlangen an der Theke immer länger wurden.

»In der Backstube brauchen wir auch dringend Unterstützung«, ließ Trystan sich vernehmen. »Einen erfahrenen Konditor wie Franz an unserer Seite zu haben wäre ganz und gar großartig.«

»Oma fürchtet, dass wir da bei ihm auf Granit beißen«, berichtete Joséphine. »Und er hat auch selbst gesagt, dass er nicht zurückwill. Er verzeiht es den Franzosen einfach nicht, dass die ihn ausgewiesen haben.«

»Sosehr ich meinen Vater liebe, manchmal ist er mit all seinem sturen Stolz einfach albern. Und wir alle müssen darunter leiden – er selbst am meisten«, sagte Ida, die sich schon wieder halb erhob. »Entschuldige, Liebes, ich muss weitermachen. Lass uns heute Abend darüber sprechen.«

Joséphine nickte. »Natürlich.«

Dann sah sie ihren Mann bittend an. »Vielleicht kannst du auch noch mal mit ihm reden. Je mehr Menschen ihm sagen, wie dringend wir ihn hier brauchen, desto größer ist die Chance, ihn zur Rückkehr zu bewegen.«

Trystan gab ihr einen Kuss. »Ich will gerne mein Bestes versuchen.«

*

Den Nachmittag über hatte Marcel geschlafen, da er ja kurz nach Mitternacht wieder in der Backstube würde stehen müssen. Ungeduldig wartete Ruth vor seinem Zimmer auf ihren Cousin und war froh, als es hinter der Tür zu rumoren begann.

Schließlich kam er heraus. Ausgeschlafen, gerade noch neunundzwanzig Jahre jung und äußerst gut aussehend.

»Ruth, was kann ich für dich tun?«, fragte er, offenbar etwas konsterniert darüber, dass sie ihn hier vor seinem Schlafzimmer abfing.

»Man kommt in der ganzen Hektik ja gar nicht zum Reden. Aber bevor du dich wieder an die Arbeit machst, wollte ich …«

»Ja?«

»Ich habe heute Nachmittag mitbekommen, dass Anne gern in dieses neue Museum möchte«, stieß sie dann hervor. »Und ich wollte dich fragen, ob du es vielleicht übermorgen mit ihr und mir besichtigen magst. Ich wollte es mir nämlich auch ansehen.«

»Das … natürlich … gern …«, stammelte er überrascht. »Es würde mich kolossal freuen, das mit euch beiden zu besichtigen. Dann muss ich mich aber in Schale werfen.«

Er deutete grinsend auf seine Bäckerkleidung.

»Du sahst an der Silberhochzeit doch richtig schnittig aus«, sagte sie. Es fiel ihr nicht leicht, einem Mann so ein Kompliment zu machen, und es mochte auch ungewöhnlich sein. Doch sie wollte sich ja endlich um mehr Offenheit bemühen und aus ihrem Herzen keine Mördergrube mehr machen. »Eigentlich siehst du immer gut aus. Morgens um vier, verschlafen in der Backstube, ebenso wie in deinem schicken Anzug.«

Donnerwetter, dachte Marcel. Ruth verstand es, charmante Komplimente zu machen.

»Ich fange jetzt besser gar nicht erst an, dir zu sagen, bei welchen Gelegenheiten ich dich gut aussehend finde«, entgegnete er und musterte sie sehnsüchtig. »Sonst würde ich heute nicht mehr zum Backen kommen.«

Sein bewundernder Blick auf ihrem Körper war derart aufregend für Ruth, dass sie das Gefühl hatte, keine Luft mehr zu bekommen.

»Dann ist es also abgemacht?«, fragte sie mit belegter Stimme. »Wir gehen mit Anne ins Museum?«

»Nichts lieber als das«, sagte er heiser.

33

Joséphine lief bei strömendem Regen in Richtung Universität. Sie war tatsächlich zu einer Nachprüfung eingeladen worden. Die erste Hürde war also genommen, und sie wollte sich vor den Gesprächen noch vorbereiten. Mit einem Regenschirm und ihren medizinischen Fachbüchern kam sie unterwegs an der Patisserie Goldschmidt vorbei. Sie beschloss, sich dort rasch ein Vesper zusammenstellen zu lassen, denn die Befragungen konnten bis in den Abend dauern.

Hinter der Theke der Feinbäckerei stand die hübsche Véronique, der sie ihre Bitte vortrug und die sofort begann, ein paar leckere Stückchen auszusuchen.

»Heute ist ja ausnahmsweise nicht so viel los, oder?«, erkundigte sich Joséphine.

»Ja«, bestätigte Véronique. »Das muss am schlechten Wetter liegen, der Mai gebärdet sich bisher eher wie der April.«

In diesem Augenblick betrat doch ein Kunde das Geschäft.

»Herr Clasbrummel«, erkannte Joséphine den jungen Theaterschauspieler, der einst sein Gedächtnis verloren hatte.

»Ich wollte mir nur rasch eine Brezel holen und die hier für Sie abgeben«, sagte er und zückte vier Eintrittskarten für *Der Geizige*. »Dass ich Sie nun persönlich treffe, ist natürlich umso schöner.«

»Jetzt weiß ich, woher ich Sie kenne!«, mischte sich Véronique ein. »Ich habe Sie im Februar auf der Bühne gesehen. Sie waren einer der Ärzte im *Eingebildeten Kranken.*«

Det Clasbrummel war sichtlich angetan von der schönen Backwarenverkäuferin. Joséphine musste schmunzeln: Sehr viele männliche Kunden reagierten ähnlich auf Mademoiselle Favreau.

»Hat es Ihnen gefallen?«, erkundigte er sich.

»Ja, ehrlich. Sie waren so überzeugend!«, begeisterte sich Véronique, und es klang aufrichtig.

»Das freut mich«, entgegnete Det.

»Stehen Sie gerade wieder in einem Stück auf der Bühne?«, fragte sie ihn.

»Wir proben gerade noch«, erklärte er. »*Der Geizige* von Molière. Diesmal gebe ich den jungen Liebhaber.«

»Da wäre ich gern einmal dabei«, schwärmte Véronique. »In der Schule habe ich sogar selbst einmal Theater gespielt.«

»Dann kommen Sie doch zu unserer Probe«, schlug Clasbrummel vor.

In diesem Moment sah Joséphine ihre Cousine Ruth aus dem Treppenhaus kommen und mit Regenschirm auf die Straße treten.

»Entschuldigt mich kurz!«, sagte sie zur Verkäuferin und dem Theatermimen, um dann ihre Cousine vor dem Laden abzufangen. Diese hatte sich in der Hektik den Mantel nur über den Arm geworfen, sodass man nun ihre übrige geschmackvolle Kleidung sehen konnte. Sie trug ein cremefarbenes Kleid mit modernen seitlichen Tütentaschen, das am Rocksaum mit Volants besetzt war. Die Haare waren zu einem weichen Knoten aufgesteckt – nicht ganz so elegant wie am Abend der Eröffnung, aber immer noch atemberaubend schön, wie Joséphine fand.

»Ruth, du siehst ja bezaubernd aus«, stellte sie fest. »Was hast du denn bei dem Wetter vor?«

»Ich gehe mit Anne und Marcel ins Museum, wollte sie gerade abholen«, erklärte Ruth nervös.

»Das ist ja schön«, freute sich Joséphine.

»Schön, aber auch nervenaufreibend«, meinte Ruth. »Wenn es überhaupt möglich ist, dann bin ich heute noch nervöser als bei der Silberhochzeit.«

Joséphine sah sie bewundernd an. »Deswegen hast du offensichtlich so große Sorgfalt auf dein Aussehen gelegt – mit Erfolg!«

»Ich hätte viel lieber das Sommerkleid getragen, das wir gleich nach dem Krieg gekauft haben.«

»Ah, die Tunika mit der Weißstickerei«, erinnerte sich Joséphine.

»Genau, ich dachte, die würde Marcel sicher gut gefallen. Aber für die ist es heute leider wirklich zu kalt. Verzeih mir, ich muss los.«

»Ich muss auch zu meiner Nachprüfung«, erklärte Joséphine. »Heute Abend erzählen wir uns, wie erfolgreich wir waren. Abgemacht?«

»Abgemacht«, sagte Ruth. »Und viel Glück.«

Als Ruth kurz darauf im Café Picard, vormals Tritschler, angekommen war, lief Anne ihr schon aufgeregt entgegen. »Ruth! Ruth! Wir machen einen Ausflug!« Dann bemerkte die Kleine, dass die Cousine ihres Vaters sich fein gemacht hatte.

»Du siehst wunderschön aus«, rief sie. »Du siehst eigentlich immer schön aus.«

»Danke, meine Süße«, erwiderte Ruth. »Und du wirst auch jeden Tag hübscher.«

»Ich kann meiner Tochter nur recht geben«, sagte Marcel leise an ihrem Ohr, während er ihr den Mantel, den sie bisher über dem Arm getragen hatte, abnahm, um ihr hineinzuhelfen. »Du siehst bezaubernd aus.«

Seine Finger berührten dabei ihren Nacken. Sie erschauderte.

»Bist du fertig angezogen, Tante Ruth?«, fragte Anne ungeduldig. »Können wir jetzt gehen?«

»Ja«, lachte sie, dankbar für die Anwesenheit der Kleinen, die sie etwas aus ihrer Unsicherheit holte. »Jetzt bin ich angezogen, und wir können gehen.«

Anne lief zwischen ihnen, hatte jeden von ihnen an einer Hand genommen. Als wären wir eine Familie und Anne unser Kind, schoss es Ruth durch den Kopf, doch sie verbot sich den Gedanken sofort wieder. Marcel war offenbar ebenso befangen wie sie, warf ihr nur immer wieder verstohlene Blicke zu und lächelte ertappt, wenn sie im selben Moment zu ihm hinübersah, doch Anne rettete die Situation. »Weißt du noch, Papa, als wir die Ruth damals am Fluss getroffen haben?«

»Wie könnte ich das vergessen?« Wieder sah er sie über Annes Kopf hinweg an und lächelte zärtlich.

»Da haben wir doch ein Hut, ein Stock, ein Regenschirm gespielt.«

»Haben wir«, bestätigte Marcel.

»Dann können wir das jetzt doch auch machen? Das ist doch zu dritt viel lustiger. Kannst du ein Hut, ein Stock, ein Regenschirm?«, fragte sie ihre Tante. »Das ist ein deutsches Spiel.«

»Natürlich kenne ich es«, lächelte Ruth. »Das habe ich als Kind mit deiner Tante Joséphine ganz oft gespielt.«

»Au fein!«, rief Anne. »Dann los.«

»Wir müssen aber flüstern«, erinnerte Marcel. »Wir sollen doch nicht deutsch reden.«

Der Regen hatte inzwischen aufgehört, und die Sonne kämpfte sich durch die Wolken. Ruth, Anne und Marcel marschierten kichernd und flüsternd über den noch regennassen Place de la République: »Ein Hut, ein Stock, ein Regenschirm.« Die verwunderten Blicke der Passanten störten sie nicht im Geringsten.

Als sie den Sockel erreicht hatten, auf dem früher das Kaiserdenkmal gestanden hatte, hielt Marcel in der Bewegung inne. Bilder stiegen ihn ihm auf, Bilder von vor einem halben Jahr, als die Menschen den alten Wilhelm vom Sockel geholt hatten. Er war gerade aus dem Krieg heimgekommen und hatte noch nicht gewusst, was ihn zu Hause erwarten würde. Dass Odette tot war und er Witwer …

Plötzlich musste er hart schlucken. Damals hatte er auch noch nicht gewusst, dass es Paul gewesen war, der Ruth und ihn am Tag des Kriegsausbruchs mit seinen Lügen auseinandergebracht hatte. Und doch – wie hatte sein treuer Freund aus Kriegstagen zu ihm gesagt: Wäre Pauls Lüge nicht gewesen, hätte Marcel Odette niemals geheiratet und niemals die große Liebe erleben dürfen, die sie ihm geschenkt hatte. Vor allem aber würde es dann dieses wunderbare kleine Mädchen nicht geben. Und Ruth … Ja, wer konnte das wissen? Vielleicht waren ihre Gefühle füreinander stark genug, all das zu überstehen. Wegen Odette musste er kein schlechtes Gewissen haben. Er wusste, dass sie ihm alles Glück der Erde gönnen würde.

Konnte ein Mensch derart von Fortuna begünstigt sein, dass er zweimal in seinem Leben eine große Liebe fand?

»Papa, warum steht da ein Flugzeug?«, rief Anne und riss ihn aus seinen Gedanken. Auf dem verwaisten Sockel des Kaiserdenkmals prangte nun ein deutsches Jagdflugzeug.

»Das ist noch aus dem Krieg«, erklärte Ruth. »Die Franzosen wollen damit allen zeigen, dass sie gewonnen haben.«

»Aber warum stellen sie dann ein Flugzeug hin?«, fragte das kleine Mädchen.

»Weil es mal den Deutschen gehört hat.«

»Dann haben sie es ihnen weggenommen?«, wollte Anne wissen.

»Ja«, erwiderte Ruth. »So könnte man das sagen.«

»Aber man darf anderen Menschen nichts wegnehmen«, rief Anne empört.

»Da hast du wohl recht«, sagte Ruth ernst. »Man darf anderen Menschen nichts wegnehmen. Und trotzdem nehmen sich die Menschen ständig was weg. Deshalb gibt es Kriege.«

»Gibt es dann jetzt auch wieder Krieg, weil die Franzosen den Deutschen das Flugzeug weggenommen haben?«, flüsterte die Kleine besorgt.

»Aber nein, mein Liebes«, sagte Ruth rasch. »Sie haben sich ja schon vorher die ganze Zeit gestritten. Die Franzosen haben gesagt, die Stadt, in der wir leben, gehört ihnen, die Deutschen haben gesagt: Nein, Straßburg gehört uns. Und weil die Franzosen gewonnen haben, sind wir jetzt französisch – obwohl wir vorher deutsch waren.«

Der ernsten Miene der Kleinen merkte sie an, dass das Thema zu verwirrend war – es war ja auch wirklich kaum zu verstehen –, deshalb betonte sie: »Aber es ist ganz egal, ob wir deutsch sind oder französisch: Wichtig ist nur, dass wir uns lieb haben und lieb zu anderen Menschen sind.«

»Ja«, sagte die kleine Anne ernst. »Ich hab dich lieb, Tante Ruth.«

»Ich hab dich auch lieb, kleine Anne«, erwiderte Ruth gerührt. Sie beugte sich zu dem kleinen Mädchen hinunter und gab ihm einen Kuss auf die Wange.

Anne umarmte sie und drückte sie ganz fest.

Marcel hatte die Szene still beobachtet und dem Gespräch zwischen den beiden gelauscht. Wie wunderbar Ruth war! Wie großartig sie mit Anne umging!

Als seine grazile Cousine sich wieder aufrichtete, sah er ihr direkt in die Augen. Sein Blick sagte: »Und ich hab dich auch lieb«, doch es auszusprechen wäre wohl zu früh gewesen. Erst wollte er von ihr hören, was aus diesem Stéphane geworden war, der angeblich mit ihr verlobt gewesen war.

Auf dem weiteren Weg zum Museum unterhielten sich Ruth und Marcel leise.

»Ich freue mich sehr, dass ich das Musée Historique nun endlich besuchen darf«, sagte Marcel. »Und noch dazu mit euch zwei Hübschen. Was könnte es Schöneres geben?«

»Ja«, bestätigte sie glücklich. »Was könnte es Schöneres geben.«

In der Tat hatte die geschichtsinteressierte Ruth schon Anfang des Jahres dorthin gehen wollen, als die Ausstellung Strasbourg historique eröffnet worden war, ihr Vorhaben war jedoch von der vielen Arbeit in der Patisserie verhindert worden.

»Großvater hat dem Museum noch seine historische Fahne gespendet, die er all die Jahrzehnte über unter dem Schrank versteckt hatte. Am Abend bevor die Franzosen kamen, musste ich sie rausholen, säubern und flicken«, sagte sie und lächelte bei der Erinnerung. Ein halbes Jahr war das erst her, und doch schon ein ganzes Leben entfernt.

Marcel nickte. »Es ist wirklich beeindruckend, dass so viele Straßburger persönliche Erinnerungsstücke gespendet haben.« Dann sah er Ruth fragend an. »Vermisst du Großvater sehr?«

»Ja, er war schon eine wichtige Bezugsperson für mich, aber eigentlich bin ich ihm erst so richtig nahegekommen, als mein Vater gefallen ist. Davor war er mir nie so nah wie Ida oder Joséphine …«

Er nickte. »Oder wie ich«, sagte er halb im Scherz.

»Oder wie du.« Sie lächelte. »Vor allem du.«

Er sah ihr zärtlich in die Augen, und Ruth verspürte den unwiderstehlichen Drang, diesen schönen Mann endlich zu küssen.

Doch da ertönte Annes helles Stimmchen direkt neben ihnen. »Wann kommt ihr denn endlich?«, fragte die Kleine ungeduldig.

Mit einem leisen Seufzen wandte sich Marcel seiner Tochter zu. »Wir sind sofort bei dir, Liebes«, sagte er.

Wenig später standen sie im Museum vor dem Gemälde eines weißbärtigen alten Mannes.

»Ist das der St. Nikolaus?«, fragte Anne ehrfürchtig.

»Nein, das ist Otto Back, der war mal Bürgermeister von Straßburg«, klärte Ruth sie auf.

»Und bis zu seinem Tod vor zwei Jahren war er der Landtagspräsident von Elsaß-Lothringen.«

»Der sieht aber wirklich ganz schön alt aus«, resümierte Anne nun, woraufhin Ruth und Marcel lachen mussten.

»Alt wird man von ganz alleine und schneller, als man denkt«, sagte er schließlich. »Ich muss es wissen, ich werde am nächsten Montag schon dreißig. Dann ist Schluss mit lustig.«

Ruth erschrak. Wie hatte sie nur vergessen können, dass am Montag der 19. Mai war – und damit Marcels Geburtstag. Seit ihrer Kindheit hatte sie immer daran gedacht. Nur hatte es in den letzten vier Jahren keine Möglichkeit mehr gegeben, seinen Ehrentag zu feiern.

»Warum ist mit dreißig Schluss mit lustig?«, hakte Anne nach.

»Na ja, mit dreißig erwarten die Menschen, dass man vernünftig wird – und nicht mehr spielt«, erläuterte Marcel. »Deshalb hat einer von unseren Aufsehern im Lager, der kam aus England, immer gesagt: Ab dreißig gehen die Worte happy und birthday getrennte Wege.«

Ruth kicherte, aber Anne vergewisserte sich bestürzt: »Man darf nicht mehr spielen?« Sie überlegte kurz und wartete sogleich mit einem Lösungsvorschlag auf: »Dann sagen wir einfach niemandem, dass du schon so alt bist, Papa. Dann kannst du weiterspielen. Ich glaube, ich möchte, wenn ich groß bin, lieber nie dreißig werden. Ich spiel einfach weiter, dann ist nie Schluss mit lustig.«

»Das ist eine gute Idee«, lachte Ruth. »Ich glaube, das mache ich genauso, Anne.«

Und sie dachte: Ich muss ein Geschenk besorgen. Etwas Besonderes. Etwas, das zu ihm passt. Doch was könnte das sein?

34

Als Ruth und Marcel mit der kleinen Anne aus dem Museum zurück waren und die Wohnung betraten, kam ihnen aufgeregt Joséphine entgegen.

»Hattet ihr einen schönen Nachmittag?«, fragte sie, obwohl die drei fröhlichen Gesichter eigentlich Antwort genug waren.

»Das Museum ist ganz arg schön«, wusste Marcels Tochter zu berichten.

»Und wie lief es bei dir?«, fragte Ruth, doch auch sie ahnte anhand Joséphines geröteten Wangen und ihrer etwas angeheitert klingenden Stimme die Antwort bereits. Die Cousine nickte strahlend, und Ruth fiel ihr mit einem Kreischen um den Hals.

»Du hast bestanden!«, jubelte sie.

»Ja, bestanden«, bestätigte Joséphine, die sich als Nächstes von ihrem Bruder drücken ließ.

»Bin stolz auf dich, Josi«, raunte er ihr dabei zu. »Frau Doktor Bouvier.«

»Was hast du bestanden?«, verlangte Anne zu wissen.

»Ein Professor hat heute zu mir gesagt, dass ich irgendwann ein Doktor werden darf«, erklärte Joséphine.

»Ich war auch schon Doktor«, verriet das Kind seiner Tante. »Da hatte meine Maria-Puppe Bauchweh.«

»Wann ist denn Vorlesungsbeginn?«, erkundigte sich Marcel.

Joséphine seufzte schulterzuckend. »So genau weiß das noch keiner. Die französischen Behörden haben ja gleich im Dezember den Universitätsbetrieb verboten. Papa hat erzählt, dass damals fast zweitausend deutsche Mitarbeiter und Professoren gehen mussten.«

»Ja, das war ziemlich gemein«, fand Ruth.

»Wann es mit dem französischen Vorlesungsbetrieb losgehen kann, wissen nicht mal die Professoren, die uns geprüft haben«, berichtete ihre Cousine. »Sie hoffen auf Oktober. Aber Papa meint, einige in der Aufbaukommission wollen, dass der Staatsminister zur Eröffnung kommt. Poincaré hat natürlich einen vollen Terminkalender, da könnte es noch später werden. Der netteste von den Professoren hat aber angekündigt, dass wir uns vielleicht auch vor dem offiziellen Beginn schon in Arbeitsgruppen treffen werden. Er mag meine hilfsbereite und pflichtbewusste Einstellung, hat er mir nach meiner Motivationsrede gesagt.«

»Wie wunderbar! Weiß dein Trystan schon Bescheid?«, fragte Ruth.

»Ja, ich habe mit ihm und Maman schon darauf angestoßen«, gestand Joséphine. »Und wir haben einen Plan gefasst, um meinen anderen großen Wunsch auch zu erfüllen.«

»Und der wäre?«, fragte Marcel neugierig.

Joséphine sah zögernd zu dessen Töchterchen und wandte sich dann an sie: »Anne, Liebes, geh doch mal zur Oma Ida in die Bäckerei hinunter und schau nach, ob die Kunden einen leckeren Kuchen für dich übrig gelassen haben.«

»Au ja!«, rief das Mädchen, klatschte begeistert in die Hände und hüpfte vergnügt die Treppe hinunter ins Café.

»Und? Was ist nun der andere große Wunsch?«, fragte Ruth neugierig.

»Ich möchte unbedingt, dass die Großeltern dauerhaft bei uns bleiben«, stieß Joséphine hervor.

»Das wünschen wir uns alle sehr«, sagte Marcel. »Aber wenn ich es richtig verstanden habe, dann will Großvater auf keinen Fall zurück.«

»Will er auch nicht«, seufzte Joséphine. »Aber Großmutter schon. Und durch unsere Idee könnten wir Großvater vielleicht dazu überreden, doch wiederzukommen.«

»Das wäre ja wunderbar«, rief Ruth. »Erzähl schon!«

»Wir müssen ihm klarmachen, dass es hier ohne ihn nicht geht«, fuhr Joséphine fort. »Er muss das Gefühl haben, ganz dringend von uns gebraucht zu werden. Aber es nützt nichts, wenn wir ihm das sagen, er muss es wie zufällig mitkriegen und das Gefühl bekommen, von selbst auf die Idee gekommen zu sein hierzubleiben.«

Marcel nickte verstehend. »Und nun sollen Ruth und ich …«, begann er.

»Am besten Ruth, Trystan und du«, unterbrach ihn Joséphine. »Gleich beim Abendessen.«

»Na, du willst es aber wissen«, schmunzelte Marcel.

»Allzu viel Zeit bleibt uns ja auch nicht mehr«, erklärte Joséphine ihre Eile. »Die Großeltern wollen Straßburg am Dienstag wieder verlassen, sobald sie dir zum Geburtstag gratuliert haben.«

»Dann versuchen wir es«, willigte Marcel ein. »Ich hoffe, ich muss nicht lachen.«

»Ich hätte auch nichts dagegen gehabt, vorher noch ein bisschen Schauspielunterricht bei Det Clasbrummel zu nehmen«, gestand Joséphine. »Aber so klappt es bestimmt auch. Ich hole eben Trystan, dann können wir uns ganz genau überlegen, wie wir es angehen wollen.«

Eine Stunde später hatte sich die Familie in der Stube zum Abendessen versammelt. Wie immer gab es eine zünftige Brotzeit, und obgleich Hausdiener Castanet heute seinen freien Tag hatte, war alles aufwendig gedeckt und vorbereitet: Ida genoss es, einmal in der Woche das Nachtmahl für ihre Großfamilie zuzubereiten, und dieses Mal hatte Elise ihr geholfen.

Als sich alle bedient hatten und gerade mit dem Essen beginnen wollten, gähnte Ruth laut und vernehmlich.

»Entschuldigt«, tat sie dann ganz verlegen. »Ich bin so unendlich erschöpft, ich kann einfach nicht mehr.«

»Aber was ist denn los?«, fragte die ebenfalls eingeweihte Ida gespielt besorgt. »Du bist auch ganz blass um die Nase. Du wirst uns doch nicht krank werden vor lauter Müdigkeit und Arbeit?«

»Ach«, seufzte Ruth, »ich will euch ja nicht mit meinen Sorgen belasten, und ihr arbeitet ja alle so viel …«

»Raus mit der Sprache, dafür ist Familie da!«, mischte sich nun polternd Franz ins Gespräch.

Ein feines Lächeln huschte über Joséphines Gesicht. Hatte ihr Großvater also schon angebissen!

»Ich weiß einfach nicht, wie du das gemacht hast, Franz«, fuhr Ruth nun an ihn gewandt fort. »Immer dieses frühe Aufstehen seit so vielen Jahren. Die Schufterei in der Backstube. Mich bringt das an den Rand meiner Kräfte.«

»Das ist doch verständlich«, mischte sich nun auch Lucien, der von Ida über den Plan in Kenntnis gesetzt worden war, ein. »Schließlich lastet auf deinen Schultern ungemein viel Verantwortung. Früher haben ja wenigstens noch Joséphine und ich im Café mit angepackt. Aber nun wird sie bald in Studienvorbereitungskursen stecken – und ich selbst bin eingespannt im Planungskomitee für die große Neueröffnungszeremonie der Universität im Herbst. Jetzt stehst du ab vier Uhr morgens in der Backstube und musst direkt anschließend noch ins Café für mindestens eine Schicht.«

Ruth nickte und seufzte. »Was sollen wir tun? Seit dem Krieg gibt es zu wenig Männer. Vor allem zu wenig Männer, die backen können.«

Trystan nickte stirnrunzelnd. »Deshalb können wir in der Backstube auch nicht auf dich verzichten. Um zwei Cafés zu beliefern, sind wir mindestens einer zu wenig. Und Marcel und ich backen ja tagsüber weiter, wenn du im Café bist. Wir können dich also auch nicht entlasten. Ich muss gestehen, auch mir geht das über meine Kräfte.«

»Mir auch«, gab Marcel zu. »Ich wollte es euch ja nicht sagen, aber wenn wir schon so offen miteinander sprechen …«

»Ich könnte ja helfen …«, piepste die kleine Anne. »Ich kann feine Sachen backen. Und ich könnte den Leuten auch ihre Kuchen bringen.«

»Das ist eine wunderbare Idee, mein Engel«, sagte Marcel und gab seinem Töchterlein einen Kuss. »Vielleicht magst du gleich morgen mit mir einen Kougelhopf backen? Und wenn du den Gästen Kuchen bringst, freuen sie sich bestimmt ganz besonders.«

»Au ja«, rief die Kleine begeistert. »Bist du dann nicht mehr so schrecklich müde, liebe Ruth?«

»Nein, Liebes«, sagte die und strich der Kleinen zärtlich über die Wange. »Dann geht es mir bestimmt besser.«

Joséphine, die stille Beobachterin, war begeistert. Alle spielten ihre Rolle perfekt, und sogar die kleine Anne hatte unwissentlich beigetragen. Herr Clasbrummel wäre stolz auf das kleine »Schauspielensemble« gewesen. Ein verstohlener Blick ins Gesicht ihres Großvaters verriet Joséphine, dass die Rechnung voll aufging. Der alte Tritschler mampfte schweigend sein Butterbrot mit Salz, das er seit Jahr und Tag zu jedem Abendmahl verspeiste, doch an der Geschwindigkeit des Kauens und den leicht zusammengekniffenen Augen bemerkte Joséphine, wie es in ihm arbeitete.

Sie ließ ihren Blick weiterschweifen und sah direkt in die klugen und warmen Augen ihrer Großmutter Elise, die wieder einmal genau zu wissen schien, was in ihr vorging. Ich durchschaue das Spiel, das ihr mit meinem Franz spielt. Ich mache mit, teilte sie ihr stumm mit.

»Aber das ist ja ganz entsetzlich«, rief Elise im nächsten Moment theatralisch über den Tisch. »Wenn wir euch doch nur helfen könnten!«

»Ach, Maman, das wäre so wunderbar. Wenn du da wärst. Wenn du nur bei uns wärst. Ich muss nämlich ganz offen sagen, dass auch ich am Ende meiner Kräfte bin«, ließ sich Ida vernehmen.

»Ich habe schon ein ganz schlechtes Gewissen!«, mischte sich nun auch Joséphine ins Gespräch. »Ich bereite selbstsüchtig ein Medizinstudium vor, während ihr jeden Tag hier schuftet. Vielleicht sollte ich den Studienplatz absagen und euch hier beistehen. Familie geht schließlich vor.«

»Auf keinen Fall!«, wehrte Trystan ab. »Liebling, deine Opferbereitschaft in allen Ehren, aber Medizin zu studieren war immer dein Traum. Es ist wichtig, was du tust. Du kannst damit Menschenleben retten. Es darf doch niemand sterben, nur weil wir hier unterbesetzt sind.« Joséphine konnte mit Mühe einen Lacher unterdrücken. Nun übertrieb ihr Liebster aber!

»Nein, das erlaube ich nicht«, sagte nun auch Lucien. »Eher pfeife ich auf meine Rolle bei der großen Eröffnungsfeier im Herbst, gebe meinen neuen Lehrstuhl auf und stelle mich höchstpersönlich in die Backstube.«

»Du?«, fiel Ida kurz aus der Rolle. »Du kannst doch gar nicht backen.«

»Ich kann alles lernen«, gab sich Lucien überzeugt.

In diesem Moment erhob sich Franz Tritschler von seinem Platz. Auf dem Teller vor ihm lag sein nur halb gegessenes Brot. Erstaunt blickte Joséphine darauf. Ihr Großvater war noch nie aufgestanden, bevor er aufgegessen hatte, und hatte dies stets auch allen anderen untersagt. Dann verließ er ohne ein Wort erhobenen Hauptes die Stube.

Die Zurückbleibenden sahen sich betroffen an. Waren sie zu weit gegangen?

»Soll ich ihm hinterher?«, fragte Ida besorgt, als Franz nach zehn Minuten immer noch nicht an den Tisch zurückgekehrt war.

Elise schüttelte den Kopf. »Das würde nichts bringen. Wenn Franz einfach aufsteht, um zu gehen, und sich selbst nicht an all das hält, was er euch immer beigebracht hat, dann muss man ihn lassen.«

»Hast du das schon mal erlebt?«, fragte Ida erstaunt, die sich an ein derartiges Verhalten ihres Vaters nicht erinnern konnte.

»Zwei-, dreimal«, gab Elise zögerlich zu, und an der abweisenden Miene ihrer Mutter erkannte Ida, dass sie besser nicht weiterfragen sollte.

»Ännchen, wenn du möchtest, darfst du noch etwas spielen gehen«, sagte Marcel zu seiner Tochter. »Das Abendessen ist ja offenbar beendet.«

»Fein! Dann backe ich mit der Riesen-Maria was«, rief Anne und hüpfte davon.

»Wie war es denn nun im Museum?«, flüsterte Joséphine in diesem von Marcel unbeobachteten Moment ihrer Cousine zu.

»Schön, aber ich konnte vor Anne nicht mit ihm über Pauls Intrige sprechen, das klappt vielleicht nachher in der Backstube«, raunte Ruth.

Nachdem nun nur noch »Eingeweihte« am Tisch saßen, konnten sie offen über Franz sprechen.

»Wir haben ihn ganz schön in die Enge getrieben«, warf sich Ida vor.

»Eigentlich nicht«, ließ sich Trystan stirnrunzelnd vernehmen. »Keiner von uns hat ihn direkt angesprochen. Wir haben nur geschildert, wie es uns geht.«

»Aber warum ist er dann rausgegangen?«

»Vielleicht hat er ein schlechtes Gewissen?«, mutmaßte Ruth.

»Er wird es mir später sicher erzählen«, sagte Elise. »Wir müssen ihm ein bisschen Zeit geben.«

»Dann räumen wir mal ab.« Joséphine machte sich daran, die Teller zusammenzustellen.

»Und wir gehen runter in die Backstube, alles für morgen früh vorbereiten«, schlug Ruth Marcel vor.

Er nickte.

Trystan nahm hastig noch einen Schluck Tee. »Ich komme gleich nach.«

»Ich bräuchte deine Hilfe noch ausgesprochen dringend und in der Küche«, widersprach Joséphine, nachdem sie einen bittenden Blick Ruths aufgefangen hatte. Die Botschaft war klar: Ihre Cousine wollte endlich mit Marcel allein sein.

»Wir könnten dann auch Anne ins Bett bringen«, versicherte sie rasch und stieß ihren Mann unter dem Tisch gegen das Schienbein.

»He, warum trittst du mich?«, fragte er begriffsstutzig, und erst als seine Frau ihm einen warnenden Blick zuwarf, verstand er. »Ach so, ja, ja, natürlich. Marcel und Ruth kriegen das in der Backstube ja bestimmt ohne mich hin.«

»Natürlich«, bestätigte Ruth hastig und nickte Joséphine dankbar zu.

Als sie mit Marcel auf dem Weg nach unten war, sagte sie: »Ich habe vor seiner Abreise noch mit Paul gesprochen …«

Doch weiter kam sie nicht.

»Da ist jemand.« Marcel deutete auf den Lichtschein, der aus der Backstube drang.

Ruth runzelte die Stirn. »Wer kann das sein?«

»Ich habe da so eine Vermutung«, verkündete Marcel und stieß die Tür auf. Im Backraum stand Franz Tritschler, der sich in gewohnter Konzentration Arbeitsgeräte und Zutaten zurechtlegte. Und vor ihm auf dem Tisch hockte die kleine Anne mit ihrer großen, hässlichen Puppe und plapperte vergnügt vor sich hin.

»Ännchen, was machst du denn hier?«, fragte Ruth erstaunt.

Wie ertappt wandten sich Franz und seine Urenkelin zu ihnen um. »Ich hab euch doch versprochen, dass die Riesen-Maria und ich euch helfen, weil ihr so müde seid«, sagte die kleine Anne. »Und der Opa Franz will das auch machen.«

»Ja«, sagte Franz schmunzelnd. »Euer Gespräch vorhin hat mir klargemacht, wie egoistisch ich in meinem gekränkten Stolz war. Ich sitze in Stuttgart und mache mir einen faulen Lenz, während meine Kinder und Kindeskinder gar nicht wissen, wo ihnen der Kopf steht vor lauter Arbeit – und damit zwinge ich euch auch noch, so eine Schmierenkomödie zu spielen.«

Ruth und Marcel starrten ihn mit offenem Mund an.

»Es spricht wohl für die Ehrlichkeit in meiner Familie, dass ihr alle so hundsmiserable Schauspieler seid.«

»Du hast uns durchschaut«, fasste Marcel das Offensichtliche zusammen.

»Das heißt …« Ruth wagte es gar nicht auszusprechen. »Ihr werdet nicht hierbleiben?«

Franz konnte nicht anders, er musste lachen.

»Im Gegenteil, Ruthle«, sagte er. »Das heißt, wir kommen für immer zurück, Elise und ich. Ich vermisse meine Backstube, mein Straßburg und meine Familie ganz entsetzlich. Mache mich ja selbst unglücklich mit meiner Sturheit. Ab sofort stehen wir euch wieder zur Seite wie eh und je. Wir Tritschler-Picards, wir halten zusammen. Und das heißt, wir verhindern das Schlimmste: dass ihr jemals wieder schauspielert.«

Nun mussten auch Ruth und Marcel lachen.

»Die Krönung war die Behauptung, Lucien würde sich freiwillig in eine Backstube stellen«, feixte Franz.

»Da bist du wütend raus«, interpretierte Ruth.

»Nein, da bin ich raus, um endlich in Ruhe lachen zu können«, stellte Franz klar.

»Darf ich jetzt doch nicht backen?«, erkundigte sich Anne, die durch das Gespräch der Erwachsenen verwirrt war.

»Natürlich darfst du backen«, sagte der alte Bäckermeister voller Zuneigung. »Du musst nicht. Aber du darfst. Jederzeit. Wenn du willst, zeige ich dir und deiner Maria alles.«

Ruth lächelte. Die kleine Anne würde die Möglichkeiten bekommen, die man ihr als Kind verweigert hatte. Für sie war die Backstube immer ein verbotener Spielplatz gewesen. Sie hatte nur davon träumen können, dort backen zu dürfen. Ebenso, wie sie mit Marcel davon geträumt hatte, einmal die Patisserien von Paris zu besichtigen. Und plötzlich wusste Ruth, was sie ihrem Cousin zum Geburtstag schenken wollte!

35

»Eine Reise nach Paris?«, wiederholte Joséphine erstaunt.

Spätabends saßen die Cousinen wie früher so oft noch in der Küche beisammen.

»Ja, ich habe doch so viel von Grand-père geerbt«, erklärte Ruth. »Obwohl ich eine Menge in die neue Einrichtung investiert habe, ist noch mehr als genug übrig. Wir warten schon so lange darauf, uns diesen Traum zu erfüllen. Der Krieg, die Pandemie, Odettes Tod, der von Monsieur Rolland – und dann der von Großvater Jacques. Wenn uns all das eines gezeigt hat, dann, dass wir heute leben sollten.«

»Da hast du absolut recht«, stimmte Joséphine zu. »Werdet ihr in Paris bei Großtante Marie wohnen?«

Ruth nickte. »Sie wird sich sehr freuen, glaube ich. Außerdem können wir ja ohnehin nur eine Nacht bleiben, länger sollten wir die Geschäfte sowieso nicht im Stich lassen.«

»Aber es wird genug Zeit sein, dass ihr euch endlich in Ruhe aussprechen könnt«, meinte Joséphine zuversichtlich. »Es sind ja nun genug Leute in beiden Häusern, die sich um Ännchen kümmern können.« Sie nahm Ruths Hand. »Ich wünsche dir, dass alles so klappt, wie du es dir erhoffst. Du hast dir dein Glück redlich verdient.«

*

»Jetzt bin ich dreißig und darf endlich ins Bett«, sagte Marcel gähnend zu seinem Großvater und seinem Schwager, mit denen er um Mitternacht in der Backstube auf seinen Geburtstag angestoßen und dann bis jetzt durchgearbeitet hatte. Ruth hatte sich für diese Nacht entschuldigt, sie müsse dringend etwas vorbereiten und könne deshalb nicht mitbacken. Marcel verabschiedete sich von Franz und Trystan und setzte sich wie häufig bei mildem Wetter vor das geschlossene Café, um noch etwas frische Luft zu schnappen. Der Sommer war nicht mehr weit, immer früher leuchtete die Morgendämmerung in Lila- und Orangetönen.

Er schloss die Augen und atmete tief durch.

»Guten Morgen, Marcel«, hörte er da eine Frauenstimme.

Er sah auf und erblickte die schöne Verkäuferin Véronique.

»Guten Morgen, du bist ja früh dran«, stellte er fest.

»Ich wollte dir erst mal alles Gute zum Geburtstag wünschen«, sagte sie und überreichte ihm ein in Geschenkpapier verpacktes Buch.

»Oh, danke«, sagte er überrascht. »Darf ich es gleich auspacken?«

»Natürlich«, antwortete sie.

Es handelte sich um ein französisches Buch mit Backrezepten aus dem Jahr 1889.

»Aus meinem Geburtsjahr«, stellte er beim ehrfürchtigen Durchblättern fest.

»Ja, Vergangenheit. Ich fand es passend, dir etwas zu schenken, das Vergangenheit und Zukunft symbolisiert«, erklärte ihm Véronique. »Deshalb ist das ein französisches Buch.«

»Weil Französisch die Zukunft ist?«, fragte Marcel lächelnd.

»Genau«, bestätigte Véronique. »Und über die Zukunft wollte ich mit dir so früh wie möglich sprechen. Ich hoffe, ich ruiniere dir nicht deinen Geburtstag, aber ich muss dir sagen, dass meine Zukunft nicht hier ist.«

Marcel sah sie erstaunt an. »Nicht?«

»Ich habe mich verliebt, Marcel«, erklärte sie. »In einen Schauspieler. Joséphines Kriegsbekanntschaft, Det Clasbrummel. Es ging alles furchtbar schnell, und es ist gewiss noch zu frisch, um Prognosen abzugeben. Aber Det und ich sind im siebten Himmel. Und ich weiß jetzt, warum ich alle Arbeitsstellen als Verkäuferin und Bedienung so schnell leid war.«

»Und zwar?«, fragte Marcel neugierig.

»Weil ich heimlich immer von der Bühne geträumt habe. Viele Abende bin ich ganz allein ins Theater gegangen, aber ich habe mich da nie einsam gefühlt«, erklärte Véronique. »Ich will in diese Welt, Marcel. Der Intendant hat mir eine Hospitanz angeboten. Schon ab morgen. Und Det ist ein echter Traummann. Ich bin glücklich.«

Marcel drückte ihre Hand. »Wieso solltest du mir damit den Geburtstag ruinieren?«, fragte er. »Natürlich freue ich mich riesig für dich.«

»Danke«, sagte sie. »Ich dachte, du bist sauer, weil ihr mir doch hier so großzügig sofort eine Chance gegeben habt und ich dann gleich wieder schnöde fortgehe.«

»Dein Bruder hat mir die Freiheit geschenkt, schon vergessen?«, erinnerte er sie. »Claude Favreaus Schwester würde ich tausend Chancen geben. Und was deinen schnöden Weggang betrifft, meine Liebe – den kannst du ganz einfach wiedergutmachen.«

Sie sah ihn argwöhnisch an. »Und wie genau?«

»Du bringst einfach immer alle deine Theaterfreunde mit hierher, wenn die Hunger und Durst haben«, feixte er.

Nun lachte auch Véronique erleichtert auf. »Danke, Marcel«, sagte sie und umarmte ihn freundschaftlich. »Ihr werdet mir fehlen.«

*

»Marcel ist dreißig, und heute Nachmittag fahren wir nach Paris«, freute sich Ruth, die bis spät in die Nacht Koffer gepackt hatte. Für sich – und heimlich auch für ihren Cousin. Und so wie Marcel neulich die gesamte Familie eingeweiht hatte, um Ida und Lucien zu deren Silberhochzeit zu überraschen, so wusste heute der ganze Clan, dass Ruth und ihr Cousin um dreizehn Uhr in den Zug steigen würden. Sogar Ännchen war eingeweiht.

Bevor sich nun aber irgendjemand verplapperte, wollte Ruth Marcel die Fahrkarte bringen, ehe dieser sich nach der Backstubennacht wie gewohnt aufs Ohr hauen würde.

Voller Vorfreude und Abenteuerlust machte sich Ruth auf den Weg zur Patisserie am Münsterplatz. Der Morgen dämmerte bereits, und der Himmel versprach einen schönen Maitag.

Und da sah sie es: Marcel und Véronique saßen in inniger, glücklicher Umarmung vor dem Café.

Der Anblick schlug Ruth sofort auf den Magen, und Tränen schossen ihr in die Augen. Alles wiederholte sich. Immer und immer wieder.

*

Joséphine ging hinunter in die Backstube, um noch ein wenig mit ihrem Trystan zu sprechen, bevor dieser sich hinlegen würde. Als sie ihn erblickte, gähnte er gerade herzhaft. Sie küsste ihn zärtlich. »Wie war es heute?«

»Schön«, sagte er. »Aber so müde war ich noch nie. Wir haben mit deinem Großvater in Marcels Geburtstag hineingefeiert. Und Alkohol tut bei Nachtschicht wohl nicht gut.«

»Dann leg dich doch schnell hin!«, riet ihm Joséphine. »Dir fallen ja gleich die Augen zu, du Armer.«

»Geht nicht«, murmelte er schläfrig. »Muss noch einen Korb Brezeln in die Goldschmidt bringen.«

»Das übernehme ich«, bestimmte seine Frau. »Ich wollte sowieso rüber und Ruth fragen, ob sie Hilfe mit ihrer Überraschung für Marcel braucht.«

Wenig später kam Joséphine mit dem Gebäckkorb in der Patisserie Goldschmidt an. Sie bemerkte an Hausdiener Rollands besorgtem Gesichtsausdruck augenblicklich, dass etwas nicht stimmte.

»Alles in Ordnung, Nicolas?«, erkundigte sie sich.

»Könnten Sie kurz nach Mademoiselle Ruth schauen?«, bat er. »Sie kam vorhin ganz verweint hier herein und hat mich gefragt, ob ich mit ihr nach Paris fahren möchte. Sie hätte noch eine Fahrkarte übrig. Aber ich kann doch hier nicht ohne Vorankündigung einfach schwänzen und meine Tante im Stich lassen.«

Mit einer schlimmen Vorahnung ging Joséphine in den ersten Stock hinauf, wo ihr Ruth mit einem Koffer entgegenkam.

Sie wirkte fahrig und hatte gerötete Augen. »Ah, Fine, wie lieb, dass du mich noch verabschiedest. Ich werde nun doch schon den ersten Zug nehmen.«

»Aber was ist mit Marcel? Der schläft doch bis Mittag«, gab Joséphine zu bedenken. »Und wieso hast du Nicolas gefragt, ob er dich begleitet?«

»Weil Marcel jetzt mit Véronique zusammen ist«, erklärte Ruth mit schwacher Stimme. »Ich habe es gerade mit eigenen Augen gesehen.«

»Was genau hast du gesehen?«, hakte ihre Cousine misstrauisch nach.

»Wie Marcel und diese Schönheit sich vor der Patisserie Picard in den Armen lagen. Ich glaube, so glücklich war er nicht mal mit Odette. Sie sahen beide so aus, als hätten sie genau das bekommen, was sie sich gewünscht haben.«

»Und jetzt willst du allein nach Paris?«, vergewisserte sich Joséphine beunruhigt. In diesem Zustand würde sie die Cousine ungern fahren lassen.

Doch die beharrte: »Hier komme ich nicht drüber hinweg. Ich brauche diese Auszeit.«

»Aber willst du nicht wenigstens noch mit ihm sprechen? Vielleicht war die Umarmung ganz harmlos. Erinnere dich doch an deine mit Nicolas damals«, gab Joséphine zu bedenken.

»Ich glaube nicht, dass Véronique an Frauen interessiert ist«, widersprach Ruth dem Vergleich vehement. »Ich kann unmöglich Marcel zum Geburtstag gratulieren und ihm dann noch Glück mit der Favreau wünschen.«

Joséphine seufzte. »Also gut. Dann werde ich Großtante Marie telegrafieren, dass sie sich gut um dich kümmern soll. Ich kann leider wegen unserer Anatomiearbeitsgruppe nicht mit, aber ich helfe dir mit dem Gepäck.«

»Danke«, sagte Ruth apathisch.

*

Als Marcels Wecker klingelte, war er erstaunlich schnell hellwach. Zu neugierig war er auf Ruths geheimnisvolle Überraschung. Da klopfte es an der Zimmertür. »Ja?«

Der alte Hausdiener Xavier Castanet erschien an der Schlafzimmertür.

»Monsieur Picard, Monsieur Bredeau wartet im Salon auf Sie.«

Erfreut zog Marcel sich an. Dass sein leiblicher Vater an seinen Geburtstag gedacht hatte, rührte ihn. Es war schön, dass er mit dreißig die Gelegenheit bekam, sich mit seiner düsteren Vergangenheit auszusöhnen.

»Mein Junge, alles Gute zum Geburtstag«, rief ihm Friedrich im Salon entgegen und erhob sich aus dem Ohrensessel.

»Bonjour, Vater«, sagte Marcel bewegt, während er ihn in den Arm nahm.

»Ich habe dein Geschenk nicht mehr einpacken können«, sagte Bredow entschuldigend und reichte seinem Sohn eine weiße Kochmütze. An deren unterem Rand war in Rot der Name »Marcel« eingestickt.

»Ist die schön, danke«, sagte er gerührt. Das erste Geburtstagsgeschenk seines leiblichen Vaters!

Doch nun bemerkte er, dass Friedrich traurig wirkte.

»Als ich sie in Auftrag gegeben habe, dachte ich mir, dass du vielleicht ja irgendwann mal bei mir die Küche übernimmst«, sagte er seltsam wehmütig.

»Und jetzt?«, hakte Marcel nach. »Du wirkst besorgt, was ist los?«

»Die Bank hat mir den Kredit über zweitausend Francs nun plötzlich verweigert«, berichtete Friedrich mit belegter Stimme. »Wahrscheinlich wird mir das Restaurant jetzt doch vor der Nase weggeschnappt. Die anderen Käufer scharren ja schon mit den Hufen. Tut mir leid, dass ich dich an deinem Ehrentag damit belasten muss. Aber ich wollte einfach ehrlich zu dir sein.«

»Das tut mir leid, Vater.« Nachdenklich starrte Marcel auf seinen roten Namen auf der Kochmütze. Dann fasste er einen Entschluss.

»Weißt du, was?«, sagte er lächelnd. »Dann leihe ich dir eben das Geld.«

»Was?«, rief sein Vater und sah ihn ungläubig an. »Aber du hast dein Erbe doch für Ännchens Ausbildung zurückgelegt.«

»Ich bekomme es ja wieder«, winkte sein Sohn ab. »Bis dahin ist noch viel Zeit.«

Friedrich Bredow wischte sich die Augen. »So sehr vertraust du deinem räudigen alten Vater?«

»Dir verdanke ich nicht nur dieses Geburtstagsgeschenk hier«, erinnerte ihn Marcel. »Franz hat verkündet, dass er und Elise für immer bei uns bleiben werden.«

»Ich bin sehr gerührt, mein Junge«, behauptete Bredow. »Du rettest meinen Lebenstraum.«

Und dann vergrub er seine Hände im Gesicht. Weinte er?

Hilflos legte Marcel den Arm um seinen Erzeuger. »Ist doch alles gut jetzt, Papa.«

Das Wort war ihm herausgerutscht. Eigentlich hatte es bisher die Unterscheidung gegeben: Lucien war Papa, Friedrich war Vater. Doch an diesem so emotionalen Geburtstag schienen die Grenzen zu verschwimmen.

»Ich musste nur gerade an Natalie denken«, brachte Bredow schließlich hervor. »Wären früher Menschen so nett zu deiner Mutter und mir gewesen wie du heute, es wäre gewiss manches anders gelaufen.«

»Ich werde gleich zur Bank gehen, wenn dort die Mittagspause vorbei ist«, versprach Marcel.

Da kam, ohne anzuklopfen, Joséphine in den Raum gestürzt.

»Marcel, du bist wach«, erkannte sie außer Atem. »Endlich. Ich muss dich dringend sprechen. Unter vier Augen.«

Die Stimme seiner Schwester duldete keinen Widerspruch, daher sagte er zu Friedrich: »Entschuldige mich kurz, Vater.«

Auf dem Flur wandte er sich verständnislos an Joséphine: »Was ist denn los, um Himmels willen?«

»Erst mal alles Gute zum Geburtstag«, haspelte Josephine und fuhr dann fort: »Ruth ist heute Morgen allein nach Paris gefahren«, offenbarte sie ihm nun zu seinem Entsetzen. »Eigentlich hatte sie Fahrkarten für euch beide.«

Das war also ihre Überraschung für ihn gewesen! Eine Reise nach Paris! In jene Stadt, die für Ruth und ihn der Sehnsuchtsort ihrer gemeinsamen Kindheitsträume war. Aber warum in aller Welt war sie nun ohne ihn gefahren?

»Sie hat gesagt, du und Véronique hättet euch vor der Picard in den Armen gelegen«, erklärte seine Schwester, und seine Kehle wurde trocken.

»Das darf nicht wahr sein«, rief er, während er sich die Verabschiedung von der schönen Verkäuferin noch mal ins Gedächtnis zurückrief. Was musste das für ein furchtbar missverständlicher Anblick gewesen sein! »Passiert dieser Mist noch mal, verflucht!«

»Was ist denn nun zwischen dir und Véronique?«, verlangte seine Schwester zu wissen.

»Freundschaft! Gar nichts!«, rief er verzweifelt. »Sie hat gekündigt. Weil sie beim Theater eine Hospitanz macht. Weil sie sich in deinen Schauspieler-Det verliebt hat. Ich habe ihr Glück gewünscht. Das ist alles. Ich liebe Ruth, verdammt.«

Nun waren die Worte endlich ausgesprochen. Sie waren einfach spontan aus seinem tiefsten Inneren hervorgesprudelt. Und sie waren die absolute Wahrheit, wie er nun auch endlich vor sich selbst zugab.

Joséphine war über sein Liebesgeständnis an ihre Cousine und beste Freundin ebenso aufgewühlt wie ihr Adoptivbruder. Und dann fiel ihr etwas ein! Sie kramte eine Fahrkarte aus ihrer Rocktasche.

»Hier«, sagte sie, »die habe ich von drüben mitgenommen. Hatte mit dem Gedanken gespielt, die Anatomiegruppe sausen zu lassen und Ruth doch hinterherzufahren.«

Marcel starrte auf das Billett für die Reise an ihren gemeinsamen Sehnsuchtsort. In einer halben Stunde würde der Zug gehen. Der Zug, den sie eigentlich hätten gemeinsam besteigen sollen. Doch im Salon wartete sein leiblicher Vater darauf, dass er mit ihm zur Bank gehen würde, sobald diese öffnete – mehr als eine Stunde nach Abfahrt des Zuges! Wie sollte er sich nur entscheiden?

36

Frühling in Paris! Legendär! Tatsächlich schien die Anzahl der glücklichen Pärchen in der Stadt der Liebe an diesem lauen Maiabend besonders groß zu sein. Wie die emsigen Bienen rund um die Blütenpracht vorm Eiffelturm umschwirrten sie Ruth, die kurz vor Ladenschluss auf den Weg zur ältesten Patisserie der Stadt war. Aber vielleicht kam ihr die Menge der Verliebten auch nur deshalb so groß vor, weil sie selbst so unglücklich war. Sie spulte hier die ursprünglich für sie und Marcel geplante Tour als einsames Pflichtprogramm ab. Paris wirkte trotz der Abenddämmerung glanzlos und unromantisch auf Ruth.

Schließlich war sie vor der Patisserie Stohrer angekommen! Und passend zu ihrem Glück am heutigen Tag wurde gerade von innen abgeschlossen! Frustriert sah sie in das immer noch beleuchtete Innere. Sie wusste, dass der Mann, der diese Feinbäckerei vor fast drei Jahrhunderten gegründet hatte, für seine Puits d'amour Vanillecreme statt rote Fruchtkonfitüre verwendet hatte – damit sie von der prüden Gesellschaft nicht mehr als so »anzüglich« empfunden wurden. Ja, genau das war ein passendes Bild für Paris ohne Marcel: ein Puits d'amour ohne Herzblut! Wie hatte der Gründer doch gleich mit Vornamen geheißen? Sie kramte ihren Reiseführer hervor und sah hinein.

»Eröffnet von Nicolas Stohrer im Jahr 1730«, ertönte plötzlich eine wohlbekannte Stimme neben ihr, die augenblicklich ihren Puls zum Rasen brachte.

»Er hieß Nicolas«, erklärte Marcel mit seinem so attraktiven frechen Grinsen. »Genau wie dein Verlobter.«

»Ich war nie mit Nicolas Rolland verlo…«, setzte sie aufgebracht an, doch er legte ihr sanft den Finger auf den Mund, was sich verboten gut anfühlte. Und sein verliebtes Lächeln ließ sie augenblicklich allen Schmerz vergessen.

»Ich weiß, dass mein lieber Bruder sich diese Verlobung nur ausgedacht hat«, beruhigte Marcel sie. »Außerdem ist Nicolas jetzt ja mit meinem Kriegskameraden Konrad glücklich.«

»Meine Verlobung mit Stéphane Weiss hat sich Stéphane Weiss selbst ausgedacht«, ergänzte sie trotzig.

»Und fürs Protokoll: Ich bin nicht mit Véronique liiert«, stellte Marcel daraufhin klar. »Ich habe sie zum Abschied umarmt. Sie hat nämlich gekündigt und geht ans Theater. Und ich habe ihr Glück gewünscht. Sie kann es brauchen. Immerhin heißt sie vielleicht bald Véronique Clasbrummel. Ein solcher Nachname ist eine schwere Prüfung. Ein Schicksal.«

Ruth musste über seinen Scherz schmunzeln, und ihr fiel ein ganzes Felsmassiv vom Herzen. »Dann ist sie jetzt mit Det zusammen?«

Marcel nickte. »Verliebt bis über beide Ohren.«

»Wie hast du mich eigentlich gefunden?«, erkundigte sich Ruth.

»Die Fahrkarte hat mir Joséphine gebracht«, erklärte Marcel. »Und dass du hierher wolltest, hat mir Großtante Marie verraten.«

Und nun? Alles Wichtige war gesagt. Alle Missverständnisse aus dem Weg geräumt. Aber Ruth hatte Hemmungen,

Marcel gleich an sich zu reißen und zu küssen. Ihm schien es ähnlich zu gehen, und so standen sie einfach einen Augenblick lang stumm beieinander vor der dunkel gestrichenen, schmiedeeisernen Ladenfront und schauten durch das Schaufenster, hinter dem die herrlichsten Köstlichkeiten ausgestellt waren. Vor Marcels Ankunft war ihr gar nicht aufgefallen, wie ansprechend innen alles gestaltet war: Ein riesiger Kronleuchter hing in der Mitte einer prachtvollen Decke, die Ladenausstattung war in zartem Rosa gehalten, es gab Wandmalereien, deckenhohe Spiegel und jede Menge vergoldeten Stuck. Und dann die verführerischen Backwaren! Tarte au citron, Mille-feuille – und natürlich Puits d'amour im Überfluss.

»Schade, dass wir zu spät sind«, brach Ruth schließlich das Schweigen.

Marcel nickte und sagte: »Dieser Nicolas Stohrer war fünf Jahre vor der Eröffnung mit der Tochter des polnischen Königs an den Hof von Versailles gekommen, als sie Ludwig XV. heiratete: Marie Leszczyńska. Nicolas hat die Puits d'amour übrigens anständiger gemacht. Zu viele Kunden haben die Liebesbrünnchen nämlich nicht an ein Herz erinnert, sondern an ein ganz bestimmtes anderes Detail des weiblichen Körpers.«

»Ich weiß«, knurrte Ruth abfällig. »Dämliche Idee!«

Dann fiel ihr etwas ein. »Hast du Lust, ein paar Schritte zu gehen? Ich würde dir gern was zeigen.«

»Da bin ich aber mal gespannt.«

Sie schlenderten nebeneinander durch die Stadt der Liebe, deren Lichter mit zunehmender Dämmerung immer schöner und romantischer wurden. Oder lag es an seiner Anwesenheit? Irgendwann berührten sich ihre Finger, und es fühlte sich so wunderbar an, dass sie schließlich mutig Marcels ganze

Hand ergriff. Mit dem Daumen begann er sogleich sanft die ihre zu streicheln. Wie nah sie ihm plötzlich war!

Schließlich waren sie in der Rue Mondétour angelangt. »Wir laufen gerade durch Victor Hugos Roman *Les Miserables*«, stellte Marcel fest. »Hier, in der Mondétour hat die sterbende Éponine Marius ihre Liebe gestanden.«

»Ach, stimmt ja«, bestätigte Ruth lächelnd. Sie musste daran denken, wie sie Stéphane Weiss das Haus von Victor Hugo gezeigt und er sie ausgelacht hatte. Marcel brachte ihr den Schriftsteller nun in einem anderen, viel romantischeren Zusammenhang näher. Kein Auslachen, kein Spott, keine Überheblichkeit. Es ging ihrem Cousin um den Ort eines späten Liebesgeständnisses.

Irgendwann kamen sie an einem kleinen Platz an. »Das hier ist es, was ich dir eigentlich zeigen wollte.« Ruth deutete auf die Mitte der Kreuzung. »An dieser Stelle soll einmal ein Brunnen gestanden haben, und nun rate mal, wie der hieß.«

Marcel strahlte sie an. »Doch nicht etwa Liebesbrunnen – Puits d'amour?«

»Ganz genau«, bestätigte Ruth. »Angeblich soll sich darin eine junge Frau wegen einer unglücklichen Liebe zu Tode gestürzt haben. Erst als sie tot war, wurde ihrem Schwarm klar, wie sehr er sie geliebt hat. Sie erschien ihm als Geist, sodass sie immerhin noch einige schöne Stunden miteinander hatten – ein Lebender und ein Geist!«

»Wäre er sich mal früher über seine Gefühle klar geworden«, resümierte Marcel.

»Und weil heute hier der Brunnen fehlt …«, sagte Ruth, und er beobachtete, wie sie etwas aus ihrer Handtasche holte. Es war ein kleiner Pappkarton, aus dem sie einen Puits d'amour mit winziger Kerze darauf hervorzauberte. Sie entzündete ein Streichholz, und Sekunden später überreichte sie ihm das Törtchen mit dem brennenden Licht. »Ich hatte schon befürchtet, ich muss den jetzt allein essen – als Ritual für einen Neubeginn ohne dich. Aber jetzt bekommt er Gott sei Dank doch seine ursprüngliche Funktion zurück«, sagte sie leise. »Alles Gute zum Geburtstag. Du darfst dir was wünschen.«

Er blies die Kerze aus, und ein wenig Rauch wehte durch die angenehm warme Luft dieses Maiabends.

Dann küsste er sie schüchtern auf die Wange. »Danke. Für alles.«

Er sah sie kurz fragend an. Daraufhin schlang sie ihre Arme um ihn und küsste ihn so leidenschaftlich, dass ihm die Luft wegblieb. Endlich!

So viel Zärtlichkeit hatten sie nachzuholen, dass es an der Èglise Saint-Eustache bereits achtmal schlug, als sie mit rauen Lippen aus ihren Küssen erwachten.

»Schade, dass ich nicht länger bleiben kann«, meinte Marcel wehmütig. »Aber ich muss morgen früh zurück.«

»Schon morgens?«, fragte Ruth ein wenig enttäuscht. »Ich wollte auch morgen zurück, um die anderen nicht so lang im Stich zu lassen. Aber ich dachte, den Tag könnten wir uns noch gönnen und den letzten Zug nehmen?«

Er streichelte mit bedauerndem Blick ihre Wange. »Leider muss ich nachmittags in Straßburg sein«, erklärte er. »Ich soll zur Bank, Papa braucht dringend Geld.«

»Ist Lucien in Schwierigkeiten?«, fragte Ruth erschrocken.

»Nein, mein leiblicher Vater Friedrich Bredow«, präzisierte Marcel. »Er will ein eigenes Restaurant eröffnen. Auch so ein alter Kindheitstraum.« Er lächelte Ruth zu. Die Verwirklichung ihrer eigenen Träume hatte ja nun begonnen. »Die Bank hat ihn im letzten Augenblick im Stich gelassen. Deshalb leihe ich ihm die zweitausend Francs. Aber es eilt ein bisschen, die anderen Käufer können es kaum erwarten, ihm die Räumlichkeiten vor der Nase wegzuschnappen. Ich musste ihm bei meiner Abreise hoch und heilig versprechen, dass ich morgen zurückkomme.«

»Dann begleite ich dich schon morgen früh«, kündigte Ruth an. »Wir können ja irgendwann wieder nach Paris fahren. Jetzt kann uns schließlich nichts mehr trennen.«

Marcel nickte. »Jetzt kann uns nichts mehr trennen.«

Und dann teilten sie sich seinen geburtstäglichen Puits d'amour, der Ruth hervorragend gelungen war.

*

»Man isst, um zu leben, und lebt nicht, um zu essen.«

Der Satz kam von Det Clasbrummel, der gerade, kostümiert als junger Mann des 17. Jahrhunderts, mit zwei Kollegen auf der Bühne stand und für das Stück *Der Geizige* von Molière probte. Seine älteren Spielpartner waren jeweils als Koch und schnauzbärtiger, reicher Dickwanst verkleidet.

Während sich Marcel gleich nach ihrer Ankunft in Straßburg auf den Weg zur Bank gemacht hatte, war Ruth zum Theater in der Rue Sellénick gegangen. Beim leider etwas überstürzten Abschied von Großtante Marie am frühen Morgen in Paris hatte diese Ruth zugeflüstert, wie glücklich sie sei, dass sie sich für Marcel und gegen Stéphane entschieden habe. Nun hätten ihre Augen auch wieder das einstige Leuchten. Ja, Ruth war endlich glücklich. Überglücklich. Und hier im Theater wollte sie sich bei einer Person entschuldigen, zu der sie sehr unfreundlich gewesen war, als es für sie noch nicht so viel Grund zur Freude gegeben hatte.

Im – bis auf zwei Menschen leeren – Zuschauerraum erblickte Ruth an der Seite des Regisseurs jene Frau, wegen der sie gekommen war: Véronique Favreau! Als diese die junge Patisseurin erkannte, wirkte sie verblüfft.

Sie flüsterte dem Regisseur etwas zu, erhob sich und kam zu ihr.

»Grüß dich, Ruth, was kann ich für dich tun?«, fragte sie mit gedämpfter Stimme.

»Ich wollte dir nur schnell das hier geben«, sagte sie und überreichte der verdutzten Schönheit einen wertvollen Seidenschal, den sie letzten Herbst mit Claire in Paris gekauft, aber bisher selbst nicht getragen hatte. Es war ja immer zu viel zu tun – und zu wenig Zeit für schöne Kleidung. »Ich dachte, der passt zu deinen Augen.«

»Oh, wie schön«, sagte Véronique überwältigt. »Aber womit habe ich das verdient?«

»Durch deine gute Arbeit«, erklärte Ruth. »Und als Entschuldigung. Ich war oft viel zu zickig zu dir.«

»Das kam durch die Eifersucht, weil ich mich mit Marcel verstanden habe, stimmt's?«, kombinierte die frischgebackene Theaterhospitantin.

Ruth sah sie erstaunt an. War sie so leicht zu durchschauen gewesen? »Ja, genau«, gab sie zu. »Und jetzt, da wir zusammen sind, ist mir meine Unfreundlichkeit im Nachhinein peinlich.«

»Hat es also endlich geklappt mit euch beiden?«, vergewisserte sich Véronique. Und als Ruth daraufhin lachend nickte, sagte sie: »Halleluja! Das war ja nicht mehr mit anzusehen, wie ihr euch vor Sehnsucht nacheinander verzehrt, es euch aber nie eingestanden habt.«

»Das hast du bemerkt?«, wunderte sich Ruth.

»Ich glaube, jeder wusste über eure Gefühle füreinander Bescheid.«

Als in diesem Augenblick Dets älterer Spielpartner auf der

Bühne das Wort ergriff, stutzte Ruth. Sie erkannte die Stimme des dicklichen Mannes mit Schnauzbart nämlich – und sie jagte ihr einen Schauer den Rücken hinunter.

»Ei, wie schön war das ausgedrückt! Komm her, Valère, für den Spruch muss ich dich umarmen.« Der als reicher Mann verkleidete Darsteller drückte Det an sich. »Das ist die geistreichste Sentenz, die ich in meinem Leben je gehört habe: man muss leben, um zu essen, und nicht essen, um zu le… Nein, so war's nicht. Wie hast du noch gesagt?«

Und nach genauerem Hinsehen wusste Ruth, wo sie diesen untersetzten Schauspieler schon mal gesehen hatte: Letzten Herbst bei Idas Rückkehr in die Patisserie! Er hatte sich als Immobilienmakler Jean-Baptiste Tolbert ausgegeben, behauptet, er wolle das Gebäude kaufen – und die Familie nach deren Weigerung später schriftlich bei den Behörden angeschwärzt.

»Véronique, wie heißt der Schauspieler, der den Harpagon spielt?«, erkundigte sie sich flüsternd.

»Das ist Hugo Garnier«, erklärte ihre einstige Verkäuferin. »Ein seltsamer Kauz.«

Garnier? Tolbert? Welcher Name stimmte denn nun?

»Meinst du, du könntest ihn mir vorstellen?«, bat Ruth. »Ich muss ihn ganz dringend etwas fragen.«

Véronique sagte verwundert zu. Als der Regisseur kurz darauf eine Pause ankündigte, rief sie Garnier herbei. »Hugo, komm doch mal bitte!«

Der Schauspieler kam herangewatschelt und starrte die beiden jungen Frauen erwartungsvoll an. Ihm schien zu gefallen, was er sah, denn er lächelte dümmlich-erfreut. »Ja?«

»Das ist Mademoiselle Picard, sie möchte dir eine Frage stellen.«

Da Garnier bereits bei der Erwähnung des Namens Picard

einen ängstlichen Gesichtsausdruck bekam, beschloss Ruth, nicht lange um den heißen Brei herumzureden.

»Monsieur Garnier, Sie sind letztes Jahr im November in unsere Patisserie am Münsterplatz gekommen und haben sich als Immobilienmakler Jean-Baptiste Tolbert ausgegeben. Danach haben Sie unter demselben Namen Mitglieder unserer Familie in einem Brief bei den Behörden angeschwärzt – wegen angeblicher Kollaboration mit deutschnationalen Kräften. Wieso?«, fauchte sie.

Zu ihrem Erstaunen leugnete der Mann keine Sekunde, sondern brach in Tränen aus.

»Ich habe es ihm doch gleich gesagt«, jammerte er. »Es ist unrecht, habe ich gesagt. Es wird alles auffliegen. Aber ich brauchte das Geld so dringend. Franzosen haben während der deutschen Besatzung ja fast keine Engagements mehr bekommen.«

»Wer hat Sie dafür bezahlt, diesen Makler zu spielen?«, verlangte Ruth zu wissen.

»Er nannte sich Frédéric Bredeau«, nuschelte der Schnauzbärtige im Kostüm des Geizigen kleinlaut.

»Bredow?«, wiederholte Véronique misstrauisch. »Aber das ist doch der Name von Marcels leiblichem Vater. Wieso sollte der einen Schauspieler anheuern, der euch angeblich euer Haus wegnehmen will – und euch dann anschwärzen?«

»Damit er sich als Held aufspielen kann«, mutmaßte Ruth schockiert. »Bredow hat es so hingestellt, als habe seine Aussage die Verleumdung gegen Marcels Großeltern und seinen Onkel als unwahr entlarvt. Dabei steckte er in Wirklichkeit selbst hinter dieser Denunziation, er hat sie in Auftrag gegeben. Marcels leiblicher Vater wollte sich durch die ganze Aktion sein Vertrauen erschleichen! Das war alles von langer Hand vorbereitet!«

»Aber weshalb sollte er so etwas tun?«, wunderte sich Véronique.

»Marcel gibt ihm gerade seine gesamten Ersparnisse«, keuchte Ruth.

Und dann rannte sie los. »Entschuldige mich!«

»Viel Glück«, rief ihr Véronique nach.

37

Marcel saß mit Friedrich Bredow in der Backstube der Patisserie Goldschmidt und zählte auf dem Arbeitstisch die Geldscheine, die er vorhin kurz vor Schalterschluss noch auf der Bank erhalten hatte. Er hatte sich zur Übergabe für diesen Ort entschieden, weil der Ofen hier seit Monaten nicht mehr in Betrieb gewesen war und sie vor Störungen sicher waren. Vor Störungen durch Familienmitglieder, die Marcel diesen Vertrauensbeweis an seinen leiblichen Vater vielleicht hätten ausreden wollen. »Eintausendeinhundertneunzig … zweitausend!«

»Danke, mein Junge«, sagte Bredow und griff grinsend nach den Scheinen, »du bekommst natürlich jeden Centime zurück.«

Da hörte man es draußen im Treppenflur poltern, und die Backstubentür wurde aufgerissen. Durch den Luftzug wurden einige Scheine verweht.

»Verdammt!«, fluchte Bredow, der kurz aus seiner Rolle des gütigen Vaters fiel.

»Nicht, Marcel!«, schrie Ruth.

Er sah sie fragend an. »Was ist denn los?«

»Ich weiß jetzt, wer Jean-Baptiste Tolbert wirklich ist«, brachte sie außer Atem hervor.

»Der Mann, der unsere Familie angeschwärzt hat?«, versicherte sich Marcel überfordert. »Wer denn?«

»Er ist ein Schauspieler hier am Theater. Hugo Garnier heißt er. Ich habe ihn vorhin mit eigenen Augen gesehen und wiedererkannt«, erläuterte sie aufgewühlt.

»Das kann auch eine Verwechslung sein«, gab Friedrich zu bedenken.

Ruth kochte innerlich vor Wut. Jetzt wollte dieser Totschläger, der schamlos die Gutmütigkeit ihres Marcel ausnutzte, sie wohl auch noch für dumm verkaufen.

»Garnier hat alles gestanden!«, fauchte sie ihn an.

Marcel ging alles zu schnell. »Was denn?«

»Er sagt, er wurde bezahlt, damit er als Makler auftritt und deine Großeltern anschwärzt«, sagte Ruth, die Marcel nun etwas ruhiger, eher mitleidsvoll ansah.

Und da verstand er. Obwohl er befürchtete, die Antwort längst zu kennen, presste er zwischen den Lippen hervor: »Wer hat ihn dafür bezahlt?«

»Er sagt … ein Mann namens Frédéric Bredeau«, bestätigte Ruth seine Befürchtung.

»Dieser Idiot lügt doch!«, brüllte Friedrich Bredow.

»Ist das wahr, Vater?«, knurrte Marcel. Und dann reimte er sich den ganzen Verlauf selbst zusammen: »Du hast mich und Struve in Sainte-Marie-aux-Mines belauscht und dir gedacht, aus mir sei noch mal Geld rauszuschlagen. So wie du damals Mutter gezwungen hast, mich zu verkaufen – und später auch noch die Ziehmutter zu erpressen. Du hast dir diese ganze Farce nur ausgedacht, um an mein Erbe ranzukommen.«

Bredow schien verstanden zu haben, dass für ihn hier nichts mehr zu holen war. Er stand auf und ging ohne Geld zur Tür. »Glaub doch, was du willst!«

Ruth bemerkte, dass Marcels Schultern zitterten. Liebevoll legte sie den Arm um ihn. »Es tut mir so leid.«

»Jetzt hat er es wieder geschafft, mich zu verletzen«, brachte Marcel mit brechender Stimme hervor.

Eigentlich waren die Wunden längst verheilt gewesen. Er hatte sich ja im Grunde bereits als Kind damit abgefunden, dass seine leiblichen Eltern ihn nur hatten loswerden wollen, ihn benutzt hatten, um an Geld zu kommen. Und das hatte sich nun wiederholt. Dass Friedrich ihm derart durchtrieben und berechnend Hoffnungen gemacht hatte, ließ diesen mehr denn je als ein Ungeheuer erscheinen. Die alte Wunde war wieder aufgerissen, der Schmerz zurück.

»Aber zum letzten Mal«, meinte Ruth zuversichtlich. »Du hast doch im Grunde ganz wunderbare Eltern.«

Voller Liebe dachte Marcel an Ida und Lucien.

»Du hast recht, Schatz«, sagte er und küsste Ruth zärtlich auf die Stirn. »Die besten. Und ich habe die beste Frau an meiner Seite.«

»Und die süßeste Tochter«, ergänzte Ruth lächelnd. »Komm, wir gehen rüber zu den Tritschlers und schauen nach Ännchen. Sie wird sich riesig freuen.«

»Ich liebe dich«, sagte er.

»Ich weiß«, antwortete sie und fügte dann zu seiner Erleichterung hinzu: »Ich dich auch. Schon immer.«

*

Als Marcel und Ruth wenig später die Wohnung der Tritschlers betraten, trafen sie gleich im Flur auf die hocherfreute Joséphine und deren Mann Trystan. »Da seid ihr ja. Hat es geklappt?«, fragte sie aufgeregt, aber als sie sah, dass ihr Bruder und ihre Cousine Händchen hielten, beantwortete sie sich ihre Frage selbst. »Es hat.«

Sie umarmte beide. »Oh, das ist so wunderbar.«

Während Trystan Ruth begrüßte, fragte Marcel seine Schwester: »Wo ist Ännchen denn?«

»Bestimmt bei Oma Elise«, mutmaßte Joséphine.

Wie aufs Stichwort kamen nun Franz und Elise aus dem Wohnzimmer, und es gab erneut eine freudige Begrüßung.

»Wo hast du denn die Kleine gelassen?«, fragte Joséphine aber schließlich etwas beunruhigt.

»Ich dachte, sie ist bei dir«, erwiderte Elise ängstlich, und plötzlich erstarben alle fröhlichen Gespräche.

Zusammen mit Lucien und Ida durchsuchten sie das gesamte Haus. Ruth rief in der Patisserie Goldschmidt an und bat Nicolas, er möge mit seiner Tante auch dort alles auf den Kopf stellen. Doch nach fast einer Stunde akribischer – und zunehmend verzweifelter – Suche fehlte von der kleinen Anne immer noch jede Spur.

Marcel lief auf und ab wie ein Raubtier im Käfig, war einem Nervenzusammenbruch nah. Schließlich hielt ihn Ida fest und drückte ihn an sich. »Beruhige dich, wir finden sie. Alles wird gut werden.« Als plötzlich das Telefon klingelte, zuckten sie erschrocken zusammen.

Kreidebleich kam Hausdiener Xavier Castanet aus dem Arbeitszimmer und wandte sich an Marcel. »Ein Gespräch für Sie, Monsieur Picard.«

Der Bäcker spürte, wie seine Knie unter ihm nachzugeben drohten. Hatte man sein Kind gefunden? War Ännchen etwas Schlimmes passiert?

»Wer ist es?«, brachte er hervor, von plötzlicher Übelkeit erfasst.

»Das wollte er nicht sagen«, erklärte Castanet hilflos.

Er? Marcel schwante Übles.

Gefolgt von Ruth ging er zum Telefon im Arbeitszimmer, er fühlte sich wie beim Gang zum Schafott.

»Marcel Picard«, sagte er heiser.

»Du willst deine Tochter«, kam es eiskalt vom anderen Ende der Leitung. »Ich will das Geld. Eine Hand wäscht die andere, wie man so schön sagt.«

Friedrich Bredow, du Dreckschwein, dachte Marcel.

Als nun Ännchens Stimme aus der Hörmuschel ertönte, schossen ihm die Tränen in die Augen.

»Hallo, Papa, ich bin bei Opa Friedrich. Der mir die riesige Maria geschenkt hat. Ich darf Limonade trinken«, hörte er sie sagen.

Obwohl sie recht munter plapperte, musste Marcel sich die linke Faust auf den Mund drücken, um nicht loszuschreien. Seine geliebte Tochter vertraute diesem heimtückischen Ungeheuer genauso, wie er selbst es vor Kurzem auch noch getan hatte.

»Wo treffen wir uns zur Übergabe?«, presste er mit letzter Kraft hervor, als sein Vater den Hörer zurückgenommen hatte.

»In dreißig Minuten auf der Aussichtsplattform des Münsters«, bestimmte Bredow. »Wenn du die Polizei mitbringst oder das Geld nicht dabeihast, schmeiße ich das Balg sofort runter, das schwöre ich dir.«

Marcel zweifelte keine Sekunde daran, dass Bredow ein Kind töten würde, wenn es seinen Zielen oder seiner Rache dienlich wäre. Dann wurde eingehängt.

*

Marcel trat auf die Plattform hinaus. Von hier oben auf dem Münster, hoch über den Dächern der Stadt, konnte man bis in die Vogesen und zum Kaiserstuhl sehen. Doch Marcel hatte nur Augen für den grauhaarigen Mann, der zu seinem Entsetzen mit dem in eine Decke gewickelten Kind auf einer Zinne stand. Es sah so aus, als könnte jede stärkere Windböe die beiden in die Tiefe stoßen.

»Gib mir das Geld!«, brüllte Bredow, der ebenfalls sehr aufgewühlt schien, am Telefon hatte er noch eiskalt gewirkt. Das beunruhigte Marcel noch mehr. Wenn sein Vater zu hektisch wurde, steigerte sich die Gefahr, dass er stolperte! Ännchen musste in Sicherheit gebracht werden, schnell!

»Erst das Kind«, rief Marcel.

Annes Körperchen in der Decke regte sich nicht. Marcel konnte nur hoffen, dass sie schlief und ihre Bewegungslosigkeit keine schlimmere Ursache hatte. Bredow war ja auch jetzt nicht zimperlich mit seinem Griff um Gesäß und Köpfchen.

»Das Geld!«, brüllte er.

Marcel ging auf die Mauer zu, auf der sein Vater mit der Kleinen in der Decke stand, und stellte den Koffer ab.

Ruth hatte es nicht mehr ausgehalten und war ihrem Geliebten durch den engen Treppenaufgang des Münsters gefolgt. Nun beobachtete sie zitternd das Geschehen durch den Schlitz der halb geöffneten Tür zur Plattform.

»Lass mich das Geld sehen!«, befahl Bredow.

Marcel öffnete den kleinen Koffer, und dann überschlugen sich die Ereignisse: Ein Windstoß wirbelte zahllose Geldscheine in die Luft. Fast erinnerten sie Ruth an Herbstlaub oder an einen Vogelschwarm. Friedrich Bredow versuchte nach einigen Scheinen zu greifen, ohne die Decke mit dem leblosen Kind darin zu verlieren. Doch dann flatterte ihm ein Geldschein direkt auf die Augen, er hob hektisch die linke Hand, stolperte einen Schritt, kippte – und war mit einem kurzen erschrockenen Schrei verschwunden. Marcel brach bewusstlos zusammen, Ruth stürzte kreischend zum Rand der Aussichtsplattform. Dort starrte sie die über sechzig Meter in die Tiefe. Friedrich Bredow sah aus wie eine zerfledderte Puppe und lag inmitten einer Blutlache. Unter ihm sah Ruth die Decke des Kindes. Marcels Vater war auf ihm gelandet!

EPILOG

November 1919

»Allons enfants de la Patrie – Le jour de gloire est arrivé! – Contre nous de la tyrannie – L'étendard sanglant est levé – Entendez-vous dans nos campagnes – Mugir ces féroces soldats? Ils viennent jusque dans vos bras. – Égorger vos fils, vos compagnes!«

Wie schon im Herbst des Vorjahres standen Joséphine und Ruth nebeneinander, als die Marseillaise geschmettert wurde. Dieses Mal sang Joséphine aus vollem Herzen mit. Doch gleichzeitig musste sie daran denken, wie kriegerisch viele Nationalhymnen doch waren. Der Text, der da so frohgemut von allen angestimmt wurde, war brutal: »*Auf, auf, ihr Kinder des Vaterlands! Der Tag des Ruhmes ist da. Gegen uns wurde das blutige Banner der Tyrannei erhoben. Hört ihr das Brüllen der grausamen Krieger im Land? Sie kommen bis direkt in eure Arme, um Eure Söhne, Eure Gefährtinnen zu erwürgen! Zu den Waffen, Bürger! Formiert Eure Schlachtreihen! Lasst uns marschieren, lasst uns marschieren! Bis das unreine Blut unsere Ackerfurchen tränkt!*« Doch auch das deutsche Kaiserlied *Heil dir, im Siegerkranz* hatte sich ja kriegerisch gebärdet, dachte Joséphine. »*Wir alle stehen dann mutig für einen Mann, kämpfen und bluten gern für Thron und Reich!*«, hieß es dort.

Sowohl Joséphine als auch Ruth waren inzwischen froher denn je darüber, zweisprachig aufgewachsen zu sein.

Die angehende Medizinerin würde die französische Sprache für ihr Studium benötigen: Nach der heutigen Eröffnung sollte endlich der reguläre Vorlesungsbetrieb beginnen!

Und Ruth stand zwar meist in der Backstube, doch oft genug bediente sie auch Kunden; und man erwartete selbstverständlich, dass sie Französisch sprach. Bald würde damit wohl jedoch Schluss sein, denn sie war im vierten Monat schwanger, und so langsam war ein kleines Bäuchlein zu erkennen. Sie erinnerte sich noch genau, wie erst Joséphine und dann Dr. Favreau sie im September untersucht und ihr zu ihrer großen Freude bestätigt hatten: Sie erwartete ein Kind. Marcel hatte sein Glück kaum fassen können und behandelte sie seither wie ein rohes Ei. Nun war jedoch die Frage gewesen, für welchen Skandal sie sich entscheiden sollten: ein uneheliches Kind oder eine Hochzeit vor Ende des Trauerjahrs. Sie entschieden sich für Letzteres, zum einen, weil Marcel und seine erste Frau sich im Krieg ja kaum noch gesehen hatten, zum anderen, weil die gutmütige Odette ihnen ohnehin alles Glück der Welt gewünscht hätte. Und so kam es, dass sie am 1. August, Ruths einundzwanzigstem Geburtstag, endlich vor den Traualtar getreten waren.

Voller Freude beobachtete Joséphine, wie sich Ruth über das gewölbte Bäuchlein strich. Jetzt, da weiterer Familiennachwuchs anstand, hoffte die Familie natürlich umso mehr auf eine friedliche Zukunft. Anders als beim ersten Singen der Marseillaise vor einem Jahr waren die Cousinen heute nicht hier, um französische Soldaten zu begrüßen, sondern als Begleitung von Joséphines Vater Lucien. Der Professor für Biologie hatte die Eröffnungsfeier der neu gegründeten Universität mit organisiert und war entsprechend nervös.

In diesem Moment betrat Staatspräsident Raymond Poincaré das Podium. Joséphine freute sich für ihren Vater, dass die

Neueröffnung eine derart prominente Besetzung hatte, erwartete von einem Nationalisten wie dem derzeitigen Präsidenten jedoch keine völkerverbindenden Worte.

Argwöhnisch lauschte sie, als der graubärtige Politiker mit der fliehenden Stirn verkündete, die »Université de Strasbourg« wolle eine überregionale Wirkung entfalten und als ein »Leuchtturm« der französischen Wissenschaft fungieren. Wissenschaft nicht um ihrer selbst willen, sondern als nationale Aufgabe. Ganz bewusst betonte er das Französische. Von ihrem Vater wusste Joséphine, dass Poincaré eine extrem antideutsche Politik favorisierte.

Verstohlen wandte sie den Kopf und blickte zu ihren Eltern Ida und Lucien hinüber, die neben ihrem Schwiegersohn Trystan saßen und den Worten des französischen Staatspräsidenten ebenso skeptisch lauschten wie sie selbst. Dass ein solcher Sermon voller Nationalstolz der Grenzenlosigkeit der Wissenschaft gerecht werden würde, war nicht zu erwarten.

»Louise Weiss würde sich nach dieser Rede übergeben«, flüsterte Joséphine ihrer besten Freundin zu.

»Hör mir bloß damit auf«, sagte Ruth und strich sich leidgeprüft erneut über den gewölbten Bauch. »Hoffentlich macht er nicht allzu lange, ich will schnell zu Marcel zurück.« Seit den schrecklichen Erlebnissen auf dem Dach des Münsters litt ihr Mann unter Panikattacken, auch tagsüber. Öfters war er in der Backstube oder der Wohnung plötzlich von Atemnot heimgesucht worden. Und sie selbst erwachte in mancher Nacht ebenfalls schreiend aus grässlichen Albträumen.

Doch als sie wenig später mit Joséphine in die Patisserie Picard zurückkehrte, schien Marcel blendender Laune. Kein Wunder, denn es hatte sich ein ganz besonders unterhaltsamer Gast im Cafébereich eingefunden.

»Louise«, rief Ruth erfreut und fiel der Journalistin um den Hals.

»Ich bin auf dem Rückweg aus Deutschland, habe da einige Befragungen für die Zeitung durchgeführt«, erklärte Louise Weiss. »Und ich wollte auf keinen Fall durch Straßburg fahren, ohne euch zu besuchen.«

»Wunderbar! Wir haben gerade vorhin in der Universität von dir gesprochen«, erzählte Ruth. »Staatspräsident Pointcaré war da. Joséphine meinte, bei seiner Eröffnungsrede wäre dir schlecht geworden.«

»Wie beim meisten, was dieser ordensbehangene Gockel von sich gibt«, bestätigte die Zeitungskorrespondentin grinsend. »Aber jetzt müsst ihr mich entschuldigen. Marcel erzählt mir gerade, was da im Mai Schreckliches auf dem Münsterdach passiert ist. Und an der spannendsten Stelle hat ihn eure Ankunft unterbrochen.«

»O ja«, seufzte Ruth. »Das war wirklich das Schlimmste, was ich bisher erlebt habe.«

»Wir waren gerade da angelangt, als Marcels leiblicher Vater das Geld ins Gesicht flattert – und er stolpert und stürzt in die Tiefe – mit dem Kind in der Decke«, resümierte Louise erschaudernd.

Marcels Stimme war sehr schwach, als er sich erinnerte: »Ich war halb bewusstlos und wollte nie mehr aufwachen, aber da hörte ich immer lautere Schreie. Es war eine Puppe, es war eine Puppe.«

»Und dann bin ich zu ihm hin, um es ihm zu bestätigen«, ergänzte Ruth. »Ich habe nämlich mit eigenen Augen gesehen, wie sie Marcels Vater auf dem Münsterplatz unten zur Seite gedreht haben, und in der Decke war gar nicht unser Ännchen, sondern eine Puppe.«

»Später stellte sich raus, dass es die Riesen-Maria war,

die Bredow ihr zu Weihnachten geschenkt hatte«, erklärte Marcel.

»Aber wieso hatte er die Puppe dabei – und wo war Anne denn nun wirklich?«, fragte Louise verständnislos.

»Die Riesen-Maria hatte er dabei, weil er keinem Menschen vertraut – im Gegensatz zu mir Vollidiot«, sagte Marcel bitter. »Für den Fall, dass ich doch mit einer Übermacht von Helfern auftauchen würde, hat er sich abgesichert. Er hätte mir wohl erst nach erfolgreicher Geldübergabe die Puppe offenbart und mir gesagt, wo Anne wirklich ist. Oder noch mehr Geld erpresst. Das konnte man bei ihm ja nie wissen.«

»Aber wo war die Kleine denn nun?«, fragte Louise, die vor Anspannung ganz ungeduldig war.

»Die saß inmitten einer weiteren Lüge von Friedrich Bredow«, erklärte Marcel, und Ruth fiel einmal mehr auf, dass er Friedrich seit der Kindesentführung nie wieder als seinen Vater bezeichnet hatte. »In Wahrheit hatte er nämlich nie vor, ein eigenes Restaurant zu eröffnen. Er wollte mein Erbe lieber anderweitig durchbringen. Das Lokal war längst an einen Wirt aus Sainte-Marie-aux-Mines verkauft, und Bredow hatte lediglich den Auftrag, dort gründlich zu putzen. Nur dafür hatte er den Schlüssel bekommen. Das haben wir dann alles im Nachhinein von der Polizei erfahren. In das leere Lokal hat er unsere Kleine wohl mitgenommen, weil er wusste, dass man im Fall von Schwierigkeiten sofort in seinem Pensionszimmer nach ihr suchen würde.«

»Was für ein Ungeheuer!«, erboste sich Louise. »Wie habt ihr Anne denn dann gefunden?«

»Das mussten wir gar nicht«, erklärte Ruth. »Vormittags hatte sie ja noch mit ihrem Großvater Franz fürs Abendessen gebacken. Wenn es dunkel wird, essen wir unser Gebäck mit der ganzen Familie, hat er gesagt. Tja, und dann hat Ännchen durch die Restaurantfenster gesehen, wie es immer dunkler wurde.«

»Bredow hatte ihr wohl versprochen, in einer halben Stunde mit einem neuen Kleidchen für ihre Puppe Maria zurückzukommen. Wir haben übrigens später erfahren, dass Bredow sogar die Puppe gestohlen hatte – in dem Kinderheim, in dem er Hausmeister war«, ergänzte Marcel. »Als er nicht wie versprochen ins Lokal kam, hat Anne einfach ein Fenster geöffnet und ist rausgeklettert. Sie hat sich dann vom Gerberhaus aus durchgefragt.«

»Am Gutenbergplatz ist sie Nicolas und Madame Rolland in die Arme gelaufen«, erzählte Ruth, deren Stimme bei der Erinnerung auch noch ein halbes Jahr später zitterte. »Ich werde das Bild nie vergessen: Da kommt nach all dem Schrecklichen unser liebes kleines Ännchen an der Hand von den beiden strahlend auf uns zu. Jetzt essen wir, was ich mit Uropa gebacken habe, hat sie gesagt. Und zu Weihnachten brauche ich vielleicht … eine neue Puppe.«

Da versagte ihre Stimme endgültig, und Marcel sprang auf, um seine schluchzende Frau tröstend in die Arme zu schließen.

Erst jetzt fiel Louise Ruths Bäuchlein auf. »Oh, sieht so aus, als ob Anne bald etwas Besseres als eine Puppe zum Spielen bekommt.«

Marcel nickte stolz, während Ruth sich an seiner Brust wieder beruhigte.

»Anfangs hatten wir Angst, Anne könne eifersüchtig sein, dass es bald ein Geschwisterchen gibt«, gestand Marcel und zeigte durch das Schaufenster nach draußen. »Diese Sorge hätten wir uns sparen können. Aber sieh selbst!«

Draußen lief die kleine Anne mit einem Spielzeugkinderwagen im Schnee auf und ab und plauderte offenbar mit einem imaginären Kind.

Marcel klopfte gegen die Scheibe, und die Kleine kam auf den Eingang zu. Ruth löste sich von ihrem Mann und hielt Anne und deren Kinderwägelchen die Tür auf.

»Na, Ännchen, erinnerst du dich noch an Mademoiselle Weiss?«, fragte sie.

»Nein«, erwiderte Anne wahrheitsgemäß, ließ aber den Wagen mit der Puppe darin stehen, ging zu der modisch gekleideten Dame und reichte ihr artig das Händchen. »Ich bin die Anne.«

»Und ich bin die Louise«, erklärte die Journalistin lächelnd. »Du hast aber einen schönen Puppenwagen.«

»Das ist ein Kinderwagen«, verbesserte die Kleine sie. »Schau mal raus, der macht schöne Spuren im Schnee. Nächstes Jahr gibt es noch größere Spuren. Weil ich kriege im Mai nämlich ein echtes Kind – und einen großen Wagen, damit es auch reinpasst. Jetzt übe ich bloß.«

Ruth, Joséphine, Louise und Marcel lachten.

Plötzlich hielt Joséphine inne und deutete mit offenem Mund nach draußen. Die anderen folgten ihrem Blick und sahen, wie Ida und ihr Mann Lucien, beide so festlich gekleidet wie nie zuvor, durch den Schnee auf die Patisserie zuschritten. Doch sie waren nicht allein! Neben ihnen liefen zwei grimmig dreinblickende Wachsoldaten – und der Staatsminister!

»Poincaré«, sagte Joséphine fassungslos.

»Der ordensbehangene Gockel«, zischte Louise nicht weniger fassungslos – und Ruth betete, dass Anne dies nicht gleich aufschnappte und das Staatsoberhaupt nach seinen Orden fragen oder – schlimmer noch – ihn gar »Monsieur Gockel« nennen würde.

»Guten Abend, ihr Lieben«, sagte Lucien, als er und Ida

mit Poincaré eingetreten waren. Joséphine bemerkte sofort, dass ihr Vater extrem nervös war. »Der Herr Staatsminister möchte noch etwas Reiseproviant mitnehmen.«

»Picard, ein guter französischer Name«, freute sich Poincaré, während er sich anerkennend nickend in der Patisserie umsah.

Marcel blickte zu seinem Töchterchen und legte den Finger auf den Mund. Ihr Zeichen, dass sie auf keinen Fall deutsch sprechen sollte. Da bemerkte auch das neunundfünfzigjährige Staatsoberhaupt das Kind.

»Na, mein Töchterchen, wie alt bist du denn?«, fragte er und bückte sich großväterlich zu ihr hinunter.

»Im Februar werde ich fünf«, piepste Anne stolz. »Ich gehe schon in den Kindergarten.«

»Kindergarten?«, wiederholte Poincaré angewidert und warf den Großeltern Ida und Lucien einen vorwurfsvollen Blick zu.

»Das Kind verwendet ein deutsches Wort für die Kinderverwahrungsanstalt?« Argwöhnisch wandte er sich wieder der kleinen Anne zu und erkundigte sich: »Sind in diesem Hort, in den du gehst, auch Deutsche?«

»Nein, da sind Kinder«, entgegnete Anne kopfschüttelnd.

Die Anwesenden mussten sich sehr zusammenreißen, um nicht laut loszulachen. Allein ein Kindermund konnte den Nationalismus mit nur einem einzigen Satz als völligen Schwachsinn entlarven.

»Was dürfen wir Ihnen denn anbieten?«, fragte Lucien verlegen.

Der Staatsminister kratzte sich am Bart und sah sich ratlos um.

»Hm, ich bin ja kein Süßer, muss ich zugeben.«

Ruth und Louise warfen sich einen abfälligen Blick zu.

Auf die Idee, dass Raymond Poincaré ein Süßer sein könnte, wären sie ohnehin nie gekommen.

»Geben Sie mir doch einfach eine Brezel«, sagte er schließlich.

»Eine Brezel?«, wunderte sich Lucien.

»Ja, wenn ich schon in unserem schönen Elsass bin, dann esse ich auch die einheimischen Traditionsspezialitäten.«

Alle waren erleichtert, endlich laut loslachen zu dürfen, als der Staatsminister verabschiedet worden war.

»Möge die Universität Frankreich Ehre machen, Picard«, waren seine letzten Worte an Lucien gewesen.

»Die Brezel als französische ›Traditionsspezialität‹«, gluckste Marcel.

Ruth wandte sich feixend an ihre Kleine. »Na, welche Brezeln magst du denn lieber, Ännchen, die deutschen oder die französischen?«

»Ich mag Brezeln, die schmecken«, stellte das Kind klar.

Als die anderen mit Louise Weiss nach oben gegangen waren, blieben Ruth und Marcel noch unten, um das etwas ältere Gebäck auszusortieren, das Ruth dann wie jeden Tag zum Armenhaus bringen würde.

»Darf ich meiner wunderbar schönen und wunderschön schwangeren Frau auch eine heimische Traditionsspezialität anbieten?«, fragte Marcel ironisch.

»Nein, ich möchte lieber einen speziellen Traditions-Puits d'amour«, gab Ruth zu. »Auf die giere ich schon seit Poincarés Eröffnungsrede. Ich bin schwanger, das ist die optimale Ausrede für Heißhunger.«

»Teilen wir uns einen?«, schlug Marcel vor. »Nach alter Tradition meiner Eltern?«

»Nein«, sagte Ruth entschlossen. »Wir teilen uns drei. Du weißt doch: Ich bin schwanger, das …«

»... ist die optimale Ausrede für Heißhunger«, beendete ihr Mann grinsend den Satz.

Ruth nickte und ergänzte: »Außerdem hab ich neulich irgendwo gehört: Man lebt, um zu essen!«

»Ich glaube, das hast du irgendwie falsch verstanden«, erwiderte Marcel schmunzelnd und musterte sie voller Zuneigung. »Meine Kuchenkönigin von Straßburg.«

Ruth erwiderte seinen Blick freudestrahlend. Jetzt hatten sie das Recht auf ein wenig Glück. Brezelliebhaber Poincaré und seine Kollegen in aller Welt sollten gefälligst für dauerhaften Frieden sorgen!

Dann küsste sie ihren Marcel zärtlich, und das Universum war schön und gerecht. Endlich schienen sie hinter ihnen zu liegen, die schweren Zeiten, die fünf harten Schicksalsjahre.

ENDE

DANKSAGUNG

Zuallererst gilt unser Dank einmal mehr Ihnen, liebe Leserinnen und Leser! Ihre Treue hat unsere vorangegangenen Bücher zu Bestsellern gemacht und damit die vorliegende Fortsetzung der Geschichte um die Kuchenkönigin von Straßburg ermöglicht.

Wie bei all unseren gemeinsamen Werken bekamen wir beide jede Menge Rückendeckung:

Für Eva-Maria Bast waren die größte Stütze und Freude auch dieses Mal wieder insbesondere ihre fünf wunderbaren Kinder, Christian Schuchardt und ihre Eltern Lena und Alfred Bast.

Jørn Precht erhielt erneut Rückhalt von Erika Precht, Martina Sturm, Elias und Marlis Konradi, Hans-Gerhard Jensen, Familie Gurewitz-Mahler sowie Andreas Bühler.

Feedback und viele schöne Anregungen zum Roman gab es von Katia Tenholt, Martina Resch und Jana Scheunert.

Und was wären wir ohne unser »Recherche-Genie« Melanie Kunze? Wie immer hat sie das Buch durch die Unterstützung bei den Spuren der Realität spannender gemacht. Merci beaucoup!

Auch bei diesem Band freuen wir uns über Johannes Wiebels wunderbare Covergestaltung sowie die mitreißenden

Hörbuchaufnahmen von unserer »Sprecherin der Herzen«, Uta Simone und Tontechniker Left Engelmann. Sie alle erspüren den Geist unserer Bücher jedes Mal sehr genau und adaptieren diesen grandios. Chapeau!

Und schließlich danken wir einmal mehr von ganzem Herzen unserer wunderbaren Agentin Anna Mechler, den Lektorinnen Greta Frank und Kerstin von Dobschütz sowie der Programmleiterin des Piper Verlags, Andrea Müller, und von der Lizenzabteilung Sven Diedrich; ebenso dem Team von »Steinbach Sprechende Bücher« und Egmont/Saga. Inspirierend!

Wir wünschen Ihnen viel Vergnügen bei der erneuten Zeitreise ins Elsass!

Herzlichst,
Eva-Maria Bast und Jørn Precht
alias Charlotte Jacobi

QUELLEN- UND LITERATURVERZEICHNIS

1918: Die Deutschen zwischen Weltkrieg und Revolution. Berlin 2018.

Bast, Eva; Precht, Jørn: *CHARLOTTE JACOBI. Die Patisserie am Münsterplatz – Zeitenwandel,* München 2020.

Beyer, Hans-Veit: *Elsaß Ende 1918 – Anfang 1919 und die Frage nach der deutschen Kultur.* Wien 1995.

Caron, Vicki: *Louise Weiss.* In: Jewish Women's Archive. URL: https://jwa.org/encyclopedia/article/weiss-louise. Abgerufen am 21. 11. 2020.

Döblin, Alfred: *November 1918. Eine deutsche Revolution. Bürger und Soldaten 1918.* Frankfurt 2013.

Döblin, Alfred: *November 1918. Eine deutsche Revolution. Heimkehr der Fronttruppen.* Frankfurt 2013.

Döblin, Alfred: *November 1918. Eine deutsche Revolution. Karl und Rosa.* Frankfurt 2013.

Döblin, Alfred: *November 1918. Eine deutsche Revolution. Verratenes Volk.* Frankfurt 2013.

Egen, Jean: *Die Linden von Lauterbach. Eine deutsch-französische Lebensgeschichte.* Hamburg 1986.

Fondation Jean Monnet, Centre de recherches europeennes: *Louise Weiss l'Européenne.* Lausanne 1994.

Frankfurter Allgemeine Zeitung: *Frankreich 1918. Misshand-*

lungen von deutschen Kriegsgefangenen. URL: www.faz.net/aktuell/politik/historisches-e-paper/frankreich-1918 misshandlungen-von-deutschen-kriegsgefangenen-15219265.html

Frankfurter jüdische Krankenpflege in Straßburg (Elsass). URL: https://www.juedische-pflegegeschichte.de/frankfurter-juedische-krankenpflege-in-strassburg-elsass/. Abgerufen am 13.10.2020.

Graff, Martin: 1918 Abschied. Elsässisches Mundarthörspiel, 1918.

Graff, Martin: *Die Geschichte eines Mannes, der seine elsässische Heimat verlor.* In: Badische Zeitung vom 2.11.2018. URL: https://www.badische-zeitung.de/die-geschichte-eines-mannes-der-seine-elsaessische-heimat-verlor. Abgerufen am 2.11.2020.

Graff, Martin: *Leben wie Gott im Elsass. Deutsche Fantasien.* Tübingen 2012.

Graff, Martin: *Lieben und Sterben auf der Grenze, im Münstertal 1914–1918.* Südwestrundfunk 2014.

Graff, Martin: *Von Liebe keine Spur. Das Elsaß und die Deutschen.* München 1996.

Habel, Susanne: *Aus Elsaß-Lothringen vertrieben.* In: Sudetendeutsche Zeitung vom 7.2.2020

Hugues, Pascale: *Marthe & Mathilde. Eine Familie zwischen Frankreich und Deutschland.* Reinbek 2010.

Kröncke, Gerd: *Erster Weltkrieg. Frankreichs letzter Veteran stirbt im Alter von 110 Jahren.* In: Süddeutsche Zeitung. URL: https://www.sueddeutsche.de/politik/erster-weltkrieg-frankreichs-letzter-veteran-stirbt-im-alter-von-110-jahren-1.296474. Abgerufen am 10.10.2020.

Landesarchiv StAS Wü 65/41 T 1–2 Nr. 383: *Aus dem Elsass vertriebene Deutsche nach dem Ersten Weltkrieg.* Richtlinien

für die Fürsorge der aus Elsaß-Lothringen Vertriebenen im Deutschen Reich, 1919.
Landeszentrale für politische Bildung Baden-Württemberg: *Geburtsstunde des Frauenwahlrechts.* URL: https://www.lpb-bw.de/12-november. Abgerufen am 1. 11. 2020.
Landeszentrale für politische Bildung Baden-Württemberg: *Wegbereiterinnen der Demokratie im Südwesten.* URL: https://www.lpb-bw.de/wegbereiterinnen-demokratie. Abgerufen am 1. 11. 2020.
La Paticesse: *Petits puits d'amour. Kleine Liebesbrunnen & Spaziergang Les Misérables.* URL: https://www.lapaticesse.com. Abgerufen am 14. 11. 2020.
Leo BW: *Zwischen Vertreibung und Neubeginn: Aus dem Elsass vertriebene Deutsche nach dem Ersten Weltkrieg.* https://www.leo-bw.de/themen/landesgeschichte/die-revolution-1918/vertreibung-und-neubeginn. Abgerufen am 12. 11. 2020.
Mörike, Eduard: *Weihnachtsgedicht Frankfurter Brenten.* URL: https://www.konditorei-hollhorst.de/bethmaenn chen/mandeln-erstlich-rat-ich-dir/
Osburg, Wolf-Rüdiger: *Und plötzlich bis du mitten im Krieg …, Johannes Götzmann, geb. 1896*, o. O. S. 380
Revolution Strassbougeoise. Chronologie der Ereignisse im November 1918. URL: http://chronik.rappoltstein.de/A1.4%20SXB%20Revolution.pdf. Abgerufen am 18. 1. 2020.
Salfellner, Harald: *Die Spanische Grippe. Eine Geschichte der Pandemie von 1918.* Prag 2020.
Schreiber, Hermann: *Straßburg. Zwischen den Zeiten, zwischen den Völkern.* Gernsbach 2006.
Schulte, Bettina: *Das Schicksal des Schwowalades.* https://www.badische-zeitung.de/das-schicksal-des-schwowalades

Smoltczyk, Alexander: *Die Westfront. Der letzte Mann.* In: Der Spiegel. URL: https://www.spiegel.de/spiegel/spiegelspecial/d-30300026.html. Abgerufen am 1. 10. 2020.

Ther, Philipp; Sundhausen, Holm: *Nationalitätskonflikte im 20. Jahrhundert,* Wiesbaden 2001.

Wemhoff, Sebastian: *Städtische Geschichtskultur zwischen Kontinuität und Wandel. Das Beispiel Straßburg 1971 bis 1988.* Berlin 2019.

Zeitenwende – Le Tournant. 1918–1919. Lörracher Hefte Nr. 27.

Ein Leben für die Kinder

*Cover- und Preisänderungen vorbehalten

Laura Baldini

Lehrerin einer neuen Zeit

Maria Montessori – Die schwerste Entscheidung ihres Lebens traf sie für das Wohl der Kinder, Roman

Piper Taschenbuch, 368 Seiten
€ 12,99 [D], € 13,40 [A]*
ISBN 978-3-492-06240-4

Rom, 1896. Die junge Maria Montessori ist erschüttert, als sie den Kindern in der Psychiatrie erstmals begegnet: Gespenstische Stille herrscht in dem nackten Raum, sie blickt in todtraurige Gesichter. Als sie darauf besteht, den Kindern Spielzeug zu geben, erwachen sie aus ihrer Starre. Es ist einer ihrer größten Glücksmomente und der Beginn einer beispiellosen pädagogischen Karriere. Als sie sich jedoch in einen Kollegen verliebt, wird sie vor die schwerste Entscheidung ihres Lebens gestellt.

PIPER

Leseproben, E-Books und mehr unter **www.piper.de**